CW01638087

Van Virginia Andrews® zijn de volgende boeken verschenen:

De Dollanganger-serie: Bloemen op zolder, Bloemen in de wind, Als er doornen zijn, Het zaad van gisteren, Schaduwen in de tuin

De 'losse' titel: M'n lieve Audrina

De Casteel-serie: Hemel zonder engelen, De duistere engel, De gevallen engel, Een engel voor het paradijs, De droom van een engel

De Dawn-serie: Het geheim, Mysteries van de morgen, Het kind van de schemering, Gefluister in de nacht, Zwart is de nacht

De Ruby-serie: Ruby, Parel in de mist, Alles wat schittert, Verborgen juweel, Het gouden web

De Melody-serie: Melody, Lied van verlangen, Onvoltooide symfonie, Middernachtmuziek, Verstilde stemmen

De Weeskinderen-serie: Butterfly, Crystal, Brooke, Raven, Vlucht uit het weeshuis

De Wilde bloemen-serie: Misty, Star, Jade, Cat, Het geheim van de wilde bloemen

De Hudson-serie: Als een regenbui, Een bliksemflits, Het oog van de storm, Voorbij de regenboog

De Stralende sterren-serie: Cinnamon, Ice, Rose, Honey, Vallende sterren

De Willow-serie: *De inleiding*: Duister zaad, Willow, Verdorven woud, Verwrongen wortels, Diep in het woud, Verborgen blad

De Gebroken vleugels-serie: Gebroken vleugels, Vlucht in de nacht

De Celeste-serie: Celeste, Zwarte kat, Kind van de duisternis

De Schaduw-serie: April, Meisje in de schaduw

De Lente-serie: Vertrapte bloem, Verwaaide bladeren

De Geheimen-serie: Geheimen op zolder, Geheimen in het duister

De Delia-serie: Delia's vlucht, Delia's geluk, Delia's gave

De Heavenstone-serie: De geheimen van Heavenstone, Gefluister in de nacht

De Sasha-serie: Wervelstorm, Donkere wolken

Dochter van de duisternis, Dochter van het licht

De Roxy-serie: Verlaten zusje, Roxy's verhaal

VIRGINIA ANDREWS®

Dochter van de duisternis

De Fontein

Sinds de dood van Virginia Andrews werkt haar familie met een zorgvuldig uitgekozen auteur aan de voltooiing van haar nagelaten verhalen en ideeën en aan het schrijven van nieuwe romans, waartoe ook deze behoort, die zijn geïnspireerd op haar vertelkunst.

Alle namen, personen, plaatsen en gebeurtenissen in dit boek zijn bedacht door de auteur. Elke gelijkenis met feitelijke gebeurtenissen of bestaande personen, nog in leven of overleden, berust op puur toeval.

FSC
www.fsc.org
MIX
Papier van verantwoorde herkomst
FSC® C014496

Tweede druk, eerste in deze uitvoering, 2017

Oorspronkelijke titel: *Daughter of Darkness*
Original English language edition © 2010 by The Vanda General Partnership
All rights reserved including the right of reproduction in whole or in part in any form
This edition published by arrangement with the original publisher, Pocket Books, a division of Simon & Schuster, Inc., New York
V.C. ANDREWS® AND VIRGINIA ANDREWS® are registered trademarks of The Vanda General Partnership
Copyright © 2011, 2017 voor deze uitgave: Uitgeverij De Fontein, Utrecht
Vertaling: Parma van Loon
Omslagontwerp: Wil Immink Design
Omslagillustratie: Ilona Wellmann/Trevillion Images
Opmaak binnenwerk: ZetSpiegel, Best
ISBN 978 90 261 4543 8
ISBN e-book 978 90 325 1281 1
NUR 335

www.uitgeverijdefontein.nl

Alle rechten voorbehouden. Niets uit deze uitgave mag worden verveelvoudigd en/of openbaar gemaakt door middel van druk, fotokopie, microfilm, elektronisch, door geluidsopname- of weergaveapparatuur, of op enige andere wijze, zonder voorafgaande schriftelijke toestemming van de uitgever.

Proloog

Ik weet dat er veel tieners zijn van mijn leeftijd die zich schamen of generen voor hun ouders. Meestal is het gewoon iets irritants, bijvoorbeeld dat ze ons te veel beperkingen opleggen en zich zorgen maken, vooral als we uitgaan met vrienden en vriendinnen of iets in ons eentje doen, zoals voor het eerst autorijden. Adviezen voor het grootbrengen van een kind, en zeker een tiener, lijken een beetje op de adviezen die de schermleraar van mijn vader me eens gaf toen hij beschreef hoe ik een zwaard vast moest houden.

'Als je het te losjes vasthoudt, vliegt het uit je hand. Als je het te stevig vasthoudt, verstik je het, en beweegt het zo traag als een stervend lichaam.'

Maar soms komen onze gêne en schaamte voort uit iets heel dramatisch en ernstigs, zoals in verhalen waarin jonge mensen ontdekken dat hun vader of moeder verschrikkelijke dingen heeft gedaan in hun jeugd. Ze houden van hun ouders, maar als ze de afgrijselijke ontdekking doen, verandert alles, niet alleen hoe ze over hun ouders denken, maar ook over zichzelf. Ze voelen zich besmet, bedorven. Het is alsof het kwaad in hun bloed zit.

Zo verging het mij toen ik mezelf dwong om me te goed te realiseren wat en wie mijn vader was en wie hij, mijn oudere zussen en mijn kindermeisje verwachtten dat ik zou worden.

1

In mijn bloed

'Hou op met die herrie!' beval mijn oudere zus Ava op de scherpe, lage, hatelijk luide fluistertoon die alleen zij kon voortbrengen, toen ze haar hoofd om de deur van mijn slaapkamer stak. Haar woorden weergalmden vlak onder mijn borsten en deden mijn ruggengraat trillen alsof ze uit mijn en niet uit haar mond kwamen. Als ze zo tegen me sprak, drong er een kilte mijn hart binnen. Het voelde alsof ik een glas ijskoud water had ingeslikt. Zelfs mijn lippen waren gevoelloos.

Enkele minuten geleden had mevrouw Fennel, onze huishoudster en tevens kindermeisje, ons dertienjarige zusje Marla mijn kamer uitgestuurd met de opdracht haar eigen kamer op te ruimen. Reinheid en ordelijkheid waren in ons huis net zo belangrijk als in een ziekenhuis. Dat er voortdurend orde en netheid van ons geeist werd, maakte dat elk huis waarin we woonden eruitzag of het pas was ingericht.

Voor ons stond de tijd stil. We hadden nieuwe spullen, maar er werd ons geleerd dat niets versleten of uit de mode raakte als het goed verzorgd werd. Ik groeide op met het begrip dat voor het gezin Patio dagen, maanden, jaren niet werden weggesloten in een of andere oude kist om daar vergeten te worden. In onze wereld ging niets achteruit of dood. Het leek alsof alles wat papa aanraakte onsterfelijk werd. Herinneringen dwarrelden om ons heen met de schittering van kleurige vlinders die gevangen werden in stralend zonlicht. Iedereen was waardevol en bijzonder. Een van papa's geliefde uitdrukkingen was: 'Het is zó oud dat het nieuw is.' Dat kwam omdat de mensen zoveel dingen die wij bezaten al tijdenlang niet gezien hadden, of het nu opwindbare klokken en olielampen of Victrola's en kroontjespennen waren.

De antiquiteiten werden ook niet verbannen naar een kerkhof op zolder. Niets werd te ruste gelegd onder een deken van stof. Een honderd jaar oude muziekdoos stond naast een MP3-speler. Papa had nog steeds zijn Gibson en Davis-piano uit 1818.

'De piano is oud, maar de noten zijn nieuw,' zei hij als hij erop speelde. 'Leven,' vertelde papa me, 'betekent domweg jezelf elke dag opnieuw uitvinden. Elke dag is je verjaardag, Lorelei.' Dat zei hij ook tegen Marla en Ava en onze oudste zus, Brianna. Hij zei dat hij het zichzelf altijd voorhield.

We hielden vast aan het verleden, koesterden het, maar we stonden er niet bij stil. Het hier en nu en de toekomst waren altijd belangrijker. Misschien was dat de reden waarom wij, in tegenstelling tot andere families, geen familiealbums hadden. Er was weinig of geen nostalgie. En nergens in ons huis waren vroegere foto's te vinden van papa of mevrouw Fennel, en natuurlijk geen video's van bijzondere gebeurtenissen in de familie. Papa keek nooit terug op een tijdstip in de geschiedenis en zei: 'Toen was het beter' of 'Ik zou liever in die tijd hebben geleefd'. Misschien waren er individuele dingen die beter waren, maar 'Elke generatie, elk tijdperk, heeft ons iets te bieden, iets wat we kunnen koesteren,' zei hij. 'Als je stopt met naar de toekomst te kijken, begin je je eigen graf te graven.'

Hoewel we geregeld nieuwe kleren en schoenen kregen, gooiden we nooit iets weg en gaven het ook nooit weg. En dat was beslist niet omdat we arm waren. Verre van dat. De reden was dat er altijd een jongere Patio-dochter was die iets overnam van wat oorspronkelijk van de jongere dochter vóór haar was geweest.

Zo had mijn jongere zusje Marla veel van mijn oude spullen geërfd, die ik weer gedeeltelijk had geërfd van Ava. De meeste kleding was nauwelijks gedragen. Ik groeide er snel uit, bijna van de ene dag op de andere. Ik zorgde goed voor alles wat ik bezat, maar Marla kon heel slordig zijn, liet een blouse op een stoel slingeren, een rok op de grond, of schoenen in de hal, wat mevrouw Fennel nog het ergst van alles vond.

Meestal bewoog mevrouw Fennel zich door het huis alsof ze radar had. Niemand liep zo zelfverzekerd door de duisternis. Ze scheen daar erg trots op te zijn, trots op alles wat ze efficiënt, doeltreffend en correct kon doen en deed, dus werd ze woedend als ze struikelde over iets wat een van ons achteloos had laten slingeren.

Mevrouw Fennel hoefde haar stem ook niet boven een fluistertoon te verheffen, en een opmerking van haar was voldoende om een kudde olifanten in beweging te brengen. Het leek of de lucht vol was met atmosferische storing en je oren met hartkloppingen die leken op het gedaver van denderende wilde dieren.

Marla waagde het niet te protesteren of zelfs maar verstoord te kijken als mevrouw Fennel haar in mijn kamer kwam zoeken. Ze vermeed mevrouw Fennels ogen zoals we allemaal zouden doen, en haastte zich naar haar kamer, met een herhaald geprevel van 'Sorry. Sorry'. Het leek alsof ze het in haar geheugen wilde prenten.

Mevrouw Fennel haatte dat woord. 'Zeg geen sorry,' zei ze dan. 'Als iets gebroken of vernield is, kan dat niet meer in de oude toestand worden hersteld met "Sorry".'

Ik was beslist niet van plan 'sorry' te zeggen tegen Ava. Ik had mijn iPod in de player, speaker en charger geïnstalleerd, en hij was net begonnen te spelen. Ik had de muziek zo zacht gezet, dat ik meende mijn koptelefoon niet nodig te hebben, en was dus oprecht verbaasd toen ze mijn kamer binnenstormde. Ik schrok van haar, maar zodra ik me weer beheerst had, was ik meer geërgerd dan bang. Ze leek half te slapen, hoewel het bijna twaalf uur in de middag was. Natuurlijk wist ik waarom.

Bijna altijd als Ava zo lang bleef slapen, of een middagdutje ging doen, deed papa dat ook. Ik had dezelfde herinneringen aan mijn oudste zus, Brianna. Je vroeg je af hoe ze iets kon horen door de muren heen als ze in die op een coma lijkende slaap viel, maar wat ik verbluffend vond van mijn twee zussen en mijn vader was de enorme gevoeligheid van hun gehoor. Ik geloofde echt dat mijn vader en mijn zussen, toen ze wat ouder waren, een speld konden horen vallen, zelfs als ze diep in slaap waren. Ze leken een zesde zintuig te hebben, vooral voor gevaar. Zou ik datzelfde vermogen krijgen? Ik had het nog niet.

In films en op de televisie, als iemands hond plotseling begint te grommen of te blaffen, stopt de man of vrouw in kwestie om te luisteren en hoort niets, maar vraagt altijd zacht fluisterend aan de hond: 'Wat is er, ouwe jongen? Wat hoor je daarbuiten?' Meestal blijkt het iets dreigends te zijn.

Ik had dat papa vaak zien doen. Dan hield hij plotseling op met lezen of keek naar iets en luisterde nog scherper. Zijn oren gingen niet rechtovereind staan en hij gromde niet, maar zijn gezicht veranderde en kreeg een sombere, bezorgde uitdrukking. Zijn ogen werden glazig en zijn neusgaten trilden alsof hij een dreigende geur opsnoof. Het was niet zozeer angst. Ik had hem nog nooit bang gezien, voor wat dan ook. Ik denk dat hij plotseling extra op zijn hoede was.

Eén keer, al zei niemand van ons iets, stak hij zijn hand op en zei: 'Stil.' Het was alsof we te luid dachten.

Mijn hart begon te bonzen. Brianna's gezicht bootste dat van hem na, en iedereen verstarde. Na een of twee ogenblikken knikte papa, opgelucht en tevreden, en keerde terug naar zijn lectuur. Ook Brianna keek opgelucht en tevreden. Ik keek naar Ava om te zien of zij, net als ik, een verklaring verlangde, maar dat deed ze niet, of áls ze het deed, was ze te bang om het te vragen. Ava was toen zeven, en ik was vier. Marla was nog niet geboren en nog niet bij ons gebracht om hier te komen wonen.

Als ik vroeg wat er aan de hand was, waarom iedereen zo bezorgd keek, keken Ava en Brianna even naar mij en dan naar papa, die slechts zijn hoofd schudde en verder las.

Zelfs toen ik nog zo jong was, en soms zo vol onbegrip waar het mijn familie betrof, voelde ik me een volledige buitenstaander, eerder een bezoekster dan een dochter. Ten slotte besefte ik dat iets of iemand ons altijd achtervolgde. Ik wist nog niet wat of wie het was, maar zoals alle informatie die ik kreeg, zou die komen als papa vond dat ik er rijp voor was.

Er verborgen zich geheimen in elke schaduw, geheimen die verhuld waren in fluisteringen, in veelbetekenende blikken. Soms vond ik ze lijken op schimmels op de muren. Niet dat we het ooit vierden, maar ik droomde van een Kerstmis met pakjes onder de boom, allemaal met mijn naam erop. Ik hoefde ze alleen maar stuk voor stuk open te maken, en ik zou de antwoorden te weten komen.

'Jeetje, Ava,' zei ik nu zacht protesterend, 'ik hoor de muziek nauwelijks.'

'Denk toch niet altijd aan jezelf,' snauwde ze. Haar ogen kwamen plotseling tot leven, verloren de slaperigheid en begonnen te glinsteren. Het leek of er lucifers achter haar ogen waren ontvlamd. Zelfs haar wangen werden knalrood. Ava zou nooit lelijk kunnen zijn, maar de laatste tijd zag ik steeds vaker veranderingen in haar gezicht, dat verhardde als ze zich opwond.

'Dat doe ik niet.'

'Dat doe je wél. Ik snap niet hoe het komt dat niemand anders ziet hoe egoïstisch je kunt zijn. Je denkt niet eerst aan onze familie. Je denkt eerst aan jezelf.'

Ik schudde mijn hoofd. De tranen sprongen in mijn ogen. In dit huis bestond geen groter zonde dan egoïsme. 'Dat is niet waar!' protesteerde ik luid.

Ze sperde haar ogen weer open. 'Stil, idioot. Als je papa wakker maakt...'

'Oké, oké,' zei ik, en zette de iPod af. Ik had papa nog nooit wakker gemaakt. Dat had niemand van ons, maar de dreiging van zijn en mevrouw Fennels woede als ik dat zou doen, was voldoende om me te laten sidderen.

Papa moest minstens één keer per maand bijna de hele dag slapen. Op die dagen kwam hij meestal niet eens eten. Toen ik nog een stuk jonger was en mevrouw Fennel naar de reden vroeg, antwoordde ze raadselachtig: 'Indigestie.' Verder zei ze niets, en één blik van haar maakte me duidelijk dat ik hierover mijn mond moest houden. Ze had toch al een hekel aan al dat gevraag van me.

Eén keer snauwde ze tegen me: 'Je vragen zoemen om mijn oren als irritante vliegen.' Ze zwaaide met haar hand om haar hoofd alsof ze er daadwerkelijk rondvlogen.

Brianna stoorde zich al net zo aan mijn vragen en negeerde me of zei: 'Val me toch niet altijd lastig. Je zult het weten als je het weet. Probeer eens wat meer op Ava te lijken. Heb geduld.'

Al waakte Brianna nog zo goed over me toen ik nog heel jong was, toch had ik nooit een hechte band met haar. Ik kon beter opschieten met Ava, al was het evenmin gemakkelijk om close te zijn met haar. Bij Brianna kon ik het tenminste op het leeftijdsverschil gooien. Ze was zoveel ouder dan ik.

Op een dag was ze domweg niet meer thuis. Te oordelen naar het gedrag van mevrouw Fennel, papa en Ava moest ik wel aannemen dat er niets verkeerds was aan haar vertrek, al kwam dat wel erg plotseling, tenminste voor mij. Zij leken juist tevreden, blij voor haar. Natuurlijk vroeg ik me af waar ze naartoe was en wanneer ze terug zou komen.

'Ze komt niet terug. Ze is weggegaan om haar bestemming te volgen,' vertelde mevrouw Fennel me.

Toen ik papa vroeg waarom Brianna niet terugkwam, zei hij: 'Dat heeft mevrouw Fennel je al verteld, Lorelei. Meer hoef je voorlopig niet te weten. Wees gewoon net zo blij voor haar als wij zijn.'

Hoe kon ik nou blij zijn voor haar als ik niet wist waar ze was of wat ze deed? Wat betekende dat: 'haar bestemming volgen'? Zou ik later dezelfde bestemming volgen? Op haar leeftijd? En Ava ook? Waar Brianna was bleef tot de dag van vandaag een mysterie, en net als andere vragen mocht er niet naar geïnformeerd worden, al lag het altijd op het puntje van mijn tong om die vraag te stellen. Nog geen jaar later kwam Marla bij ons wonen, en had ik een klein zusje om mede over te waken, maar er kwam nooit een eind aan mijn nieuwsgierigheid naar Brianna's verblijfplaats. Vaak vroeg ik me in bijzijn van mevrouw Fennel hardop af hoe het met haar ging. Dan keek ze me slechts zwijgend en kwaad aan.

'Je moet het zelf weten als je mevrouw Fennel ermee blijft pesten,' zei Ava eens. 'Ze heeft het geduld van een ratelslang die in de val zit.'

Op dat moment leek Ava zelf wel op een soort kwaadaardige slang, zoals ze me vanuit de deuropening nijdig aankeek, haar hoofd geheven als een cobra die op het punt staat toe te slaan. Ik leunde achterover en sloeg mijn armen over elkaar. Ik was wat je zou kunnen noemen een laatbloeier. Ik kreeg pas vrouwelijke vormen toen ik zestien was. Daarvóór leek ik meer op een twaalfjarig kind. Ik wist dat de jongens in mijn klas me daarom geen blik waardig keurden – dat, en de saaie omakleren die ik moest dragen, meestal wijd, in grauwe kleuren, en met afschuwelijke schoenen. Ik wist zeker dat ik waggelde als ik liep.

Gek genoeg veronderstelden de jongens, en ook de meisjes, dat ik uit een fanatiek religieus gezin kwam, een gezin van puriteinen. Daarom droeg ik zulke kleren, zonder make-up, oorbellen of armbanden. Volgens hen verklaarde dat waarom ik geen lid was van een club, niet meedeed aan spelletjes of nooit ging dansen. Ze dachten natuurlijk dat elke poging om vriendschap met me te sluiten, tijdverspilling was.

Maar de laatste tijd was ik me heel erg bewust geworden van mijn lichaam. Zoals ik sommige kleren van mij aan Marla had moeten geven, moest Ava nu een paar van haar nieuwere outfits aan mij afdragen, en die onthulden hoe ik was opgebloeid. De laatste tijd, vooral in de afgelopen week, was ik me er nog meer van bewust, vooral nu de jongens die blik in hun ogen hadden van: Hallo, wat heb jij verborgen gehouden onder die omakleren? Eén jongen, Tommy Holmes, vroeg me of ik soms gedronken had van de plantenmest van de tuinman.

'Misschien is het plastische chirurgie,' opperde Ruta Lee quasischuchter, met ogen vol jaloezie. Als iemand plastische chirurgie kon gebruiken, was zij het wel, met haar lange puntige neus en flaporen.

Ik zei niets, dus ging ze het gerucht in de hele school verspreiden. Ik kon het zien in de gezichten van mijn klasgenoten. De ironie was dat het de belangstelling van sommige jongens alleen maar aanwakkerde. Had ik een borstvergroting gehad, iets laten doen om mijn billen ronder, mijn middel slanker te maken? Bijna van de ene dag op de andere was mijn babyface veranderd in het verbluffend mooie uiterlijk van een covergirl, met de teint van een fotomodel. Ruta begon spijt te krijgen van haar spotternij. Ze keek woedend naar me in de gang en in het klaslokaal, maar niet zo vurig als Ava.

'Wat is er Ava? Wat wil je nog meer van me?' Ik wist zeker dat ze een tijger kon verjagen door hem aan te staren. 'Ik heb hem uitgezet.'

Ze grijnsde en ontspande zich toen en streek haar glanzende zwarte haar naar achteren. Het viel op haar schouders en was nooit dof of vuil. Mijn donkerbruine haar voelde altijd grof aan vergeleken met dat van haar, en het krulde te veel. Misschien dacht ik dat alleen maar omdat papa graag over Ava's haar streek en zelden over dat van mij. Laatst, toen ik tegen mevrouw Fennel klaagde over mijn haar, dreigde ze de strijkplank tevoorschijn te halen en elke lok ervan te glad te strijken.

'Als je erover blijft zeuren, zweer ik je dat ik het zal doen als je slaapt,' waarschuwde ze, 'en als ik iets ervan verbrand en je wordt kaal, dan komt het op je eigen hoofd neer. Letterlijk.'

En dat was dat.

Mevrouw Fennel, die schijnbaar al eeuwen bij mijn vader was, sprak altijd in afgemeten en doeltreffende bewoordingen. Als iemand zei: 'Die vrouw is zuinig met haar woorden', dan had hij of zij het beslist over mevrouw Fennel. Vaak zei ze een hele dag niet meer dan een paar woorden, maar ze kon boekdelen spreken met een blik, een gezichtsuitdrukking. Zelfs toen als een kleine dreumes wist ik al wanneer mijn vragen stom waren en niet de moeite waard om te beantwoorden. Ava zei dat mevrouw Fennel chirurg was. Ze kon de verspilling uit elke dag wegsnijden. Ze deed of zei nooit iets wat zonder betekenis of doelloos was. Ze had de beste BWPA – belangrijke woorden per ademtocht – van iedereen.

'Je hoort dankbaar te zijn dat zij je nanny is geweest,' merkte ze een keer op, toen ik klaagde over iets wat mevrouw Fennel tegen me gezegd had. 'Ik ben dankbaar dat ze de mijne is geweest.'

'Dat bén ik ook!' riep ik uit, hoewel ik het in mijn hart niet meende. In plaats daarvan droomde ik ervan dat ik een echte moeder had.

'Verwend,' mompelde Ava zachtjes, maar luid genoeg dat ik het kon horen. 'Ze laat te veel dingen van jou over haar kant gaan. Mij lukt dat lang zo vaak niet.'

Ik deed mijn best om dankbaar te zijn, te waarderen wat mevrouw Fennel allemaal voor me deed, maar gemakkelijk was het nooit. Als baby was het me verboden te veel of te lang te huilen, en het drong algauw tot me door dat huilen toch geen zin had. Mevrouw Fennel was nooit hardhandig. Ze sloeg me nooit, gaf me nooit een pak slaag; dat hoefde ook niet. Haar strenge blikken, met die goudgetinte zwarte ogen die als laserstralen door me heen gingen, waren meer dan voldoende om me een jammerklacht of snik te doen inslikken.

Lang en mager als ze was, met een hardheid in haar armen en lichaam, die me deed denken dat ze van ijzer was, tot ik haar een keer naakt zag, gaf ze mij, Marla, Ava en ik weet zeker ook Brianna, een gevoel van veiligheid. Zolang zij er was, kon niets ons deren. Zelfs bacteriën vreesden haar. Niemand werd ooit ziek.

En toch was ze bij tijd en wijle zo vrouwelijk, zo bezorgd over onze verschijning, ons uiterlijk, dat ik het gevoel had dat ze de macht bezat om ons om te vormen tot schoonheden. Ze had badolie (haar eigen recept) die onze huid glad en zacht hield, shampoos met een van haar magische ingrediënten die, ondanks mijn onvrede met mijn eigen haar, het echt zacht en gezond maakten vergeleken met het haar van de andere meisjes in mijn klas, en natuurlijk kookte en bereidde ze het gezondste eten voor ons, voornamelijk aan de hand van haar eigen recepten met haar eigen kruiden. Tot op de dag van vandaag weet ik niet wat voor babyvoedsel ze me gaf, maar wat het ook was, het was altijd eigengemaakt.

Er was altijd wat onenigheid tussen haar en papa, die, toen we jonger waren, probeerde ons van tijd tot tijd een snoepje te geven of iets wat zij ongezond vond.

'Verwen ze niet, daar is nog tijd genoeg voor,' zei ze dan gedecideerd, en papa droop af. Eens, dacht ik, zou ik weten hoe het kwam dat mevrouw Fennel, die zogenaamd huishoudster en kindermeisje bij ons was, zoveel macht had over papa, die zogenaamd haar werkgever was. Bij wijze van grap of misschien omdat ze meer wist dan ik, zei Ava eens: 'Ze is papa's moeder. Hij heeft zijn knappe uiterlijk van haar.'

Ondanks haar harde, gebeeldhouwde trekken zag mevrouw Fennel er inderdaad uit of ze vroeger mooi geweest kon zijn. Haar haar was nog lang en zacht. Ze had niet van die bruine vlekken die oudere mensen krijgen, en haar rimpels waren niet diep en niet lang. Soms leken ze te zijn verdwenen. Het leek alsof ze op bepaalde dagen kon terugkeren naar de tijd toen ze nog in de twintig of een tiener was. Het maakte me benieuwd naar haar verleden. In ieder geval tot nu toe, wilde ze per se niet dat ik of Marla haar te veel persoonlijke vragen stelde, en ze was er niet de vrouw naar om zelf met dat soort informatie te komen. Misschien was ze echt papa's moeder en had hij zijn knappe uiterlijk van haar. Bij ons thuis leek schoonheid een vrucht die je kon plukken als het de tijd ervoor was.

Ava was erg aantrekkelijk en erg sexy. Haar bewonderaars, jong of oud, keken naar haar met ogen op steeltjes. Ik kon ze praktisch horen hijgen als we langsliepen, Ava schijnbaar zwevend, met opgeheven hoofd en naar voren gerichte blik. Ze leek zich van niets bewust, zo onverschillig als een godin zou kunnen zijn, al was ze dat allesbehalve. Ze gaf me altijd de indruk dat ze niets minder verwachtte dan bewondering, zelfs aanbidding. Wandelen met haar was bijna een seksuele ervaring, door de manier waarop ze met zichzelf pronkte. In hun verbeeldingswereld waren de mannen die haar zagen al in de ban van een vurige vrijpartij.

Zou ik ooit Ava's zelfverzekerdheid hebben? Haar arrogantie? Ik wist dat het van me verwacht werd. Anders zou ik niet de dochter van mijn vader zijn.

Ava bleef staan in haar zachte, zijden nachthemd, haar weelderige boezem ferm vooruitgestoken, haar elegant gebogen hals soepel overvloeiend in haar schouders. Zelfs als ze pas ontwaakt was, had ze een stralende teint. Zolang ik me kon herinneren, had ze nooit een smetje op haar huid gehad, en beslist geen puistjes. En ook al gebruikte ze lippenstift, het was echt niet nodig. Haar lippen waren van nature rood. Ze ging nooit naar een dokter of een tandarts; wij geen van allen trouwens. Toen ik mevrouw Fennel vroeg waarom niemand van ons medische zorg nodig had, antwoordde ze slechts: 'Goede genen.'

Goede genen? Hoe kon dat? Als ik het goed begrepen had, deelde ik die genen niet, en Marla ook niet, maar wij gingen evenmin naar een dokter of tandarts. Ava zei dat het kwam door het eten en drinken dat mevrouw Fennel voor ons klaarmaakte. Ze zei dat mevrouw Fennel beter was dan welke dokter of tandarts ook. Dat was erg prettig natuurlijk. Wie wilde nou naar een dokter of tandarts? Maar ik vond het geen afdoende verklaring. Waarom had mevrouw Fennel gezegd dat het genen waren? Wat wist zij over onze genen?

Net als die van Marla, was mijn afkomst een mysterie. Het enige wat ik echt wist was dat ik uit een weeshuis gehaald was, net als zij. Altijd als ik probeerde iets specifieks over mijzelf te weten te komen, werd me gezegd dat ik me daar niet mee moest bezighouden.

'Sta niet stil bij wat je onderscheidt van deze familie. Als je dat doet, word je verstoten,' waarschuwde mevrouw Fennel.

Dat wilde ik in geen geval, maar mijn nieuwsgierigheid leek me niet meer dan natuurlijk, en mijn klasgenoten stelden vaak persoonlijke vragen. Ik negeerde die, of zei alleen maar dat ik het niet wist, wat meestal nog waar was ook, al gaf het me een ongemakkelijk gevoel om dat te moeten zeggen.

'Hoe kun je zoiets niet weten?' vroegen ze dan verbaasd.

Meg Logan zei grijnzend: 'Je bent gewoon een groot mysterie, verpakt in een geheim. Ik wens je veel plezier, maar blijf bij ons uit de buurt. Je lijkt wel iemand met alzheimer.'

Dat was pijnlijk om te horen en maakte dat ik me stom voelde. Waarom kon mevrouw Fennel of papa me niet helpen met een paar antwoorden, zodat ik niet zo'n freak leek op school? De hemel weet dat ik me niet anders wilde voelen dan mijn vader en mijn zussen of hoe dan ook van hen vervreemd. Het liefst zou ik net als Ava willen zijn. Ik probeerde altijd haar loop te imiteren, de houding van haar hoofd, zelfs haar glimlach.

Was het verkeerd van me om zoveel ontzag te hebben voor mijn zus? Was dat natuurlijk?

Op dit moment maakte een snelle flikkering in haar ogen me duidelijk dat ze zag hoe ik haar lichaam bestudeerde zoals een student van de kunstacademie een beeldhouwwerk in een museum zou analyseren.

'Wat ik nog meer van je wil? Ik wil dat je ophoudt met je te gedragen als een smoorverliefde tiener.'

'Zo gedraag ik me niet.'

'O, nee?' Ze staarde me even aan, schudde toen haar hoofd en glimlachte. 'Oké, wat heb je vandaag voor probleem, zusje? De jongen op wie je valt, ziet je niet staan?'

'Ik heb geen probleem, en ik val niet op een jongen van school.' Te laat besefte ik hoe defensief ik klonk.

Ze lachte sceptisch, ging op de rand van mijn hemelbed van donker notenhout zitten en liet zich toen achterovervallen op mijn enorme hoofdkussen. We hadden zelden wat ik een intiem zussenonder-elkaargesprek zou willen noemen, afgaande op de gesprekken die ik hoorde op de televisie of tussen de meisjes in mijn klas als ze het over hun oudere zussen hadden. Ava had te gauw de moederrol overgenomen van Brianna, maar misschien zou ze veranderen nu ik ouder was, dacht ik. Haar leven was anders. Waarom zou mijn leven dat niet ook zijn? Op papa's voorstel volgde Ava de colleges op de UCLA in Westwood, Californië, maar ze leek er weinig belangstelling voor te hebben. Ze deed het omdat papa het zei. Zo waren we allemaal opgevoed. Als papa sprak, hield alles stil. Zelfs de aarde stopte even met draaien.

We woonden nu al drie jaar in Brentwood, in een zijstraat van Sunset Boulevard. Heel landelijk te midden van bos en velden. Het dichtstbijzijnde huis was ver genoeg weg om ons het gevoel te geven dat we geen buren hadden. Papa wilde graag om de paar jaar verhuizen. Ik was in drie verschillende staten naar school gegaan: de staat New York; Nashville, Tennessee; en nu Californië. We gingen altijd naar particuliere scholen, die papa zorgvuldig uitkoos, hoe duur ze ook waren.

Papa was rijk genoeg dankzij een erfenis, maar ook door zijn jarenlange wat mevrouw Fennel briljante investeringen noemde. Papa lof toezwaaien was in ieder geval één ding wat mevrouw Fennel vaak en uitbundig deed. Het leek feitelijk het enige onderwerp dat haar genoeg interesseerde om erover te praten: papa's geweldige kwaliteiten. Ze klonk echt als een trotse moeder. Volgens haar was niemand zo sterk, zo intelligent, zo succesvol als mijn vader. Er ging bijna geen dag voorbij dat ze ons niet vertelde hoe we boften dat we hem als vader hadden en hoe belangrijk het was om het hem naar de zin te maken.

Ze hoefde niet veel te doen om ons te overtuigen. Papa was werkelijk de meest charmante, bereisde en ontwikkelde man die ik ooit gezien of gehoord had. Hij was elegant en knap op een heel aristocratische manier. Mensen die hem voor het eerst ontmoetten dachten dat hij uit een Europese koninklijke familie stamde. Hij had iets over zich van de Oude Wereld, in zijn houding, zijn optreden, zijn manier van spreken en eten. Ik dacht vaak dat hij een prins kon zijn. Ik geloofde dat hij op een dag heel goed een troon zou kunnen erven of teruggeroepen zou worden om een kasteel te bewonen in een of ander exotisch land. In mijn dagdromen zag ik me behandeld worden als een kleine prinses dankzij papa. De saffieren ring die hij aan zijn rechterpink droeg was in goud gezet en zag eruit als een ring die een koning zou kunnen dragen om door zijn onderdanen te worden gekust, zoals de katholieken de ring van een bisschop kussen. Ava droeg een kleinere, vrouwelijke versie aan haar pink. En ik herinnerde me dat Brianna er ook een had.

Papa had overal vrienden, en allemaal leken ze hoogopgeleid en rijk. Enkelen van hen noemde ik oom of tante als ze op bezoek kwamen, en ze brachten altijd voor ons allemaal cadeautjes mee. Sommigen zagen er net zo jong uit als papa, maar anderen leken meer op mevrouw Fennel. Wat ik opmerkte, en waar ik erg trots op was, was hun eerbied voor papa, hoe oud ze er ook uitzagen. Ze gedroegen zich jegens hem alsof hij inderdaad van koninklijken bloede was en zij zijn trouwe onderdanen waren. Nu en dan waren een of meer van die ooms en tantes van streek als ze bij ons kwamen, en dan werden ze snel naar een kamer gebracht, bij ons vandaan. Alleen mevrouw Fennel mocht erbij. Maar hoe ontdaan ze ook waren als ze aankwamen, ze vertrokken weer glimlachend en zelfverzekerd.

Het verwonderde me niets. Op welk uur van de dag ook, en wat hij op dat moment ook deed, papa liet zich door niets in de war brengen. Het leek wel of niets ter wereld hem kon verrassen. Hij had een kalme, gelijkmatige manier van doen die indruk maakte op iedereen die hij tegenkwam en die hen vrijwel onmiddellijk op hun gemak stelde. Niemand, behalve misschien mevrouw Fennel, wist precies hoe oud hij was, zelfs Ava of Brianna niet. Hij scheen echt de wijsheid te bezitten van iemand die eeuwenoud was, ook al was het moeilijk te geloven dat hij ouder was dan vijfenveertig of vijftig.

Wanneer was hij geboren? Waar was hij geboren? Wie waren zijn ouders? Het waren vragen waarop ik vermoedde dat mevrouw Fennel nooit antwoord zou geven. Ik vroeg papa natuurlijk hoe oud hij was, maar hij glimlachte slechts en zei: 'Raad maar', of 'Zeg jij het maar, dan zal dat mijn leeftijd zijn.'

Toen ik hem vroeg waar hij geboren was, zei hij dat hij te jong was geweest om het zich te herinneren. Hij maakte altijd grapjes, maar gaf nooit iets prijs.

Ava leek zich niet erom te bekommeren, en toen ik het haar vroeg, keek ze me aan alsof het iets was wat nog nooit bij haar was opgekomen. Hoe kon dat? vroeg ik me af. Waarom was ze zo anders dan ik? Soms kreeg haar gezicht de uitdrukking van papa, die afwezige blik die me het gevoel gaf dat hij zich niet van mijn bestaan bewust was.

Voor zover ik wist, was Ava de enige van ons die papa's natuurlijke kind was. Ze beweerde dat ze het pas kortgeleden te weten was gekomen, en in tegenstelling tot hoe ik me zou voelen als ik zoiets geweldigs hoorde, leek ze kwaad toen ze hoorde dat papa op iemand verliefd was geworden en met haar getrouwd was. Het leek wel of liefde een ziekte was, papa ermee was geïnfecteerd, en zij het resultaat daarvan was. Ze vertelde het alsof het een litteken was.

'Wat is er mis met verliefd worden?' vroeg ik haar toen ze erover jammerde.

'Liefde is vergif voor ons,' antwoordde ze, en wilde er verder niets over zeggen, hoe vaak ik het haar ook vroeg.

Als ik daardoor papa's natuurlijke dochter zou zijn geweest, dacht ik, zou ik het geen vergif noemen.

Soms leek Ava zoveel op papa dat het leek of ze gekloond was. Zelden of nooit sprak papa over Ava's moeder, en Ava vond het vreselijk om over haar te praten. Ze werd woedend als ik ook maar de geringste toespeling op haar maakte. Het enige wat ik wist was ik te weten gekomen van mevrouw Fennel en de enkele opmerkingen die papa zich wel eens liet ontvallen. Ze heette Sophia. Er was me verteld dat ze bij de geboorte gestorven was.

'Zijn er geen foto's van je moeder?' vroeg ik haar eens.

'Als die er zijn, dan wil ik ze niet zien,' antwoordde ze.

‘Ben je zelfs niet een klein beetje nieuwsgierig naar haar?’

‘Nee!’ schreeuwde ze bijna. ‘Praat niet over haar. Voor zover ik weet of wil weten, ben ik uit het ei gekomen. Snap je? Niet geboren. Je kunt me zien als een halve wees.’

Hoe kon ze zelfs maar een halve wees zijn? Ze wist in ieder geval wie haar moeder was en wie haar vader was, al was papa in mijn gedachten en mijn hart zo reëel als een vader maar kon zijn. Waarom praatte ze zo verbitterd over haar moeder, behandelde ze haar als iemand die papa bedrogen had of in de val had gelokt? Hoe had hij haar trouwens leren kennen? Wat onderscheidde haar van de andere vrouwen die hij had gekend? Waarom wilde niemand erover praten? Waarom waren we zo omgeven door mysteries? Soms was ik bang dat ik erin zou verdrinken. Ik hield al nauwelijks mijn hoofd boven water met de kleine hapjes informatie die mevrouw Fennel me van tijd tot tijd toegooide. Ik voelde me als een gekooid dier dat aan de rand van verhongering leefde.

Op Ava’s gezicht verscheen nu een van mevrouw Fennels ongeduldige en geërgerde uitdrukkingen.

‘Hou daarmee op, Lorelei. Kijk niet met die onschuldige blik naar me. Je ligt hier heus niet in je kamer alleen maar naar muziek te luisteren,’ ging ze verder. Ze ging op mijn bed liggen en staarde omhoog naar het plafond. Je ligt hier te fantaseren over seks met een van de jongens van je school, over zijn verrukkelijke zoenen, over zijn tong die met jouw tong speelt, zijn lippen in je hals, terwijl hij je langzaam uitkleedt,’ zei ze met zoveel erotisch gevoel dat er een tinteling door me heenging.

Ze draaide zich op haar zij om me aan te kijken. Haar borsten bolden op en haar ogen schitterden ondeugend. Hoe kon enige man haar weerstaan, zich niet overgeven aan die uitnodigende lippen? Zou ik ooit zoveel macht hebben als zij? De mogelijkheid wond me op en beangstigde me tegelijkertijd.

‘Ik...’

‘Alsjeblieft. Probeer maar niet het te ontkennen. Ik kan je dromen bijna door de muur heen horen, en ik weet heel goed waarom je soms zo'n rood hoofd hebt. Het overmant je, hè? Je hebt het gevoel dat je zou kunnen verdrinken in je eigen seks, dat je hart uit elkaar zou kunnen springen omdat het zo hard en zo snel klopt, en dat alles gewoon door gedachten, door beelden die je ziet in je fantasie. Je hebt geen idee hoe het in werkelijkheid is.'

Ik knikte. Het was zinloos tegen haar te liegen. Zo was het precies. Tevreden met mijn bekentenis, glimlachte ze en ging weer naar het plafond liggen staren.

'Vergeet niet dat ik ook zo jong ben geweest en hetzelfde heb meegemaakt als wat jij nu ondergaat. Ik geef toe dat ik toen jonger was dan jij, maar het was precies hetzelfde, dus hou op met het te ontkennen.'

'Ik zei niet dat ik geen fantasieën heb over een van de jongens. Ik zei dat ik op geen van die jongens smoorverliefd ben. Er is niet één bij voor wie ik mijn ziel en zaligheid zou geven, Ava. Ik zweer het je.'

'Smoorverliefd. Zeggen tieners dat nog steeds? Het kan me niet schelen hoe je het noemt. Je hebt dat verlangen. Soms doet je lichaam daardoor letterlijk pijn.'

Ze grijnsde als een kat en richtte haar aandacht toen weer op het plafond. De manier waarop ze ernaar lag te staren maakte dat ik me afvroeg of ze daar iets zag. Ik keek er ook even naar. Papa sliep vlak boven ons. Was dat wat ze dacht? Zei ze dat alles omdat ze wist dat hij haar kon horen? Papa kon ons in zijn slaap horen, zelfs al praatten we net zo zachtjes als nu. Hij had me eens verteld dat hij niet sliep. Hij dreef rond in de duisternis, zweefde als een astronaut in de ruimte.

'Ik zal je wat zeggen, zusjelief. Wees niet zo gretig om het weg te geven.'

'Dat ben ik niet.'

'Het heeft geen zin om te ontkennen dat je het graag zou willen, Lorelei. Papa voelt het ook. Hij is bang dat je er als een konijn op af kan gaan en ons daardoor allemaal in gevaar brengt.'

Ik onderdrukte een kreet. Wat kon ik in vredesnaam hebben

gedaan om die indruk bij hem te wekken? 'Heeft hij dat echt gezegd?'

'Natuurlijk. Hij vertelt me alles wat hij over je denkt en bespreekt elke verandering die hij in je ziet, hoe onbelangrijk die ook lijkt.'

Omdat zij ouder was dan ik verwachtte ik wel dat papa haar eerder dan mij dingen zou toevertrouwen, maar niet zoiets intiems. Ik had altijd gedacht dat papa en ik een heel speciale, eerlijke band met elkaar hadden.

'Je moet me altijd precies vertellen wat je gevoelens zijn, Lorelei,' had papa eens tegen me gezegd. 'En ik zal hetzelfde doen tegen jou.'

Ik was diep teleurgesteld, maar klaagde niet, liet geen klacht horen. Zelfs de geringste suggestie van ontevredenheid over papa of de geringste kritiek op hem, kon de razernij wekken van mevrouw Fennel of een van mijn oudere zussen. In hun ogen was dat een godslastering. Zoals gelovigen verbannen konden worden door een religie, kon een van ons verbannen worden door deze familie. Niemand zei dat ronduit, zelfs mevrouw Fennel niet, maar ik voelde het. Ik was uit het niets vandaan geplukt en kon er weer in worden gedumpt, gedumpt in een wereld zonder familie, zonder vader, laat staan een moeder.

Soms, misschien door boeken die ik las of films die ik zag, probeerde ik me voor te stellen hoe hard en eenzaam het moest zijn voor die vondelingen die nooit een gezin vonden dat hen opnam in hun leven. Hoe kil en koud moest het niet zijn om een instituut te hebben bij wijze van een thuis, en betaalde bureaucraten als plaatsvervangende familieleden. Ik twijfelde er niet aan of ze zouden maar al te graag met me ruilen, wat de verplichtingen en regels hier ook waren. Hier had je in ieder geval een echt thuis, was er een vader om je echte liefde en genegenheid te tonen. Ik wist dat waar wij papa nodig hadden, wij hem allemaal nodig hadden, hij ons ook nodig had, en dat was iets te kostbaars om afstand van te doen.

Na een korte stilte vroeg ik Ava: 'Hoe oud was jij toen je het voor het eerst met een jongen deed? Je zei dat jij al die gevoelens had toen je jonger was dan ik.'

Ze keek me aan met een quasipreuts glimlachje. 'Wie zegt dat ik zelfs maar een eerste keer heb meegemaakt?'

'Heb je dat niet?'

Ze lachte. 'Kijk eens naar jezelf, moet je dat verbaasde gezicht zien. Ben je niet interessanter, opwindender, als je mannen in het onzekere laat?'

'Ik weet het niet. Ik weet echt niet veel over mannen en wat ze denken en hoe ze denken,' bekende ik.

Haar lach verdween snel. 'Nou, ik zeg je dat je mysterieuzer bent en dat dat belangrijk is. De meiden die je kunt doorzien zijn altijd de minst interessante. Het is van essentieel belang dat je je in een waas van geheimzinnigheid hult, Lorelei, vooral omdat je een van ons bent. Je zou denken dat je dat nu zelf wel hoort te weten, maar ik vergeet steeds weer hoe onvolwassen je soms bent.'

'Ik ben niet onvolwassen,' zei ik pruilend, maar ging toen snel verder. 'Als ik dat ben, dan komt dat omdat ik niks mag doen, niks mag meemaken, als het om de andere sekse gaat. Ik heb nog nooit een date gehad, ben zelfs nog nooit naar een party geweest. Sommige kinderen in mijn klas denken dat ik iets verschrikkelijks moet hebben gedaan om zo kort te worden gehouden, of dat we religieuze fanatici zijn.'

Ze lachte, en zei toen: 'Wat kan het ons schelen wat ze denken?'

'Mij wel, Ava. Vertel me niet dat jij het er ook niet moeilijk mee hebt gehad.'

Ze keek me even met een ongewone zachtheid aan. Ik wist dat het betekende dat ze me iets belangrijks ging vertellen. 'Tja, papa is het wat dat betreft met je eens. Hij denkt dat je er vrijwel klaar voor bent om met me uit te gaan, maar hij maakt zich zorgen. Hij gelooft niet dat je zo instinctief erop voorbereid bent als Brianna en ik dat waren. Hij wil dat ik begin met je dingen te leren die je moet weten, je voor te bereiden en je te laten zien hoe je aantrekkelijker, geraffineerder en vooral voorzichtiger kunt zijn.'

'Heus?'

'We zullen een paar keer proefdraaien, zodat ik je in actie kan zien en jij mij kunt observeren en iets leren. Beschouw het maar als een soort workshop,' voegde ze eraan toe. Toen zuchtte ze zo diep, dat ik dacht dat haar borst uit elkaar zou springen. 'Je seksuele opleiding is mijn nieuwste taak, maar ik heb altijd geweten dat het zover zou komen.'

'Je lijkt je er een beetje aan te ergeren. Heeft Brianna niet hetzelfde voor jou gedaan? Ergerde zij zich omdat ze het moest doen?'

'Dat was iets anders.'

'Waarom?'

'Dat heb ik je net verteld. Ik was instinctief beter voorbereid.'

'Nou, misschien ben ik dat ook wel. Het is niet eerlijk om te denken dat ik dat niet ben zonder me de kans te geven te bewijzen of ik het wel of niet ben,' protesteerde ik.

'Papa zei van niet. Trek je papa's oordeel in twijfel?'

'Nee. Natuurlijk niet, maar –'

Ze ging snel rechtop zitten, streek haar haar naar achteren en stapte van het bed af. 'Ik moet nog wat slapen,' zei ze.

'Waar was je gisteravond?'

'Waarom?'

'Ik vroeg me alleen maar af waar je naartoe gaat... ik bedoel, wat voor soort man –'

'Dat zul je weten als je het weet.'

'Je was deze keer pas heel laat thuis,' flapte ik eruit voor ze de kamer kon verlaten.

'Wát? Ben je opgebleven, heb je me bespioneerd om te zien of ik succes had gehad? Vond je dat ik er te lang over deed? Oordeel jij nu over mij?'

'Nee, ik...'

'Bleef alleen maar op.' Ze ontspande zich en dacht even na. 'Misschien heeft papa gelijk. Misschien ben je er inderdaad klaar voor. Ik deed hetzelfde, bespioneerde Brianna, en dacht dezelfde dingen toen ik zover was. Daarom is het zo belangrijk dat je niet betrokken raakt bij een of andere tienerromance. Je weet wat er met je zou gebeuren als je ooit zwanger zou worden, Lorelei. Je weet hoe nutteloos je zou zijn voor papa, en ook voor jezelf,' zei ze op scherpe toon. Haar gezicht werd rood van opkomende woede.

'Voor de laatste keer, Ava. Ik heb geen tienerromance, en ik probeer ook niet er een te krijgen!'

'Praat niet zo hard!'

'Nou, het *is* zo, Ava.'

'Eh-eh.' Ze knikte, met een achterdochtige blik in haar ogen. Ze kon zo irritant zijn! Ze maakte een hoofdbeweging naar mijn iPod. 'Gebruik je koptelefoon.'

Ze ging weg en deed mijn deur zacht achter zich dicht.

Ik zette de koptelefoon op, maar speelde geen muziek. In plaats daarvan luisterde ik naar mijn herinneringen van de vorige avond.

Ik had tegen haar gelogen. Ik bespioneerde haar wél, want ze leek er inderdaad langer over te doen. Ik had gewacht voor het raam in mijn slaapkamer, dat uitzicht bood op onze oprit, en had haar zien aan komen rijden met de jongeman naast haar. De maan belichtte de voorkant van het huis net voldoende om hem te kunnen onderscheiden. Hij leek lang, met brede schouders, als een UCLA-footballspeler, maar ik wist dat hij dat niet kon zijn. Papa zou niet toestaan dat ze iemand van haar universiteit hier mee naartoe nam, niet zo lang we zo dichtbij woonden.

Alle lichten in huis waren uit. Ik wist zeker dat mevrouw Fennel naar haar keek door de kier van de gordijnen. Ik liep naar mijn gesloten deur en legde mijn oor ertegen. Ik hoorde het gelach van de man en toen van haar. Hij klonk zo vrolijk, was waarschijnlijk dolblij dat hij succes had bij een meisje dat zo mooi was als Ava. Het leek me alsof ze in de hal waren blijven staan en elkaar zoenden. Ze wilde hem opwinden. Ze wilde dat zijn hart bonsde en het bloed wild door zijn aderen stroomde.

Toen hoorde ik hen naar boven gaan. Er werd weer gelachen, al klonk het nu gedempt. Ava klonk eigenlijk een beetje onnozel. Ik opende mijn deur op een kier en luisterde. Ik wilde graag weten wat ze hem op dit moment zou vertellen. In plaats daarvan viel er een diepe stilte. Plotseling kon ik de verbazing horen in zijn stem, en toen viel de deur van papa's kamer dicht.

De jongeman had maar één seconde tijd om een gil te geven.

2

Understatement

'Kijk eens hoe mooi dat haar staat,' zei papa toen ik in de zitkamer kwam.

Ik had net de jurk aangetrokken die hij uit Frankrijk voor me had meegebracht. Hij leunde achterover in zijn Louis xv-leunstoel, bekleed met Aubusson-gobelin. Papa was altijd erg trots op zijn meubels. Hij zei tegen ons dat wat er zich in iemands huis bevond, zich in zijn eigen ziel bevond. 'Zijn kunst, zijn kleurenkeus, zijn vloeren en muren, onthullen wat er in zijn hart huist. Ze vertellen ons wie hij is, hoe hij is opgevoed, wat zijn smaak is voor wijn, vrouwen en gezang,' voegde hij er lachend aan toe.

Zoals altijd was zijn houding perfect. Hij zat nooit onderuitgezakt, leek nooit moe of lui. Vaak, als ik hem alleen en peinzend zag zitten, deed hij me denken aan een Grieks standbeeld. Hij had een albasten huid, met de opvallend intelligente en toch warme zwarte ogen, die hun weerschijn vonden in zijn ebbenhouten haar. Zijn ogen leken op juwelen, op kostbare opalen. Hij had een krachtige, rechte mond en een Romeinse neus, hoge jukbeenderen en een kaak die prominent genoeg was om hem macht te laten uitstralen.

Ava stond naast hem met haar hand op zijn schouder, alsof ze meende dat ze poseerden voor een familiefoto en zij die belangrijke positie hoorde in te nemen. Marla zat aan zijn voeten, met haar rechterarm om zijn benen, alsof ze wilde aantonen dat hij van haar was. Elke keer als we hem aanraakten, elke keer dat hij ons aanraakte, elke omhelzing, vooral elke kus, was verlangend in ontvangst genomen om onze liefdesbankrekening te verrijken. Niemand van ons zou het hardop zeggen, maar allemaal geloofden en hoopten we dat hij meer van ons hield dan van een van zijn andere dochters.

Hij had kleren, sieraden en parfum meegebracht voor ons alle drie, maar had met name mij gevraagd de nieuwe zwarte mouwloze jurk aan te trekken voor het diner die avond. De jurk had een laag uitgesneden V-hals en een zoom ongeveer halverwege mijn enkels en knieën. Het materiaal was iets wat ik nooit eerder had gezien of gevoeld. Hij zei dat hij hem speciaal voor mij had laten maken. Hij omsloot mijn lichaam als een tweede huid. Ik droeg geen beha maar wel een panty. Hij had me gevraagd die avond geen sieraden te dragen.

'Ware schoonheid is altijd onderschat,' zei hij. 'Aantrekkelijke vrouwen beseffen niet dat ze hun eigen natuurlijke schoonheid benadelen met te veel waardevolle sieraden. Dat veroorzaakt onnodige concurrentie met hun eigen lichaam. Waarom zou je de aandacht afleiden van je ogen, je lippen, je prachtige teint?'

Het klonk zo juist. Was er iets wat papa niet wist over vrouwen, over wat dan ook?

'Ben ik nu mooi, papa?' vroeg ik hem.

'Ik zou deze jurk niet voor je gekocht hebben als ik niet dacht dat de tijd rijp was,' zei hij.

Ik was de enige van ons drieën die 's avonds feestelijk gekleed was aan tafel. Marla was in spijkerbroek en een schooltrui. Ava droeg een zwarte spijkerbroek en een gebreide witte blouse. Papa droeg een donkerblauw hemd en een witte broek. Vanavond zag hij er nog jonger uit dan anders. De tijd viel hulpeloos aan zijn voeten. Hij was beschermd tegen de beproeving van dagen, maanden en jaren. Ze waren als vliegen op de huid van een olifant. Ik denk dat hij daarom zo onbekommerd was over data, zelfs weekdagen, tenzij hij een afspraak had. Niemand scheen het op te vallen dat hij zelden een horloge droeg. Hij had mooie ringen, gouden armbanden en prachtige kettingen, sieraden uit de hele wereld, maar vermeed het meestal een horloge om te doen, ook al had hij er een la vol van.

Toen ik hem vroeg waarom hij er zelden een droeg, zei hij: 'Wat voor verschil maakt het ene uur of het andere voor mij, Lorelei? Ik leef altijd voor het moment en verspil mijn tijd nooit met verlangen naar morgen.'

Hij leek trouwens toch een ingebouwde klok te hebben en wist instinctief hoe laat het was als het belangrijk voor hem was om dat te weten. Wij, meiden, hadden allemaal horloges, en er waren allerlei antieke klokken in huis, die opvallend synchroon liepen en het uur eensgezind en in perfecte harmonie aankondigden. In de eetkamer hadden we een pendule die volgens papa in de achttiende eeuw was gemaakt en vroeger in het paleis van Lodewijk XIV van Frankrijk had gehangen. Met zijn beschrijving beschreef hij feitelijk het hele paleis, zo gedetailleerd dat ik ervan overtuigd was dat hij er geweest was en de klok daar had gezien.

Toen hij me zag in mijn nieuwe jurk, glimlachte hij bewonderend. Ik kon zijn liefde voelen, alsof die in zachte, melodieuze golven uit zijn ogen, zijn lippen en zijn hart stroomde. Hoeveel van de andere weesmeisjes hadden een papa die hen zo waardeerde als hij mij? Waarom zou ik niet alles doen wat hij wilde, hem alles bezorgen wat hij nodig had, niet precies zo zijn als hij wilde dat ik was? Misschien was hij niet mijn echte vader, maar ik bestond dankzij hem. Dat verzekerde mijn hart me elke dag opnieuw.

'Ava?' zei papa. 'Kijk onze Lorelei eens. Ze is verbluffend mooi in die jurk, vind je niet?' Geen van mijn beide zussen had nog commentaar geleverd.

'Ja, papa, hij staat haar goed,' zei ze nogal vlak. Ze had er gemakkelijk aan toe kunnen voegen: 'Nou en?'

Hij keek haar aan. 'Het is meer dan alleen de jurk. Ze is fantastisch opgegroeid. Ik zou zeggen dat ze opmerkelijk volwassen is geworden, ja toch?'

'Dat is zo, papa. Opmerkelijk,' antwoordde Ava enigszins sarcastisch. Ik zag dat papa haar strak aankeek. Niets in zijn gezicht verried zijn ongenoegen, maar alleen al dat extra ogenblik was voldoende. 'Ik bedoel, dat ze voor onze ogen opgroeit tot een echte schoonheid,' ging Ava snel verder.

'Precies,' zei papa, nu tevreden over haar antwoord. 'Ik had niet anders verwacht.'

Hij legde zijn linkerhand op Marla's hoofd, streelde haar zoals hij een hond zou strelen. Misschien kon hij haar jaloezie via zijn benen voelen. Ze klampte zich aan hem vast alsof haar leven ervan afhing.

'Maak je geen zorgen, Marla,' zei hij. 'Jij bent de volgende. We zullen net zo'n schoonheid zien opbloeien in jou als je tijd komt.'

'Wanneer is dat, papa?' vroeg ze, hoopvol en enthousiast naar hem opkijkend.

'Geduld,' zei hij. 'Alles komt tot hen die wachten. Ava was vroeger net zo, hè, Ava?'

'Ik hoefde niet zo geduldig te zijn. Ik bloeide wat eerder op, papa,' zei ze zacht.

Hij keek haar spottend aan, kneep zijn lippen even samen. 'Onze Ava,' zei hij, 'is nog een beetje onzeker.'

Onzeker? Ava? Geen van papa's dochters kon onzeker zijn, vooral niet op Ava's leeftijd en met de dingen die ze nu moest doen. Ik was verbaasder dan zij over de openlijke kritiek, maar bij haar kwam het hard aan. Ze keek alsof ze hysterisch zou gaan huilen. Ik had bijna medelijden met haar, maar genoot toch meer van het feit dat ze van haar voetstuk was gevallen.

'Het heeft niets te betekenen,' ging papa snel verder. 'Het is zelfs heel normaal. Het hoort bij onderlinge jaloezie en er is niks mis met wat goeie ouderwetse rivaliteit.' Hij lachte en voegde eraan toe: 'Ik heb het volste vertrouwen dat Ava een van mijn beste dochters zal blijken te zijn, zo niet de allerbeste.'

Dat maakte dat ze weer omlaagkwam van haar rots van verdriet, en weer opvrolijkte. Alsof onze levens een toneelstuk waren dat werd gespeeld op een groot toneel, verscheen mevrouw Fennel op de drempel van de deur naar de eetkamer voordat er verder nog iets gezegd kon worden over wie papa's beste dochter zou kunnen zijn en wie niet.

'Alles is gereed,' kondigde ze aan. Door de manier waarop ze het zei en zoals ze daar stond, stijf en met naar achteren getrokken schouders, leek het wel of een van ons naar een executie zou gaan in plaats van te gaan eten.

'Goed, laten we aan tafel gaan,' zei papa en stond op. Marla sprong overeind. Ava liep snel naar voren. Ze verwachtte dat hij zijn arm om haar schouders zou slaan, zoals hij vaak deed, en haar naar de eetkamer zou begeleiden, maar in plaats daarvan stak hij zijn hand naar mij uit. Ik keek naar Ava. Ze trok haar wenkbrauwen op, en in haar op mij gerichte ogen flonkerden woede en teleurstelling. Maar toen wendde ze haar blik snel af en liep naar de eetkamer, om niet te zien hoe papa me een zoen op mijn wang gaf. Maar ik wist zeker dat ik hem hoorde fluisteren: 'Je bent nu een geslepen diamant gevormd uit de ruwe steen. Als ik alleen maar naar je kijk, voel ik me compleet en zelfverzekerd.'

Kon mijn hart nog meer zwellen van trots? Ik bekeek me even in de wandspiegel in onze eetkamer en zag de gloed in mijn gezicht. De vlam in mijn binnenste die oplaaide door mijn blijdschap kon een hele kamer verlichten, dacht ik. Ik maakte me schuldig aan de zonde van de ijdelheid, maar het kon me niet schelen. In onze wereld was de grootste zonde papa te mishagen. Al het andere was meer een overtreding dan een misdaad.

'Vertel eens over je reis naar Frankrijk, papa,' zei Marla toen we aan tafel zaten.

Mevrouw Fennel at nooit met ons mee. Ze diende diner, ontbijt en lunch voor ons op en at zelf in de keuken. Ava zei dat we daar dankbaar voor moesten zijn. 'Als je haar ziet eten, is het of je een half verhongerde hond voedsel naar binnen ziet schrokken.'

'Ik heb vrienden bezocht buiten Parijs bij Versailles,' begon papa.

'Oude vrienden?'

'O, ja. Al mijn vrienden zijn tegenwoordig oude vrienden.' Hij glimlachte. 'Maar iedereen was enthousiast en energiek. Het was een geweldige reünie. Voor ons is het, waar we ook zijn, altijd weer alsof het de eerste keer is, en als je net als ik denkt dat vandaag de eerste dag van je leven is, voelt het ook werkelijk zo aan. We waren net maffe toeristen. We aten in de beste restaurants, gingen overal winkelen, en natuurlijk gingen we allemaal naar het Louvre in Parijs. We hadden zoveel van die kunstenaars gekend. Ik verwacht dat jullie daar uiteindelijk allemaal naartoe gaan.'

'Ik ben er geweest,' bracht Ava hem in herinnering.

'Ja, maar je was nog te jong om het te kunnen waarderen.'

'Ik herinner me heel goed dat ik erheen ging,' hield ze vol. 'Maar...'

'Maar je herinnert je niets van wat je zag,' suggereerde hij met een vriendelijke glimlach.

Ze lachte als een kind dat betrapt wordt met haar hand in de koektrommel.

Toen begonnen we allemaal te lachen.

'Meiden,' zei papa. Hij stak zijn hand uit naar mij en Ava, en ik pakte Marla's hand. Alle vier hielden we elkaars hand vast rond de tafel. Papa boog zijn hoofd en sloot zijn ogen. Dit was het dichtst dat we ooit bij een soort gebed kwamen. Er heerste stilte om ons heen; de lichten leken te dimmen.

'Ik zie grote dingen in het verschiet voor jullie allemaal, lieverds,' zei hij. 'Jullie zullen allemaal naar prachtige plaatsen gaan en de mooiste landschappen ter wereld, de mooiste kunst en architectuur zien. Jullie zullen naast prinsen en koningen en koninginnen en alle rijken en machtigen der aarde lopen. Mannen zullen elke vriendelijke blik, elk hartelijk woord van jullie koesteren, en vrouwen zullen altijd jaloers op jullie zijn.'

'Zal ik een filmster worden?' vroeg Marla opgewonden. Als papa zijn voorspellingen deed, klonken zijn woorden zo waarheidsgetrouw als van een Bijbelse profeet.

Hij hief zijn hoofd op en deed zijn ogen open. 'Nee, Marla. Je gaat niet in de film van een ander spelen, maar in die van jezelf.'

'Dat begrijp ik niet,' zei ze. De schittering verdween uit haar ogen, ze liet haar teleurstelling blijken.

Papa keek naar Ava.

'Wat papa bedoelt, Marla,' zei ze, met een blik ook op mij, 'is dat je een ster zult zijn in het verhaal van je eigen leven. Je zult dingen doen waar mensen van dromen, pretenderen te doen in films. Jij zult ze echt doen. Wij allemaal.'

Opgelucht lachte Marla weer.

'Goed verwoord,' zei papa tegen Ava.

Ze straalde. Altijd als papa een van ons een complimentje gaf, was het of hij ons aanraakte met een toverstok. Ik kon zien dat Marla en Ava dezelfde reactie hadden als ik op een loftuiting van papa. Ze begonnen te stralen alsof er vanbinnen een lichtje was aangestoken. Ze voelden zich warm worden. Ava zei dat het beter was dan seks. Ik moest haar natuurlijk op haar woord geloven.

'Laten we eten wat mevrouw Fennel met hard werken voor ons heeft klaargemaakt,' zei papa, 'en daarna luisteren we met z'n allen naar muziek. Ik wil niets liever dan mijn meiden om me heen hebben als ik me ontspan. Ik wil vanavond jullie warmte, jullie liefde, voelen. Jullie maken dat ik me echt onsterfelijk voel.'

Niemand zei iets, uit angst het mooie moment te verstoren. Ik keek naar het voedsel dat mevrouw Fennel bereid had. Het was een soort stoofpot van rundvlees met haar kruiden. Terwijl ik zat te eten, dacht ik dat niemand in mijn klas of zelfs de hele school of elke school die ik had bezocht, de unieke smaak in mevrouw Fennels recepten had geproefd of ooit zou proeven. Dat wist ik heel zeker.

Vanaf het moment dat ik in papa's wereld werd gebracht, at ik dingen die niemand van mijn leeftijd at. Zelfs toen ik nog heel klein was, wist ik instinctief dat ik anders was en anders leefde. Nu en dan vroeg ik weleens waarom of klaagde ik erover, maar uiteindelijk deed ik altijd wat me gezegd werd, en als ik iets kreeg dat ik niet lekker vond, deed ze er iets mee zodat ik het wél lekker vond.

'Wat doet ze in ons eten?' vroeg ik eens aan Ava.

'Bloed,' antwoordde ze.

'Wat voor bloed? Koeienbloed?'

Ze keek me alleen maar aan en liep weg. Natuurlijk vroeg ik me af of het een plagerijtje van haar was, maar ik durfde het niet aan mevrouw Fennel te vragen. Ik dacht erover het aan papa te vragen, maar ik was bang dat hij kwaad zou zijn op Ava omdat ze dat gezegd had, en dan zou zij weer kwaad zijn op mij. Het was geen pretje als Ava kwaad op je was. Eigenlijk een beetje angstwekkend. Het was als een gerinkel in je oren, het gedreun van een boor vlak onder je hart.

Een van de gevolgen van mevrouw Fennels dagelijkse kost was dat we zelden de kans kregen om te genieten van de dingen waar andere meisjes zo van hielden. We gingen zelden naar een restaurant, tenzij we met papa op reis waren. Ik kon op de vingers van één hand aftellen hoe vaak ik een pizza of yoghurtijs had gegeten, laat staan een snoepje. We kregen zelfs geen kauwgum. We hadden snoep dat mevrouw Fennel klaarmaakte, als je het al snoep kon noemen. Het was hard als een zuurtje, maar werd onmiddellijk zacht in je mond en bevredigde een behoefte. Eén keer, toen ik nog veel jonger was, gaf ik zo'n snoepje aan een klasgenootje. Zodra ze het in haar mond stopte, spuugde ze het uit en zei dat het brandde op haar tong. Toen ik het aan mevrouw Fennel vertelde, werd ze woedend.

'Geef nooit, maar dan ook nooit, aan een ander wat ik aan jou geef! Nooit!'

Natuurlijk begon ik te huilen en werd ik naar mijn kamer gestuurd.

Zoals papa had gezegd, gingen we na het eten naar de zitkamer en luisterden naar muziek, mooie muziek, vooral walsen. Papa hield van walsmuziek. Hij zei dat het hem terugvoerde naar elegantere, voornamere tijden, al wilde hij niet beweren dat hij nu geen mooie dagen beleefde, en dat hij verwachtte dat nog heel veel jaren te blijven doen.

'En allemaal dankzij jullie, beauty's,' zei hij dan.

Hij danste met ieder van ons. Deze avond koos hij mij als eerste. Het was altijd opwindend in papa's armen te dansen, je sierlijk met hem te bewegen. Mijn hart klopte gelijk met het zijne, mijn bloed stroomde net zo snel of zo langzaam als zijn bloed. Soms had ik het gevoel dat ik zweefde en moest ik zelfs omlaagkijken om te zien of mijn voeten wel de vloer raakten. Dan glimlachte papa naar me, en wenste ik dat het ogenblik eeuwig zou duren.

Ik bedankte hem nu weer dat hij die jurk voor me gekocht had.

'Je ziet er verbluffend mooi uit,' zei hij, en gaf me een tedere zoen op mijn voorhoofd.

'Ik zal hem gauw ergens kunnen dragen, hè, papa?'

'Ja,' zei hij, met een blik op Ava, 'dat zul je.'

Ik was enthousiast dat ik eindelijk een date of een party zou hebben, maar voor ik verder nog iets kon vragen, stak hij zijn hand naar haar uit. Instinctief wist ik dat het sowieso niet verstandig was er bij papa op aan te dringen iets te doen of toe te staan. Ondanks de genegenheid die hij me toonde, de cadeaus die hij me gaf, had ik altijd het knagende gevoel dat hij, als ik op de een of andere manier tekortschoot of hem teleurstelde, hij me zou verstoten. Hij zou me terugsturen naar die plaats in het niets waar ik vandaan kwam, een wereld waarin alle afgedankte kinderen verbleven, in de hoop dat iemand hun ooit een naam zou geven.

Ik herinnerde me er natuurlijk niets van. Ik was daar geboren maar nauwelijks geweest voordat papa en mevrouw Fennel kwamen. Het weinige dat me verteld werd was wat een ouder of voogd een kind zou vertellen als verhaaltje voor het slapengaan.

'Eens ben je geboren en lag je in een wieg naast andere vondelingen. Je huilde met het koor mee, maar toen we bij je kwamen, stopte je, alsof je onze aanwezigheid voelde en verwelkomde. Mevrouw Fennel pakte je op en zei: "Deze, Sergio." Ik raakte je wang aan, en je draaide je naar me om, en ik wist dat ze gelijk had.'

Ik had het verhaal in mijn geheugen geprent. Ava, of ze nu jaloers was op mijn blijdschap als ik het verhaal hoorde, of gewoon sceptisch, dreef altijd de spot met me als ik het vertelde.

'Het is een sprookje, idioot,' zei ze dan. 'Dat zei mevrouw Fennel niet tegen papa. Hij vertelde het haar, maar pas nadat iemand je op de stoep bij de voordeur had gedumpt.'

'Is dat wat ze zeiden dat er met jou is gebeurd?' kaatste ik terug. Als ik dapper genoeg was om haar uit te dagen, keek ze plotseling met een schalkse glimlach. In tegenstelling tot andere zussen hadden we nooit valse, schreeuwerige discussies en ruzies. Van tijd tot tijd kon ze me geselen met haar woorden, en als het serieus was, deinsde ik achteruit of klapte dicht, maar als het dat niet was, zei ik weleens iets terug. Meestal verbaasde ze me dan en deed ze alsof ze blij was dat ik het lef had.

Onlangs, toen ik haar ernaar vroeg, zweeg ze even en zei toen na enig nadenken: 'Net als alle oudere Patio-zussen heb ik de verantwoordelijkheid je te vormen tot iets wat papa op prijs zal stellen. Je moet wat ruggengraat krijgen, Lorelei. Zonder dat, zonder zelfvertrouwen, zul je mislukken, en als jij mislukt, misluk ik ook. Om maar niet te zeggen hoe je papa zou teleurstellen, hoe we hem allebei zouden teleurstellen.'

'Ik zal papa niet teleurstellen,' zei ik gauw.

'Misschien,' zei ze en waarschuwde me toen weer dat ik geen stomme dingen moest doen met een of meer jongens van school. Ik moest naar haar waarschuwingen luisteren. Zij was nu meer mijn raadgeefster dan mevrouw Fennel.

Marla keek tegen haar op en zocht net als ik haar leiding, maar na de avond waarop papa me vroeg die jurk aan te trekken en er zoveel ophef van maakte waar zij en Ava bij waren, begon ze meer tegen me op te zien en vroeg me veel dingen die ik vroeger aan Ava had gevraagd. Ik veronderstelde dat het was omdat ze minder in leeftijd verschilde met mij dan met Ava. Marla was ook heel aantrekkelijk met haar helderblauwe ogen en glanzende lichtbruine haar, net een tint of twee donkerder dan blond. Ze had kuiltjes in haar wangen en perfecte gelaatstrekken, maar net als ik, toen ik zo oud was als zij, was ze nog niet voldoende opgegroeid om populair te zijn bij de jongens. Ik wist dat ze dat graag wilde, maar net als ik hield ze dat voor zich.

Ik vond het vreselijk om haar te zeggen dat ik het antwoord op veel van haar vragen niet wist of dat het niet aan mij was om haar die dingen te vertellen, maar een ander antwoord had ik niet.

'Misschien zou je dat aan Ava moeten vragen,' zei ik dan.

Ze dacht dat ik opzettelijk iets achterhield of jaloers was.

'Je kunt het me heus wel vertellen, Lorelei. Je wilt het alleen niet,' jammerde ze. 'En je weet dat ik het niet aan mevrouw Fennel zal vragen of aan papa.'

'Dat is niet waar. Ik zou je alles vertellen wat je wilt weten als ik het kon. Geloof me, toen ik zo oud was als jij, werd ik niet anders behandeld dan jij nu, Marla.'

'Je wilt gewoon niet dat ik het weet,' hield ze vol.

Gefrustreerd klaagde ze over alle geheimzinnigheid in ons leven. Ik kon het niet oneens zijn met haar, al kon ik niet veel doen om haar te helpen. Het was of elke schaduw een stem had die fluisterde, of in elke donkere kamer iets verborgen was voordat het licht aanging, achter elk raam iemand bij ons naar binnen keek voordat ik me omdraaide om naar buiten te kijken. Elk gekraak was een hint, een letter, een woord van een zin die me iets zou vertellen wat ik niet wist. Het zou hetzelfde zijn voor haar. Het feit dat ik haar geen bevredigend antwoord kon geven, droeg bij tot mijn eigen frustraties.

Later die avond, toen ik me in mijn kamer uitkleedde om naar bed te gaan, kwam Ava bij me binnen, op de manier waarop ze dat vaak deed, zwijgend, alsof ze op lucht liep. Ze had me vaak verteld dat we ons moesten oefenen in het stil zijn. We moesten mensen, vooral jonge mannen, onverhoeds benaderen. Het verhoogde het mysterie als we plotseling naast hen leken op te duiken, alsof hun fantasie werkelijkheid was geworden. Zulke kleinigheden, zei ze, waren belangrijk. 'Nuances van je seksualiteit,' noemde zij het. 'We pakken ze geraffineerd aan, draaien en buigen ze als marionetten.'

Mij had ze in ieder geval onverhoeds te pakken. Ik stond in de badkamer en bekeek mijn naakte lichaam in de grote spiegel naast het bad. Ik wist niet of het normaal was dat je zo gefascineerd was door je eigen lichaam. De meeste meisjes die ik kende op school leken voortdurend te klagen over hun lichaam. Ze waren te dik of hun neus en oren waren te groot. Ze waren jaloers op anderen.

Niemand scheen tevreden. Soms dacht ik dat ze een hekel aan me hadden omdat ik niet klaagde of jaloers was.

'Je vindt je zelf verdomd volmaakt, hè?' snauwde Meg Logan op een middag in de gymzaal tegen me. Alle meisjes ratelden hun litanie van klachten af, en ik zweeg zoals gewoonlijk. Ze besefte dat ik alleen maar luisterde en niet meedeed in het koor van klachten. Misschien was het mijn flauwe glimlachje dat haar ergerde.

Feitelijk was ik zo nieuwsgierig naar hen, hoe ze dachten en wat ze zeiden, dat ik niets anders wilde dan luisteren, bijna als iemand uit het buitenland. Onwillekeurig vroeg ik me af of ik werkelijk zo dramatisch van hen verschilde op een manier die ik nu pas begon te begrijpen.

'Nee,' antwoordde ik, geërgerd omdat ze zo gemeen tegen me uitviel. 'Alleen niet als onvolmaakt.'

'Hè? Je bent een griezel,' zei ze. 'Niemand weet wie je echt bent en waarom je zo verrekte geheimzinnig doet, rondsluipt als een geest en je kostbare privacy beschermt. Eerlijk gezegd, wil ik mijn tijd niet verdoen met meer over je te weten te komen. Ik weet al genoeg om van je te walgen.'

De anderen waren het met haar eens, schudden hun hoofd naar me en liepen weg. Ik kon haar niet tegenspreken, al was ik niet zo zwijgzaam om mijn kostbare privacy te beschermen. Ik wist werkelijk niet zoveel over mezelf als ik graag had willen weten. Soms had ik het gevoel dat ik het omhulsel droeg van iemand anders, mijn lichaam en gezicht droeg als een kostuum en masker.

En nu ik mezelf bekeek in de spiegel, had ik het gevoel dat ik door een raam naar een ander meisje keek, een meisje dat net uit het inwendige tevoorschijn was gekomen. Mijn smallere taille, de ronding van mijn heupen, de welving van mijn achterwerk, en de nu zachte lijn van mijn hals en schouders, deden mijn hart sneller kloppen. Langzaam bracht ik mijn handen naar mijn borsten, diep onder de indruk toen ik zag hoe gevuld en stevig ze waren geworden. Opwinding schoot door me heen naar mijn dijen en ik kreunde van genot.

'Niet slecht,' zei Ava, en ik draaide me met een ruk om, met een vuurrood gezicht. Ze knikte. 'Papa heeft gelijk. Je gaat elke dag meer op mij lijken. Geen wonder dat mijn kleren je zo goed passen. Even dacht ik dat ik naar mezelf keek toen ik jouw leeftijd had.'

'Echt waar?' vroeg ik, terwijl ik mijn handdoek pakte.

'Ik zou het niet zeggen als het niet waar was, Lorelei. Ik vlei je niet.' Haar stem klonk alsof ze wilde dat ze het niet hoefde te zeggen. 'Hou trouwens eens op met dat vissen naar complimentjes. Je bent allang over die behoefte heen, hoort dat tenminste te zijn.'

'Ik vis niet naar complimentjes. Ik ben alleen zo blij met...'

'Oké. Ik snap het. Ik kwam je vertellen dat je het komende weekend met me uitgaat, maar zoals ik je al eerder heb uitgelegd, het is alleen om te observeren, en je moet precies doen wat ik zeg. Beschouw het maar als een verkenningstocht.'

'Heus? O, geweldig, Ava.' Ik klapte in mijn handen, wipte op en neer.

Ze schudde haar hoofd en klakte met haar tong, zoals mevrouw Fennel soms deed. 'Ik kan me niet herinneren dat ik zo naïef en onschuldig was als jij. Toen Brianna me de eerste keer meenam, stond ik haar niet aan te staren en te krijsen als een klein kind of zo.'

'Dat zal ik niet doen, ik beloof het je.'

'We zullen zien,' zei ze. Ze draaide zich om en wilde weggaan, maar bleef toen staan en keek me weer aan. 'Papa ziet het niet in je, maar ik wel.'

'Wat?'

'Angst.'

'Angst? Angst waarvoor?'

'Jezelf,' zei ze. Ik keek haar na toen ze de kamer uitging.

Angst was niet een woord dat in dit huis gebruikt werd. Voor zover ik kon zien, was er niets dat papa of mevrouw Fennel vrees aanjoeg, en Ava gedroeg zich alsof ze een op hol geslagen kudde olifanten de baas kon. Was ik zo anders dan zij, dan alle anderen? Hoe kon ik trouwens bang zijn voor mezelf?

Ik dacht even bezorgd na, maar schudde toen mijn hoofd. Nee, ze vergiste zich. Beweren dat zij iets kon zien wat papa niet kon zien, was belachelijk. Als papa het niet kon zien, bestond het niet. Het was gewoon jaloezie, was mijn conclusie. De laatste tijd bracht papa meer tijd met me door en schonk hij me meer aandacht, en ik kon zien dat het haar niet beviel. Het was de onderlinge rivaliteit, precies zoals hij het had beschreven. De gedachte dat Ava ooit jaloers op mij kon zijn was vleiend, maar als iets me ook bang zou kunnen maken, was dat het wel.

Opgelucht trok ik mijn nachthemd aan en kroop onder de dekens. Juist toen ik naar het lichtknopje reikte om de lamp uit te doen, werd er zacht op mijn deur geklopt.

'Ja?'

Papa kwam binnen. Hij was al een hele tijd niet meer in mijn slaapkamer geweest. Zolang ik me kon herinneren had niemand ons ooit naar bed gebracht en ingestopt. Er waren geen verhaaltjes voor het slapengaan. Mevrouw Fennel zou zoiets beslist niet doen. Eén ding dat ons nadrukkelijk was ingeprent was om niet bang te zijn in het donker. Zelfs toen ik nog heel klein was, vertelde papa me al dat de duisternis onze vriend was.

'Wij hebben ons bestaan te danken aan de duisternis,' zei hij. 'Jullie zijn allemaal dochters van de duisternis.'

Ik was er toen niet zeker van wat hij daarmee bedoelde, maar nu wist ik het zeker. Duisternis, geheimen en anonimiteit waren werktuigen die ons leven en onze veiligheid in stand hielden.

Misschien dacht Ava daarom dat ik anders was, dacht ze dat ik bang kon zijn van mijzelf of voor mijzelf. Ze wist dat ik me nooit helemaal op mijn gemak voelde in het donker, of althans niet zo op mijn gemak was als Ava en blijkbaar ook Marla.

'Hoe gaat het met mijn nieuwe beauty?' vroeg papa. Hij ging op het voeteneind van mijn bed zitten.

'Ik weet niet of ik zal kunnen slapen,' zei ik.

'Waarom niet?'

'Ava heeft me net verteld dat ik dit weekend met haar uitga.

Alleen om toe te kijken, maar in ieder geval ga ik uit, ga ik naar opwindende plaatsen en zal ik die mooie nieuwe jurk kunnen dragen die je voor me gekocht hebt. Denk je dat ik het er goed zal afbrengen?' Dit keer moest ik toegeven dat ik naar een complimentje viste.

Hij lachte. 'Dat weet ik wel zeker. Toen ik je voor het eerst zag, wist ik dat jij iemand was die met volle teugen zou genieten van alle pleziertjes die de wereld ons te bieden heeft. Toen je nog een kleuter was, zag ik hoe je at en dronk, genoot als je in bad ging of behaaglijk in een deken werd gewikkeld. Zelfs de manier waarop je sliep vertelde me dat je ondergedompeld was in genot.'

'Echt waar?'

'Natuurlijk, maar niets hiervan komt zelfs maar in de buurt van wat je in de komende tijd zult ervaren, Lorelei. Beschouw alles maar als niets meer dan een voorproefje.'

'Een voorproefje? Nu je me dat allemaal verteld hebt, doe ik beslist geen oog dicht, papa,' zei ik. Hij lachte.

'Je bent een verrukking, Lorelei. Je bent zelfs een van de intelligentste meisjes die ik ooit heb gehad. Je was al vroegrijp toen je twee was. Ik zie hoe goed je het doet op school en ik zie hoe nieuwsgierig je bent naar alles. Heb gewoon geduld en raak nooit gefrustreerd door de tijd of de zorg die ervoor nodig is om je goed op te voeden, oké?'

'Ja, papa.'

'Wees maar niet bang. Ik weet zeker dat je goed zult slapen. Mevrouw Fennel doet altijd iets door het eten om mijn kleine meisjes te helpen in slaap te vallen en nog mooier te worden.'

'Wat doet ze...'

Hij legde zijn vinger op mijn lippen. 'Vraag niet naar bijzonderheden. Geniet er gewoon van,' zei hij, boog zich toen voorover en gaf me een zoen op mijn wang. De geur van zijn lotion deed me duizelen. Zoals bijna alles wat in een fles zat in dit huis, was het beslist iets wat mevrouw Fennel had bereid, een magische geur die zijn uitwerking niet zou missen op het libido van elke vrouw. Waar had ze dat allemaal geleerd? Waar woonde ze toen ze zo oud was als ik? Wie had haar alles geleerd wat ze wist?

Soms vroeg ik me af of ze ooit zo jong was geweest als ik. Misschien was ze in een of ander laboratorium gecreëerd, zoals het monster van Frankenstein. Ik wist dat ik die gedachten, die nieuwsgierigheid, wel kon hebben, maar ze nooit hardop moest uiten, tenzij Ava dat als eerste deed. Papa zou dat zeker niet doen. Omdat hij mevrouw Fennel zo duidelijk respecteerde en van haar afhankelijk was, deed ik mijn uiterste best haar niet in het vaarwater te zitten. Het was beslist niet uit genegenheid voor haar. Ik deed alles voor papa. Soms dacht ik dat ik alleen maar ademhaalde voor papa.

Hij stond langzaam op. Ik hield zijn hand vast tot die voorzichtig uit de mijne glipte. Zijn glimlach viel op me neer als zachte, warme regen, en ik wikkelde me behaaglijk in mijn deken. Ik keek hem na toen hij de kamer verliet. Hij glipte naar buiten alsof hij op de duisternis zelf liep, en deed zachtjes mijn deur dicht.

Er was geen maanlicht vanavond, maar de lucht was helder en de sterren schenen zo helder als een volle maan. Ik luisterde naar de bries die langs de ramen streek, en deed mijn ogen dicht. Hij had gelijk; ik viel in slaap. Maar een tijdje later werd ik rillend wakker en luisterde. Het klonk als een gejank vlak onder mijn raam. Het stopte niet, dus stond ik langzaam op en liep naar het raam.

Toen ik naar buiten keek zag ik iets wat eruitzag als een drom van tientallen jonge mannen. Ze keken allemaal naar mijn raam en ze lieten niet zomaar een afschuwelijk geluid horen. Ze riepen mijn naam, rekten die uit alsof hij meegenomen werd door de wind. Hun gezichten waren lichtgeel, hun ogen zwart, tranen dropen uit hun ogen en over hun wangen als stromen teer.

'Loreleiiiiiii.'

Gezamenlijk strekten ze hun armen naar me uit en kwamen toen een stap dichterbij, draaiden langzaam hun hoofd om en lieten me hun open hals zien, alsof ze hoopten dat ik er iets aan zou doen, iets om ze te helpen.

Ik slaakte een kreet en vluchtte met bonzend hart weg van het raam. Toen ik weer op adem kwam, wachtte ik en luisterde ingespannen. Het gejank was verdwenen. Langzaam ging ik terug naar het raam en keek weer naar buiten.

Er stonden geen jongemannen.

Ik keek zo ver ik kon naar links en naar rechts, maar zag alleen maar schaduwen, buigend en draaiend alsof de wind ermee speelde.

Droomde ik? Slaapwandelde ik? Ging mijn verbeelding met me aan de haal?

Haastig ging ik weer naar bed en luisterde of ik het gejank hoorde, tot ik te slaperig was om mijn ogen en oren open te houden.

Ik herinnerde me alles toen ik wakker werd, maar ik durfde het aan niemand te vertellen.

Het was weer een mysterie, weer een geheim, dat opgeteld kon worden bij de tientallen en tientallen in deze familie. Alleen zou het voorlopig alleen van mij zijn.

3

Beste dochter

Natuurlijk wist ik waarom ik die nachtmerrie had gehad. De oorsprong ervan ging jaren terug. Het had in me liggen etteren als een zwerende puist, en de tijd om open te barsten was gekomen, misschien omdat ik er nu zo dicht bij was om papa's beste dochter te worden.

Er bestond nooit enige twijfel dat ik niet geacht werd heel jong al het eerste en voornaamste geheim te leren kennen. Naar ik had begrepen, had geen van papa's dochters het zo jong gehoord als ik. Niemand had tijd om me erop voor te bereiden zoals zijn andere dochters erop waren voorbereid, en later, toen het uitkwam, was papa woedend op Brianna en gaf haar de schuld. Het was praktisch de enige keer dat ik me kon herinneren dat papa driftig werd en tegen een van ons tekeerging. Ik denk dat het kwam door wat er die avond gebeurde dat Brianna niet echt zo aardig of liefdevol was als een zus tegen me hoorde te zijn. Ze verweet het mij dat papa zo fel tegen haar was uitgevallen. Ik weet dat het haar net zoveel angst inboezemde als mij.

Ik was toen pas vier. We woonden in de staat New York. Brianna was aangewezen om mij les te geven, kleuteronderwijs zoals het genoemd werd. Ik wist dat ze er niet blij mee was, maar papa was zo enthousiast als ik vooruitging, dat ze erg haar best deed. Feitelijk hoefde ze niet zo heel erg haar best te doen. Ik was een goede leerling en wilde graag nieuwe dingen leren, zelfs op die prille leeftijd. Maar ik zag hoe belangrijk het voor haar was om de eer te krijgen, papa's complimentjes en goedkeuring te ontvangen. Ik zag hoeveel plezier haar dat deed, en ik wist dat me een prettige tijd te wachten stond.

In die tijd hield ze me bezig met wiskundesommen, woordbetekenissen, en wetenschappelijke informatie, voordat we aan tafel gingen. Ze gaf me pianoles en leerde me liedjes spelen en zingen. Ze wilde dat ik naar haar keek als ik iets opzegde of zong, maar ik keek altijd naar papa, want ik wilde zijn goedkeuring, niet de hare.

Ava zat er meesmuilend bij, kennelijk geërgerd over de aandacht die papa aan mij besteedde. Ik kon haar bijna horen denken: En ik dan? Mijn zang, mijn vioolspel? Het probleem was dat zij niet zo'n goede zangstem had als ik, zelfs al toen ik vier was. Ze speelde niet met zoveel enthousiasme en toewijding op de viool als ik op de piano. Jong als ik was, had ik de indruk dat Brianna ook niet zo goed zong of pianospeelde als ik toen ze mijn leeftijd had. Zelfs toen al had ik het vermoeden, de hoop, dat papa meer van mij hield dan van een van zijn andere dochters, omdat hij zag dat ik echt de meest bijzondere was.

Het verbaasde me niet zo erg wat papa gezegd had over onderlinge rivaliteit die avond toen ik mijn nieuwe jurk aanhad. Ik had altijd het gevoel dat hij het aanmoedigde. Hij wilde dat we jaloers zouden zijn op elkaar en vooral naar de complimentjes zouden hunkeren die hij aan de een of de ander gaf. Het was echt alsof ons geleerd werd aanstoot te nemen aan elkaar, een hekel aan elkaar te hebben, zelfs elkaar te haten, alleen maar om ons competitiever te maken als het ging om zijn complimentjes in ontvangst te nemen. Maar dan kwamen er weer zijn warme gezinsmomenten waarin hij Ava en mij eraan herinnerde dat we zussen waren en op elkaar moesten passen.

'Jullie zijn allebei heel bijzonder,' zei hij dan. 'Niemand zal jullie daarbuiten zo waarderen als jullie elkaar. Vergeet dat nooit. Uiteindelijk moeten jullie bereid zijn voor elkaar te sterven.'

Ik zag hoe Ava naar me keek. Dodelijk offer? Vergeet het maar, zeiden haar ogen.

'Jullie zullen nooit voor elkaar sterven,' zei hij. 'Dat zal nooit nodig zijn.'

Ava ontspande zich.

'Maar jullie moeten leven alsof het nodig zou kunnen zijn,' waarschuwde hij. Zijn glimlach was snel verdwenen. 'We hebben niemand anders dan onszelf. Vergeet dat nooit.'

Altijd als hij zo'n uitspraak deed, voelde het alsof de woorden in mijn hersens en mijn hart gegrift werden. Ik voelde hoe ze in me rondtolden en een deel werden van wie en wat ik zou worden. Ik laafde me aan zijn woorden zoals de meeste mensen zich laafden aan eten en drinken. Niets maakte dat ik me zo bijzonder voelde als wanneer papa rechtstreeks tegen mij en alleen tegen mij sprak.

Toen ik naar een particuliere basisschool ging, luisterde ik aandachtig naar andere leerlingen, vooral naar oudere meisjes, om te zien in welk opzicht hun gezinsleven verschilde van dat van mij. Ik wilde weten hoeveel onderlinge rivaliteit er heerste bij hen thuis en wat hun vader of moeder deed om het aan te moedigen of te ontmoedigen. Wat ik ervan gehoord had, wensten geen andere ouders enige rancune of naijver onder hun kinderen. Ze deden hun best om geen van hun kinderen het gevoel te geven dat ze werden bevoorrecht, maar het leek niet meer dan natuurlijk dat hun ouders de een of de ander voortrokken. Dat was onvermijdelijk, dus misschien was het bij ons ook onvermijdelijk.

Ten slotte kwam ik tot de conclusie dat papa misschien eerlijker was door de onderlinge rivaliteit toe te staan en zelfs aan te moedigen. Waarom net doen of het niet bestaat in alle gezinnen? Sommigen van ons kenden misschien niet alle geheimen die een ander bekend waren, maar tegen elkaar liegen was een vorm van verraad, en verraad was een grote zonde in onze wereld. We hadden onze eigen religie, onze eigen drie-eenheid: gehoorzaamheid, trouw en opoffering. Dus als het erom ging de waarheid van elkaar onder ogen te zien, moedigde papa ons aan en bleef hij benadrukken waarom onderlinge rivaliteit goed was in onze wereld.

'Als je dat niet wilt, is het of je niet wilt dat het ene of het andere paard wint in een race,' zei hij. 'Hoe stom is dat? Iemand, iets, moet op zijn minst een beetje beter, een beetje sterker, een beetje sneller zijn. Dat leert de natuur ons en die verwacht van ons dat we dat niet alleen accepteren, maar het koesteren en omarmen.'

Wie van ons zou dan een beetje beter, een beetje sterker, een beetje sneller zijn? Ofwel, wie zou papa's beste dochter zijn? Wie zou hem het best van dienst zijn? Wie zou hem de zekerheid geven die hij nodig had om voort te kunnen leven? Want dat was het enige doel in ons leven.

Ik had geen idee dat het de reden was waarom ik in papa's huis was komen wonen, zelfs nadat ik bij toeval die eerste ontdekking had gedaan. Ik was nog te jong om de volle betekenis te beseffen van wat ik gezien en gehoord had en hoe dat alles met mij in verband stond. Zelfs nu nog dacht ik niet dat ik het helemaal begreep, maar dat zou nog komen. Geen twijfel mogelijk. Dat zou komen.

Iets had me die nacht wakker gemaakt. Meestal viel ik gemakkelijk in slaap. Misschien, nu ik het wist, kwam dat door wat mevrouw Fennel in mijn eten deed. Misschien was het haar schuld. Misschien was ze het die avond vergeten. Maar zelfs toen al kon ik me niet voorstellen dat papa ooit kwaad zou worden op mevrouw Fennel of haar een standje zou geven. Wat de reden ook was, mijn ogen gingen open en ik was klaarwakker. Ik probeerde weer te slapen, maar plotseling hoorde ik Brianna lachen. Het was kennelijk al heel laat, maar ze was erg luidruchtig. Het leek alsof ze vlak onder mijn raam stond. Wat deed ze voor mijn raam? En wat was zo grappig midden in de nacht?

In die tijd woonden we net even buiten Rhinebeck, New York, in een oud Queen Anne-stijl huis met meer dan twintig hectare grond. Het huis was gerenoveerd zonder het eigen karakter te verliezen. Papa had zijn meubels en schilderijen erheen verhuisd, en zoals alles ervan in toekomstige huizen, leek het alsof ze speciaal voor dit huis gemaakt waren. Alles paste perfect, de kleuren waren volkomen op elkaar afgestemd. Toen ik er na onze verhuizing naar

Brentwood een opmerking over maakte, antwoordde papa raadselachtig: 'Al onze huizen zijn speciaal voor ons gebouwd.'

Het leek inderdaad of niets per ongeluk of bij toeval gebeurde. Alles wat papa deed was goed gepland en er was een ondersteunend netwerk, niet alleen in Amerika, maar blijkbaar in de hele wereld. In al onze behoeften werd voorzien, waar we ook waren en wanneer.

Het Queen Anne-huis was natuurlijk het enige familiehuis dat ik ooit gekend had. Ik was er rechtstreeks uit het weeshuis naartoe gebracht. Mevrouw Fennel, die toen in mijn ogen niet veel anders was dan andere vrouwen, had een grote kruidentuin vlak achter het huis, en toen ik oud genoeg was, moest ik vaak samen met haar werken, onkruid wieden en haar planten verzorgen. Voor zover ik kon zien waren die het enige waarvoor ze enige genegenheid toonde. Ik was zelfs jaloers op die planten en wenste soms dat ik in een tuin gezaaid of geplant was. Ze sprak ertegen alsof het haar kinderen waren, spoorde ze aan om te groeien en gezond te blijven, en prees ze als ze tot bloei kwamen. Ze streek liefdevol over de blaadjes en zoende ze zelfs weleens. Niets was erger dan wanneer ik per ongeluk op een van haar pas geplante plantjes trapte. Haar woede deed me rillen en bracht me aan het huilen.

'Laat je tranen niet in mijn tuin vallen,' zei ze dan, haar hele houding stijf en een beetje scheef, waardoor ik de indruk kreeg dat ze zich met een ruk zou omdraaien om me doormidden te snijden. Ze gaf me het gevoel dat ik de aarde kon besmetten en haar planten doden met mijn tranen, en dat gevoel, meer dan wat ook, maakte dat ik mijn snikken bedwong en gauw ophield met huilen. Verontschuldigingen stelden haar toen al niet tevreden, zelfs niet van een klein kind.

'Ik wil het niet horen,' plachte ze te zeggen en zwaaide door de ruimte tussen ons alsof mijn woorden zo duidelijk voor haar waren als roetwolken. 'Wees voortaan voorzichtiger.'

Vaak keek ik dan achterom naar het huis om te weten of papa niet door een raam had gekeken en mijn blunders had gezien. Natuurlijk hoopte ik dat ze het hem niet zou vertellen. Hij zei nooit iets, maar dat betekende niet dat hij het niet wist. Er was niet veel van wat ik deed of zei, waarvan hij niet op de hoogte was, als een alomtegenwoordige godheid. Andere kinderen hoorden misschien van hun ouders: 'God hoort en ziet alles.' Mevrouw Fennel zei tegen me: 'Je vader hoort en ziet alles.'

Ava ging naar school en hoefde die karweitjes met mevrouw Fennel niet te doen, en Brianna natuurlijk ook niet. Na het werk ging ik met mevrouw Fennel naar binnen, waste me en at mijn lunch. Daarna nam Brianna de rest van mijn dag over, en speelde ik piano of leerde woorden en andere essentiële dingen. Al het speelgoed dat ik had leek een of ander opvoedkundig doel te hebben, kleurboeken die me onderwezen over dieren en aardrijkskunde of kleine plastic eetserviesjes om te leren netjes aan tafel te zitten en fatsoenlijk te eten. De poppen die ik had waren voornamelijk rekwisieten voor mijn opleiding in de sociale omgang. Ik mocht nooit een speciale band krijgen met een van de poppen en die mee naar bed nemen. Toen ik dat een keer probeerde, sloeg mevrouw Fennel het hoofd van de pop kapot.

Nee, veiligheid en comfort moest ik in mezelf zoeken. Ik aarzelde nooit om de deur van mijn slaapkamer 's avonds dicht te doen. Als iets me bang maakte en ik gilde of huilde, was papa de enige die me kwam troosten.

'Je bent een van mijn dierbare kleine meisjes,' zei hij tegen me. 'Ik zal je niets kwaads laten overkomen. Dat zou zijn alsof mijzelf iets kwaads overkwam.'

Ik wist niet hoe waar dat was voor hem.

Maar de eerste aanwijzing kreeg ik op die ene avond toen ik plotseling wakker werd en Brianna hoorde. Na haar gelach klonk het alsof ze pleitend tegen iemand sprak. Mijn kamer was op de hoek van het huis, het dichtst bij de oprit naar de vrijstaande garage. Ik kwam onder mijn dekbed vandaan. Het was in het begin van de herfst, en al hadden we nog geen nacht gehad met temperaturen onder nul, toch was het koud genoeg om een warm dekbed te rechtvaardigen.

Dankzij het struikgewas en de bomen eromheen, lag ons huis altijd in een haag van schaduwen, en was het binnen donker. Voor de ramen die op het oosten lagen en de ochtendzon binnenlieten, en de ramen op het westen met de middagzon, bevonden zich luiken. Zowel papa als mevrouw Fennel vond het trouwens niet prettig als het te warm was in huis, en de verwarming werd pas aangezet in de koudste maanden van de winter. Mevrouw Fennel vertelde me dat we op die manier allemaal beter sliepen. Ik hield van de vroege herfst, de kleuren van de bladeren en de frisse lucht. Ik mocht niet ver afdwalen van huis, maar door de nabijheid van bos en struikgewas, kon ik de eekhoorns en vaak ook herten en konijnen zien, die net zo nieuwsgierig leken naar mij als ik naar hen.

Ik vond dat de maan in de herfst een diepere kleur geel had, zodat hij paste bij de kleur van de bladeren. Op deze speciale avond was er een volle maan en een wolkeloze lucht. De gloed scheen als een groot spotlicht op het huis, baande zich een weg door de bladeren en takken, draaide en kronkelde schaduwen tot nieuwe vormen alsof ze van zwarte klei waren gemaakt. Een van de ramen in mijn slaapkamer stond open, zodat ik Brianna's lach kon horen en toen de stem van een vreemde, een jongeman.

Toen ik naar buiten tuurde, zag ik dat hij Brianna had thuisgebracht en een jasje en das droeg. Brianna was uit de auto gestapt en stond nu aan zijn kant; ze drong er bij hem op aan om ook uit te stappen. Ze rukte zelfs aan de hendel van het portier en trok aan zijn arm door het open raam. Om de een of andere reden verzette hij zich.

Ik schoof mijn raam nog wat meer omhoog zodat ik naar buiten kon leunen en duidelijker kon horen wat ze zeiden.

'Wees toch niet zo'n lafbek,' zei Brianna en liet zijn arm los.

'Dat ben ik niet. Ik ben alleen verstandig. Alle lichten zijn uit. We zouden iedereen wakker maken.'

'Ik zei je toch dat mijn vader er niet is.'

Waarom loog ze? vroeg ik me af. Papa was er wél. Hij was gisteren net teruggekomen.

'De enigen die thuis zijn, zijn de huishoudster en mijn twee jonge zusjes, die allebei slapen. We kunnen gemakkelijk ongemerkt in mijn kamer komen, en ik ben niet van plan veel lawaai te maken, jij wel? Ik bedoel, ik hoor degene te zijn die kreunt van genot. Jij mag grommen.'

Hij lachte, maar stapte niet uit. Gefrustreerd zette ze haar handen in haar zij, keek omhoog naar papa's slaapkamer en toen weer naar haar date, alsof er een nieuwe gedachte bij haar was opgekomen, iets wat hem zou laten doen wat ze wilde dat hij deed.

'Ik wist niet dat je zo verlegen was. Zo verlegen gedroeg je je niet eerder op de avond. Wat had dat te betekenen bij de bar? Speelde je de macho voor je vrienden of zo?'

'Nee, ze hebben me van een hoop dingen beschuldigd, maar nooit dat ik verlegen was.'

'Ja. Je aarzelt omdat je bang bent mijn huishoudster wakker te maken.'

'Hoor eens,' zei hij na een korte pauze, 'ik moet iets bekennen.'

Brianna deed een stap achteruit. 'O, nee, vertel me niet dat je een homo bent.'

Hij lachte. 'Nee. Maar ik ben getrouwd.'

Brianna keek hem slechts aan. 'Je houdt me voor de gek,' zei ze ten slotte. 'Getrouwd? Je draagt geen ring.'

'Dat doe ik meestal niet als ik naar de Underground ga voor een beetje actie. Ik vroeg je om mee te gaan naar een motel, toch? Ik snap niet waarom je naar je eigen huis wilde. Waarom wil je dat?'

'Ik doe het graag in mijn eigen bed. Noem me maar kinky. Ik ben beter in mijn eigen bed,' voegde ze eraan toe. 'Je zult het zien.'

'Ik weet het niet. Als iemand wakker zou worden, zou je het moeten uitleggen, en dan, ik bedoel, het een kan tot het ander leiden, en ik heb geen behoefte aan een dure scheiding.'

'Je bent een bedrieger. Dat is echt oneerlijk. Wat voor soort huwelijk heb je?'

'Duidelijk niet zo best, maar...'

'Maar jij bent weerzinwekkend,' zei ze en draaide zich even van hem af. Ik zag haar weer omhoogkijken naar papa's slaapkamer en toen naar hem.

'Hoor eens, er ís geen probleem, en dat komt er niet. Mijn kamer ligt ver weg van alle andere kamers. De muren zijn dik. Niemand zal ons horen, en als iemand dat zou doen, negeren ze ons. Mijn huishoudster kan het zeker niks schelen. Je bent niet bepaald de eerste man die ik mee naar huis neem, weet je.'

Hij gaf geen antwoord. Ik kon merken dat Brianna erg nerveus begon te worden. Ze draaide zich weer om, keek weer omhoog naar het huis en toen naar hem. 'Ik weet het niet,' zei hij.

'Kom nou even mee naar binnen,' zei ze bijna smekend.

'Wat mankeert jou? Hoe kan iemand die eruitziet zoals jij, zo wanhopig snakken naar een minnaar?'

'Ik ben niet wanhopig,' snauwde ze terug. 'Ik hou er niet van om voor de gek te worden gehouden en mijn tijd en energie te verspillen.'

'Hé,' zei hij, 'ik houd je niet voor de gek. En we kunnen je tijd en energie nog steeds gebruiken. Stap weer in, dan rijden we naar een motel dat ik ken. Ik zie niet in waarom je...'

Hij zweeg plotseling. Ik kon zien dat iets zijn aandacht had getrokken.

'Wie is dat?' vroeg hij. Ze draaide zich om naar het huis.

'Mijn vader. Je wordt bedankt. Je hebt hem wakker gemaakt.'

'Maar je zei dat hij niet thuis was.'

'Ik wist niet dat hij thuis was.'

'Ik kan er maar beter vandoor gaan.'

Ik kon het hem niet kwalijk nemen dat hij bang was. Ik wist zeker dat papa het niet erg prettig vond om midden in de nacht te worden gewekt. Ik hield mijn adem in, wilde graag weten wat er met Brianna zou gebeuren.

'Nee. Je kan nu niet zomaar weggaan,' kermde ze en opende zowaar het portier. 'Je kunt beter uitstappen en je tenminste aan hem laten voorstellen. Als je gewoon wegrijdt, zal hij denken dat ik iets te verbergen heb, en raak ik in grote problemen.'

'Over groot gesproken, hij ziet er... behoorlijk groot uit.'

'Wil je alleen even gedag komen zeggen? Alsjeblieft? Wees maar niet bang, ik zal hem niet vertellen dat je getrouwd bent. Eén minuutje, en dan kun je gaan.'

Met duidelijke tegenzin stapte hij uit de auto. Brianna pakte zijn hand en samen liepen ze naar de voordeur. Ik kon niet zo ver om de hoek zien, maar bleef bij het raam staan, in de verwachting dat hij terug zou gaan naar de auto. Ik vroeg me af of Brianna met hem mee zou lopen en naar het motel gaan dat hij had voorgesteld. Maar in plaats daarvan hoorde ik de man een gil geven en toen schreeuwen als iemand die hevige pijn had of in gevaar verkeerde.

Mijn nieuwsgierigheid kreeg de overhand en ik leunde te ver uit het raam om te proberen om de hoek te kijken. Ik verloor mijn evenwicht, kon me niet langer vasthouden aan de vensterbank en viel naar beneden. Gelukkig was mijn kamer niet te hoog boven de grond.

Ik borstelde me af, maar door de schok van de val en de pijn in mijn schouder begon ik om papa te roepen en toen te huilen.

Ik liep naar de voordeur en zag papa naar binnen gaan met de jongeman in zijn armen. De man was bewusteloos, zijn armen bungelden langs zijn zij, zijn benen sleepten over de grond. Hij zag eruit als een grote pop. Papa bleef staan toen hij me zag.

'Brianna!' schreeuwde mijn vader met een diepere en luidere stem dan ik ooit van hem gehoord had, en hij leek inderdaad groter dan ik hem ooit gezien had. Zijn schouders waren breder, zijn nek veel dikker en zijn armen en handen langer. Zijn ogen gloeiden.

Hij deed de deur dicht. Brianna draaide zich met een ruk naar me om, met een paniekerig en geschokt gezicht; haar ogen leken net als die van papa te gloeien in het maanlicht. Het was een groteskere uitdrukking dan ik ooit van haar gezien had.

'Lorelei! Wat doe jij hier?'

'Ik ben uit het raam gevallen,' zei ik kermend en over mijn schouder wrijvend.

Haastig liep ze naar me toe en greep de achterkant van mijn hals vast. 'Hoe komt het dat je uit het raam valt?'

'Je maakte me wakker, en ik wilde zien wat er aan de hand was. Wie was die man? Waarom gilde hij? Waarom droeg papa hem naar binnen? Wat is er met hem gebeurd?'

'Stil,' beval ze.

Ze sleepte me mee naar de voordeur, wachtte even en maakte hem toen open. Ze duwde me naar binnen, maar toen we in de richting van onze kamers liepen, keek ik langs de trap omhoog. Papa stond gebogen over de jongeman. Het leek of hij hem in zijn hals zoende en zijn lichaam heen en weer schudde als een lappenpop.

'Wat doet papa?' vroeg ik aan Brianna.

Papa hoorde me en draaide zich naar ons om.

'Ik zei je dat je stil moest zijn,' snauwde Brianna. Ze tilde me op bij mijn middel en droeg me haastig door de gang naar mijn kamer, waar mevrouw Fennel bij de deur stond te wachten. Ik werd nog banger toen ik haar zag staan, kwader nog dan papa had gekeken.

'Idioot,' zei ze tegen Brianna. 'Hoe heb je dit kunnen laten gebeuren?'

'Dat heb ik niet gedaan. Ze leunde te ver uit het raam en viel naar beneden.'

Ze trok me ruw uit Brianna's armen. 'Ga naar je kamer.'

'Maar wat doen we met de auto?'

'Ik doe wel wat er gedaan moet worden,' zei mevrouw Fennel. 'Zoals altijd. Ik ben degene die de rotzooi op moet ruimen die jij en je zussen achterlaten.'

'Ik heb niks gedaan. Ik...'

'Vort,' zei mevrouw Fennel. Toen trok ze mij mee naar mijn kamer en smeet de deur voor Brianna's neus dicht. Ik kon haar nog net even zien voordat de deur dichtviel. Ze leek nog banger dan ik.

Ik begon te huilen. Zoals gewoonlijk negeerde mevrouw Fennel dat en smeet me op mijn bed. Ik vond het altijd moeilijk te geloven dat iemand die zo mager was als zij, zoveel kracht had in haar armen, maar ik zag haar vaak dingen optillen, dingen waarvan ik dacht dat de meeste mannen er moeite mee zouden hebben.

'Hou onmiddellijk op met dat gejank.'

'Ik viel niet met opzet uit het raam. Het ging per ongeluk. Wat... wie is die man? Waarom draagt papa hem de trap op? Hij zag er zo groot en kwaad uit.'

Ze staarde me een tijdlang aan. Iets in haar gezicht, in haar houding, de manier waarop haar woede zakte, zei me dat ze niet zomaar weg zou gaan zonder mijn nieuwsgierigheid te bevredigen. Ik hield mijn adem in, veegde de tranen van mijn wangen en ging rechtop zitten, met mijn handen gevouwen in mijn schoot.

'Je mag nooit iets tegen iemand zeggen over die jongeman of welke jongeman ook die hierheen wordt gebracht,' begon ze.

Ik durfde haar niet te vragen waarom niet, bang dat ze zich om zou draaien en weg zou gaan, maar hoe zou ik het iemand kunnen vertellen? Ik had geen vrienden.

'Ik kan het tegen niemand zeggen. Ik ken niemand,' zei ik.

Ik zag haar heel zelden glimlachen, vooral om iets wat ik had gedaan of gezegd, maar dit keer glimlachte ze. 'Je bent heel intelligent voor je leeftijd, Lorelei. Kennelijk intelligenter dan je oudere zus, misschien wel allebei je oudere zussen.'

Het benam me de adem. Een complimentje van mevrouw Fennel? En juist nu, terwijl ik iets heel ergs leek te hebben gedaan? Ik wist niet zeker hoe ik moest reageren of wat ik moest zeggen.

'Ik verwacht dat jij iets meer zult kunnen begrijpen dan je zussen op die leeftijd, dus zal ik je wat meer vertellen.' Toen deed ze iets wat ze nog nooit had gedaan. Ze ging op mijn bed zitten en pakte mijn hand vast. 'Jullie zijn allemaal heel bijzonder, omdat jij en je zussen papa sterk, gezond en in leven kunnen houden. Dat wil je toch graag?'

Ik knikte, ik durfde nog steeds niets te zeggen, ook maar een kik te geven, bang dat ze dan zou zwijgen.

'Van tijd tot tijd heeft je vader iets nodig wat jonge mannen hebben. Voor hem zijn het alleen jonge mannen, viriele jonge mannen. Wat dat precies betekent zal ik je uitleggen als je wat ouder bent, maar voorlopig moet je begrijpen dat je zussen hem brengen wat hij nodig heeft, en dat zul jij later ook doen. Je papa zal nog meer van je houden dan hij nu al doet. Dat zou je toch heel gelukkig maken, hè?'

Ik knikte.

'Als je naar school gaat, mag je niemand ooit iets hierover vertellen. Je mag trouwens nooit over ons praten. Maak je geen zorgen, ik zal je er wel aan herinneren.'

'Ik zou het nooit vertellen,' zei ik.

'Mooi. Dat is voorlopig voldoende. Nu zullen we je weer laten slapen.'

Ze stond op, en ik kroop weer onder mijn dekbed. Ze boog zich over me heen en stopte me in, ook weer iets wat ze nooit eerder gedaan had.

'Is papa kwaad op me?' vroeg ik. Ondanks wat ze me verteld had, was voor mij nu het belangrijkste of papa kwaad op me was.

'Nee, niet op jou,' zei ze. 'Morgen zal hij het grootste deel van de dag slapen, dus stoor hem niet.'

'Waarom moet hij morgen zoveel slapen?' vroeg ik, waarop ze me antwoordde: 'Spijsvertering.'

Ik vroeg me af of Ava wakker zou zijn geworden door de herrie en ze me morgen zou ondervragen. Ook vroeg ik me af waarom mevrouw Fennel en blijkbaar ook papa zo kwaad waren op Brianna. Wat had ze gedaan? Het was niet haar schuld dat ik uit het raam was gevallen. Het zou natuurlijk wel een tijdje duren voor ik alles zou horen en begrijpen, maar ik kwam iets meer te weten toen ik de volgende dag Brianna erover hoorde praten met mevrouw Fennel.

Ze wisten niet dat ik luisterde. Het was ochtend en ik was bezig met de rekensommen die Brianna me had opgegeven. Mevrouw Fennel kwam binnen en ze keken allebei naar mij, liepen toen de gang in en bleven vlak bij de deur van de zitkamer staan. Ik liep dichter naar de deur toe. Ik wist dat ze het over iets heel belangrijks zouden hebben. Altijd als ze eerst naar mij keken en dan verder weg liepen, wist ik dat er een geheim te plukken viel van de boom met geheimen die in het centrum van ons leven groeide.

'Hoe kon je zo iemand naar je vader brengen, Brianna? Een getrouwde man?'

'Hij had geen trouwring om, en hij kwam zo geil op me af, dat ik dacht dat hij een gemakkelijke prooi zou zijn. Ik snap niet dat papa me verwijt dat ik niet wist dat hij getrouwd was.'

'Als hij getrouwd was, moet hij een trouwring hebben gehad.'

'Ik denk dat hij hem heeft afgedaan toen hij op vrouwenjacht ging. De engerd. Nu ben ik blij dat ik hém gisteravond heb meegenomen.'

'Soms, als ze hun ring afdoen, hebben ze nog steeds een witte kring om hun vinger,' zei mevrouw Fennel. 'Dat hoor je te weten.'

'De Underground heeft niet bepaald een goedverlichte bar.'

'Je hebt geen goedverlichte bar nodig om te zien wat je moet zien,' merkte mevrouw Fennel op.

Brianna zweeg even. 'Nou, en wat dan nog, als ik het gezien heb? Dat hoefde niet te betekenen dat hij ook getrouwd is. Hij kan kortgeleden gescheiden zijn. Dat zal papa toch wel begrijpen?' Ze klonk erg bang.

'Dat doet er niet toe. Dat had je eerst moeten uitzoeken. Je weet net zo goed als ik, beter zelfs, dat het alles complexer maakt als je een getrouwde man oppikt.'

'Dat weet ik,' zei Brianna.

'Gisteravond blijkbaar niet.'

Brianna zweeg weer.

'In ieder geval had je hem niet zo dichtbij moeten laten komen en staan argumenteren waar Lorelei je kon horen en wakker worden.'

Ik wist dat ze nu over mij zouden praten, dus luisterde ik nog aandachtiger.

'Ik wist niet dat ze wakker zou worden en haar bed uit zou komen. Wie kon nou vermoeden dat ze uit het raam zou vallen?'

'Waarom bracht je haar zo snel naar binnen?' vroeg mevrouw Fennel. 'Ze zag je vader met hem op de trap.'

Brianna zuchtte diep. 'Ik was... in de war. Ze was uit het raam gevallen!'

'Sta niet zo te jammeren. Je maakt je vader wakker.'

Brianna liet haar stem dalen. 'Over stom gesproken. Hoe kon ze zo stom zijn, zelfs al is ze pas vier?'

'Hoe ze zo stom kon zijn? Waarom wachtte je niet wat langer, gaf je je vader de tijd die hij nodig had voor je haar naar binnen bracht?'

'Ik was in de war. Ik heb papa nog nooit zo woedend gezien.' Ik had Brianna nog nooit zo bang gehoord. 'Ik dacht niet goed na. Ik zag een waas voor mijn ogen. Het enige waar ik aan kon denken was haar terugbrengen naar haar kamer.'

'Heeft Lorelei je vanmorgen iets gevraagd?'

'Nee, ik denk dat ze nog te bang was om me iets te vragen.'

'Dat heb je aan mij te danken. Ik heb gisteravond met haar gepraat en haar gekalmeerd.'

'Wat zei ze dat ze gezien had?'

Ik kwam nog wat dichterbij. Ja, wat had ik eigenlijk gezien? Zou Brianna het nu uitleggen?

'Genoeg,' zei mevrouw Fennel. 'Te veel. Want ik denk dat je nu toch niet je vaders beste dochter zult worden.'

Brianna zweeg. Ik hoorde mevrouw Fennel weglopen en ik liep terug naar mijn rekensommen, maar Brianna was me te vlug af. Ze pakte mijn schouder beet en draaide me naar haar toe.

'Heb je mijn gesprek met mevrouw Fennel afgeluisterd, Lorelei? Heb je voor luistervink gespeeld? Ons bespioneerd?'

Ik keek haar alleen maar aan.

'Ik zou maar niets meer tegen papa zeggen hierover, anders zullen we je allebei haten, Lorelei, ik en mevrouw Fennel. Voorgoed.'

Ik hoefde niks tegen papa te zeggen. Hij kon honderden geheimen hebben voor ons, maar voor een van ons was het heel erg moeilijk iets voor hem stil te houden. Brianna wist dat beter dan ik, vooral in die tijd. Zoals mevrouw Fennel had gezegd, was papa woest op haar omdat ze die man had uitgekozen om mee naar huis te nemen. Een dag later hoorde ik hem tegen haar zeggen dat ze erg onvoorzichtig was geweest. Hij schreeuwde niet, maar waarschuwde haar dat ze een dergelijke fout niet meer mocht maken. Het verbaasde me dat ik haar hoorde huilen. Ik had haar of Ava nog nooit zien huilen.

Bijna een maandlang bleef Brianna meer dan berouwvol en bedroefd omdat papa boos op haar was. Ze liep rond alsof ze voortdurend doodsbang was. Ik zag hoe ze papa en mevrouw Fennel vermeed als het enigszins mogelijk was. Ze leek op een jong hondje dat een pak slaag had gehad. Ze bracht meer tijd in haar eentje in haar kamer door. Ze gaf mij nog steeds van alles de schuld en viel nu en dan tegen me uit als ze me lesgaf, maar altijd heel kort, en ze paste goed op dat ze me niet aan het huilen maakte. Ze was veel te bang om ook tekort te schieten in wat ze geacht werd voor mij te doen. Ik was geneigd me te beklagen over haar nijdige blikken, maar ik voelde dat ze dan nog veel kwader op me zou worden. Bovendien had ik van jongs af aan geleerd dat zussen elkaar niet mochten verraden. Loyaliteit.

Ik probeerde niet anders tegen papa te praten, maar hij kon gemakkelijk mijn gedachten lezen, en afstemmen op mijn gevoelens. Op een dag, niet lang daarna, besloot hij me terzijde te nemen en me wat meer te vertellen. Altijd als papa een van ons apart nam voor een speciaal gesprek met hem, was de rest van ons jaloers. Ik wist zeker dat dat opging voor Ava en Brianna, al had Brianna er nu minder reden toe. Papa deed het alleen omdat zij een fout had gemaakt.

Hij pakte mijn hand en we liepen naar het prieel achter in de tuin. Het was die middag veel kouder dan de vorige dag. Ik had mijn winterjas aan, maar papa droeg alleen zijn dunne zwarte coltrui. De koudere lucht en hardere wind deerden hem niet. Hij voelde zich prima.

'Laten we hier even gaan zitten om te praten,' zei hij, toen we in het prieel waren. Hij maakte de bovenste knoop van mijn jas dicht. 'Warm genoeg?'

'Ja, papa.'

'Mooi.' Hij lachte naar me en staarde naar het bos. 'De meeste bladeren zijn al afgevallen. Vroeg, dit jaar,' mompelde hij, en schudde zijn hoofd alsof iemand een grote fout had begaan.

'De bomen zijn weer gestorven?'

'Nee, niet gestorven. Ze doen een winterslaap, net als de beren.'

'Heb je hier ooit weleens een beer gezien, papa?'

Hij glimlachte. 'Een paar keer.'

'Maar je was niet bang, hè?'

'Nee, het was de beer die zich omdraaide en wegvluchtte.' Hij hield mijn hand vast terwijl hij zich naar voren boog. Zijn ogen leken groter te worden toen hij me strak aankeek.

'Nu wil ik even met je praten over wat er laatst gebeurd is.'

'Het was Brianna's schuld niet dat ik te ver uit het raam leunde,' zei ik gauw.

'Je bent onder Brianna's vleugels. Het is altijd de schuld van degene die de verantwoordelijkheid heeft.'

'Zelfs als het een ongeluk is?'

'Zelfs dan. Alles is te voorkomen met voldoende aandacht en voorbereiding. Maak je niet ongerust. Ze heeft een belangrijke les geleerd. Je hebt haar een dienst bewezen.'

'Echt waar? Wat voor dienst?'

'Dat doet er nu niet toe. Laten we het hebben over wat je toen zag, Lorelei, oké?'

Ik knikte.

'Herinner je je nog dat ik je in het voorjaar hier mee naartoe nam en we een roodborstje wormen zagen oppikken en naar haar nest brengen?'

'Je tilde me op, en ik zag de babyvogeltjes.'

'Ja. De moeder bracht ze wat ze nodig hadden om te leven en te groeien.'

'Ik herinner het me, ja.'

'Wel,' zei hij, en klemde zijn hand stevig om die van mij. Mijn handen waren koud, maar die van hem waren zo warm dat ik me algauw beter voelde. 'Ik ben geen baby, maar ook mij moet op geregelde tijden worden gebracht wat ik nodig heb om te leven en te groeien. Op geregelde tijden betekent in dit geval eens per maand.' Hij glimlachte.

'Mevrouw Fennel heeft het me verteld. Viriele jongemannen,' zei ik. Hij lachte.

'Heeft ze dat gezegd? Ja. Ik heb nodig wat zij in hun aderen hebben, alleen in hun aderen. Het heeft ook iets te maken met hormonen, maar pieker er nu maar niet over wat het allemaal betekent. Je hoeft alleen te weten dat het één keer per maand moet gebeuren. Je zult leren dat het zoiets is als een vrouw die eens per maand ongesteld wordt.'

Ik schudde mijn hoofd. Brianna had me laten zien wat ongesteldheid was toen ik mijn eerste regel schreef.

Papa lachte weer. 'Ik zie dat ik je in de war breng. Meestal zijn mijn meisjes veel ouder als ze dit ontdekken, dit alles te weten komen. Misschien had ik mevrouw Fennel het verder moeten laten uitleggen.'

Hij zag mijn teleurstelling. Dit was het mooiste, intiemste gesprek dat we ooit hadden gehad en ik wilde niet dat er een eind aan zou komen. En ik wilde beslist niet alles van mevrouw Fennel te horen krijgen.

'Maar ik denk dat het toch beter is dat wij er even over praten,' ging hij snel verder, en ik knikte, nu weer blij. 'Je weet toch dat ik alles voor je zal doen wat ik kan? Je weet hoeveel ik van je hou.'

'Ja, papa.'

'Dat is wat ik bedoel met het hebben van een familie, waarom je familie het belangrijkst is en altijd vóórgaat. Wij zijn een familie. We zijn niet als andere families, dat weet ik, maar dat wil niet zeggen dat zij beter zijn dan wij. Jij zult meer hebben. Jij zult gelukkiger zijn dan alle andere meisjes die je kent, Lorelei. Daar zal ik voor zorgen. Ik ben zo blij dat jij deel bent van onze familie.'

Tranen van geluk sprongen in mijn ogen. Hij gaf me een zoen op mijn wang en nam me op schoot. De middag ging over in de avond. Schaduwen vormden zich om ons heen, maar ik was niet bang. Op dat moment dacht ik dat ik nooit bang zou zijn. Papa was te sterk. Zelfs de schaduwen leken stil te houden voor ze te dicht bij ons konden komen.

Zonder iets te zeggen bleven we zitten tot ik de eerste ster zag. Mijn hoofd lag tegen zijn borst. Ik kon zijn hart krachtig horen kloppen. Ik probeerde mijn hart volkomen gelijk met dat van hem te laten kloppen. Ik wilde ademhalen, eten en slapen als hij dat deed. Als ik altijd zijn liefde kon behouden, zou ik gelukkig zijn, dacht ik. Ik zou hem ook altijd brengen wat hij nodig had om te leven. Ik zou hem nooit bedroefd of zwak willen zien.

En er was geen groter schrikbeeld voor me dan de gedachte dat hij zou sterven. Wie zou er dan op me passen? Waarschijnlijk zou ik worden teruggestuurd naar een of ander weeshuis.

Nee, zwoer ik. Ik zou zijn beste dochter zijn. Ik zou alles doen wat hij nodig had of wenste.

Dat dacht ik toen, en dat denk ik nu nog.

De grote vraag was: zou ik er morgen nog zo over denken?

4

Inferno

'Normaal gesproken zou ik nooit naar een van die tenten gaan,' begon Ava toen we vrijdagavond wegreden. Ik was zo opgewonden en blij dat ik nauwelijks adem kon halen, laat staan praten. Ik kon trouwens merken dat ze niets liever wilde dan dat ik mijn mond hield.

Om te beginnen was ik pas heel laat klaar. Het was al bijna tien uur toen we weggingen. Verder deed ze verrassende dingen met mijn haar en make-up. Van acht tot tien hield ze toezicht op mijn kleding en alles. Aanvankelijk dacht ik dat ze mijn krulhaar net zo storend vond als ikzelf, maar ze liet me zien hoe ik het donziger kon krijgen – de 'slaapkamerlook,' zoals zij het noemde. Daarna leerde ze me hoe ik mijn ogen moest opmaken en voor het eerst stond ze me wat blingbling toe. Ik dacht dat we nooit een keus zouden maken uit alle lipsticks. Ze had veel van haar eigen make-upkit meegebracht. Maar ze wilde niet dat ik iets nam van wat zij gebruikte.

'We willen de nadruk leggen op het verschil tussen ons,' zei ze. 'Niet op overeenkomsten.'

'Waarom?'

'Het is heel erg belangrijk dat geen van de mannen die we ontmoeten weet dat we in hetzelfde huis wonen en zussen zijn.'

'Waarom niet?'

'Dat zul je gauw genoeg aan de weet komen,' begon ze, 'maar als een man een meisje wil versieren, denkt hij ook aan het meisje dat bij haar is.'

‘Waarom?’ Ik voelde me als een klein kind dat haar ouders tot wanhoop drijft met haar *waarom*-vragen, maar ik kon het niet helpen.

‘Ze kan iets zijn wat hij moet overwinnen, een obstakel. Hij vraagt zich af: zullen die twee vanavond afscheid nemen van elkaar? Kan ik met een van hen weggaan? Zal ze bereid zijn haar vriendin achter te laten? De meeste meisjes voelen zich schuldig over dat soort dingen en staan erop dat de man in kwestie eerst iemand vindt voor hun vriendin, en vaak blijkt dat heel moeilijk, zo niet onmogelijk te zijn. Hoewel veel mannen hier alleen komen, zijn er maar weinig meisjes alleen. Maar áls ze dat is, en ze is aantrekkelijk, dan werkt het als een magneet.’

‘Ga je daarom altijd alleen uit?’

Ze trok een lelijk gezicht en schudde haar hoofd. ‘Denk na voor je iets vraagt of zegt, Lorelei. Hoe kan ik, hoe kun jij, ooit een vriendin hebben die met ons uitgaat, laat staan een echte vriendin, een maatje?’

Ik knikte.

In mijn hart wist ik dat het onmogelijk was, maar ik vroeg het meer in de hoop dat er een of andere manier was om een vertrouwde omgang met iemand te krijgen. Zoveel meisjes op mijn school hadden een ‘beste vriendin’, en het maakte me jaloers om ze samen te zien.

‘Ik denk niet dat er iemand is die net zo is als wij,’ zei ik. Ik kon er niets aan doen. Het kwam eruit als een klacht.

‘Dat heb ik niet gezegd,’ antwoordde Ava. Ik keek verrast op. ‘Niemand hier in de buurt is zoals wij. Wij hebben ons territorium, anderen blijven op hun eigen terrein.’

‘En we kunnen nooit bevriend met ze zijn?’

‘Nee. Dat zou voor ons allemaal erg gevaarlijk zijn.’

‘Komen ze wel eens te dicht bij ons, of wij bij hen?’ vroeg ik. Ik voelde dat ik, nu we samen uitgingen, een paar antwoorden uit haar los zou kunnen peuteren. Ik voelde dat ik een nieuw niveau had bereikt, waar ik nieuw vertrouwen en nieuwe antwoorden zou vinden.

'Soms.' Ze draaide zich naar me om. 'En dat is iets wat we niet mogen toestaan.'

'Dat is iets wat papa soms aanvoelt, hè? Hij merkt het als ze te dichtbij komen.'

'Ja.'

'Verhuizen we daarom zo vaak?'

'Soms, ja. Maar hou er nu over op,' zei ze, weer vervallend in haar gebruikelijke irritatie. 'Je leidt ons af met al die vragen. Concentreer je nu alleen maar op wat ik je vertel. Ik wil je duidelijk maken dat als je nadenkt over wat ik zojuist zei, twee zussen een grotere hinderpaal zijn voor een man. Je kunt twee vriendinnen van elkaar scheiden, maar twee zussen is heel iets anders.'

'Als de een werd verkozen boven de ander zou dat tot onderlinge rivaliteit leiden.'

'Ja, dat zou ook meespelen. Nu denk je tenminste na. Degene die werd achtergelaten, zou zich dat zo kunnen aantrekken dat ze er thuis iets van zei, iets wat haar zus in problemen zou brengen.'

'Hoe weet je dat allemaal?'

'Iets ervan heeft Brianna me geleerd zoals ik het nu jou leer. Sommige dingen heb ik gelezen. Het meeste gaat vanzelf, door gewoon onder hen te verkeren.'

Onder hen te verkeren, dacht ik. Het klonk werkelijk alsof we van een andere planeet kwamen.

Ze begon te rommelen in mijn verzameling oorbellen en kettingen.

'Papa wilde niet dat ik sieraden droeg bij deze jurk,' zei ik.

'Wanneer heeft hij dat gezegd?'

'Toen ik hem die avond aantrok. Hij vond dat het iets van mijn natuurlijke schoonheid zou wegnemen.'

'Dat was toen. Dit is nu. Er is understatement en overstatement. Papa is niet op de hoogte van de jeugd van tegenwoordig. Daarom heeft hij ons nodig. Deze zijn goed,' zei ze en haalde een paar diamanten oorbellen uit mijn sieradendoos. 'En die bijpassende ketting. Je moet een beetje kleur, een beetje glitter hebben,' ging ze verder voor ik kon protesteren.

'Papa heeft wél verstand van stijl,' flapte ik eruit, zonder de sieraden van haar aan te pakken.

'Neemt papa je mee op deze verkenningstocht, of ik? Nou? Jij moet beslissen. Hij heeft me dit niet opgedragen zonder reden. Hij heeft vertrouwen in me. Ik weet echt wel wat ik doe. Ik heb toch nog geen fouten gemaakt, wel? Nou?'

Ik pakte de sieraden aan, maar had onwillekeurig het gevoel dat ik papa ongehoorzaam was. Zelfs iets zo simpels als dit leek een uitdaging, een mogelijkheid hem teleur te stellen. Maar toen dacht ik dat als Ava niet bang was hem kwaad te maken, ik me niet zo timide moest opstellen. Ik kon me niet voorstellen dat ze zo'n risico zou willen lopen.

'Vooruit, schiet een beetje op,' zei ze, en ging zich toen zelf opmaken en aankleden.

Toen ze klaar was en me kwam halen, gingen we naast elkaar voor mijn passpiegel staan om ons te bekijken. Ze droeg een lichtroze, getailleerde jurk, die iets korter was dan die van mij; haar decolleté was iets minder diep uitgesneden, maar ze had een van haar push-upbeha's aan. Ze zag eruit alsof ze elk moment uit haar jurk kon barsten.

We hadden een totaal verschillende look. Ava, in weerwil van wat ze mij had bevolen, droeg geen sieraden. Haar haar viel steil omlaag op haar schouders. Ik vond dat ik eruitzag als een jongedame die zich had opgetut voor een formele dansavond, terwijl zij eruitzag of ze in een stripclub werkte.

'Je hebt zelfs geen oorbellen in,' zei ik.

'Bemoei je nou maar niet met wat ik wel of niet draag,' zei ze. 'Ik weet wat ik doe, en wat er vanavond gedaan moet worden. Laten we gaan.'

Ik volgde haar naar buiten. Half en half verwachtte ik mevrouw Fennel bij de deur te zien staan om ons, mij, te inspecteren, maar ze was nergens te bekennen. Papa was eerder op de dag vertrokken voor een afspraak met een zakenrelatie, en was niet thuis. Daar was ik blij om. Wat Ava ook had gezegd, ik kon het gevoel niet van me afzetten dat hij teleurgesteld zou zijn over mijn uiterlijk. Maar Marla had ons gehoord en kwam haastig uit de zitkamer, waar ze televisie zat te kijken.

'O, wat zien jullie er mooi uit,' zei ze jaloers.

'Rustig maar, zoals papa je gezegd heeft, komt jouw tijd ook, Marla,' zei Ava. 'Je hoeft niet zo'n haast te hebben om op te groeien. Het is niet alleen maar leuk en gezellig. Je krijgt meer verantwoordelijkheid.'

Marla trok een lelijk gezicht en mompelde tegen me: 'Kan me niet schelen. Laat haar maar praten. Je boft, Lorelei.'

Met hangende schouders en gebogen hoofd liep ze weg.

'Ze voelt zich eenzaam,' zei ik. 'Meestal houd ik haar om deze tijd gezelschap.'

'Blijf je liever thuis?' snauwde Ava. 'Ga je gang. Ga bij je zusje zitten en kijk naar tekenfilms.'

'Ik zei niet dat ik thuis wilde blijven, Ava. Ik had alleen medelijden met haar. Heb jij nooit medelijden met mij gehad? Niet een heel klein beetje?'

'Nee.' Ze hield haar blik even strak op me gericht, alsof ze een teken zocht, een bewijs, dat ik inderdaad heel anders was dan zij.

'Oké, oké,' zei ik. 'Laten we gaan. Het komt best in orde met haar. Je hebt gelijk.'

Ze deed de deur open en we liepen naar buiten. Ik keek één keer achterom, maar Marla had zich waarschijnlijk al in foetushouding opgerold op de bank. Ik was er zeker van dat ze, net als ik toen ik zo oud was als zij, door een of meer van haar klasgenootjes was uitgenodigd om mee te gaan naar een film, of gewoon wat rond te hangen bij iemand thuis, en nee had moeten zeggen. Je kon het maar een bepaald aantal keren afslaan, daarna kwamen er geen uitnodigingen meer. Het deed er ook weinig toe hóé je ze weigerde. Je excuses konden heel logisch lijken, maar het resultaat was altijd hetzelfde. Je hoorde er niet bij. Je ging niet in op iemands poging om vriendschap te sluiten.

Vroeger dacht ik vaak: Ik weet dat we anders zijn, maar kunnen we een enkele keer niet eens net doen of het niet zo is? Kan ik niet doen wat andere meisjes van mijn leeftijd doen? Ten slotte, toen ik ongeveer net zo oud was als Marla, vroeg ik het op een dag aan mevrouw Fennel. Ze zei: 'Nee', maar met zo'n kwade, scherpe blik dat ik het nooit meer durfde te vragen.

Ava zei dat we geen schoolvriendinnen nodig hadden. We hadden elkaar, en we hadden papa.

Het was waar dat papa zijn best deed ons bezig te houden. Hij nam ons mee naar voorstellingen en maakte uitstapjes met ons, en we mochten zelfs wel eens zijn party's bijwonen. Als hij ooit een vrouw thuis uitnodigde, zaten wij ook allemaal aan tafel. Wie ze ook was, ze was altijd onder de indruk van onze goede manieren en onze beleefde en intelligente conversatie. Meer dan een van zijn tafeldames zei iets als: 'Jij voedt ze in je eentje beter op dan de meeste echtparen hun eigen kinderen.'

'Je ontwikkelt alleen wat er al in zit,' zei papa dan. 'Je geeft het de ruimte om te groeien, te ademen. Je hebt geduld. Het is als deze prachtige wijn,' zei hij met een blik op de gedecanteerde wijn. 'Als je de fles niet te vroeg openmaakt, wordt de wijn zacht en geurig en vol van smaak.'

Natuurlijk besefte ik dat niet toen ik nog heel jong was, maar nu wist ik dat als hij zo sprak tegen een van zijn vrouwen, op die vleiende, zachte toon, ze praktisch een orgasme kreeg. Ik herinner me dat ik naar iedereen aan tafel keek, en het ironische, bijna meesmuilende glimlachje zag op Brianna's gezicht. Zolang papa aan het woord was, hield ze haar ogen neergeslagen. Ava was gefascineerd en net zo nieuwsgierig als ik naar de vrouwen die papa meenam aan tafel en later naar zijn slaapkamer. Zijn macht maakte zich vlak voor onze ogen kenbaar, en dat maakte dat we hem nog meer verafgoodden.

'Gaan we met de cabriolet?' vroeg ik toen Ava in de richting van de Mercedes liep. Papa had drie auto's: twee sedans, waarvan ik er een gebruikte om naar school te gaan, en deze cabriolet.

‘Natuurlijk. Dat hoort bij de rol die we spelen. We zijn op jacht.’

‘Als wolven.’

‘Beter dan wolven,’ antwoordde ze, en lachte eindelijk om iets wat ik zei.

Nu we op eenmaal onderweg waren, had ik het gevoel dat ik in een mixer was gevallen. Een wirwar van emoties tolde in me rond. Ik was bang, zenuwachtig, opgewonden en zelfs een beetje verstijfd. Ik wachtte tot ze verder zou praten en me zou uitleggen waarom ze normaal niet naar die gelegenheden ging. Toen ze er niet op doorging, vroeg ik waarom niet.

‘Dit soort tent is een trefpunt voor de universiteit. Studenten zijn meestal te onvolwassen voor me en te veel een kuddedier.’

‘Kuddedier? Hoe bedoel je?’

‘Ze blijven in groepjes staan om elkaar morele steun te geven. De ergsten zijn de corpsleden met hun gebral. Die clubspelden en truien en sjaals en petten maken me dol. En die gozers roddelen meer dan vrouwen. Geloof me maar. Als ze terugkomen van een date, moeten ze gedetailleerd verslag uitbrengen en meestal overdrijven ze om hun maten jaloers te maken. In één woord gezegd, ze zijn te gevaarlijk voor ons. En dus, zoals ik je al gezegd heb, Lorelei, zal er vanavond niets gebeuren, niet op de manier die wij bedoelen, snap je? Dit is in alle opzichten niet meer dan een verkenningstocht, een experimenteel uitstapje.’

Ik knikte, maar snapte het niet. We reden door.

‘Dat wil niet zeggen dat er niet veel te leren valt van die studenten. Je moet weten wat je moet zeggen, hoe en wanneer. Je moet weten wanneer je een blik moet beantwoorden of hengelen met je ogen om hem met een glimlach aan de haak te slaan. Dit is ook niet hetzelfde als een onschuldige flirt in een klaslokaal. Deze jongens zijn hier niet op zoek naar een highschoolromance. Ze komen hier niet om een vaste vriendin te vinden, over wie je aan je ouders schrijft. De meesten tenminste niet. Er zijn natuurlijk altijd dromers.’

‘Dromers?’

'Waarom zouden sommigen niet op zoek zijn naar hun gedroomde soulmate? Je moet in staat zijn die te herkennen, en in het algemeen moet je met een boog om ze heen lopen. De mannen die wij zoeken willen geen langdurige relatie. Het interesseert ze niet om alles over je te weten te komen in één of misschien twee avonden. Ze willen met je naar bed, plezier maken, en dan vertrekken zonder beloftes achter te laten. Sommige mannen,' zei ze glimlachend, 'doen vrouwen met wie ze samen zijn beloftes zoals mensen een fooi achterlaten voor het kamermeisje. Dus,' vervolgde ze, 'wat je ze duidelijk moet maken, soms als *breaking news* op de televisie, is dat jij evenmin op zoek bent naar iets duurzaams. Je wilt plezier. En, o jongens, dát werkt goed en snel!'

'Wat bedoel je?'

'Ze laten alle voorzichtigheid varen, Lorelei. Ze gaan praktisch overal heen waar je wilt dat ze naartoe gaan en doen alles wat je zegt. Je geeft ze een snoepje net als een puppy die netjes buiten geplast heeft.'

Iets trof me in de manier waarop ze over mannen sprak, iets waar ik nooit bij stil had gestaan, al was dit niet de eerste keer dat ik haar zo minachtend en respectloos over mannen hoorde praten.

'Je houdt niet van mannen, hè, Ava?'

Ik kon zien dat mijn vraag haar aan het weifelen bracht. Ze keek peinzend, haar gezicht betrok, verstrakte. Even dacht ik dat ze aarzelde tussen hard tegen me schreeuwen en plotseling in tranen uitbarsten.

'Het gaat er niet om of ik van mannen hou of niet op de manier die jij bedoelt. Die vrijheid hebben wij niet.'

'Vrijheid?'

'Lorelei, als je vanavond íéts belangrijks leert, dan is het dat je zult gaan inzien dat onze aantrekkingskracht voor mannen onze vloek is, terwijl die tegelijk ook onze zegen is.'

'Ik begrijp je niet. Hoe kan dat nou allebei tegelijk?'

'We kunnen krijgen wie we willen wanneer we hem willen.'

'En dat zou niet goed zijn? Waarom niet?'

'Dat zul je gaan snappen,' zei ze met papa's overtuiging. 'Ik beloof het je. Je zult het snappen.'

Een tijdlang reden we zwijgend verder. Mijn gemengde emoties van opwinding en nervositeit waren plotseling tot rust gekomen in een poel van angst. Het was beslist niet de eerste keer dat ik dat gevoel had, maar op het ogenblik leek het sterker dan ooit.

Toen papa besloot te verhuizen nadat ik in New York aan mijn eerste schooljaren was begonnen, was ik bang om naar een nieuwe school te gaan. Ik zat toen in groep vijf. Vriendschap was wat iedereen wilde en nastreefde. Vriendinnen nodigden vriendinnen uit bij hen thuis en op verjaardagen. Een of twee vriendinnen waren goede maatjes, en hielpen elkaar met moeilijke problemen. Ze maakten samen hun huiswerk, vertelden elkaar verhalen over grappige en soms droevige dingen die bij hen thuis gebeurden. Ze wisselden hun emoties uit, vertrouwden elkaar in allerlei kleine maar belangrijke dingen.

Naar welke school ik ook ging of waar we op dat moment ook woonden, het duurde niet lang of mijn klasgenoten wisten dat ik geadopteerd was en alleen een vader had. Er waren niet veel onder hen die oudere zussen hadden met zoveel verantwoordelijkheid voor ze als die van mij. Veel verschillen, zoals verschil in ras en religie, zelfs rijkdom en invloed van de ouders, doen er vaak niet zoveel toe voor jonge kinderen. Ze concentreren zich meer op de overeenkomsten, maar het feit dat ik een weeskind was en dat ik me afzijdig moest houden, maakte dat ze me ten slotte negeerden of vermeden.

Dus als ik weer naar een andere school ging, wist ik dat ik het onbekende ervan vreselijk zou vinden. Ik zou het vreselijk vinden om weer vertrouwd te moeten raken met alle kleine maar noodzakelijke dingen die elke nieuwe leerling zich eigen moet maken. Maar vooral wist ik wat er in de kortste keren zou gebeuren. Ik wist hoe de andere leerlingen me zouden zien en bejegenen, en dat maakte me bang. Ik haatte dat gevoel. Vaak had ik willen huilen als ik alleen thuis was, denkend aan de wereld die aan me voorbijging, maar niets vond ik erger dan dat papa ook maar één seconde zou denken dat ik ongelukkig was omdat hij mijn vader was en ik met mijn zussen in zijn huis woonde. Als ik zou huilen of op enigerlei wijze mijn teleurstelling en ontevredenheid zou laten blijken, zou hij het zien en zich immens gekwetst voelen, dacht ik.

Bovendien, en dat was het belangrijkste, kon ik zien dat mijn oudere zussen zich niet van streek lieten brengen door de manier waarop we leefden, dus dacht ik dat ik ook zo zou worden. Ik zou over die gevoelens heen groeien. Ik moest geduld hebben. Brianna leek me voordat ze uit huis ging, heel gelukkig. Ava klaagde nooit en scheen te genieten van wie ze was en wat ze was. Hoe kon het voor mij dan anders zijn? De vervoering die gepaard ging met mijn bestaan van dochter van de duisternis lag binnen bereik, wachtend om te worden opgeëist.

Gehoorzaamheid.

Trouw.

En opoffering.

Die drie dingen moest je koesteren en dan, zoals papa had beloofd, zou alles goed komen.

Ava nam een scherpe bocht en reed een drukke straat in. Vlak voor ons, aan de rechterkant, was een neonbord met het opschrift 'Dante's Inferno'. Er stond een klein groepje jonge mannen, die probeerden binnen te komen, maar daar kennelijk niet in slaagden. We konden hun protesten en smeekbeden horen.

'Is het hier?' vroeg ik. 'Dante's Inferno?'

Ze lachte. 'Ja. Ze spelen met het idee dat ze in de hel zijn. Ze hebben geen idee hoe gemakkelijk wij ze daarheen kunnen brengen.'

Ik kromp even ineen bij haar woorden, maar ik vermoedde dat het precies was wat we deden.

'Luister goed naar me, Lorelei. Als we binnen zijn en de mannen beginnen op ons af te komen, laat mij dan eerst het woord doen. Je zult eraan moeten wennen voornamelijk de man aan het woord te laten. Kom niet vrijwillig met informatie. Gedraag je alsof je een geheimagent bent, undercover of zoiets. De meeste mannen zullen zenuwachtig zijn, wat ze ook doen of hoe ze ook proberen indruk op je te maken met hun *savoir faire*. Je zult gauw genoeg leren dat het de rustige, zelfverzekerde mannen zijn, die meer indruk maken en in sommige opzichten gevaarlijker voor ons zijn.'

'Gevaarlijk? Waarom?'

'Het is als met alle wedstrijden. Ze zullen beter toegerust zijn om het spel te spelen. Het gevaar voor ons is dat zij misschien gevaar voelen en zich terugtrekken. Je kunt de hele avond met zo'n man doorbrengen en dan met lege handen thuiskomen, en je wilt nooit met lege handen thuiskomen. Dat is een teleurstelling die papa niet kan verkroppen. Ik ben nooit met lege handen thuisgekomen, en Brianna ook niet, maar we hebben ons allebei wel eens afgevraagd, en dat zul jij ook doen, wat er zou gebeuren als dat ooit het geval zou zijn.'

'Wat zou er dan gebeuren?'

Ze keek me slechts aan, en in die blik leek elke nachtmerrie zijn lelijke kop op te steken. Als Ava's subtiele beschuldigingen tegen mij eens waarheid bevatten? Als ik werkelijk te veel van hen verschilde? Als ik eens niet kon doen wat zij en Brianna deden? Als het me de eerste keer dat ik alleen op pad ging niet zou lukken? Zou papa me wegsturen? Of moest ik nog iets ergers vrezen?

'Maak je geen zorgen,' zei ze, alsof ze mijn gedachten kon lezen. 'Je zult een groot succes zijn. Papa en mevrouw Fennel kiezen geen meisjes uit die dat niet zijn.'

'Hoe weet je dat?'

'Dat heeft mevrouw Fennel me verteld, en je kent mevrouw Fennel. Ze maakt geen excuses voor ons of voor zichzelf. Je zult nooit horen: "O, volgende keer beter", of: "Wees maar niet bang, volgende keer zul je het begrijpen." Niemand van ons wordt ooit in de watten gelegd, Lorelei, en we worden er alleen maar sterker door. Je bent sterker dan je je op dit moment realiseert.'

'Heus?'

'Ja. Maar denk eraan dat je die mannen het meest aan het

woord laat. Gebruik je ogen en je schouders, je lichaamstaal. Dat is voldoende.'

'Wat vertellen we over onszelf?'

'Niks, Lorelei. We zijn niet uit op een relatie. Er is geen enkele reden om ze iets te vertellen.'

'Zelfs niet onze naam?'

'O, je naam kun je wel vertellen.'

'O, ja?'

'Laat eens zien. Vanavond is je naam Diane. Geen achternaam.'

'Diane?'

'Ja. En ik heet Elsa. Die naam heb ik al een tijdje niet meer gebruikt. Oké, Diane, daar gaan we.' Ze stopte voor de ingang.

De valet kwam haastig naar voren om onze auto te parkeren. Ava pakte mijn linkerarm vast toen ik het portier opende voordat de valet de kans daartoe kreeg. 'Je bent te gretig. Stap niet zo onhandig uit als een schoolgaande tiener. Langzaam, langzaam, beweeg je altijd alsof er honderden paren ogen op je gericht zijn. Seks en elegantie gaan heel goed samen. De mannen zullen onmiddellijk zien dat je klasse hebt, ervaring. Denk aan je houding. Concentreer je op je figuur. Wees je altijd van jezelf bewust. Doe niets per ongeluk, hoe onbelangrijk het je ook lijkt.'

'Oké,' zei ik, maar ik liet haar eerst uitstappen zodat ik kon nadoen hoe ze bewoog, draaide, pauzeerde, en naar de ingang van de club liep.

Ze glimlachte naar me om aan te geven dat ik het goed deed, en ik voelde haar zelfvertrouwen op me overgaan. Misschien zouden de mannen hier ons niet beschouwen als zussen, maar ze zouden wél denken dat er geen onschuld sprak uit onze kleren en schoenen. De twee mannen bij de deur sprongen bijna uit hun kleren en schoenen om te zorgen dat de afgewezen mannen ruim baan maakten voor ons, en deden snel de deur voor ons open onder een koor van gejoel en gefluit. Ava streek met haar hand over de wang van de bewaker bij de ingang links van haar, vervolgens onder zijn kin, en hief toen haar hand op alsof ze door een onzichtbare kabel met hem verbonden was en ze hem uitnodigde met ons mee te gaan. Ik meende zijn versnelde adem en een zacht gekreun van genot te horen. Zijn collega rechts van hem glimlachte hoopvol naar mij, maar zoals Ava me had opgedragen raakte ik hem slechts met mijn ogen aan. Het leek hetzelfde effect te hebben.

'Heel goed,' zei Ava. 'Voel je je macht? Jij bent de marionettenspeler en zij zijn de marionetten.'

We gingen naar binnen en bleven toen staan als twee zwemmers op een rots die op het punt staan in zee te duiken.

Iemand die mijn reactie op Dante's Inferno zou willen beoordelen, zou rekening moeten houden met het feit dat ik nog nooit naar een houseparty of een schoolfeest was geweest. Ik had nog nooit een date gehad of was alleen geweest met een jongen. Het enige dansen dat ik ooit had gedaan was thuis met mijn zussen en papa. Ik kende de muziek en kon dansen, en ik had scènes in films gezien die in dergelijke clubs waren opgenomen, maar tot op dat moment had ik nooit beseft wat voor effect die omgeving op me zou hebben.

Mijn hart begon razendsnel te kloppen, en ik voelde het bloed naar mijn hals en wangen stijgen. Heel even dacht ik dat mijn lichaam uit elkaar zou springen. Mijn ogen konden niet snel genoeg verwerken wat ze zagen. En ik had het gevoel dat mijn oren steeds verder opengingen om alle muziek, gelach, gegiechel en kreten van opwinding en vreugde in zich op te nemen. Ik voelde Ava's hand op mijn arm.

'Rustig,' zei ze. 'Denk eraan. Langzaam, langzaam. Laat alles naar je toekomen.'

We liepen naar de bar. Zouden ze mijn leeftijd controleren? Een lichte paniek begon zich van me meester te maken. Dat zou me in de grootste verlegenheid brengen. Waarom dacht Ava daar niet aan? Ik draaide me naar haar toe om mijn bezorgdheid kenbaar maken, maar ze wendde haar ogen niet af van de mannen die tussen ons en de bar stonden. Ze kneep slechts hard in mijn hand; ik wist dat het betekende *relax*. Ik probeerde het. De mannen gingen uiteen, zonder hun ogen van ons af te wenden.

'Dames,' zei een lange, donkerharige jongen met een metalen brilletje. Hij boog en gebaarde naar de krukken die ze snel voor ons hadden vrijgemaakt. Ik vond dat hij een vriendelijk, aardig gezicht had en warme, lichtbruine ogen.

'Dank je,' zei Ava. Ze ging op een van de krukken zitten en knikte naar mij om op de andere plaats te nemen.

'Wat willen de Miss America's drinken?' vroeg een blonde jongen rechts van me. Hij zag er een stuk jonger uit. Misschien was hij een jongere broer die op bezoek kwam.

'We drinken vanavond alleen maar Shirley Temples,' zei Ava.

Een van de barmannen, een knappe man met donker haar en het soort gemodelleerde lijf dat Ava 'ogensnoep' noemde, kwam snel naar ons toe.

'Shirley Temples?' vroeg een andere jongeman die zich tussen de twee anderen naar voren drong. Hij was gezetter en de minst knappe, met dikke lippen en een neus die al een paar gebroken leek te zijn. Zijn doffe bruine haar was grof en vlassig. Hij was erg gespierd met dikke bovenarmen en brede schouders, en zag eruit of hij elk moment uit zijn shirt kon barsten. 'Wat is in godsnaam een Shirley Temple?'

Ava keek naar de barman om uitleg te geven.

'Een non-alcoholische drank,' zei hij. 'Limonade, Seven-Up of zo, met een scheutje grenadine en een kers als versiering.'

'Hè? Non-alcoholisch? Daar is geen gein aan,' zei de gezette jongeman, die een lelijk gezicht trok. 'Ik bestel wel een echt drankje voor jullie.'

'Bekijk het eens van mijn kant,' zei Ava. 'Ik houd mijn verstand erbij in deze poel van zonde en behoud ook nog mijn "kers".'

Alle mannen lachten, vooral de barman, die onze drankjes ging mixen.

'Ik ben Buddy Gilroy,' zei de jongen met de bril. 'Gaan jullie naar college?'

'Zoiets,' zei Ava.

'Misschien is dit hun college,' zei de gezette man. 'Je kunt hier een hoop leren.' Hij lachte om zijn eigen grap.

'Waarom? Geef jij les?' Het kwam eruit voor ik tijd had om na te denken. Ava had gezegd dat zij eerst het woord wilde doen, maar het beviel me niet zoals hij de anderen opzijschoof, vooral Buddy.

Alle mannen juichten en plaagden hun forsgebouwde vriend. Ava trok haar wenkbrauwen op. Ik hield mijn adem in, maar ze glimlachte naar me. Niet overmoedig worden, hield ik me voor.

'Ja, professor,' pakte Ava de draad op. 'Wat is je vak? En vertel me niet dat het seksvoorlichting is.'

'Die lessen moet hij zelf nog volgen,' zei iemand achter hem. Weer werd er gelachen.

'O, ja. Zeg, als een van jullie een lesje nodig heeft,' zei de nu rood aangelopen man, 'wil ik dat graag geven.'

'En als je vrienden eens gelijk blijken te hebben en wij weten meer dan jij?' vroeg Ava toen de barman ons de drankjes gaf. 'Misschien zou je achter aan de rij moeten aansluiten.'

Ze lachten weer. Zijn gezicht kleurde nog roder. Hij spande zich in om een passend antwoord te vinden.

'In dat geval zal ik graag wat meer leren, en als jij de docente bent, zal ik daar graag gaan staan en mijn beurt afwachten,' zei hij. Zijn vrienden juichten hem toe.

Ava glimlachte. 'Prima. Zolang je je plaats maar kent.'

Iedereen brulde weer van het lachen. Meer jongens braken hun gesprek af en gingen achter het groepje staan dat ons begroet had. Ik kon de jaloerse, zelfs kwade gezichten zien van de meisjes met wie ze hadden staan praten.

'Dus, zeg eens eerlijk, waar komen jullie vandaan? Ik heb jullie niet eerder hier gezien. Een van jullie misschien?' vroeg een andere jongen.

'Ja, ik,' zei Buddy, naar mij kijkend. 'Elke nacht in mijn droom.'

Opnieuw gelach.

'Dat is alles wat hij ooit doet. Dromen,' zei de forsgebouwde man. 'Dus waar komen jullie vandaan?'

Ik keek naar Ava.

'Hm,' zei ze. 'Niet zo nieuwsgierig, jochie.'

Weer een explosie van gelach. Ik nipte aan mijn glas. Buddy glimlachte naar me en vroeg of ik wilde dansen. Ik keek naar Ava. Ze keek terug met een vluchtig *ja*-glimlachje, en ik knikte. Toen we op de dansvloer stonden, klonk de muziek zo luid dat het onmogelijk was om te praten. Ik keek achterom en zag dat Ava omringd was door bewonderaars; geen van de jongens die om ons heen hadden gestaan was ertussenuit geknepen. Ik werd heen en weer geslingerd tussen mijn verlangen erbij te zijn om haar te horen praten en van haar te leren, en mijn wens om op de dansvloer te blijven met Buddy, die zijn ogen blijkbaar niet van me af kon houden. Feitelijk kostte het mij ook moeite mijn ogen van hem af te houden. Ook vond ik het prettig om te dansen in een menigte met andere meisjes en jongens, die nu en dan waanzinnig enthousiast deden.

Wat was het dat ze ertoe bracht met dezelfde energie en overgave te feesten als op oudejaarsavond? Vierden ze feest of vluchtten ze voor gezond verstand, regels en toezicht? Wat probeerde iedereen alle anderen te bewijzen over zichzelf?

Toen ik om me heen keek, meende ik ze te horen zeggen: Kijk naar me. Wil je niet liever bij mij zijn dan bij wie dan ook? Hier en daar zag ik een paar meisjes en zelfs jongens die wat verlegener leken, maar over het geheel genomen leek iedereen bereid elke remming, elke waarschuwing, elke goede raad voor een gematigd, verstandig leven in de wind te slaan. De ruimte stonk naar seks, lichaam schuurde langs lichaam, lippen waren vlak bij elkaar, handen gleden over heupen en billen. Elke wending, draai en kronkeling leek meer op een beweging in een paringsdans.

'Je danst geweldig!' riep Buddy. Hij trok me dichter tegen zich aan. 'Ik sla een goed figuur door jou.'

'Dank je.'

'Waar komen jullie nu echt vandaan?'

'Her en der,' zei ik, en hij moest lachen.

'Hoe heet je? Wil je me dat tenminste vertellen?'

'Diane.'

Ik zag dat Ava zich losmaakte uit het groepje, samen met de jongen rechts van haar. De anderen keken hen na toen ze naar de dansvloer liepen, stuk voor stuk waarschijnlijk betreurend dat zij het niet eerst hadden gevraagd. Ze glimlachte naar me en ging dansen. De jongen met wie ze danste leek volledig van de kaart. Hij zwaaide naar zijn vrienden bij de bar, maakte een gebaar dat hij bezig was te verdrinken. Gelach volgde en de avond begon.

Het grootste deel van de tijd dansten we. Andere jongens vroegen ons ten dans, maar mijn voorkeur ging uit naar Buddy, en ik danste meer met hem dan met de anderen. Hij bleef me maar uithoren over mijzelf. Ik vond het afschuwelijk om niet openhartig te kunnen zijn. Was het mijn gebrek aan ervaring, of was hij echt zo eerlijk en aardig als hij leek? Mijn instinct zei ja, maar ik was bang dat het me te kwetsbaar maakte. Ik moest mijn verstand bewaren en me niet vergissen en hem meer vertellen dan Ava zou willen.

Haar en mij werden voortdurend sterkere drankjes aangeboden en zelfs iets om te slikken of te roken, maar Ava weigerde.

'We hebben niks nodig om high te worden,' zei ze. 'We zijn high van het leven.'

Hoe ze ook hun best deden meer over ons te weten te komen, we vermeden elk antwoord op hun vragen. Tussen een paar dansen door vroeg Buddy me even met hem mee te gaan naar een kleine patio. Ik zag dat hij niet zoveel dronk als zijn vrienden, en vroeg hem ernaar.

'Ik heb een hekel aan een kater, maar de meesten hebben drank nodig om moed te verzamelen om op een vrouw af te gaan.'

'En jij niet?'

'Ik heb nooit veel moed, met of zonder drank, maar tegen jou durf ik wel iets te zeggen. Als ik het niet doe, zal ik er de hele nacht spijt van hebben.'

'Wat dan?'

'Je bent absoluut het mooiste meisje dat ik hier ooit gezien heb, of waar dan ook.'

'Hoe weet ik dat je dat niet tegen alle meisjes zegt die je ontmoet?'

'Dat kun je niet weten. Maar ga volgend weekend met me uit en zie dan of ik het weer zeg.'

Ik lachte. Misschien omdat ik het graag wilde zien, maar ik zag in zijn gezicht de oprechtheid en openhartigheid van een jonge jongen, iemand die óf nog niet had geleerd te bedriegen, óf niet onbezwaard kon leven met bedrog. Hij was heel dicht bij me, zijn lippen lokten de mijne.

'We kunnen beter weer naar binnen gaan,' zei ik.

'Goed.'

Hij volgde me de zaal in. Ava zag ons en keek achterdochtig.

'Wat is daar buiten gebeurd?'

'Alleen maar gepraat. Hij praatte. Ik heb niets gezegd.'

'Ik hoop het. Ik denk dat het tijd is om weg te gaan.'

Toen de jongens die bij ons stonden zagen dat we wilden vertrekken, protesteerden ze. Ze kenden nog steeds alleen maar onze voornaam. Buddy smeekte me praktisch hem mijn telefoonnummer te geven, hem íéts achter te laten. Natuurlijk deed ik dat niet. Twee dingen gebeurden nog voordat we in de richting van de uitgang liepen. De meeste jongens gaven het gewoon op en gingen andere meisjes zoeken. Degenen die het meest hun best hadden gedaan om succes te boeken, kregen de pest in toen we onze tas pakten. Hun opmerkingen waren grof, gemeen.

'Bewaren jullie een paar nummertjes voor de straat?'

'Gaan jullie naar een lesboclub?'

'Laatste kans om het met een echte man te doen, meiden, of zijn jullie nog maagd en bewaar je het voor een huwelijk?'

'Laat ze met rust,' zei Buddy. Hij raakte bijna in gevecht met een jongen die een grote mond had, maar ik zag dat de frustratie ook bij hem toesloeg.

'Laten we gaan,' fluisterde Ava.

'Hé,' riep de forse jongen die van begin af aan bij ons was geweest. 'Verandert je auto in een pompoen?'

Er klonk een luid gelach achter ons.

'Wat zou ik die graag meenemen naar papa,' mompelde ze terwijl we naar de deur liepen.

'Ik hoop je weer te zien,' riep Buddy.

Ik glimlachte naar hem. Ik zou het nooit tegen Ava zeggen, maar ik verlangde er ook naar hem weer te zien.

'Hoe voel je je?' vroeg Ava toen we in de auto stapten.

'Alsof ik nog uren zo door zou kunnen gaan.'

Ze lachte. 'Mooi zo. We hebben de energie. Je hebt het goed gedaan. Je had die ene jongen aan de haak en je had hem binnen kunnen halen wanneer je maar wilde. En hij weet niets over je, hè? Je hebt niet je mond voorbijgepraat op de patio?'

'Nee. Ik heb hem alleen de naam genoemd die jij had verzonnen.' Maar in mijn hart dacht ik: Hij kent mijn glimlach. Hij zal me in zijn dromen zien. Eigenlijk dacht ik hem in mijn dromen te zullen zien.

Zodra we thuis waren ging Ava met papa praten. Ik wist dat ze hem verslag zou uitbrengen over mij. Natuurlijk was ik zenuwachtig. Onwillekeurig maakte ik me ongerust dat ze, ondanks wat ze tegen mij had gezegd, zou vertellen dat ik het er niet goed had afgebracht. Het was de oude onderlinge rivaliteit.

Ik wist dat toen niet, maar Ava was bezorgder voor haar eigen toekomst dan voor de mogelijkheid dat ik in papa's ogen een voornamere plaats zou gaan innemen dan zij. Haar bestemming riep haar.

Voor ik ging slapen, kwam papa naar mijn kamer. Ik hoorde hem niet binnenkomen. Ik was in de badkamer bezig mijn make-up te verwijderen. Toen ik in de slaapkamer kwam, zag ik hem glimlachend staan.

'Ava vertelde me dat je je eerste test met vlag en wimpel hebt gehaald,' zei hij.

Wat voor test? vroeg ik me af. Het enige wat ik gedaan had was naar een dansclub gaan en met een stel studenten flirten, misschien met één in het bijzonder.

'Je hebt je opdrachten goed uitgevoerd,' ging hij verder. Misschien zag hij mijn gedachten op mijn gezicht weerspiegeld. 'Je begrijpt hoe je je moet gedragen. Dat is belangrijk, Lorelei. Je begrijpt de terughoudendheid en hoe belangrijk het is je privéleven te beschermen.'

'Ik ben blij dat je tevreden bent, papa.'

'O, dat ben ik, maar dat heb ik altijd geweten.' Hij omhelsde me, gaf me een zoen boven op mijn hoofd, streek over mijn haar en hield me toen op armlengte afstand. Ik kon de kracht in zijn armen voelen, maar zag ook de liefde in zijn ogen. Hij keek me zo indringend aan, dat ik het gevoel had dat hij werkelijk mijn gedachten kon doorgronden. Ik vroeg me onwillekeurig af of hij kon zien hoezeer ik me tot Buddy aangetrokken had gevoeld. 'Ik kan zien hoe dit je tot leven heeft gewekt. Je kunt de kracht in je voelen.'

Ik had er niet aan gedacht als een kracht, maar ik wist wat hij bedoelde. Ik knikte. 'Ik voel me anders, papa, ouder.'

Ik had eraan toe willen voegen dat ik voelde hoe het kon zijn als je verliefd was op een jongen, misschien zelfs van hem hield, maar ik wist dat hem dat niet gelukkig zou maken. De meeste vaders hadden ambivalente gevoelens over het afstaan van een dochter, maar in papa's geval zou dat tragisch zijn, zowel voor hem als voor mij.

'Je bent nu anders, Lorelei. Je bent er dichter bij om een van ons te zijn, en ik heb de beste dochters die een vader maar kan hebben,' zei hij. Hij zoende me op mijn wang, draaide zich toen om en glimlachte toen hij wegging, de deur zachtjes achter zich sluitend, en liet me staan in de gloed van zijn grote liefde.

Misschien waren mijn instincten niet zo scherp en ontwikkeld als die van Ava, maar instinctief wist ik dat ik zou groeien door die liefde...

Of erin verdrinken.

5

De dag erna

Was er werkelijk iets gebeurd wat me veranderd had? Was ik nu anders, ouder, bijna van de ene dag op de andere?

Ik wist dat ik me anders voelde, ook al leek het mal. Eén avondje uit met Ava was toch niet genoeg om me volwassener te voelen, en wat had ik helemaal gedaan? Gedanst, geflirt, genoten van een woordenspel met studenten, later uit geweest dan ooit tevoren. Maar ouder was precies wat ik me voelde. Was het mogelijk dat als ik met Ava uitging, er iets magisch gebeurde, dat ik er niet alleen ouder uitzag, maar ook wereldwijzer werd? Per slot was het een feit dat mijn lichaam snel volwassen was geworden nadat het eeuwig constant leek te blijven, dus waarom niet mijn geest en persoonlijkheid?

'Er zullen je fantastische dingen overkomen door de manier waarop je bent opgevoed, de manier waarop we leven,' zei papa eens tegen me. 'Maar ik beloof je dat het allemaal goed, allemaal wonderbaarlijk zal zijn.'

Ik geloofde hem. Als ik naar de andere meisjes op school keek, geloofde ik dat alle Patio's, al papa's dochters, in zoveel opzichten iets bijzonders waren. Het was ook niet alleen onze fysieke schoonheid. We leken ons in en uit een andere dimensie te bewegen, en ons gezicht had een uitdrukking die anderen deed denken dat we heel interessante en geheimzinnige dingen wisten.

Een van mijn docenten in groep vijf, meneer Foggleman, zei eens tegen me dat ik eruitzag als iemand die de toekomst kende. Ik had geen idee wat hij bedoelde. Hij probeerde het me uit te leggen door me te vertellen dat ik nooit verbaasd leek over iets. 'Het is alsof je altijd weet dat er iets op komst is, het verwacht, Lorelei. Je vader is toch geen waarzegger, hè?'

'Ik vind dat hij alles is. Waarom dan niet ook een waarzegger?' antwoordde ik. Meneer Foggleman lachte. Hij dacht dat ik een grapje maakte, maar ik meende elk woord.

Ik dacht aan dat alles terwijl ik voor mijn spiegel stond en mezelf bekeek. Vandaag droeg ik een gewone katoenen blouse met korte mouwen en een donkerrode rok. Behalve wat lippenstift had ik geen make-up, en ik had mijn haar naar achteren gestoken, min of meer voor het gemak.

Ik concentreerde me op mijn ogen. Daar was echt iets nieuws mee. De kleur was niet veranderd, maar ze leken verstandiger, kalmer. Het was of mijn ogen en mijn hele gezicht een zekere volwassenheid uitstraalden. Ik voelde me als een jong meisje dat besefte dat ze vroeger leuk was om te zien, maar nu echt mooi begon te worden. Durfde ik zo te denken? Was ik zelfs nog aantrekkelijker dan Ava?

Ik had altijd het gevoel dat Ava een tikje ordinair was. Ze was te overduidelijk sexy. Ze was aantrekkelijk zoals een betoverende filmster dat is. Zij moest verleidelijke en onthullende kleding dragen. Zij moest doen wat ze zei dat ik moest doen, zich constant bewust zijn van haar attributen en die gebruiken, prikkelen met haar bijna blote borsten en heel strakke rokjes, terwijl ik op weg was een klassieke schoonheid te worden, wier aantrekkingskracht niet te overtreffen was. Kortom, ik dacht niet dat ik zo goed mijn best hoefde te doen als zij.

Ik verwachtte dat ik zelfverzekerder maar toch niet arroganter zou zijn. Diep in mijn hart hoopte ik dat dit was wat papa in me zag, waarom – dat dacht ik althans – zijn ogen altijd zeiden: Wat ik ook tegen de anderen zeg, jij zult altijd papa's beste kleine meisje zijn.

Onlangs had ik mijn rijbewijs gehaald, en papa had een van onze sedans aan mij toebedeeld. Het enige wat ik deed was met Marla naar school rijden en weer naar huis na de laatste les. Ik mocht nog steeds geen lid van een team worden, aan toneelopvoeringen meedoen of lid worden van een club. Zonder precies uit te leggen waarom het gevaarlijk zou kunnen zijn, vertelde papa me dat het beter voor ons was niet te veel in de schijnwerpers te staan. Het was in ons voordeel om in de schaduw te blijven.

'We komen en gaan zo snel, Lorelei,' vertelde hij me in eerste instantie. 'Het is beter als we gemakkelijk worden vergeten.'

Natuurlijk bedoelde hij alleen ons dochters als hij 'we' zei. Ik kon me niet voorstellen dat papa ooit gemakkelijk vergeten zou worden. En toch veronderstelde ik dat het deel uitmaakte van zijn magie. Hij kon neerstrijken in een nieuwe gemeenschap, heel snel indruk maken op de mensen die hij wilde imponeren, en dan wegglippen als in een droom.

Die speciale ochtend verbaasde Ava me door eerder uit bed te komen en te ontbijten dan ik. Ze had geen vroege colleges en sliep gewoonlijk nog uren nadat ik was opgestaan. Het stoorde me helemaal niet. Ik was blij haar 's morgens mis te lopen. Meestal wond ze zich 's morgens over alles op, zelfs over de zon die de euvele moed had vroeg op te gaan. 'Waarom kan de nacht niet langer duren?' vroeg ze dan kribbig.

'Ava zal naar Noorwegen moeten verhuizen,' grapte papa. 'Of misschien naar de Noordpool en bij de Kerstman intrekken.'

'Prima,' antwoordde ze. 'Dat zijn degenen die geluk hebben.'

Indertijd besefte ik niet dat ze sprak over families die werkelijk in Scandinavië woonden. Ze zag het als een soort beloning.

'Als je eenmaal een hele winter daar hebt doorgebracht, praat je wel anders,' zei papa. 'Ik herinner me dat ik daar een paar maanden heb vastgezeten in de winter.'

Was er één plaats ter wereld waar papa niet een tijdje geweest was?

In tegenstelling tot haar gebruikelijke ochtendhumeur keek Ava vriendelijk en vrolijk, en babbelde ze met Marla over de tienermode van tegenwoordig. Ik had gehoopt papa aan tafel te zien, maar hij was blijkbaar al vroeg vertrokken op een van die geheime missies die mevrouw Fennel onder de noemer 'zakenreizen' schaarde. Meestal vond Ava het vreselijk als ze beneden kwam en ik 'goedemorgen' zei, maar zij zei het nu al voordat ik zelfs maar de kans kreeg.

'Ik breng jou en Marla vandaag naar school,' zei ze onmiddellijk. 'En aan het eind van de dag haal ik jullie weer op.'

'Waarom?'

Ze keek even naar mevrouw Fennel, die een kom warme pap voor me neerzette, maar mevrouw Fennel keek niet terug en zei niets. Ze gunde mij nauwelijks een blik, maar toen haar ogen zich even op mij richtten, zag ik dat er een zachtere, meer tevreden uitdrukking in lag. Ze leken te bevestigen dat er iets in me veranderd was, en wat het was deed haar kennelijk genoegen. Had Ava haar ook verslag uitgebracht over gisteravond?

'Ik moet meer tijd met je doorbrengen,' zei Ava. 'Vooral na gisteravond.'

Marla keek me jaloers aan. Ava was niet zo vroeg op om met haar te praten. Ze was opgestaan ter wille van mij. 'Wat is er gisteravond gebeurd?' vroeg ze.

'Doet er niet toe,' zei Ava.

'Ik ben oud genoeg om het te weten,' kermde Marla. Ze keek naar mevrouw Fennel om hulp te zoeken, maar ze kon net zo goed naar de muur kijken, dacht ik. Zij noch Ava reageerde. Marla pruilde, maar toen mevrouw Fennel haar waarschuwend aankeek, ging ze snel verder met haar ontbijt.

Ik ging zitten en begon mijn pap te eten. Net als al het andere wat mevrouw Fennel maakte, was het iets heel anders dan wat mijn klasgenoten zouden eten. Ik had begrepen dat de meesten zelfs helemaal niet ontbeten, en als ze het al deden was het een plakje cake of een zogenaamde gezonde ochtenddrank die hun moeder hun opdrong. Mevrouw Fennel maakte altijd een speciale lunchdrank klaar voor Marla en mij, die we opdronken met een van haar unieke, donkergrijs gekleurde crackers, niet bepaald aantrekkelijk voor de andere leerlingen die ons zagen eten en drinken.

Onlangs had Meg Logan, die net deed of ze anders over me was gaan denken, me heel vriendelijk gevraagd wat ik at en wat voor crème ik gebruikte. Ook al viel het haar moeilijk het toe te geven, ze was jaloers op mijn teint en mijn figuur. Ik kon het haar niet vertellen, want ik wist zelf niet precies wat ik at of wat mevrouw Fennel gebruikte voor onze huidcrème. Ik kon haar ook de smaak niet beschrijven, althans niet op de manier die zij of een van de anderen zou begrijpen. En mevrouw Fennel had ons heel duidelijk te verstaan gegeven dat we nooit een ander van ons eten mochten laten proeven.

'Niks ongewoons,' antwoordde ik, wat ze opvatte als een bitse afwijzing.

Ze hield haar hoofd achterover en trok haar neus op alsof ze plotseling iets vies rook. 'O, neem me niet kwalijk dat ik het vraag,' zei ze. 'Je eet misschien niks ongewoons, maar je bent wel een engerd.'

'Is dat het enige woord in je vocabulaire, Meg? Probeer het eens met "anders", "vreemd", "eigenaardig", en geef "engerd" een dagje vrij. Of liever nog, hou een dag je mond dicht en geef de Engelse taal een kans.'

Ze mompelde iets en liep haastig weg om haar vriendinnen te vertellen wat ik had gezegd. Ze keken allemaal kwaad mijn richting uit. Ik zou het nooit laten merken, maar ik moest toegeven dat het me hinderde. Toen ik Ava vertelde over de manier waarop ze vaak naar me keken, zei ze: 'Negeer het. Het heeft niks te betekenen.' Toch had ik er moeite mee – meer moeite, dacht ik, dan zij en Brianna toen ze zo oud waren als ik. Ze hadden nooit laten blijken dat ze zich net als ik ongelukkig voelden op school en niet konden meedoen aan dingen die de andere kinderen van mijn leeftijd deden. Waarom verlangden ze daar niet naar zoals ik?

Natuurlijk was ik heel nieuwsgierig naar wat Ava met me wilde bespreken. Het moest belangrijk zijn, om haar zo vroeg het bed uit te jagen. Ze begon zodra we allemaal in de auto zaten en op weg gingen naar school.

'Ik heb papa verteld dat je me een goed gevoel gaf gisteravond. Ik hoef je zeker niet te zeggen, Lorelei, dat ik mijn twijfels had over jou.'

'Waarom?'

'Dat doet er nu niet toe. Belangrijk is dat ik gisteravond dingen in je zag die positief waren, dingen die me aan mezelf deden denken toen ik voor het eerst uitging. Je bent een vlugge leerling, misschien zelfs wel vlugger dan ik was.'

'Meen je dat?'

Was dat mijn zus Ava die dat zei? Die me complimentjes gaf? Was ik werkelijk de reden voor dat stralende gezicht, die vriendelijkheid en opgewektheid? Ik kon het niet helpen dat ik achterdochtig was. Waar zat het addertje onder het gras? Wat had al die vleierij te betekenen?

'Ja,' zei ze met een glimlach. 'Misschien realiseer je je dat nu nog niet, maar de verandering, zoals papa het graag noemt, is in je begonnen en gaat met reuzenschreden vooruit. Zeg niet dat je dat zelf niet voelt.'

'Dat voel ik echt wel, Ava, maar ik weet niet zeker wát ik precies voel.'

'Je voelt de macht.'

'Wat is de macht?'

'De gave die het je mogelijk maakt voor papa te doen wat je zussen en ik voor hem hebben gedaan. Het is niet alleen dat je aantrekkelijk bent. Je zult hypnotiseren, fascineren, veroveren. Als de uitdrukking: "Je hebt zijn hoofd op hol gebracht" op jou wordt toegepast, zal die echt iets betekenen.' Ze lachte. 'Je zult je voelen als een godin, als de marionettenspeler die aan de touwtjes trekt en zijn poppen laat dansen. Je hebt er gisteravond al een voorproefje van gehad, hè?'

'Ja.'

Ze knikte glimlachend. 'Ik herinner me de eerste keer dat ik het voelde. Het was echt of je uit de Bron van de Jeugd dronk. Alle energie, kracht, zelfvertrouwen, die je nu voelt, zullen nooit verdwijnen, Lorelei.'

'Je praat alsof we onsterfelijk zijn.'

Ze glimlachte, maar haar glimlach verdween weer snel toen ze weer bedacht waarom ze zo vroeg was opgestaan en me naar school bracht. 'De reden waarom ik je vandaag naar school wilde brengen en met je praten – iets waar papa trouwens op staat – is dat je de verandering weerspiegeld zult zien in de manier waarop de jongens op school vandaag naar je kijken. Je zult een weg vrijmaken naar hun libido.'

'Wat is een libido?' vroeg Marla. Even was ik vergeten dat ze bij ons was, zo verdiept was ik in wat Ava zei.

'Wil je de technische definitie?' vroeg Ava met een knipoog naar mij.

'Oké.'

'Het is wat Sigmund Freud noemde de gegeneraliseerde seksuele energie waaraan uitdrukking wordt gegeven door bewuste activiteit. Ik volg een cursus psychologie,' zei Ava.

Ze vertelde nooit iets over haar colleges aan de UCLA. Ik dacht dat ze het niet prettig vond, maar verplicht was het te doen omdat papa het haar vroeg. Ze klaagde er zelfs zo vaak over dat ik bang was haar iets te vragen.

'Papa vond dat ik die cursus nodig had,' voegde ze eraan toe. Toen draaide ze zich om naar Marla en zei: 'Het betekent ze opgeilen, Marla. Je weet toch wat dat is?'

'Ja natuurlijk,' zei ze. 'Ik weet wanneer jongens geil zijn.'

Ava lachte.

'Echt waar.'

'Ze zit je op de hielen, Lorelei. Wees er maar blij om.'

'Ben je daarom zo vrolijk vanmorgen, Ava?' vroeg ik. 'Zit ik jou op je hielen?'

'Precies. Zie je wel, je wordt slimmer, verstandiger, opmerkzamer.'

'Waarom ben je daar zo blij om, Ava? Niet dat het me in de war brengt. Ik wil alleen maar weten waarom.'

'Waarom? Waarom?' Ze schudde haar hoofd. 'Heel eenvoudig, Lorelei. Des te gauwer kun je het van me overnemen.'

'En jij dan?'

'Dan ga ik weg om mijn bestemming te volgen.' Ze reed verder, met zoveel plezier en voldoening dat het leek of ze haar bestemming vlak voor ons kon zien.

'Wat is die bestemming precies?' vroeg ik. 'Ik heb het nooit begrepen toen mevrouw Fennel zei dat Brianna haar bestemming ging volgen.'

Ze keek me aan en glimlachte. 'Als jouw tijd komt, Lorelei, zul je het weten. Geloof me, dan zul je het weten.' Ze liet het daarbij, alweer een geheim, nog steeds een mysterie.

Toen we op school kwamen, vroeg Ava me te wachten tot Marla was uitgestapt en binnen was. Ze keek nu ernstiger, meer zoals altijd, haar ogen waarschuwend en dreigend.

'Van nu af aan zul je nog voorzichtiger moeten zijn dan eerst,' begon ze. 'Ik weet wat je tot nu toe hebt doorgemaakt. Ik weet wat het voor je betekende om zo afstandelijk te moeten blijven, zo'n eenling, schijnbaar zonder enige belangstelling om vrienden te maken, je ergens bij aan te sluiten. Ook al was je wel aantrekkelijk, toch zagen de jongens niks in je, hè?'

'Nee,' zei ik, al was ik er niet van overtuigd dat ze helemaal niets in me zagen. Een paar hadden zelfs geprobeerd een gesprek aan te knopen, maar ik wist waar zo'n gesprek toe zou leiden, dus wimpelde ik ze af.

'Dat wilde niet zeggen dat ze niet over je fantaseerden, Lorelei, en nu zullen ze dat nog meer doen. Dat komt door de gave die je bezit, je charisma.'

'Ik snap het niet, Ava. Waar komt dat plotseling vandaan? Alleen door met jou uit te gaan?'

'Nee, het is al eerder begonnen. Papa en ik wilden het niet tegen je zeggen voordat je met mij uit was geweest, de test had ondergaan, om het zo maar uit te drukken. Je beseft het nu allemaal nog niet, maar je bent als een renpaard dat, als het niet onder controle wordt gehouden, zo hard zou galopperen, dat het volkomen uitgeput raakte. *Controle* is nu het sleutelwoord. Toen ik tegen Marla zei dat je een weg vrijmaakte naar hun libido, verzweeg ik dat jouw eigen libido ook hunkert om boven te komen. Weet je nog dat ik je voortdurend waarschuwde voor je impulsen, je op het hart drukte niet verliefd te worden op een jongen, je maagdelijkheid niet te gauw weg te geven? Nou, dit was waarop ik je voorbereidde. Dit is wat papa voorzag.'

'De gave?'

'Ja. Dat is de reden waarom je zo bijzonder bent, waarom we allemaal zo bijzonder zijn.'

'Ik snap niet waarom ik zo bijzonder ben, Ava. Dat heb ik nooit begrepen.'

Ze knikte. 'Dat komt wel.'

'Waarom zeg je toch altijd: dat komt wel, dat komt wel? Waarom vertel je het me niet gewoon?'

Ze zweeg even en staarde naar het schoolgebouw. 'Je komt te laat,' zei ze.

'Nee. Geef antwoord,' zei ik scherper dan ik ooit tegen haar gesproken had. 'Waarom kun je me de dingen niet gewoon vertellen en me niet naar alles laten raden?'

'Ga je nu niet weer gedragen als een kind. Stel je niet zo aan, Lorelei.'

'Ik stel me niet aan. Je zegt dat ik die speciale gave heb, dat ik volwassener ben geworden. Behandel me dan ook zo. Waarom kun je het me niet gewoon vertellen?'

Ze kneep haar ogen samen, niet hatelijk, zelfs niet kwaad. Ze waren eerder vol geheimzinnigheid dan vol woede. Ze keek alsof ze iets in me zag dat ik niet kon zien. Ik had het gevoel of ik onder een röntgenapparaat lag. Ik boog me zelfs achterover.

'Waarom?' herhaalde ik op krachtiger toon.

'Om dezelfde reden waarom mevrouw Fennel of Brianna je niet

zonder meer kon vertellen wat papa nodig had. Weet je nog hoe geschokt je was?'

Ik staarde haar slechts aan. Mijn hart begon plotseling te bonzen. 'Ik snap het nog steeds niet. Wil je zeggen dat ik geschokt zal raken over mezelf? Bedoelde je dát die dag toen je zei dat je angst in me zag, angst voor mezelf?'

'O, Lorelei,' zei ze alsof ze zich uitgeput voelde. 'Je hebt altijd meer vragen gehad dan een van ons.'

'Was jij dan niet zo nieuwsgierig naar alles, Ava?'

'Nee. Ik begreep dat ik geduld moest hebben. Vergeet het voorlopig nou maar, Lorelei. Ik heb al te veel gezegd. Denk alleen aan mijn waarschuwingen en doe geen stomme dingen. Toe dan,' drong ze aan. 'Ik kom aan het eind van de dag terug.'

Ik hoorde de eerste bel.

'Dat bedoelde je toen je die dag zei dat je angst in me zag, angst voor mezelf,' hield ik vol. 'Je ziet het nog steeds in me, afgezien van charisma, gave, macht. Ja toch?'

'Ga naar school, Lorelei,' beval ze. 'Pas op dat je niet te veel aandringt en te veel haast maakt. Denk aan de legende van Icarus, die papa ons zo graag vertelt. Hij vloog te hoog, terwijl hij gewaarschuwd was dat hij dat niet moest doen, en zijn van was gemaakte vleugels smolten. Blijf voorlopig op de grond, Lorelei. Je hebt later nog tijd genoeg om te vliegen. Toe dan. Ga naar je klas. Schiet op!'

Ik stapte uit en keek haar na toen ze wegreed. Ik had me zo gelukkig gevoeld toen ik die ochtend opstond, zo vol energie en verlangen om de dag te beginnen, zelfs op school, waar ik me eenzaam voelde en voortdurend onder vuur lag. Als het Ava's bedoeling was me te vertragen, de vlam die in me brandde af te zwakken, dan was ze daarin geslaagd. Plotseling overmand door een depressie, ging ik naar binnen en liep zo langzaam naar de klas dat ik iets te laat was. De docent, meneer Burns, keek verbaasd, maar in plaats van het standje en de waarschuwingen die hij aan andere leerlingen gaf, keek hij me alleen maar verbaasd aan en tot mijn verbazing met een vriendelijke glimlach.

Per slot, zou Ava zeggen, is hij maar een gewone man, en hij ziet de gave die in jou tot ontwikkeling is gekomen.

Toen ik om me heen keek, waren de blikken van de meisjes in de klas nog vijandiger. Ik zag dat ze begonnen te fluisteren. Maar de jongens keken met een glimlach die leek op de glimlach waarmee meneer Burns naar me had gekeken. Toen ik voor het eerst de veranderingen in mijn lichaam voelde en zag, toen het volwassen lichaam eindelijk tevoorschijn kwam, voelde ik me een beetje als Assepoester. Er gebeurde iets magisch met me, maar omdat ik was wie ik was, kon ik maar een paar ogenblikken genieten van het bal. Middernacht kwam heel snel, en ik moest alle aandacht die ik begon te krijgen, afweren. Er zouden geen party's volgen, geen dates, geen dansavonden. Ik accepteerde het en was gehoorzaam, maar vroeg me altijd af waarom dat moest.

Ava had gelijk dat ze die ochtend de tijd nam om me met nog meer waarschuwingen op te zadelen. Ik voelde de nieuwe Lorelei in me rukken aan de ketenen, maar vroeg me ook af waarom ik niet terug kon lachen naar de jongens die me interesseerden. Waarom kon ik niet uit de schaduw tevoorschijn komen en ervan genieten? Waarom was het zo verschrikkelijk als ik een date zou hebben? Ik zou niet te ver gaan. Papa had me vaak verteld dat ik de slimste dochter was die hij ooit had gehad. Ava besefte niet hoe intelligent ik was. Ik begon te denken dat ze, alleen omdat zij die dingen niet kon doen, niet wilde dat ik ze deed. Als ik werkelijk een gave bezat, een macht, waarom moest ik dan wachten tot ik ervan zou kunnen profiteren? Ik zou nooit uit het oog verliezen hoe belangrijk ik was voor papa.

De tweede bel ging en iedereen stond op, de een vlugger dan de ander, babbelend met die gedwongen energie die ze alle kanten uit deed gaan, wat Ava verspilde energie noemde. Ik voelde me plotseling nog afstandelijker, maar niet op een arrogante manier. Ik bleef achter, omdat ik niet gelijk op wilde gaan met hen, geen deel van ze wilde worden. Meneer Burns glimlachte weer en knikte naar me.

'Prettige dag, Lorelei,' zei hij. Hij was een van de jongere highschooldocenten, waarschijnlijk pas begin dertig. Behalve dat hij de leiding had in de aula, had ik Engelse les van hem, mijn laatste uur van de dag. We behandelden nu Shakespeare, en hij gaf les door opnamen af te draaien van beroepsvoorstellingen. Hij zei dat hij niet genoeg verdiende om naar ons te moeten luisteren als we Shakespeare hardop voorlazen.

De meeste andere meisjes waren verliefd op hem. Ik aarzelde om het woord 'smoorverliefd' te gebruiken sinds Ava er de spot mee had gedreven. Hij was knap, had donkerbruin haar en schalkse groene ogen en was bijna een meter tachtig lang. Hij had het figuur van een tennisprof, slank en fit. Ik maakte geen deel uit van het Roddelnetwerk, maar ik wist dat hij een relatie had met een vrouwelijke arts van het Cedars-Sinai Hospital. De aankondiging van zijn verloving werd snel verwacht.

'Dank u,' zei ik. 'Het spijt me dat ik te laat was.'

'De eerste keer negeer ik het,' zei hij. Ik wist dat het niet waar was. 'Je hebt iets anders met je haar gedaan, hè?'

De leerlingen voor zijn eerste lesuur kwamen binnen. Hij kwam dichter bij me staan.

'Niet veel,' antwoordde ik.

'Wat het ook is, het staat je goed.'

Ik keek hem even strak aan, glimlachte en liep naar buiten. Ik voelde dat zijn blik me volgde. Toen ik omkeek, stond hij in de deuropening en glimlachte in mijn richting.

Ava, help me, dacht ik, met het gevoel dat ik dat hoorde te denken nu een docent met me flirtte. Maar om eerlijk te zijn wilde ik niet dat ze iets deed, me zelfs geen waarschuwing gaf. Ik wilde op verkenning uit, mijzelf en mijn macht op de proef stellen. Meer dan wat ook, nu meer dan ooit, wilde ik mezelf zijn, zelfs al betekende het met vuur spelen.

Zou ik er spijt van krijgen?

6

Spelen met vuur

'Omdat ik zelf een nieuwe leerling ben, ben ik aangewezen om alle nieuwe leerlingen op onze school welkom te heten,' zei Mark Daniels. 'De gedachte erachter is dat ik beter weet hoe het is om ergens midden in een schooljaar nieuw te beginnen, vooral het laatste jaar. Dus welkom.'

Ik at mijn cracker en keek naar hem. De laatste tijd zat ik in mijn eentje in de kantine aan een tafeltje achter in de rechterhoek, vanwaar ik alle anderen kon observeren. Het was al een tijd geleden dat een van de jongens tegen me had gesproken. Mark was me opgevallen toen hij pas op school kwam. Hij was een van de knappe jongens in de hoogste klas. Hij had een ruige jonge-Robert-Redfordlook, hetzelfde warrige blonde haar, dezelfde sexy lach. Hij had nauwelijks naar me geglimlacht sinds zijn komst of veel meer gezegd dan 'hoi' als we elkaar tegenkwamen in de gang. Hij was altijd in beweging, verwachtte nooit een antwoord. Hij leek het bijna als zijn plicht te beschouwen om tegen alle meisjes 'hallo' te zeggen. Dat trof me als nogal arrogant, dus gaf ik geen antwoord.

Ava vertelde, op een van de zeldzame momenten dat we het over jongens van school hadden, dat hun grootste angst was te worden afgewezen. 'Daarom zijn de meesten niet erg origineel of opwindend, Lorelei. Ze verlangen praktisch een garantie voor ze naar je toe durven te komen of je voor een date vragen. Nu en dan kwam ik wel eens een buitenbeentje tegen en kwam ik in de verleiding, maar niet langer dan heel even,' voegde ze er snel aan toe. 'Ons leven begint na highschool.'

'Waarom?'

'Zo is het nu eenmaal,' zei ze, en zweeg verder.

Toen ik naar Mark keek en me Ava's opmerkingen herinnerde over jongens op school en de ons opgelegde beperkingen, vond ik dat haar antwoord toen niet goed genoeg was en nu zeker niet. Het was niet gemakkelijk de aandacht te negeren van een zo knappe jongen als Mark.

'Ik ben geen nieuwe leerling,' zei ik.

Hij deed of hij stomverbaasd was. 'Dat meen je niet.' Hij ging tegenover me zitten en toen, met een dramatisch gespeelde verbijstering, keek hij achterom naar de andere leerlingen. 'Die hufters. Ze zeiden dat je een nieuwe leerling moest zijn. Niemand herkende je. Wil je zeggen dat je hier al die tijd geweest bent en ik het niet gemerkt heb? Ben ik soms blind geworden of ben ik gewoon stom? Ik dacht dat ik alle meisjes hier op school van achteren en van voren kende. Sommigen zien er beter uit van achteren.'

Ik kon het niet helpen, ik moest lachen, en dat moedigde hem aan.

'Ik weet dat ik je naam hoor te kennen,' zei hij, en deed toen alsof hij een paar mogelijkheden overwoog. 'Lois? Laura? Lauren?' Hij knipte met zijn vingers. 'L... Lorelei, Lorelei Patio. Ja toch?'

Ik keek langs hem heen naar de andere leerlingen in de kantine. Sommigen waren opgehouden met praten en hadden zich naar ons omgedraaid. Ze leken verstard, vol verwachting. Wat dachten ze dat ik zou doen? Opstaan en naar buiten hollen?

'Oké,' zei ik. 'Je hebt mijn aandacht. Wat is je punt?'

'Mijn punt? Mijn punt?' Hij dacht na. 'O, ja, mijn punt. Mijn punt is dat je zonder enige twijfel het mooiste meisje op deze school bent en misschien wel in de hele stad. En,' vervolgde hij met een amusant vertoon van ernst, 'ik vind het zonder meer schandalig van me dat ik dat niet al veel eerder heb geconstateerd. Kun je het over je hart verkrijgen me te vergeven?'

Ik moest inwendig lachen, maar dwong me zelfs niet te glimlachen. Het was of Ava vlakbij stond, over mijn schouder meekeek en een lelijk gezicht trok, verwachtend dat ik iets verkeerds zou zeggen of doen.

'Ik zal het proberen,' zei ik. 'Ik schenk je vergiffenis.'

Het kostte me een hoop zelfbeheersing, maar ik draaide me om en sloeg mijn Engelse literatuurboek open, alsof ik wilde zeggen: einde gesprek.

'Fijn. Dank je, dank je. Nu we dat achter de rug hebben, mag ik vragen of je vrijdagavond vrij bent?'

'Hè?'

'Vrijdagavond. We gaan met een paar mensen een feestje houden in Gavin Murphy's huis in Malibu. Je kent de familie Murphy toch? Heel respectabel. Zijn vader is een belangrijke filmproducer, heeft die film *Deadly Verdict* gemaakt.'

'Ik ken hem niet,' zei ik. 'En die film heb ik nooit gezien.'

'Geen probleem. Hun huis staat vlak aan het strand. We maken een kampvuur, zorgen voor goeie stuff, veel muziek, volop te eten. Het belooft prachtig weer te worden, en nergens kun je de sterren zo goed zien.'

'Ik...'

'Zeg nu nog niet ja of nee,' zei hij en stak zijn rechterhand op. 'Ik wil niet dat je er spijt van krijgt dat je te snel ja hebt gezegd. En ik wil vooral niet dat het je straks spijt dat je nee hebt gezegd, want dat zal mij zeker spijten. Laat het gewoon even bezinken. Bekijk het van alle kanten. Draai het om en om als een kostbare diamant. Bedenk vragen die je me in de loop van de week wilt stellen. Je weet wel, hoe laat, wat je aan moet trekken, wie er komen en zo. O, hier is een lijst met mijn referenties.' Hij overhandigde me een papiertje waarop stond: Mozes, president Lincoln, Boeddha, Jezus en Allah.'

'Je vergeet George Washington,' zei ik.

'Die heb ik niet gekend.'

Hij stond op, wat me verbaasde.

‘Ik wil je niet onder druk zetten. Je hoeft niet bang te zijn dat ik je de rest van de week lastig zal vallen. Draai je gewoon maar om als je een vraag hebt. Ik ben vlak achter je, op een behoorlijke afstand natuurlijk. Geniet maar van de rest van je lunch.’ En met die woorden liep hij weg.

Ik wist dat ik nu glimlachte en ik wist ook dat Ava woedend zou zijn. Ik stopte zijn lijst met referenties in mijn schooltas en verliet de kantine vlak voordat de bel ging. Ik keek ook niet naar hem achterom, en evenmin naar de andere leerlingen. Maar ik voelde hun ogen op me gericht. De rest van de dag nam de nieuwsgierigheid om me heen alleen maar toe. Waar ik ook keek, wanneer ik me ook omdraaide, er waren altijd wel een paar jongens en meisjes die al pratend naar mij keken. Mark Daniels hield zich aan zijn woord. Hij was altijd in de buurt, glimlachend, schouderophalend. Ik probeerde me te concentreren op mijn schoolwerk en hem uit mijn gedachten te bannen, maar dat leek onmogelijk. Zijn glimlach en zijn sexy ogen stonden op mijn netvlies gebrand.

Aan het eind van de natuurkundeles tikte hij me op de schouder en gaf me nog een velletje papier. ‘Ik ben deze twee nog vergeten.’

Ik keek naar wat hij had geschreven: ‘Albert Einstein en Mahatma Gandhi.’

‘Maar geen pressie, geen pressie,’ voegde hij eraan toe, stak zijn handen op en liep weg.

Ik lachte. Misschien had ik dat niet moeten doen. Misschien was het verkeerd, maar ik kon er niks aan doen. Hij was geestig, knap, charmant, en zeker wat Ava had beschreven als origineel. Zelfs zij zou moeite hebben gehad hem zonder meer het bos in te sturen, dacht ik.

Toen ik in de klas van meneer Burns kwam, voelde ik dat iedereen het had over Mark en mij. Ik dacht dat zelfs meneer Burns me met meer belangstelling bekeek. Of ik het me nu verbeeldde of niet, het effect was hetzelfde. Ik voelde dat ik bloosde en probeerde mijn ogen neergeslagen te houden. We bestudeerden Shakespeares sonnetten, en plotseling, na een ervan besproken te hebben, liet hij ons Sonnet 18 opzoeken en liep toen al lezend over het middenpad, maar bleef vlak voor mijn lessenaar staan. Hij wilde graag degene zijn die ze helemaal voorlas voordat we erover discussieerden. Ik voelde zijn blik op me gericht en keek op.

'*Zal ik u vergelijken met een zomerdag?*' begon hij. Het leek echt alsof hij alleen tegen mij sprak. Ik had willen opstaan en het lokaal uit hollen. '*Gij zijt lieflijker en beheerster... Maar uw eeuwige zomer zal niet verflauwen, Noch zult u de schoonheid verliezen die u bezit, Noch zal de Dood pochen dat u in zijn schaduw dwaalt, als u in de eeuwigheid groeit...*'

Toen hij het sonnet had beëindigd, hield hij zijn blik strak op me gericht. Ik hield mijn adem in. Ik vond het niet alleen gênant voor mij maar ook voor hem. Hij was een volwassen man. Waarom besefte hij dat niet?

'Zo,' zei hij, zijn blik eindelijk van me afwendend, 'wie wil proberen dit in hedendaagse taal uit te leggen?'

Mark stak snel zijn hand op. Meneer Burns keek verbaasd.

'Je bent geïnspireerd, meneer Daniels. Waardoor kan onze meest recente leerling meer geïnspireerd zijn dan mijn oude getrouwen?'

'Zo werkt de kracht van de schoonheid op mij en u,' begon Mark. Ik keek even naar hem en zag dat hij me recht aanstaarde. De andere meisjes in de klas keken alsof ze in koor een diepe, hartgrondige zucht wilden slaken. Sommige jongens grijnsden openlijk. Meneer Burns leek even niet te weten wat hij moest zeggen, maar herstelde zich snel en begon zijn gebruikelijke vragen te stellen over beeldspraak en metrum.

Nog nooit sinds mijn komst op deze school was het geluid van de bel voor het eind van de les me zo welkom geweest. Ik sprong overeind en stormde naar de deur voordat iemand iets tegen me kon zeggen. Meneer Burns gaf met luide stem ons huiswerk op. Ik hoorde hem nauwelijks. Ik keek niet achterom.

Marla stond op me te wachten bij de ingang naar het parkeerterrein. Zelfs mijn kleine zusje, onervaren en naïef, nog meer jongensachtig dan meisjesachtig, keek verbaasd op toen ze mijn gezicht zag.

'Is er iets is?' vroeg ze. 'Heeft een van de jongens een sexy opmerking gemaakt?' Ze keek me hoopvol aan.

Ik schudde mijn hoofd. 'Nee, kom mee.'

'O,' zei ze teleurgesteld, en volgde me naar buiten.

Ava wachtte in de auto. Ik liep er zo snel mogelijk naartoe, maar hoorde Mark roepen: '*Maar uw eeuwige zomer zal niet verflauwen.*'

'Hè?' zei Marla, achteromkijkend. 'Die jongen heeft het tegen jou, Lorelei.'

'Vergeet hem maar,' zei ik en draaide me om naar de auto. Ik had gehoopt op de een of andere manier aan Ava's kritische blik te ontsnappen, maar ze keek al naar me door het raam aan de passagierskant, haar gezicht een portret van afkeer en teleurstelling.

'Het is niet mijn schuld,' zei ik, terwijl ik snel instapte.

Ze aarzelde, bleef naar de ingang van de school kijken, waar Mark Daniels stond met een paar jongens. Haar zwijgen straalde teleurstelling uit.

'Wat heb je gedaan?' vroeg ze ten slotte.

'Niks. Ik heb je advies gevolgd, ik heb gedaan wat jij zei. Het was echt niet mijn schuld.'

'Je vertelt me niet de waarheid,' zei ze met een hoofdknikje. 'Wie is die jongen en wat riep hij?'

'Het is een regel uit een van Shakespeares sonnetten. Hij is een nieuwe leerling. Ik heb geen woord tegen hem gezegd tot vandaag.'

'Dus je hebt met hem gesproken,' zei ze, bijna overeindspringend van haar plaats.

'Ik had geen keus, Ava. Hij kwam in de kantine naar me toe.'

'Wat zei hij? Wat wilde hij?'

'Hij wil dat ik dit weekend met hem naar een party ga.'

Ze keek in haar achteruitkijkspiegel en draaide zich toen fronsend naar me om. 'Je hebt hem kennelijk niet streng genoeg afgepoeierd.'

'Voor ik nee kon zeggen, was hij al opgestaan en weggelopen.'

Het leek me niet nodig haar te vertellen over zijn grapje, zijn gebruik van beroemde namen bij wijze van referenties. Trouwens, wat ik ook voor positiefs over hem zei, het zou een ramp zijn.

'Het bevalt me niks,' zei ze. 'Als hij weer naar je toekomt, laat hem dan heel duidelijk, zelfs heel onvriendelijk weten dat je er niets voor voelt. Heb je me gehoord?' vroeg ze toen ik niet reageerde.

'Ja. Ik dacht alleen...'

'Wat dacht je?'

'Dat een beetje meer ervaring met jongens me later zou kunnen helpen om meer op jou te lijken.'

'Dat is een hoop onzin. Ik zal dit aan papa moeten vertellen.'

'Waarom? Jeetje, Ava, hebben jongens je nooit om een date gevraagd toen je op highschool zat? Je zei zelf dat je een paar keer in de verleiding was gekomen. Waarom maak je er zo'n ophef van?'

'Ja, ik heb je verteld dat ik in de verleiding kwam, maar daar zette ik me gauw overheen en ik heb er daarna zelfs nooit aan gedacht om met ze uit te gaan, zoals jij wel doet.'

'Dat heb je wél,' zei ik en sloeg mijn armen stevig om me heen. 'Je wilt me alleen in een kwaad daglicht stellen tegenover papa.'

'Als een jongen mij zou vragen om met hem uit te gaan, zou ik zeggen dat hij kon ophoepelen,' deed Marla een duit in het zakje.

Ik draaide me met een ruk naar haar om. 'O, nee, Marla, dat zou je niet. Kom me daar nu niet mee aan. Je was een opgewonden standje alleen al bij de gedachte dat een jongen me kon hebben aangesproken. Je hunkerde naar bijzonderheden.'

'Ik zou misschien graag bijzonderheden willen weten, maar ik zou er niet over piekeren iets te doen wat papa me had gezegd niet te doen,' antwoordde ze. Ze leek nu meer op Ava, vond ik.

Ava knikte. 'Ze heeft nu al meer verstand dan jij.'

Marla glimlachte zelfingenomen bij dat compliment. Ik voelde de dag al komen dat Marla me op de hielen zou zitten om papa's lievelingsdochter te worden. Ze was anders dan ik op haar leeftijd. Ze was ontwikkelder, bijdehanter, opmerkzamer, en ondanks haar soms slordige manieren verlangender om het mevrouw Fennel naar de zin te maken. Het zou niet lang duren of onderlinge rivaliteit tussen haar en mij zou in hoofdletters geschreven staan.

'Maak je geen zorgen. Ik zal heus niets verkeerds doen.'

'O, ik maak me geen zorgen,' zei Ava, 'maar dat wil niet zeggen dat jij dat niet zal doen.'

Zwijgend reden we verder. Ik voelde de conflicten in me rondwoelen. Ik zou het nooit hardop toegeven, maar het was niet alleen de verleiding om ja te zeggen tegen Mark. Ik wilde echt met hem uitgaan, meedoen aan iets wat mensen van onze leeftijd deden. Waarom zou het niet goed voor me zijn die ervaring nu op te doen? Zou het me niet slimmer, verstandiger maken voor de toekomst?

Alleen al die gedachten deden een strijd in me ontstaan. Ik probeerde mezelf te straffen, me te schamen dat ik er zelfs maar aan dacht iets te doen wat papa niet zou bevallen en op de een of andere manier de familie in gevaar zou brengen. Ik voelde de touwtrekkerij in mijn hoofd, gedachten die worstelden met gedachten.

Waarom was het eigenlijk zo verbazingwekkend? Papa had me verteld dat ik mooi was. Ava leerde me hoe ik moest flirten en aantrekkelijk zijn. Waar dachten ze dat ik naar school ging, een nonnenklooster? Dit is alleen maar weer Ava's jaloezie, was mijn conclusie. Papa zal niet kwaad zijn. Hij weet dat ze tegenwoordig nog jaloerser op me is. Laat haar het hem maar vertellen. Ze zal teleurgesteld zijn over zijn reactie.

Ze voelde zich gefrustreerd toen we thuiskwamen, want papa was nog steeds afwezig. Ik dacht dat ze het bij wijze van troost aan mevrouw Fennel zou vertellen, maar blijkbaar zei ze niets, want er werd geen woord over gezegd tijdens het eten. Even na tienen, juist toen ik erover dacht naar bed te gaan, kwam papa thuis. Ik kon horen dat hij een vrouw mee naar huis had genomen, dus dacht ik niet dat Ava hem vanavond zou storen met haar klachten over mij, maar tot mijn verbazing deed ze dat wel. Toch keek hij niet kwaad toen hij in mijn kamer kwam. Hij keek eerder bezorgd.

Hij had zijn jasje en das nog aan en zag er als altijd heel knap uit.

Ik had net mijn nachthemd aangetrokken en zat op mijn bed toen hij binnenkwam.

'Ik moet met je praten, Lorelei,' begon hij.

'Het kan me niet schelen wat ze heeft gezegd, papa. Het was niet mijn schuld, en ik heb niks gedaan.'

'Ik weet het.' Hij ging naast me zitten en pakte mijn hand vast. Ik voelde me weer een klein meisje, zoals die keer toen ik naast hem zat op de bank in het prieel in New York, en aan zijn lippen hing en hem met mijn ogen verslond. 'Het is mijn schuld dat dit is gebeurd.'

'Jouw schuld? Waarom?'

'Ik heb meer haast gemaakt met jou dan met de anderen. Meestal wacht ik wat langer voor ik een van mijn dochters onthullingen doe, maar ik dacht, en denk nog steeds, dat jij anders bent, Lorelei, verstandiger in sommige opzichten, en zeker een van de intelligentsten. Uit je vragen, uit de manier waarop je de dingen bekijkt, kon ik afleiden dat je... hoe zal ik het zeggen... completer zou zijn. En dat ben je, dat ben je.'

Hij zweeg even en haalde diep adem.

'Natuurlijk verwachtte ik niet anders dan dat de jongens achter je aan zouden zitten, en behoorlijk ook. De gevoelens die je hebt en je verlangens zijn natuurlijk, maar ook gevaarlijk. O, ik bedoel niet gevaarlijk zoals andere vaders dat kunnen vinden voor hun dochters. Dat weet je. Ik geloof niet dat je verslingerd zou kunnen raken aan een of andere jongen en zwanger zou worden of zo. Maar als je nu ook maar enig romantisch avontuurtje had, zou je veel te veel hebben uit te leggen. Dat begrijp je toch?'

Ik knikte.

'Je zult heel gauw tijd en gelegenheid genoeg hebben om je in de buitenwereld te amuseren, Lorelei. Heb alleen nog even geduld en luister naar je zus. Zij heeft het doorgemaakt.'

'Ik weet niet zeker of dat wel zo is,' zei ik, misschien iets te snel.

'O? Hoe bedoel je?'

'Ava is harder dan ik. Ze lijkt bijna altijd kwaad, vooral op mannen.'

Hij lachte niet, liet zelfs geen glimlach zien. De blik waarmee hij me aankeek deed ijskoude rillingen langs mijn rug gaan. Het leek alsof hij uit mijn woorden meer over mij te weten kwam dan over Ava.

'Oké, probeer dan wat meer op haar te lijken,' zei hij. Hij stond op. 'Ik wil niets meer horen over die jongen op school, Lorelei.'

'Oké, papa,' zei ik gauw. Zijn ogen en stem joegen me angst aan en deden mijn hart bonzen.

Ik denk dat hij het zag aan mijn gezicht en zijn blik verzachtte, zonder dat hij echt glimlachte. 'Het komt allemaal in orde. Je moet gewoon geduld hebben.' Hij wilde weggaan, maar draaide zich toen om naar mijn raam. De uitdrukking op zijn gezicht deed mij denken aan de keren dat hij stopte met zijn bezigheden en ingespannen luisterde.

'Wat...'

Hij hief zijn hand op om me het zwijgen op te leggen. Ik durfde nauwelijks adem te halen. Toen deed hij me weer verbaasd staan door terug te komen en naast me op bed te gaan zitten.

'Vertel eens over die jongen,' zei hij.

'Er valt niet veel te vertellen, papa. Ik weet niet veel over hem. Hij is onlangs op school gekomen, en werd al heel gauw erg populair. Hij is heel knap, en anders.'

'Anders? Hoe?'

'Meer volwassen, denk ik. Ik heb vandaag nauwelijks met hem gesproken en daarvóór helemaal niet.'

'Hij is vóór vandaag nooit naar je toegekomen?'

'Nee. Hij leek nauwelijks belangstelling voor me te hebben, gedroeg zich niet anders dan tegen de andere meisjes. Hij bromde iets van hallo in de gang, maar wachtte nooit op een reactie of probeerde een gesprek aan te knopen.'

'Tot vandaag?'

'Ja.'

Hij keek weer uit het raam en zweeg.

Toen draaide hij zich weer naar me om en zei: 'Ik wil dat je me precies vertelt wat hij zegt en hoe hij morgen reageert als je hem vertelt dat je geen date met hem kunt hebben.'

'Wat moet ik hem als reden opgeven, papa?'

'Geen reden. Geen excuses. Een simpel "Nee, sorry, bedankt dat je me vroeg."'

'En als hij me vraagt waarom niet?'

'Zeg hem dan dat je niet met hem uit wilt. Als je het krachtig en overtuigend genoeg zegt, hoort hij ontmoedigd te zijn. Hij zal natuurlijk kwaad zijn, maar hij zal niet de moeite nemen je nog eens om een date te vragen. Als hij je lastigvalt, hindert, moet je me dat ook laten weten. Begrepen?'

'Ja, papa.'

'Goed.' Hij stond weer op.

'Papa?'

'Ja?'

Misschien was het het verkeerde moment om het te vragen, maar de manier waarop hij naar me keek toen ik klaagde over Ava deed me meer over mezelf nadenken, meer over het verschil tussen ons.

'Waarom mag ik niet meer weten over mezelf, waar je me hebt gevonden en wie mijn natuurlijke ouders kunnen zijn?'

'Waartoe, Lorelei? Wat voor verschil maakt dat nu nog?'

'Ik heb een verhaal gelezen over een geadopteerd meisje dat bij toeval haar echte broer ontmoette toen ze allebei in de twintig waren en...'

'En ze weten niet dat ze broer en zus zijn en worden verliefd?'

'Ja.'

Hij glimlachte. 'Maak je daar geen zorgen over. Je hebt geen broers.'

'Hoe kun je dat zo zeker weten?'

'Je natuurlijke ouders zijn kort na je geboorte gestorven en hadden geen andere kinderen. Oké. Laat het met rust. Ga slapen. Ik ben morgen hier als je thuiskomt uit school. Jij rijdt met Marla naar school. Ava heeft andere dingen voor me te doen en moet dan naar college.'

'Goed, papa.'

'Welterusten, lieve, mooie dochter van me.' Hij gaf me een zoen, raakte mijn wang aan. Zijn ogen bleven een ogenblik op me rusten en toen ging hij weg.

Ik dacht aan wat hij me verteld had. Veel was het niet, maar hij had me in ieder geval íéts over mezelf verteld. Misschien zou hij me nu wat meer vertellen over mijn natuurlijke ouders. Ook al waren ze dood, toch zou ik graag willen weten hoe ze waren. Dat was toch niet zo erg? Ik was nu toch zeker oud genoeg om het allemaal te begrijpen?

Ik staarde naar mijn raam. Waarom had hij zo gespannen naar buiten gekeken? Wat was er nog meer dat hij me niet vertelde?

En wat kon dit alles in vredesnaam te maken hebben met Mark Daniels en een onschuldige uitnodiging voor een feestje?

7

Onderlinge rivaliteit

Ik was tegelijk verbaasd en blij dat Ava 's ochtends eerder was opgestaan dan ik en was gaan doen wat het ook was dat papa wilde dat ze voor hem deed. Als ik haar aan het ontbijt had gezien, denk ik dat mijn eerste woorden zouden zijn geweest: 'Je wordt bedankt, Ava. Heb je nu je zin?' Maar haar kennende weet ik zeker dat het tot meer bittere uitlatingen zou hebben geleid, en zou papa misschien naar beneden zijn gekomen. Dat zou hij beslist niet prettig hebben gevonden. Hij was nog boven met degene die hij mee naar huis had genomen. Bang dat ik misschien voor het een of ander bij hem zou aankloppen vertelde mevrouw Fennel me onmiddellijk dat hij nog steeds in beslag werd genomen door een gast.

'Papa is niet het soort man van pats-boem-dank-je-wel-dame,' had Ava eens spitsvondig gezegd toen ik opmerkte dat een bepaalde vrouw zo lang bij hem in zijn kamer was gebleven. 'De meeste vrouwen zijn verbaasd over zijn uithoudingsvermogen.'

'Hoe weet je dat allemaal?' vroeg ik.

'Dat heeft een vogeltje me verteld,' zei ze en lachte om de uitdrukking op mijn gezicht. 'Je moet nog een hoop leren, Lorelei, nog een hele hoop.'

Ze deed het klinken alsof elk greintje informatie zo mooi en goed was als een rijpe druif, vooral als ze me iets nieuws vertelde over papa.

Marla zat sip en teleurgesteld aan tafel toen ik in de eetkamer kwam om te ontbijten. Wat had ze verwacht? Dat ik gemelijk en huilerig zou zijn? Hoopte ze dat ik weggestuurd zou worden en ze een tree hoger zou komen op de ladder naar een grotere plaats in papa's hart, boven mij?

'Ik wil wedden dat papa erg kwaad op je was gisteravond,' begon ze. Het klonk als de eerste regel van een lied. Mevrouw Fennel keek ongeïnteresseerd terwijl ze rond de tafel liep, maar ik voelde dat ze aandachtig luisterde.

'Nee, niet echt,' zei ik zo nonchalant mogelijk. Het was duidelijk dat Ava iets tegen haar gezegd had. 'We hadden zelfs een heel fijn gesprek nadat jij naar bed was gegaan, en hij vertelde me dingen over mezelf, over mijn natuurlijke ouders.'

Marla keek verslagen. 'Heus?'

'Ik zou het niet zeggen als het niet zo was, Marla. We liegen niet tegen elkaar, vooral niet in dit huis, en we smeden zeker geen complot tegen elkaar,' bracht ik haar scherp in herinnering, met een tersluikse blik op mevrouw Fennel. Ik zag dat ze glimlachte.

Dat beviel haar? Wilde ze graag dat ik snibbig was en meer op Ava leek? Misschien was ik in haar gedachtegang te zacht en meegaand, en daarom niet zo hard en vol lef als nodig was om een van papa's dochters te zijn. Maar het kon me niet schelen wat zij ervan dacht. Ik vond het niet prettig om zo te zijn, maar Marla's houding dreef me naar die duistere kant van mijzelf.

'Nou, wat ga je doen met die jongen? Ik weet zeker dat papa het maar niks vindt als je met hem uitgaat. Toch?' herhaalde ze om een antwoord af te dwingen.

'Maak je daarover maar niet ongerust, Marla. Het gaat jou niet aan. Zorg jij maar voor jezelf.'

'We worden allemaal geacht om ons bezorgd te maken over elkaar en op elkaar te passen, want dat is hetzelfde als op onszelf passen,' zei ze hoofdschuddend. 'Dat heeft papa ons toch vaak genoeg verteld?'

'Ik zei dat ik er wel voor zal zorgen, Marla. Ik heb jou echt niet nodig om me ergens aan te herinneren.'

Ze keek me met een verbitterd glimlachje aan. 'Dat zou ik maar doen, en gauw ook.' Ze klonk alsof zij de oudere zus was en niet ik.

'Je hoeft me niet te dreigen, Marla.'

'Ik dreig niet. Dreig ik haar, mevrouw Fennel?'

'Stoppen, jullie!' snauwde mevrouw Fennel tegen ons allebei. 'Zulk gedrag duld ik niet in mijn huis.'

Marla zakte ineen als een doorgeprikte ballon. Ik staarde naar mevrouw Fennel. Haar huis? Dit is papa's huis, dacht ik. Ze zag mijn opstandigheid, maar ging er niet op in en werd niet kwaad. Ze leek minder verbaasd dan belangstellend. Het was of ze iets in me zag dat ze gevreesd had dat ik niet bezat, een killerinstinct bijvoorbeeld.

Dat maakte me nog banger. Had ik dat? Ik kreeg het gevoel dat ik nu op een snelle, onbarmhartige manier aan mezelf werd voorgesteld. Elke onthulling zou mijn ogen verder openen en de kinderlijke fantasieën uitwissen waaraan ik me had vastgeklampt. Ava had me eens verteld dat ze papa in zich meedroeg waar ze ook heenging. Het was echt of hij zag wat zij zag en hoorde wat zij hoorde. Ze zei dat ze daar blij om was. Het hielp haar altijd de juiste beslissingen te nemen.

Ik was blij toen ik klaar was met mijn ontbijt en we naar school konden, ondanks wat ik wist dat me daar zou wachten. Marla had nog steeds last van mijn scherpe reactie aan het ontbijt en zat onderweg mokkend voor zich uit te kijken. Toen glimlachte ze plotseling, draaide zich naar me om en zei: 'Ava heeft me een paar dagen geleden een geheim verteld over mevrouw Fennel.'

'O, ja?'

'Ja. Iets wat jij vast niet weet.'

'Hou op, Marla.'

'Hou op waarmee?'

'Dat kinderachtige gedoe. Je weet niets wat ik niet weet.'

'O, nee?' Ze bleef zitten met dat verstarde glimlachje.

'Oké, wat is het?'

'Ik weet niet of ik het je wel mag vertellen. Misschien wordt Ava dan kwaad.'

'Alsjeblieft, zeg. Je gedraagt je als een verwend klein mormel.'

'Mevrouw Fennel is papa's oudste zus,' flapte ze eruit. 'Ik wed dat je dat niet wist. Nou?'

Ik glimlachte. 'Ava hield je voor de gek, Marla. Ze heef mij eens verteld dat mevrouw Fennel papa's moeder was.'

'Nee. Ze hield jou voor de gek. Niet mij. Ze vertrouwt mij meer dan jou. Dat heeft ze me zelf verteld.'

'Hou maar op met liegen, Marla.'

'Ik lieg niet. Ze zei dat zij en ik meer met elkaar gemeen hebben. Vraag het haar zelf maar.'

'Goed. Misschien doe ik dat wel, en dan zul je er echt spijt van hebben.'

'Ik zal geen spijt hebben. Ava en ik praten de laatste tijd meer dan je weet.'

Ik zei niets, maar ik had het misselijkmakende gevoel dat ze de waarheid vertelde. Mijn zwijgen gaf haar moed om door te gaan met haar pesterijtjes. Ze leek inderdaad meer op Ava, dacht ik. Ze had de gemene trekjes van Ava, vooral als iets haar hinderde.

'Ik weet nog iets wat jij niet weet,' zei ze zangerig. Ik reageerde niet. 'Wat denk je dat er met mevrouw Fennels man is gebeurd, Lorelei?'

'Weet je dat?'

'Misschien,' zei ze. 'Ja, ik weet het,' ging ze snel verder. 'Als je wat aardiger tegen me bent zal ik erover denken het je te vertellen.'

'Ik hou mijn adem in,' zei ik.

Toen we het parkeerterrein bij school opreden en ik de motor afzette, draaide ze zich naar me om en zei op een zeurderig toontje: 'Het kan me niet schelen of je de hele dag je adem inhoudt, Lorelei, maar ik zou wat die jongen betreft maar precies doen wat je gezegd is.'

Toen stapte ze uit de auto en liep voor me uit naar het schoolgebouw.

Hoe kon papa ooit denken dat onderlinge rivaliteit iets goeds was? vroeg ik me af.

Toen ik bij de ingang kwam, zag ik tot mijn verbazing dat Mark Daniels op me stond te wachten. Snel hield hij de deur voor me open.

'Majesteit,' zei hij buigend. 'Tot uw vorstelijke dienst. Uw wens is mijn bevel.'

Ik keek langs hem heen en zag Marla bij de gang staan naar de aula. Ze hield ons in de gaten, als een kwaadaardige kind-spion.

'In dat geval,' zei ik, langs hem heen lopend, 'beveel ik je me met rust te laten.' Ik zweeg even en keek achterom. 'Kort gezegd, vergeet me.'

Ik liep door, met een nijdige blik op Marla, die weer teleurgesteld keek. Ik wist zeker dat ze gehoopt had te zien dat ik iets verkeerds deed wat ze aan papa had kunnen vertellen.

Die kans had ze nog steeds, dacht ik later. Mark liet zich niet zo gemakkelijk wegjagen. Na het uitgaan van de aula liep hij naast me in de gang. Ik probeerde sneller te lopen, maar hij bleef naast me.

'Wat wil je?' mompelde ik.

'Wat je vraagt is onmogelijk. Dat druist in tegen Moeder Natuur.'

'Moeder Natuur?' Ik bleef staan en draaide me naar hem om. De leerlingen om ons heen bleven ook staan omdat ik zo plotseling stopte en zo luid sprak. 'Wat zeg je nou weer voor stoms?'

'Het bevel om je met rust te laten, je te vergeten,' zei hij kalm. Hij schudde zijn hoofd en keek droevig. 'Kan niet. Elke vezel in mijn lichaam, elke klop van mijn hart, elke druppel van mijn bloed wordt naar je toe getrokken zoals de natuur het bedoeld heeft. Zelfs al zou ik proberen je te vergeten, dan zou mijn lichaam niet luisteren. Je bent als een mooie magneet.'

Ik staarde hem aan. Er lag een glimlach om zijn lippen, maar in zijn ogen zag ik een diep, serieus gevoel. Als papa deze jongen zag, dacht ik, zou hij begrijpen waarom het zo moeilijk was te doen wat hij van me verlangde. Als papa een zoon had, zou die zoon er beslist zo uitzien en zich zo gedragen als Mark Daniels.

'Hoor eens,' zei ik, de zachte toon van zijn stem nabootsend, maar toch heel afdoend, 'ik wil vrijdag niet met je uit. Ik wil niet dat je me vraagt welke vrijdag of zaterdag ook met je uit te gaan. Ik wil dat je me met rust laat. Moet ik dat in een andere taal voor je vertalen of snap je het?'

'Heel goed,' zei hij.

'Wat is heel goed?'

'Je toneelspel, want ik weet dat het een toneelopvoering is. Je wílt met me uit. Ik kan je inwendige strijd zien. Je zegt die dingen, maar je hoopt dat ik er niet naar zal luisteren.'

'Je kunt geloven wat je wilt,' zei ik en liep weg, maar mijn hart bonsde zo heftig dat ik bang was dat ik zou flauwvallen. Hij had gelijk, maar hoe kwam het dat hij dat wist en zo zelfverzekerd was?

Het grootste deel van de dag dacht ik dat het daarbij zou blijven. Ondanks wat hij meende, en hoopte, in me te zien, was mijn boodschap luid en duidelijk overgekomen. Ik had hem aan de kant gezet en hij zou me verder met rust laten. Ik vermeed het naar hem te kijken, en telkens áls ik hem zag, leek hij mijn blik te vermijden. Hij kwam niet naar me toe tijdens de lunch in de kantine, maar ik kon merken dat mijn uitbarsting het gesprek van de dag was. Sommige meisjes van wie ik wist dat ze van begin af aan jaloers waren geweest, zagen een nieuwe kans om me aan te vallen. In de gymzaal beschuldigden Ruta Lee en een stel van haar vriendinnen me dat ik lesbisch was.

'Niemand kan een andere reden bedenken waarom je Mark Daniels zou afwijzen,' zei ze. 'Je hebt met niemand ooit een date. Je wijst de uitnodigingen van alle andere jongens af. Dit geeft de doorslag. Het is best als je lesbisch wilt zijn. We willen alleen dat je weet dat wij het weten en vinden het niet fijn dat je naar ons staart als we ons hier verkleden.'

Haar vriendinnen stonden er grijnzend bij. Ik kon Ava's woorden horen: 'Papa ziet door mijn ogen, hoort door mijn oren.'

Ik knikte en deed een stap naar haar toe. 'Ruta,' zei ik zacht en meelevend, 'we weten allebei dat je dat zegt waar je vriendinnen bij zijn, omdat ik je avances in de meisjeskleedkamer afsloeg. Zo is het toch, hè?'

'Wat?' Ze werd vuurrood.

Ik keek naar de anderen. De toon van mijn stem en mijn reactie werkten verbluffend. 'Heeft Ruta het nog bij iemand anders geprobeerd? Zo ja, dan weet je waar ik het over heb. Ik kon het haar niet beletten in de badkamer. Het was heel pijnlijk.' Ik keek haar hoofdschuddend met een droef-serieus gezicht aan. 'Zoals je op me afkwam, me een complimentje gaf over mijn kleren, mijn make-up. Echt, Ruta, je moet toch weer terug naar die therapeut bij wie je zei dat je in behandeling was.'

Alle meisjes keken haar aan.

'Ik ben nooit bij een therapeut geweest. Hou je mond!'

Ik zuchtte en schudde mijn hoofd naar de andere meisjes. 'Ik dacht dat ze een orgasme kreeg in het wc-hokje naast me. Ik was zo bang dat mevrouw Gilbert binnen zou komen. Ruta heeft het niet gemerkt, maar mevrouw Gilbert was erg achterdochtig. Ze ziet het als je in de klas mijn hand aanraakt, Ruta. Ik heb je gevraagd daarmee op te houden.'

'Je bent walgelijk!' riep Ruta uit.

Ik glimlachte niet. Beschuldigingen hadden één ding mee. Je kon er altijd van op aan om een ander de grond in te boren of te verzwakken. In de ogen van haar vriendinnen kon ik zien hoe de mogelijkheden overwogen werden. Had ze iemand ooit weleens op een dubbelzinnige manier aangeraakt of het woord lesbisch in de mond genomen of zich misschien hardop afgevraagd hoe dat zou zijn? Ze was niet erg populair bij de jongens. Zouden ze denken dat dit de reden was? Zij was degene die dat had gebruikt om haar beschuldigingen jegens mij kracht bij te zetten. Zoals de heksen hun eigen soort waarschuwen: als je iemand kwaad doet, kan het zich drievoudig tegen je keren.

Ruta leek ineen te krimpen, in haar ogen verscheen een glimp van wanhoop. 'Ik zou Mark Daniels nooit wegsturen,' beweerde ze, zoekend naar een afdoende reactie. Ze keek naar de andere meisjes. 'Dat zou niemand hier doen. Dat staat als een paal boven water, verdomme.'

‘Daar gaat het hier niet om, hè. Maar nu je erover begint, laten we het daar eens over hebben. Waarom zit hij of een andere knappe jongen van school niet achter jou aan? Ik zal je vertellen waarom, Ruta. Jongens ruiken het als een meisje lesbisch is,’ zei ik met een knikje naar de andere meisjes. ‘Dat is een instinct.’

Ik zag dat de tranen Ruta in de ogen sprongen. Ze keek alsof ze zich wilde omdraaien en wegvluchten.

‘Per slot,’ bracht ik haar de laatste klap toe, ‘waarom was die beschuldiging dat ik lesbisch zou zijn het eerste wat in je opkwam toen je me zojuist wilde aanvallen? Denkt iemand anders dat?’ vroeg ik aan de anderen. Een of twee schudden zelfs hun hoofd. Ruta’s lippen begonnen te trillen.

‘Dat is belachelijk,’ zei Meg Logan, die haar wilde verdedigen.

‘O, ja? Heb jij vannacht niet bij Ruta geslapen, Meg? Ruta vertelde me hoe hitsig jullie tweeën kunnen worden. Heb jij haar hiertoe aangezet? Was je soms jaloers op haar heftige gevoelens voor mij?’

‘Wát?’

Een paar andere meisjes keken geschokt.

‘Kreng!’ schreeuwde Ruta en viel naar me uit. Ik ving haar pols midden in de lucht op en draaide die hard om. Ze gilde, en ik deed een stap naar voren, bracht mijn gezicht zo dicht bij het hare, dat, zoals Shakespeare zou zeggen, onze ademtochten elkaar kusten.

‘Waag het niet om ooit nog verhalen over mij te verzinnen,’ zei ik woest fluisterend. Ik voelde me nu meer als Ava, mijn woede kwam omhoog als overkokende melk. Ruta verslapte door de pijn. ‘Als ik zoiets mocht horen, kom ik naar je toe als je slaapt.’

Ik liet haar los en draaide me weer om naar mijn locker. Niemand zei iets. Ruta keerde zich van me af en wreef over haar pols. Meg wilde haar arm om haar heen slaan om haar te troosten, maar Ruta duwde haar ruw weg.

‘Hou op!’ schreeuwde ze.

Ik moest een glimlach onderdrukken. Hoe gauw kon een onschuldig gebaar veelbetekenend lijken voor de anderen. Ze had geprobeerd ze op te stoken tegen mij, maar had het alleen voor zichzelf vergald. Ik popelde van ongeduld om het allemaal aan papa te kunnen vertellen, hoe goed ik dit had gedaan en Mark Daniels had aangepakt.

Maar Mark Daniels was minder ontmoedigd dan ik had gedacht. En hij had gelijk. Ondanks alles verlangde ik er nog steeds naar bij hem te zijn, samen met hem plezier te maken. Dat alles onderdrukken was als het smoren van een hongerige baby.

'Oké,' zei hij. Hij kwam naast me lopen toen ik aan het eind van de schooldag door de gang liep. 'Dit is mijn laatste aanbod. Misschien bevallen deze je beter en bedenk je je.'

Hij gaf me een papiertje en versnelde zijn pas. Ik zag dat hij naar de uitgang van het parkeerterrein liep en keek toen naar het papiertje in mijn hand. Hij had nog vier andere referenties opgeschreven: Elvis Presley, de Beatles, de Rolling Stones en Madonna.

Het was wel moeilijk om hard tegen hem te blijven, dacht ik, inwendig lachend, maar één ding stond zo vast als een huis, dit kon ik niet aan papa vertellen.

'En, hoe is het met hem afgelopen?' vroeg Marla toen we in de auto stapten. 'Ik zag je met hem praten zelfs nadat je hem vanmorgen bij de ingang van school had weggestuurd.'

'Wat? Bespioneer je me?' Ik dacht even na. 'Ava heeft toch niet gezegd dat je dat moet doen, hè?'

'Misschien heeft papa me dat wel gezegd.'

'Je liegt. Ik zal het hem vragen, en dan zal hij woedend zijn. Je hebt het zelf gezegd. Hij wil dat we voor elkaar zorgen, niet elkaar kwetsen.'

'Niemand heeft me gezegd dat ik het moet doen. Ik probeer alleen maar een goede zus voor je te zijn en je te helpen,' jammerde ze. Ik had haar bang gemaakt. 'Het spijt me. Het spijt me.'

Ik kalmeerde wat. 'Het is voorbij, Marla. Vraag niks meer over hem.'

'Goed, maar je klinkt niet erg blij,' zei ze. 'Ik zeg het alleen maar zoals een goede zus dat hoort te doen. Ik zou maar voorzichtig zijn als ik jou was.'

Ik zei geen woord meer tijdens de rest van de rit. Toen we thuiskwamen, zei mevrouw Fennel dat mijn vader op me wachtte in de zitkamer.

'Marla, ga jij naar je kamer,' ging ze verder. Marla liet haar schouders zakken. Ze had zo gehoopt te kunnen luisteren naar ons gesprek. Misschien was ze bang dat ik papa toch nog zou vertellen wat ze had gedaan en gezegd.

'Vertel me alles,' zei papa toen ik in de zitkamer kwam. Hij droeg zijn roodfluwelen kamerjas en zat in zijn leunstoel. Hij legde het boek neer waarin hij had zitten lezen terwijl hij op me wachtte en vouwde zijn handen.

Ik vertelde hem wat ik tegen Mark had gezegd en zijn reactie en dat hij toch naar me toe was blijven komen. 'Hij bleef er maar gekheid over maken, maar ik heb niet gelachen of geglimlacht over iets wat hij zei.'

'Heel volhardend. Weet je zeker dat je streng genoeg was?'

'O, ja, papa.' Ik herhaalde de woorden die ik had gebruikt en vertelde hem toen wat er gebeurd was in de meisjeskleedkamer en dat ik Ruta lik op stuk had gegeven. Dat deed hem glimlachen.

'Heel slim van je, Lorelei. Maar,' ging hij bezorgd verder, 'ik wil niet dat je op school in problemen komt. Geen van mijn meisjes raakt op die manier in moeilijkheden en vestigt ongewenste aandacht op ons. Negeer ze voortaan. Er is een grens aan je dagen op die school.'

De manier waarop hij het zei bracht me op de gedachte dat we binnenkort weer zouden verhuizen.

'Gaan we verhuizen?'

'Gauw, ja.'

'Hoe gauw?'

'Dat weet ik nog niet zeker, maar maak je geen zorgen, Lorelei. Op korte termijn verhuizen is voor geen van ons een probleem. Oké. Je kunt je huiswerk gaan maken als je wilt.'

'Is Ava al thuis?'

'Nog niet. Ze komt ook niet eten.'

Ze is op jacht, dacht ik, en telde in gedachten de dagen af. Het was tijd. Ik zag of hoorde haar pas toen het al middernacht was. Blijkbaar was ze deze keer veel verder weg gegaan om iemand te strikken.

Tot mijn verbazing kwam papa ook niet eten. Toen ik vroeg waarom niet, zei mevrouw Fennel dat hij iets te doen had en pas vanavond laat thuis zou komen. Meestal zei ze alleen maar: 'Hij had iets te doen.' Ik besefte dat ze de laatste tijd meer tegen me sprak. Er was iets tussen ons veranderd. Ze snauwde niet tegen me en ik meende haar zo nu en dan te zien glimlachen. Haar omgang met Marla was nog hetzelfde.

Marla was rustig en zorgzaam tijdens het eten. Ik dacht dat ze nog steeds bang was dat ik papa zou vertellen hoe ze zich had gedragen en misschien zelfs een paar dingen die ze had gezegd. Het was ook duidelijk dat papa geen probleem had met de manier waarop ik de kwestie met Mark had afgehandeld. Ze wist dat ik uiteindelijk haar mentor zou worden, net als Ava van mij was geweest. Ik zag dat ze nu bang was dat ik een wrok tegen haar zou koesteren. Ik was vriendelijk tegen haar, maar profiteerde van het feit dat ze zo timide was om een beetje de baas over haar te spelen. Het maakte dat ik me steeds meer als Ava begon te voelen en ik begon me af te vragen of ik soms halsoverkop bezig was haar persoonlijkheid aan te nemen. Misschien zou het niet lang meer duren voor ze zich vervangen voelde en verder zou gaan om haar eigen bestemming te volgen, wat die ook mocht zijn.

Na het eten ging Marla meteen naar haar kamer. Ze vroeg of ik bij haar naar wat muziek kwam luisteren als ik klaar was met mijn huiswerk, en ik zei dat ik dat misschien wel zou doen. Ik bleef nog even langer in de eetkamer, en toen mevrouw Fennel kwam afruimen, stond ik op om haar te helpen. Ze duldde nooit enige hulp, tenzij we gasten hadden en ze wilde dat we een goede indruk zouden maken. Sinds ik haar vroeger had geholpen in haar kruidentuin was ik er altijd huiverig voor geweest iets voor haar te doen. We waren verantwoordelijk voor onze eigen spullen en onze eigen kamers, maar ze bewaakte de rest van het huis alsof het haar speciale koninkrijk was. Niemand mocht iets verplaatsen of zelfs maar verschuiven en we mochten beslist nooit aan een van de kostbare antieke artefacten komen.

De meeste meisjes van mijn leeftijd zouden dolblij zijn als ze vrijgesteld waren van huishoudelijke karweitjes. Een aantal meisjes uit mijn klas kwam uit gezinnen met een vaste dagelijkse hulp, en sommigen hadden zelfs een kok of kokkin. Ava interesseerde het niet hoe het bij ons geregeld was, en Marla, die vaak te lui was om voor haar eigen spulletjes te zorgen, vond het prachtig dat ze niets anders hoefde te doen, maar ik dacht er anders over. Hoe vreemd het mijn klasgenoten ook in de oren mocht klinken, het feit dat ik zo weinig te maken had met de zorg voor ons huis gaf me het gevoel dat ik min of meer een huurster was. Ik wilde onze bezittingen koesteren, voelen dat ze deel uitmaakten van wie ik was. Soms had ik het gevoel dat ik in een winkel of showroom was, kijkend naar dingen zoals klanten kijken naar koopwaar.

Mevrouw Fennel keek even naar me toen ik begon de borden op te pakken om haar te volgen naar de keuken, maar in tegenstelling tot mijn eerdere pogingen, zei ze niet: 'Laat staan.' Ze ging naar de keuken en liet toe dat ik achter haar aankwam. Ik zette de borden op het aanrecht en liep terug naar de eetkamer om de rest te halen. Ze bleef zwijgend doorwerken terwijl ik de tafel afruimde. En toen, met onkarakteristiek zachte stem, vroeg ze glimlachend: 'Wil je vanavond met me praten?'

'Ja,' zei ik en hield mijn adem in.

'Ga terug naar de eetkamer,' zei ze.

Ik gehoorzaamde, en een paar ogenblikken later droogde ze haar handen aan een theedoek, kwam zelf ook terug en ging in papa's stoel zitten.

Ze boog zich naar voren en zei: 'Ga je gang.'

'Marla was een klein krengetje vandaag,' begon ik.

'O,' zei ze, en leunde met een teleurgesteld gezicht achterover. 'Gaat het daarover?'

'Nee, nee,' zei ik haastig. 'Ik kom niet mijn beklag doen over haar. Ik kan Marla zelf wel aan.'

Ze glimlachte. 'Dus wat is er?'

'Ze beweerde dat Ava haar dingen verteld had, dingen over u.'

'O?' Ze tuitte haar lippen en knikte toen. 'Ava kan rancuneus zijn. Zo was ze ook met Brianna. Niemand van jullie is perfect of zo perfect als ik zou willen.'

'Ze zei dat u papa's zus bent.'

Ze staarde me even aan en knikte toen. 'Je vader heeft het met jou wat sneller gedaan dan met de anderen, dus is het terecht dat jij hoort wat Ava heeft gehoord toen ze ouder was dan jij.'

Ik hield mijn adem in. Ik had hier zo lang op gewacht. Hoeveel zou ze me vertellen?

'Ja,' begon ze. 'Ik ben je vaders zuster, maar ik ben aanzienlijk ouder dan hij.'

'Hoe oud bent u allebei?' vroeg ik verlegen fluisterend.

Ze glimlachte naar me; het was een van de weinige keren dat ik een warme, humoristische glimlach van haar zag. Het maakte haar ook jonger. 'Weet je, Lorelei? We leven al zo lang dat we op den duur de draad kwijtraken. Tijd is trouwens voor ons niet hetzelfde. We checken die niet op horloges of kalenders. Hij beweegt zich niet voorwaarts in afgepaste delen, maar lijkt te stromen, te golven. Het is of je probeert een enkele druppel water te vinden in een rivier. Je hoeft alleen maar te weten dat we er al heel lang zijn. Op een dag zul je het begrijpen.'

Het ging zo goed dat ik wilde doorgaan. 'Ava weet wie haar moeder was. Ze is kwaad op haar. Ik zou bijna zeggen dat ze de gedachte aan haar haat, het haar kwalijk neemt dat ze is gestorven. Is dat waar? Was haar dood op de een of andere manier haar eigen schuld?'

'Nee,' zei mevrouw Fennel. 'Een man als je vader kan kinderen krijgen van een gewone vrouw, maar ze gaat altijd dood tijdens de bevalling. Dat wist hij. Ik wil niet dat je hier nog over praat met Ava. Begrijp je me?'

'Ja.'

'Mooi. Dat is voorlopig voldoende. Bedankt voor je hulp. Zet dit nu allemaal maar weg voor me. Je hebt nog een hele reis af te leggen voordat je kunt verwerken wat er valt te leren en te doen.'

Ik stond onmiddellijk op. Ik beefde. Mijn benen voelden zwak. Toen hoorde ik de deur open- en dichtgaan en toen ik me omdraaide stond papa op de drempel.

'Waarom zit je in je eentje in de eetkamer, Lorelei?'

'Ik...'

'Ze heeft me geholpen met afruimen en daarna hebben we een belangrijk gesprek gehad,' zei mevrouw Fennel. Waarschijnlijk zou ik aan haar moeten denken als tante Razi, dacht ik, maar dat wilde ik niet, en ik zou haar ook niet zo noemen voordat ze me toestemming gaf.

'O? Mooi,' zei papa. Ik vond dat hij er moe uitzag. Hij stond met gebogen schouders en een somber gezicht. 'Morgen praten we verder,' zei hij en liep de trap op. Ik keek snel naar mevrouw Fennel.

'Ga nu je huiswerk maken,' zei ze en ging terug naar de keuken.

Ik stond op en ging naar mijn kamer. Ik hoorde dat de televisie aanstond in Marla's kamer en liep erheen, maar bleef toen staan. Ik had eigenlijk geen zin om met haar te praten. En ik wilde zeker niet dat ze zou informeren naar een mogelijk gesprek dat ik gehad kon hebben met mevrouw Fennel. Dus ging ik naar mijn eigen kamer om mijn huiswerk te maken. Ik viel één keer in slaap tijdens het lezen en besloot naar bed te gaan. Er was zoveel wat me dwarszat, maar desondanks sliep ik in.

Het geluid van een dichtslaand autoportier wekte me. Ik ging rechtop zitten en toen ik niets hoorde liep ik naar het raam. Er stond een vreemde auto op de oprijlaan. Maar ik zag niemand in de buurt en liep naar de deur van mijn kamer. Wat me verraste was het geluid van Ava's stem. Ze klaagde nu meer dan dat ze smeekte. Haar stem klonk schel. Ik liep de gang in en keek naar de voordeur.

De jongeman bij Ava was duidelijk stoned. Hij probeerde haar over te halen het met hem op de grond te doen. Op een gegeven moment ging hij aan haar voeten zitten en rukte aan haar arm om haar naar zich toe te trekken. Zo ver was hij heen.

'Mij krijg je die trap niet op,' zei hij. 'Deze vloerbedekking is net zo zacht als mijn bed.'

'Hou op!' riep ze.

Hij lachte, maar stopte toen papa naar voren kwam. Ik had hem ook de trap niet af horen komen.

'Wat is er aan de hand?' vroeg papa.

'Hè?' zei de man. 'Wie is dat?' Hij knipperde met zijn ogen en veegde over zijn gezicht.

'Is hij aan de drugs? Je brengt me iemand die stoned is?'

'Ik kon er niks aan doen, papa,' zei Ava, die jaren jonger leek. 'Hij heeft op weg hiernaartoe iets genomen. Ik besefte het pas toen we al bijna hier waren.'

'Dat is dus bedorven voedsel, Ava. Daar kan ik me vanavond niet mee voeden.'

'Hè? Waar heeft hij het verdomme over?' vroeg de jongeman en krabbelde overeind.

Ik zag de klap niet. Zo snel konden papa's handen zich bewegen. Hij gaf hem een nekslag en de man viel op de grond. Toen knielde papa neer en tilde hem op in zijn armen alsof hij een kind was, terwijl hij me langer leek te zijn dan een meter tachtig en zwaarder dan tweehonderd pond.

'Ik zal hem moeten opbergen tot het ochtend wordt,' zei papa op scherpe toon tegen Ava.

'Het spijt me, papa. We hebben vanavond alleen gedronken. Ik zei tegen hem dat ik niks wilde slikken, en ik dacht dat hij het begreep, maar...'

Papa wachtte niet op een verdere uitleg. Hij draaide zich om en droeg de man naar de trap. Ava bleef met gebogen hoofd staan. Ze keek op toen papa bijna boven was en kwam toen naar mij toe.

'Wat is er gebeurd?' vroeg ik.

Ze keek me woedend aan. 'Je hebt het gezien. Waarom vraag je het dan?'

'Ik...'

'Ik zal je wat zeggen,' zei ze, en keek alsof ze in tranen zou uitbarsten. 'Als je dacht dat je eerder wat te snel en op bijna magische wijze vooruitging, zal dat niks zijn vergeleken met het tempo waarin hij je nu op weg zal helpen.'

'Hoe bedoel je?'

'Ik ben niet langer de kleine Miss Perfect. Jij wel, ik zou tenminste maar zorgen dat je dat bent. Het teken staat op de wand, Lorelei, in bloed geschreven.' Met die woorden liep ze naar haar kamer.

8

Papa weet het beter

De auto van de jongeman was de volgende ochtend verdwenen. Ik hoefde mevrouw Fennel niet te vragen waarom papa nog sliep. Zelfs Marla keek die ochtend vermoeid. Ik vroeg me af of ze de vorige avond iets had gehoord of gezien, maar het bleek dat ze gewoon te lang was opgebleven om televisie te kijken. Eigenlijk had ik zelf ook niet goed geslapen.

Ava's opmerkingen hadden me onrustig achtergelaten. Ik lag te woelen en te draaien, terwijl haar woorden in mijn hoofd weergalmden, en ik viel pas na uren in slaap. Het maakte me gedeprimeerd en ik was niet erg spraakzaam in de auto. Ik wist dat Marla dacht dat ik nog steeds kwaad op haar was of me misschien zorgen maakte over wat er nu op school met Mark Daniels zou gebeuren. Toen we parkeerden zei ze dat ik haar moest komen opzoeken als ik iets nodig had.

'Het gaat prima met me, Marla. Maak je over mij geen zorgen,' zei ik.

'Ik maak me geen zorgen over jou. Ik maak me zorgen over ons,' zei ze. Tot zover het zusterlijke gevoel dat ik gehoopt had dat tussen ons zou ontstaan.

Mark stond niet bij de ingang op me te wachten en hij was zelfs bijna te laat op school. De hele dag verwachtte ik dat hij naar me toe zou komen met een of andere geestige opmerking, maar toen ik naar hem keek, leek hij zelf ook gedeprimeerd. Hij liep met gebogen hoofd en kwam in de klas niet met spontane antwoorden op vragen van de docenten. Ik merkte dat hij niet erg spraakzaam was tegen zijn vrienden, en in de lunchpauze ging hij vroeg weg uit de kantine. Vlak voor het laatste lesuur kwam een van de jongens die geregeld met hem omgingen, Jeff Kantor, naast me lopen en zei: 'Mark trekt zich je weigering heel erg aan. Kijk maar niet naar hem uit in de klas. Hij is naar huis gegaan.'

Hij bleef naast me lopen.

Ik keek achterom of Mark er was en dit weer een van zijn grapjes was, maar hij was nergens te bekennen en toen de les begon bleef zijn lessenaar onbezet. Kon het waar zijn? Kon mijn weigering werkelijk zo'n uitwerking hebben op iemand als Mark? Was ik gewoon een mislukte verovering of voelde hij werkelijk meer voor me? Op weg naar huis vertelde ik het aan Marla, domweg omdat ik echt verbaasd was.

'Ik heb onwillekeurig een beetje medelijden met hem,' zei ik.

'Dat is stom, Lorelei. Misschien laat hij je nu met rust. Goed gedaan.'

Goed gedaan? Ik had de knapste, charmantste en aantrekkelijkste jongen op school weggestuurd. Hoe kon ik haar dat aan het verstand brengen? Hoe zou het zijn om een romantisch avontuurtje op school te hebben? Hoe zou het zijn om te worden afgehaald voor een date, naar een film of restaurant te gaan, samen op het strand te zitten of gewoon lange autotochtjes te maken? Hoe zou het zijn om een date te hebben voor een dansavond, naar een party te gaan bij een andere leerling thuis, eindeloos aan de telefoon te hangen, altijd samen te zijn op school, en misschien verliefde dingen tegen elkaar te zeggen?

Kon ik haar uitleggen hoe opgewonden ik elke ochtend zou zijn bij het vooruitzicht hem te zien? Ik zou me echt druk maken om wat ik droeg en hoe ik eruitzag, hoe ik mijn haar deed, welke make-up en nagellak ik gebruikte. Ik zou eruitzien en me gedragen als ieder ander. Andere meisjes zouden jaloers zijn op onze relatie en niets liever willen dan me uitvragen of me alleen maar over ons horen praten. Hij zou me bij hem thuis uitnodigen voor het eten, en ik hem bij ons thuis. We zouden de wereld zien door vier ogen en niet twee, de wereld horen door vier oren, voelen door twintig vingers, en ruiken met twee neuzen, allemaal samenkomend in één gevoel, één reactie. We zouden giechelen over alles en nog wat, elkaar troosten als een van ons zich ongelukkig voelde. Ik zou naast hem zitten tijdens schoolwedstrijden. Kortom, we zouden een stel zijn, het volmaakte koppel, in plaats van twee gescheiden zielen die onhandig en bijna zinloos door het leven zwalkten. Alles zou niet alleen maar om mij draaien.

En bovenal zou ik me veiliger voelen, standvastiger, in de wetenschap dat er twee sterke armen waren om me op te vangen wanneer het nodig was en papa niet in de buurt was. Hij was immers niet ieder moment van de dag bij ons? Ik zou Marks schouder hebben om op te leunen als ik troost behoefde.

Nee, Marla, dacht ik. Al kan ik het je niet uitleggen op een manier die je zou appreciëren, geloof me, het was niet goed gedaan. Ik heb gedaan wat me gezegd werd, maar het maakte me niet gelukkig. Feitelijk voelde ik me voor het eerst in mijn leven niet blij dat papa tevreden over me was. Het was een gevoel dat ik nooit zou hebben verwacht. Het joeg me angst aan, want ik dacht dat mevrouw Fennel me maar aan hoefde te kijken en ze zou het weten. Ze zou het aan papa vertellen, en ze zouden een serieus gesprek over me hebben – of ik eigenlijk wel goed genoeg was om een van zijn dochters te zijn.

Ik deed mijn best haar blik te vermijden zonder te laten merken dat ik dat deed. Ze scheen geen verschil in me te zien. Papa sliep nog natuurlijk. Ava was naar college. Marla vroeg me haar te helpen met wat huiswerk. Ik deed het graag, want het belette me om over alles na te denken. Ze begon weer over Mark, in de verwachting te horen hoe gelukkig ik nu was, maar ik onderbrak haar.

'Het is beter als we hem allebei vergeten, Marla. Het is verkeerd om het steeds weer over hem te hebben. Dat zou papa niet willen,' zette ik er vastbesloten een punt achter.

Ze knikte en ging verder met haar huiswerk. Ik had Mark uit

haar gedachten gezet, maar ik kon hem nog niet uit míjn gedachten zetten. Ik vroeg me af wat hij nu zou doen. Hadden zijn ouders gemerkt hoe overstuur hij was? Informeerden ze ernaar? Hoe was zijn relatie met hen? Zou hij zijn vader misschien in vertrouwen nemen, hem vertellen over dat mooie meisje op school, dat hem zo bot van de hand had gewezen? Zoeken naar medeleven, raad? Zou zijn vader hem iets vertellen dat hem nieuwe hoop zou geven, en zou hij het weer proberen als hij morgen terugkwam op school? Wat zou ik dan doen? Zou papa me zeggen dat ik het aan de directeur moest vertellen? Zou er een onzichtbare cirkel om me heen worden getrokken die Mark nooit mocht overschrijden? Hoe stom zou ik door dat alles lijken? Hoeveel moeilijker zou het voor me worden om naar school te blijven gaan? Uiteindelijk zou papa me eraf halen, en als hij dat deed, zou hij Marla er dan ook af moeten halen? Het was allemaal zo verwarrend.

Vlak voor het eten verscheen Ava in mijn kamer. Ze keek ernstig en vastbesloten, alsof ze aan het eind van haar geduld was.

'Hoe is het met die jongen afgelopen?' wilde ze weten.

Ik vertelde haar alles, behalve natuurlijk hoe ik er werkelijk over dacht.

'Dat is shit,' zei ze. 'Gewoon weer een truc om zijn zin te krijgen. Hij speelt op sympathie. Laat hem zelfs niet merken dat je besefte dat hij er niet was. Dat zal tot hem doordringen als een staak in zijn hart.'

Ze klonk zo verbitterd, zo kwaad, dat ik me afvroeg hoe ze zich zou voelen als ze hem zag, hem leerde kennen. Zou ze dan tenminste niet wat begrip kunnen opbrengen voor het feit dat ik me niet gelukkig voelde?

'Heb je het echt nooit betreurd dat je geen vriendje had op highschool, Ava?'

'Nee. Ze waren me allemaal te onvolwassen. En waar zou het toe leiden als ik een avontuurtje begon op school? Wat voor mij gold, geldt voor jou ook, Lorelei. Besef je dat nog niet?'

'Jawel. Ik vroeg het me alleen maar af.'

Ze keek me onderzoekend aan, met die blik van haar die me inwendig deed huiveren.

'Wat is er?'

'Misschien... misschien zou je dat alles eens aan papa moeten vragen,' opperde ze. Het dreigement en de implicatie van dat idee waren duidelijk. 'Misschien hoort hij te weten dat je zo denkt.'

'Bedoel je dat je niet naar hem toe holt om het hem te vertellen?' kaatste ik terug.

'Dat hoeft niet,' zei ze met een scheef lachje. 'Je weet dat papa door je heen kan zien, door ons allemaal.'

Waarom deed ze zo? Reageerde ze op mij af wat er gisteravond met haar gebeurd was, dat ze papa zo kwaad had gemaakt? Dacht ze dat papa, omdat ik in staat was te doen wat hij wilde en zij een blunder had begaan, mij nog meer zou voortrekken? Zolang ik me kon herinneren was ze daar bang voor geweest. Ze was zelfs bang dat mevrouw Fennel mij aardiger zou vinden, voor zover dat mogelijk was. Nu was ik degene die een beetje vals reageerde.

'Mevrouw Fennel heeft me gisteren dingen verteld,' zei ik hatelijk. 'Zonder dat ik het vroeg.'

'O? Wat voor dingen?'

'Voornamelijk dingen over haarzelf."

'O,' zei ze op een toon alsof dat niets voorstelde.

'En over je moeder.'

Haar wenkbrauwen gingen zo snel omhoog dat ze bijna tot boven haar voorhoofd reikten. 'Wat zei ze?'

'Alleen maar wat jij al weet, Ava. Ze kon het niet helpen dat ze stierf. Papa wist wat er met haar zou gebeuren. Nu weet ik de waarheid ook.'

'Fijn voor je. Nu weet je het dan.'

'Ze vertelde me dat ze papa's oudste zus was.'

'O, ja?'

'Dat wist je. Jij hebt het aan Marla verteld. Waarom heb je het mij nooit verteld?'

'Heb ik dat niet?'

'Dat weet je best, Ava.'

Ze haalde haar schouders op. 'Wat maakt het voor verschil?' Ze wilde weggaan, bleef toen staan en draaide zich weer om. 'Je weet waarom je nu meer dingen leert, hè?'

Ik wilde het niet zeggen, maar diep in mijn hart wist ik het, maar probeerde het nog weg te stoppen.

'Het is in aantocht, Lorelei. Je tijd komt nu gauw. Dit gebeurde er ook toen het mijn tijd werd. Je wordt bevorderd, bevoegd verklaard en losgelaten om papa's meest geliefde dochter te worden, net als ik was. Alleen,' ging ze verder, 'denk ik dat ik er meer klaar voor was dan jij toen het zover was.' Ze haalde haar schouders op. 'Maar papa weet het beter,' zei ze, en vertrok.

Elke religie, praktisch elke cultuur, had rituelen om het volwassen worden van jonge mensen in te luiden, de overgang naar volwassenheid en meer verantwoordelijkheid. Ouders en andere volwassenen zouden hen op een andere manier bekijken, met meer respect, en meer van hen verwachten. Al zou een jongen of een meisje zich misschien zenuwachtig voelen, ze waren er zeker niet bang voor. Ava deed het voorkomen alsof het volwassen worden meer een bedreiging was. Er zou geen feest worden gegeven, het zou op geen enkele manier gevierd worden. Geen taart, geen vrienden op dat speciale moment.

Op een ochtend zou ik wakker worden en ontdekken dat Ava weg was. De zware last van de verantwoordelijkheid voor papa's leven zou op mijn schouders komen te rusten. Ik zou degene zijn die de duisternis in werd gestuurd. Ik zou degene zijn die haar seksualiteit en charme zou gebruiken als een diepzeevisser zijn aas. Ik zou in het water duiken en met een grote vangst bovenkomen, een nietsvermoedende jongeman die belust was op de haak, zich er totaal niet van bewust hoe scherp en dodelijk de punt ervan was.

In plaats van te bedenken dat zij werd opgejaagd omdat ik werd opgejaagd, wenste ik dat Ava wat ontvankelijker zou zijn voor mijn gevoelens en angst. Ik wenste dat ze echt mijn oudere zus zou zijn en meer tijd met me zou doorbrengen, met me praten, me geruststellen, me ervan overtuigen dat ik er echt klaar voor was. Was dat niet wat papa zou willen dat ze deed? Moest ik me bij hem beklagen? Zou dat enig goed doen?

Er werd met geen woord over gesproken aan tafel. Marla gaf een non-stop beschrijving van haar schooldag en hoe saai de kinderen in haar klas waren. Ik wist dat zij hetzelfde deed wat ik vroeger had gedaan. Ze probeerde te rechtvaardigen dat ze met geen van haar klasgenoten omging of aan een van hun activiteiten deelnam door ze te kleineren, te doen alsof ze volstrekt ongewenst waren. Misschien zou ze zich daardoor een tijdje wat beter voelen, maar dat zou niet al te lang duren. Ik wilde het haar vertellen, maar ik wist dat ik dan de banvloek over me zou afroepen, vooral van de kant van Ava.

Na het eten keek ik televisie met Marla; allebei wilden we ons huiswerk nog even uitstellen. Ava had zich opgesloten in haar kamer. Ik had geen idee wat ze deed, hoe ze zich voelde na de gebeurtenissen van gisteravond. Ze had geen vriendin met wie ze aan de telefoon kon praten, en zelfs al had ze die, dan had ze hierover nooit een woord kunnen zeggen. Alleen ik was er nog. Waarom zag ze dat niet in? Waarom was ze zo hard? Ik zou beslist naar haar toegaan, zelfs nu nog, na alle gemene dingen die ze tegen me had gezegd.

We verschilden van elkaar in heel veel opzichten, en die maakten haar niet allemaal beter dan ik was of beter toegerust voor welke toekomst ons ook wachtte. Ze las lang niet zoveel als ik, had geen belangstelling voor literatuur, kunst of muziek. Ik hoorde haar nooit commentaar geven over een film die ze had gezien of een tv-uitzending. Ondanks de houding die ze zich gaf, tegenover mij, tegenover iedereen, was Ava eenzamer dan iemand die ik kende.

Was dat wat mij te wachten stond, eenzaamheid? Als ik ooit met papa had willen praten, troostende, geruststellende dingen van hem horen, dan was het nu wel. Een paar keer keek ik naar de trap, in de hoop hem naar beneden te zien komen, maar hij was er nog steeds niet toen ik besloot naar mijn kamer te gaan en de rest van mijn huiswerk af te maken. Marla bleef nog een tijdje hangen. Ik hoorde haar naar haar kamer gaan. Alle drie de deuren waren gesloten, ieder van ons opgesloten alsof we blij waren alleen te zijn. Ik wist dat ik dat niet was.

Hoewel ik niet moe genoeg was om te kunnen slapen, ging ik naar bed en bleef naar het plafond liggen staren, luisterend naar een gekraak boven mijn hoofd, een teken dat papa wakker was. Het was zo stil in huis. Het deed me denken aan zoveel nachten als deze, toen ik nog een stuk jonger was. Marla was er nog niet, en Brianna was nog bij ons. Zij en Ava deden 's avonds bijna nooit iets met me. Nu ik erover nadacht, was het nooit tot me doorgedrongen hoe eenzaam ik toen al was, hoe afhankelijk van papa om bij me langs te komen of me te vragen iets met hem te doen. Geen wonder dat mijn hele leven om hem draaide. Onze gesprekken, de cadeaus die hij me gaf, de kleren en juwelen, de boeken die hij zei dat ik moest lezen, het was alles wat ik had bij wijze van gezinsactiviteiten en pleziertjes. Later, toen ik naar school ging en zag en hoorde wat andere meisjes van mijn leeftijd allemaal deden en hoeveel plezier ze hadden, kreeg ik meer last van mijn isolement, maar papa leek altijd aanwezig om me te helpen niet al te triest te worden.

Kon hij me nu nog helpen, nu ik ouder was en hem nog harder nodig had? Tenminste, dat dacht ik. Volgens Ava zou ik binnenkort zo onafhankelijk zijn dat ik niets en niemand anders nodig had dan ik zelf kon bewerkstelligen. Dat moment kwam nu voor haar, hetzelfde moment dat voor Brianna was gekomen, toen ze zich van ons had losgemaakt, ons had verlaten, papa had achtergelaten. Brianna was zelfs niet voor één dag teruggekomen. Zou dat ook zo gaan met Ava? Zou ik dat kunnen, weggaan en papa nooit meer terugzien? Op het moment zou ik niet weten hoe.

Die sombere gedachten drukten zwaar op me. Ik begon moe te worden. Goed zo, dacht ik. Ik wilde slapen en vergeten. In de ochtend zag alles er altijd beter uit. Morgen, hoopte ik, zou dat niet anders zijn. Welterusten, papa, dacht ik, starend naar het plafond.

Juist toen ik het licht wilde uitdoen, hoorde ik iets wat leek op een gekras op een van de ramen van mijn kamer. Eerst dacht ik dat het de tak van een ongesnoeide struik was die door de wind in beweging werd gebracht, maar toen ik goed keek, zag ik duidelijk de omtrek van iemand die buiten in de schaduw stond. Hij stond in het donker, dus ik kon verder niets van hem onderscheiden. Was hij een geest van een van die jongemannen die ik ooit eens in een nachtmerrie had gezien? Toen hij op het glas tikte, kwam hij dichterbij, en ik moest een kreet onderdrukken.

Het was Mark.

Hoe was hij erachter gekomen waar we woonden? Ik had het niemand op school verteld, en Marla had het zeker niet verteld. Het was een van de dingen die ons streng verboden waren. Hij tikte weer, veel luider deze keer. Ik stapte snel uit bed, bang dat hij de aandacht van iemand anders zou trekken. Hij deed een stap achteruit toen ik het raam zachtjes opendeed. Hij droeg een zwartleren jack en een zwarte broek als camouflage in de duisternis. Ik keek langs hem heen en zag geen auto.

'Hoe ben je hier gekomen?'

'Ik heb kilometers gelopen.'

'Waarom? Wat doe je hier?'

'Ik herlas *Romeo en Julia*, en ik wilde onder je balkon komen smeken, maar jij woont op de benedenverdieping. Hoe kan ik nou dramatisch zijn als je op de benedenverdieping woont?' Hij keek omhoog alsof we een balkon hadden en strekte zijn armen uit. 'Lorelei, Lorelei, waar zijt gij?'

'Hou je mond, idioot. Hoe ben je erachter gekomen waar we wonen?'

'Een vastberaden aanbidder vindt altijd een manier,' antwoordde hij. 'Kom even naar buiten.'

'Ben je mal? Je maakt iedereen wakker en brengt me in de grootste moeilijkheden. Ga weg, Mark.'

'Dat kan ik niet. Je schoonheid heeft me verlamd. Ik kan me

zelfs niet bewegen, vooral niet nu ik je in je nachthemd zie met een gezicht dat straalt in het licht van de sterren.'

'Hoe wist je welke kamer mijn slaapkamer was?'

'Het hart weet precies waar het moet zijn, Lorelei. Lorelei. Je naam is magisch, melodieus. Ik word dronken van de klank ervan. Kom naar buiten. Heel even maar. Geef me een kans je hart te veroveren.'

'Nee,' zei ik. 'Je brengt me nu in grote problemen. Ga alsjeblieft weg voordat het te laat is.'

'Het is al te laat,' zei hij, dichterbij komend. 'Ik kan me niet langer beheersen. Ik kan het niet helpen. Ik kan niet weg voordat je naar buiten komt en een paar minuten bij me blijft. Kom.' Hij wenkte. 'Kom naar buiten, Lorelei. Geniet van de nachtlucht, kijk omhoog naar de sterren en droom even met me mee. Kom naar buiten. Ik beloof je dat ik weg zal gaan, maar je zult niet wíllen dat ik wegga. Scheiden, vergeet dat niet, is zo'n zoete smart.'

Zijn woorden klonken plotseling hypnotiserend. Hij stak zijn arm naar binnen en pakte mijn hand.

'Kom,' drong hij aan. 'Alsjeblieft.'

Ik voelde dat ik me naar hem toe bewoog. Zijn ogen leken plotseling lichtgevend, zachtblauw. Hij legde zijn linkerhand op mijn schouder.

'Ik til je naar buiten. In mijn armen ben je zo licht als een veertje.' Zijn handen spanden zich om mijn middel. Hij bracht zijn gezicht vlak bij het mijne, zijn lippen lokten me, en toen, aanvankelijk ternauwernood, zag ik zijn tanden, scherp, puntig, die langer werden.

Wat er toen gebeurde ging zo snel in zijn werk, dat ik me afvroeg of het wel gebeurd was. Een donkerdere, grotere schaduw viel over Mark heen en metamorfoseerde zich in papa. Hij was groter en breder dan ik hem ooit gezien had, zelfs dan die keer toen ik pas vier was. Hij omhulde Mark alsof zijn lichaam veranderd was in een grote cape en tilde hem van mijn raam vandaan. Marks greep om mijn middel verzwakte snel, zo snel dat ik dacht dat zijn vingers in water waren veranderd.

Wat ik hoorde was meer een gesmoorde gil dan een gekreun. Ik bleef als aan de grond genageld staan bij het zien van het gevecht dat zich voor mijn ogen afspeelde. Het duurde beslist niet lang, maar in mijn ogen leek het eindeloos door te gaan. Papa's grip op Mark was ijzersterk. Hij gaf het op om te proberen zich eraan te ontworstelen en duwde in plaats daarvan tegen papa's gezicht in een wanhopige poging papa's tanden te beletten hem te bereiken.

Maar het was of papa worstelde met een klont boter. Hij bewoog snel, onverschrokken, tot hij bij Marks nek was. Toen hoorde ik de gil, het snerpende geluid dat alles om hen heen deed beven, bomen deed trillen, slapende vogels wakker maakte en de sterren leek te verbrijzelen. Mark zakte ineen als een slappe pudding. Hij scheen al zijn botten te verliezen, zijn skelet verpulverde tot stof onder zijn huid.

Papa hield hem in zijn armen als een pak kleren, draaide zich om en keek naar mij. Ik kon me niet bewegen. Papa's gezicht was te verwrongen, elke gelaatstrek was verbreed en uitgerekt. Al lag er geen tegen mij gerichte woede in, toch was het vreselijk om te zien. Ik probeerde de kreet in te slikken die in mijn keel was blijven steken, maar die zat onbeweeglijk vast. Hij zei niets. Hij draaide zich slechts om en liep de duisternis in.

Een paar ogenblikken later ging de deur open en kwam Ava binnen. Ze deed het licht aan. Nog nooit had ik haar zo bang gezien, zo aan de rand van tranen. Ze bleef staan in haar nachthemd, staarde naar mij en het raam, schijnbaar niet in staat zich te bewegen. Voor ik iets kon zeggen verscheen mevrouw Fennel achter haar, keek haar even aan en liep toen naar het raam en sloot het.

'Ga weer naar bed, jullie allebei,' zei ze.

Ik liep naar mijn bed, maar Ava bewoog zich niet.

'Ava!' schreeuwde ze. 'Vooruit!'

Ava ontwaakte uit haar trance. Ze keek naar mij, draaide zich toen om en verliet de kamer.

'Je brengt Marla morgen niet naar school,' zei mevrouw Fennel.

'Wat is er gebeurd?' vroeg ik. Was ik wakker? Was dit een nachtmerrie?

'Morgen krijg je alles te horen. Het is achter de rug. Maak je niet ongerust. Ga gewoon slapen.'

'Slapen?' Ik moest bijna lachen. 'Hoe denkt u dat ik nu kan slapen?'

Ze gaf geen antwoord, maar liep naar mijn badkamer, kwam terug met een glas water en gaf me een pil. 'Neem die in. Je zult genoeg slaap krijgen. Toe dan,' beval ze.

Ik pakte hem van haar aan en slikte hem in met wat water.

'Gaat het goed met papa?'

Ze deed mijn licht uit.

'Gaat het goed met hem?'

'Ja,' zei ze, en liet me achter in het donker. Ik staarde naar mijn gesloten raam. Ze had het niet gezien, of het kon haar op het ogenblik niet schelen, maar er zat een spetter bloed op het glas. Ik draaide me om met mijn rug naar het raam en deed mijn ogen dicht. Ik drukte op mijn oogleden om ze te beletten open te springen. Het was allemaal nog te schrikwekkend.

Er was niemand in de kamer, niemand die me kon horen, maar ik vroeg het toch.

'Wat is er gebeurd?'

9

Nachtmerrie

Toen ik wakker werd, bleef ik naar het plafond liggen staren. Ik wilde dat alles wat er vanavond gebeurd was niet meer dan een nachtmerrie zou zijn. Als elke nachtmerrie, zou hij nog een tijdje in het geheugen blijven hangen, maar algauw zou hij opgaan in rook en zou zelfs de herinnering eraan moeilijk zijn. Ik zou naar school gaan en Mark naar me zien knipogen in de gang, voorwendend dat hij leed onder mijn afwijzing, om me dan later een briefje in de hand te stoppen met nog meer referenties. Ik zou erom lachen. Ik zou natuurlijk papa blijven gehoorzamen en Mark op een afstand houden, maar dat betekende niet dat ik niet van het spelletje kon genieten, het tantaliserende en gevaarlijke spel dat, ondanks alle beperkingen, me wat opwinding bezorgde.

Ik zou niemand iets vertellen over de nachtmerrie, want dat zou hem alleen maar doen voortleven. Ik wilde die beelden nooit meer oprakelen, maar het was niet gemakkelijk om ze van me af te zetten. Hij was zo flirterig, opwindend en romantisch op me overgekomen. Zijn stem had zachter geklonken, zijn lippen waren uitnodigend. En toen hij zijn handen op mijn middel legde en me uit het raam begon te tillen, voelde ik me verzwakken, alle weerstand verliezen, verlangend te worden genomen. Elke seksuele impuls die me in verleiding had gebracht en me naar een intense begeerte had gelokt, was nu volledig tot leven gekomen en schreeuwde erom erkend en vervuld te worden. Ik wilde niets liever dan een slavin worden van mijn seksualiteit en me als een onzichtbare krachtige hand erdoor laten beetpakken, om me heen en weer te zwiepen tot alle terughoudendheid uit mijn lichaam geschud was, de tegenzin wegstroomde uit elke cel van mijn lijf, en ik me volledig overgaf aan Mark.

Geen jonge vrouw kon ooit sneller gebiologeerd zijn en zo bereid zich totaal over te geven. Een blik door een kamer, een begeleidende sexy glimlach, een kus, toegeblazen door getuite lippen, een zacht gefluister in haar oor, zou een tinteling door haar heen doen gaan van haar borsten naar haar dijen en haar zwak maken en begerig naar liefde, maar niets daarvan kwam in de buurt van Marks stem, Marks hypnotiserende ogen.

Ik wilde hem in me, als een deel van me, me volledig in beslag nemend, me beheersend. Ik wilde dat hij me aantrok als een handschoen en zo lang hij wilde tegen zijn borst en hart hield. Geen waarschuwingen, geen lessen in voorzichtigheid, konden de woeste aanval weerstaan van golf na golf van zijn seks, zijn geslachtsorgaan dat harder werd en steeds dieper in me drong. En niet één keer tijdens dat alles dacht ik iets van mijzelf te verliezen. Niet één keer had ik het geringste gevoel van misbruik of spijt. Ik ben waar ik hoor te zijn, verlang te zijn, dacht ik. Neem me. Neem me nu, op dit moment.

Een paar ogenblikken verloor ik mezelf in die fantasie, maar ik voelde me gelukkig. Ik werd warm, alsof ik wegkroop in mijn ruime dekbed, ook al was ik al bezig het weg te duwen. Ik dacht erover langer in bed te blijven, maar toen draaide ik me enigszins om en zag het bloed op het raam. Het was alsof er een steen doorheen was gegooid en de scherven in het rond waren gevlogen. De koude lucht drong naar binnen en stroomde over mijn warme, sensuele gedachten en gevoelens, verdronk ze, bluste ze als de brandslang van een brandweerman een vuur blust.

Ik hoorde mijn deur opengaan. Mevrouw Fennel stond op de drempel naar me te kijken.

'Nog in bed? Je vader wacht op je in de zitkamer,' zei ze. Niets in haar stem wees op woede of droefheid.

'Zijn alle anderen al op?'

'Aangekleed en wachtend op jou.'

Ik stapte snel mijn bed uit, ging naar de badkamer om mijn gezicht te betten met koud water, haalde snel een borstel door mijn haar en trok haastig een slipje aan, mijn spijkerbroek en een schooltrui, en ten slotte een paar sandalen. Ik liep de gang in en bleef toen staan, beseffend hoe stil het was. Meestal om deze tijd hoorde ik Marla praten en geluiden uit de keuken komen. Ik zette het op een holletje naar de zitkamer. Toen ik binnenkwam zag ik Ava met Marla op de bank zitten. Mevrouw Fennel zat in papa's lievelingsstoel, en hij stond met over elkaar geslagen armen en zijn rug naar ons toe uit het raam te staren. Mevrouw Fennel was zelden bij ons als we bij papa zaten. Papa draaide zich om toen ik binnenkwam. Ze keken allemaal even somber.

'Het spijt me, papa. Het was niet mijn bedoeling zo laat op te staan, maar ik heb nogal slecht geslapen, en...'

Ava kermde bij mijn zenuwachtige uitleg.

'Ga maar zitten, Lorelei,' zei papa, met een knikje naar de bank. Marla schoof een eindje op om ruimte voor me te maken. Ik keek papa vol verwachting aan. Mevrouw Fennel staarde recht voor zich uit, alsof ze verdiept was in een niet-aflatende gedachte. Ze knipperde zelfs niet met haar ogen. Geen spier van haar gezicht vertrok. Heel even dacht ik dat haar gezicht een ontredderde uitdrukking kreeg.

'Goed,' ging papa verder en kwam dichter bij ons staan. 'Ava weet het meeste al van wat ik jullie over dit alles ga vertellen. Normaal zou ik met jullie allebei wachten tot je tijd gekomen was, maar...'

'Maar dit is de eerste keer dat we thuis zijn aangevallen,' voegde mevrouw Fennel er ongeduldig aan toe.

'Precies,' zei papa. 'Hij voelde zich aangemoedigd.'

'Het is haar schuld,' mompelde Ava met een knikje in mijn richting. 'Ze heeft er niet flink en definitief genoeg een eind aan gemaakt.'

'Daar hebben we nu geen tijd voor,' snauwde papa tegen haar. 'Bovendien kan het gisteravond niet haar schuld zijn geweest als ze niet wist waarvoor ze uit moest kijken, wel, Ava? Nou?'

'Nee, ik denk het niet,' zei ze, maar ze keek alsof ze het niet geloofde.

'Ik begrijp het niet, papa. Wie was Mark Daniels?' vroeg ik. Ik had bijna gevraagd *wat* was Mark Daniels?

'Hij was lid van een afvallige familie. Dat is een familie zoals wij, maar die zich niet aan de regels houdt. Elke familie heeft zijn eigen territorium. Die dingen worden van tevoren vastgesteld. Er wordt goed en zorgvuldig gepland. Geen andere familie mag zich vestigen in het territorium dat door een ander wordt geclaimd. Als twee families daar zouden wonen en werkzaam zijn, zou dat te veel en mogelijk zelfs fatale aandacht op ons vestigen. Er zijn nog meer regels. Geen dochter mag ooit worden gekozen als slachtoffer. Als zich iets dergelijks voordoet, ontstaat er een machtsstrijd. We eindigen met onszelf te vernietigen. De afvalligen trekken zich daar niets van aan.'

'Er is iets mis met ze,' zei mevrouw Fennel knarsetandend. 'Ze hebben een onlesbare dorst naar bloed. Eén voeding per maand vinden ze niet genoeg.'

'Ik heb een paar van de ouderen gebeld om vandaag bijeen te komen,' ging papa verder. 'Je moet ze vertellen hoe die jongen je achtervolgd heeft. Beschrijf het met zoveel details als je je maar kunt herinneren. Ze zullen moeten begrijpen dat dit gerechtvaardigde zelfverdediging was en iedereen gewaarschuwd moet worden. Normaal doen we elkaar niet aan wat hij van plan was met jou te doen en ik met hem moest doen.'

'En we moeten op de hoogte blijven van hun verhuizingen,' zei mevrouw Fennel. 'Om de anderen te kunnen waarschuwen.'

Ik keek even naar Marla. Ze keek enorm verward. Ze had er helemaal niets van gezien en wist niet goed wat papa hier allemaal mee bedoelde, al voelde ze wel dat we gisteravond allemaal in groot gevaar hadden verkeerd.

Was het mijn schuld? Had Ava gelijk? Had ik ons op de een of manier in gevaar gebracht? Maar hoe? Wat vond Ava precies dat ik had gedaan? Ik had hem nooit iets specifieks over ons verteld. Ik had zelfs nooit een gesprek met hem gehad dat langer dan een paar minuten duurde. 'Ik heb nooit iets in hem gezien dat me deed denken dat hij zou... dat hij was... wat hij was, papa. Geen hint, niets in wat hij zei of hoe hij naar me keek dat erop zou kunnen duiden.'

'Ik zou het gezien hebben als hij op school naar me toe was gekomen,' zei Ava.

'Je bent heel wat verder gevorderd dan zij, Ava,' zei mevrouw Fennel.

'Ik heb het niet over nu, maar toen ik haar leeftijd had,' zei Ava op veel scherpere toon dan ik haar ooit tegen mevrouw Fennel had horen spreken.

'Hm, we weten niet of dat waar is, want het is je nooit gebeurd, hè?' merkte mevrouw Fennel op.

Ik trok mijn wenkbrauwen op. Ik zou nooit verwachten dat mevrouw Fennel zich terug zou trekken, maar het verbaasde me wél dat ze het zo fel voor me opnam.

'Dat is nu het punt niet, Ava!' schreeuwde papa. Ava kromp ineen en boog haar hoofd. 'Het punt is,' ging hij veel kalmer verder, 'dat we nu veel alerter moeten zijn, heel veel alerter. Ze weten nu dat hij gisteravond gefaald heeft. Ze zullen óf verder trekken, óf terugkeren om wraak te nemen.'

'Het is niet te zeggen wat afvalligen zullen doen,' vervolgde mevrouw Fennel. 'Meestal is het een stelletje lafaards. Als ze ergens betrapt worden waar ze niet horen te zijn en ze worden bedreigd, trekken ze zich terug. Daarom is het zo ongewoon wat er gisteravond gebeurd is. Hij had de euvele moed om praktisch tot voor onze deur te komen.'

'Raam,' mompelde Ava. 'Haar raam.'

'Ik zweer dat ik hem nooit verteld heb waar we wonen, papa.'

'Je hoefde het hem niet te vertellen.'

'Misschien is hij ons op een dag gevolgd toen we naar huis gingen,' zei Marla. Ook al kende ze niet alle weerzinwekkende details, toch wilde ze ook een duit in het zakje doen.

'Misschien,' gaf papa toe. Ze lachte, blij dat ze een belangrijke bijdrage kon hebben geleverd aan de discussie.

'Wat moeten we nu doen, papa?' vroeg ik. 'Ik bedoel, waar moeten we naar zoeken in de mensen die we ontmoeten?'

'Ik ben bang dat Ava in dat opzicht gelijk heeft,' zei hij. Ava keek zelfingenomen, scheen zich in ere hersteld te voelen. 'Het is iets wat in je groeit, dat instinct om te overleven, ons speciale overleven. Ik weet zeker dat het zich binnenkort in je zal ontwikkelen, maar intussen... nou ja, ik wil natuurlijk niet dat je paranoïde wordt, maar...'

'Vertrouw niemand,' zei mevrouw Fennel. 'Ga ervan uit dat niemand onschuldig is.'

'Hoe wist hij dat ik het doelwit was, papa? Ik ben niet zo heel anders dan de overige meisjes op school.'

'Wie probeer je te bedotten?' vroeg Ava me. Ze keek naar papa alsof ze verwachtte dat hij verder zou ingaan op wat ze zei.

'Laten we het daar nu niet verder over hebben,' zei hij. Ava keek teleurgesteld. 'Ik verwacht onze mensen over ongeveer een uur, dus ga ontbijten en ontspan je. Ik wil geen gekissebis horen,' waarschuwde hij, met een blik op Ava. 'We zijn een eenheid als het om iets dergelijks gaat.'

Mevrouw Fennel stond op. 'Alles staat klaar voor jullie ontbijt.'

We stonden op om naar de eetkamer te gaan. Papa bleef achter, draaide zich om en liep weer naar het raam. Als hij wraak verwachtte, dacht hij dan dat die zo gauw zou komen? Was wat er gisteravond gebeurd was wat hij altijd gevreesd had dat zou gebeuren? Was dit waar hij soms zo ingespannen naar luisterde? Zaten die zogenaamde afvalligen altijd achter een van ons aan? Waarom was het juist míj overkomen? Waarom niet Ava? Misschien zou ze dan niet zo verdomd arrogant zijn, dacht ik.

Geen van ons zei veel aan het ontbijt, ook al wilde Marla meer bijzonderheden weten. Papa liet zich niet zien. Ik ging terug naar mijn kamer en wachtte tot mevrouw Fennel me kwam halen.

‘Ze zijn er,’ zei ze. ‘Sommigen van hen ken je natuurlijk. Doe gewoon wat je vader heeft gezegd. Vertel ze wat er gebeurd is.’

Ik knikte en volgde haar naar de zitkamer. Vier van de genodigden waren er al. Ik herkende meneer Biggi en mevrouw Everstreet. Ze waren hier al vaak geweest en brachten dan cadeautjes mee voor mij en Marla. We noemden ze oom en tante. Meneer Biggi was zo aardig als een opa voor ons. Hij had een dikke bos wit haar, een gezonde huidskleur en een krachtige, zelfverzekerde gestalte. Net als papa’s leeftijd was die van hem moeilijk te schatten. Zijn ogen waren zo helder als van een pasgeboren baby, ondanks de lichte rimpels eromheen.

Tante Everstreet daarentegen leek meer op mevrouw Fennel, lang en slank, met een harde trek in haar gezicht. Haar neus was minder puntig en haar kin minder geprononceerd dan die van mevrouw Fennel, maar ze leek dezelfde ogen te hebben en sprak met hetzelfde zelfvertrouwen, straalde een nuchtere, zakelijke houding uit. Maar ze was altijd blij ons te zien.

Vanochtend keek ze ernstiger dan ooit.

Ik werd voorgesteld aan meneer Taggert en meneer White. Beiden zagen er jonger uit dan oom Biggi en tante Everstreet, maar veel ouder dan papa. Ik dacht dat ik meneer White al eens eerder had gezien, misschien toen ik een jaar of vijf, zes was. Hij leek zenuwachtiger dan een van de anderen.

Papa ging in zijn stoel zitten. ‘Dit is Lorelei, jullie zullen je haar wel herinneren.’

Oom Biggi was de enige die naar me glimlachte. De anderen knikten en gingen haastig zitten.

‘Oké,’ zei papa. Hij wilde dat ik tegenover de anderen bleef staan. Hij draaide zich naar me om. ‘Begin met de eerste dag dat hij naar je toekwam.’ Ik wist niet hoe uitvoerig ik het moest uitleggen, maar ik beschreef zelfs wat hij toen aanhad. Ik herhaalde alles wat hij tegen me gezegd had, zo goed als ik het me kon herinneren, en vertelde zelfs over de grap met de referenties.

Tante Everstreet vroeg me zijn gezicht zo gedetailleerd mogelijk te beschrijven. Ik wilde het niet zeggen, maar zijn ogen hadden zo intens en zo snel mijn aandacht getrokken, dat ik zijn andere gelaatstrekken nauwelijks leek te hebben opgemerkt. Ze vroeg me ook naar zijn handen, wat ik vreemd vond. Ik kon me niets ongewoons daaraan herinneren.

'Ik heb nooit hand in hand met hem gezeten,' zei ik toen ze vroeg of zijn palmen zacht en glad waren.

Iedereen zweeg even.

'De Ilks hadden een zoon op wie die beschrijving van toepassing is,' zei meneer White. 'Herinneren jullie je nog dat incident in Pittsburgh?'

'Ja, maar dat is al een tijd geleden. Ik geloof dat ik in vijftig jaar al niets meer over hem gehoord heb,' zei oom Biggi. 'Vertel eens precies wat er gisteravond gebeurd is.'

Ik aarzelde even, bang dat ze allemaal zouden zien hoe zwak ik was, hoe ik bijna uit het raam was getild. Toen ik uitgesproken was, zwegen ze. Oom Biggi keek naar papa.

'Dat was op het nippertje. Denk je dat je wilt verhuizen, Sergio?'

'Beslist niet onmiddellijk. Ik ben nog nooit voor een van hen gevlucht, en ik ben niet van plan dat nu te doen. Ik zal het in overweging nemen als de zaak wat bekoeld is,' zei hij. 'Loreleis opleiding moet doorgaan.'

Niemand hoefde me te vertellen dat hij niet mijn schoolopleiding bedoelde.

'Alles ging hier prima tot dit incident,' vervolgde hij. 'Jullie moeten het nieuws naar buiten brengen. Het is belangrijk dat iedereen begrijpt dat wat er gedaan is onontkoombaar was. Niemand hier probeert iets meer te doen of te zijn.'

'Ik betwijfel ten zeerste of iemand je daarvan zou verdenken, Sergio,' zei oom Biggi. Hij keek naar meneer Taggert, die tot dusver zijn mond had gehouden.

'Maar als ze hier aan het werk gaan,' zei meneer Taggert, 'zal dat niet zo best zijn, heel moeilijk voor je om door te gaan.'

'Nou ja,' zei papa, wiens houding iets verzachtte, 'niet meteen.

Het is een stad, een enorme bevolking waaruit we kunnen putten.'

'Je wilt toch niet zeggen dat er plaats is voor hen?' vroeg tante Everstreet. 'Denk eens aan wat er net tien jaar geleden in Parijs is gebeurd.'

Ik keek naar papa. Wat was er in Parijs gebeurd?

Even beantwoordde hij mijn blik. 'Dank je, Lorelei. Je kunt nu gaan doen wat je wilt.'

Ik stond op.

'Je bent heel mooi,' zei oom Biggi. 'Je wordt vast een van je vaders favorieten.'

'Opvallend mooi, Sergio. Zorg dat je haar niet kwijtraakt,' zei meneer Taggert.

'Daar zal ik zeker voor zorgen,' zei papa fel. Hij keek me aan met een blik die wilde zeggen: *Ga*.

Ik ging naar mijn kamer, waar Ava op me stond te wachten bij het raam. Ze staarde naar de bloedspetters die mevrouw Fennel nog niet had verwijderd. Misschien wilde zij ze wel eeuwig daar laten om mij er blijvend aan te herinneren.

'Hoe ging het?' vroeg Ava.

Ik vertelde haar over de vragen en wat ik had gezegd.

'Ik denk dat oom Biggi wilde dat we zouden verhuizen,' zei ik.

'O? Wat was papa's antwoord?'

'Hij was onvermurwbaar. Hij weigerde.'

'Goed zo. Oom Biggi is een watje. Brianna mocht hem ook niet.' Ze keek me even strak aan en toen kwam er een mildere uitdrukking in haar ogen. 'Ik zal nu meer tijd met je moeten doorbrengen, en jij met mij, Lorelei. Het is ook een beetje mijn schuld.'

Ik zei niets. Ik vond dat we de laatste tijd steeds meer van elkaar vervreemdden en dacht dat ze mij dat kwalijk nam. Ik was blij te horen dat ze meer tijd met me samen wilde zijn.

'We zullen dit weekend samen iets doen. Gewoon als zusjes onder elkaar,' ging ze snel verder.

'Oké. Dat zou ik leuk vinden.'

'Maandag breng ik jullie allebei naar school en haal je af. Het kan een vreemd dagje worden daar.'

'Hoe bedoel je?'

'Hoe ik dat bedoel?' Ze rolde met haar ogen. 'Mark Daniels zal er niet zijn, Lorelei. Hij komt niet meer terug.'

'O. Ja. Daar had ik niet aan gedacht.'

Ze schudde haar hoofd. 'Ik wil geen kritiek op je uitoefenen,' zei ze, 'en ik praat niet als een jaloerse zus, maar óf je negeert je vooruitziende vermogens, óf je hebt ze niet. Later,' wimpelde ze me af voor ik kon reageren, en liep de deur uit.

Wat ze gezegd had bracht de angst weer boven die ik al had zo lang ik me kon herinneren. Ik had niet het zelfvertrouwen dat zij had, en voor zover ik me kon herinneren vroeger ook Brianna. Zelfs Marla had meer zelfvertrouwen dan ik. Ze geloofden in zichzelf, in hun overtuiging dat ze papa konden behagen en tevredenstellen. Ze zouden beantwoorden aan zijn verwachtingen. Ik zocht bij Ava weleens naar wat twijfel aan zichzelf, maar had die nooit kunnen ontdekken. Ik was domweg banger dan zij ooit waren dat ik niet de dochter zou zijn die papa verwachtte.

Er werd geen woord meer gezegd over papa's bijeenkomst met de ouderen of het incident op de avond ervoor. We gingen gewoon door, alsof er niets gebeurd was. Alleen ik leek er nog aan te denken, maar misschien was dat niet ongewoon. Ik was degene op wie hij het voorzien had en ik was degene die er bijna onderdoor was gegaan. Een paar keer ging ik naar papa met de bedoeling me te verontschuldigen, maar ik wist niet waarvoor. Ik wilde hem ook bedanken, maar hij leek er niets meer over te willen horen, dus liet ik dat idee varen.

Zoals ze beloofd had, bracht Ava Marla en mij die maandagochtend naar school.

'Wat je moet doen,' zei ze onderweg, 'is net zo verbaasd kijken als de anderen dat Mark Daniels er niet is. Als iemand je iets vraagt, zeg je gewoon dat je geen flauw idee hebt. Hij heeft je nooit gebeld en je hebt hem nooit ergens anders gezien dan in het schoolgebouw. Zeg verder niks en moedig geen verdere discussies aan. Begrepen?'

'Ja, Ava.'

'Maar als je iemand anders over hem hoort praten, vooral over zijn familie, luister dan heel aandachtig. Papa zal dat zeker willen weten.'

Marks afwezigheid begon pas de derde dag op te vallen. Er werd vluchtig wat over gezegd, maar toen begon de grote belangstelling pas. Naar wat ik erover hoorde, wist niemand eigenlijk veel over zijn familie. Curtis Simon, een Afro-Amerikaan, die waarschijnlijk de afscheidsrede zou houden bij de diploma-uitreiking, leek nog het meeste te weten over Mark en zijn familie. Ik zat dicht genoeg bij hem en zijn vrienden om hem eens tijdens de lunch te horen zeggen dat hij weliswaar nooit iemand van Marks familie had ontmoet, maar wel een keer bij hem thuis was geweest in Westwood.

'Eigenlijk,' zei hij, 'leek het alsof er verder niemand woonde. Hij praatte nooit veel over zijn ouders.'

Hij keek naar mij.

Op luide toon voegde hij eraan toe: 'Waarschijnlijk leed hij zo aan een gebroken hart, dat hij niet meer naar deze school wilde.'

Iedereen lachte.

Later in de middag kwam Curtis in de gang naar me toe en vroeg of ik iets wist over Marks verdwijning.

'Heeft hij je gebeld of zo en gezegd dat hij van plan was weg te blijven?'

'Mark heeft me nooit gebeld,' zei ik. 'Ik heb hem nooit mijn telefoonnummer gegeven. Misschien is zijn vader ontslagen of zoiets. Het interesseert me echt niet.' Ik liep weg.

'Neem me niet kwalijk, Miss Hete Reet!'

Dat alles vervreemdde me nog meer van de andere leerlingen. Maar de enige die het scheen te merken was meneer Burns. Hij vroeg of er iets mis was, of hij me ergens mee kon helpen.

'Het gaat prima,' zei ik.

'Kom bij me als je iets nodig hebt,' zei hij. 'Wat dan ook, Lorelei. Je hebt overigens een heel goed opstel geschreven over Lady Macbeth.'

Ik bedankte hem, maar probeerde de rest van de week zijn ogen en zijn belangstelling te ontwijken. Eindelijk ging het nieuws rond dat Mark Daniels en zijn ouders verhuisd waren. Toen ik thuiskwam, vertelde ik het onmiddellijk aan papa. Hij stond in de keuken te praten met mevrouw Fennel. Ze keken me allebei aan en zwegen even.

'Goed, misschien is het nu dan voorbij,' zei papa ten slotte. Hij glimlachte. 'Laten we gewoon verdergaan alsof er niets gebeurd is.'

Ik keek naar mevrouw Fennel. Ze nam me zo scherp op dat mijn hart begon te bonzen.

'Oké, papa,' zei ik.

Toen ik in mijn kamer kwam, keek ik naar het raam waardoor ik bijna verdwenen was.

De bloedspetters waren weg.

10

Terug naar het normale leven

Ava hield haar belofte. Plotseling wilde ze me bij alles betrekken wat ze deed. We gingen samen shoppen om de laatste mode aan te schaffen. Ava was een veel grotere modegoeroe dan ik, maar voor haar had het allemaal met werk te maken.

'We hoeven van papa ons budget niet te beperken, want hij wil dat we wandelende dynamietstaven zijn,' zei ze, half schertsend. 'Feitelijk zijn we geen van beiden afhankelijk van kleren, maar waarom zouden we er niet van profiteren?' Ze lachte. Het was goed haar te horen lachen, maar wat ik nog belangrijker vond was dat ze me haar eigen gedachten toevertrouwde.

Soms gingen we gewoon een eindje rijden zonder bepaald doel voor ogen. Dan stak ze haar hoofd om mijn deur en zei: 'Kom mee, dan gaan we wat frisse lucht happen.'

Dat vond ik heerlijk, want gewoon wat rondrijden was bevorderlijk voor een gesprek, voor het uitwisselen van gedachten en ideeën, zoals zussen horen te doen. Ik hoorde veel over haar jeugd tijdens die ritjes, dat ze altijd zo jaloers was geweest op Brianna, tot die avond waarop Brianna in de fout ging met die getrouwde man. Ze had me vaak erover ondervraagd toen ik jonger was, onder het mom dat ze het zo jammer vond dat ze het niet zelf gezien had. Ik had graag met haar van plaats geruild.

'Ik zei tegen mezelf dat ik, als het enigszins mogelijk was, papa nooit zo zou teleurstellen,' zei Ava. 'Maar natuurlijk deed ik dat toch met die vent die stoned was,' gaf ze verslagen toe.

‘Hij heeft je vergeven.’

‘Misschien. In ieder geval vergeeft papa maar één keer, Lorelei. Denk daaraan.’

Ik vroeg niet wat ze daarmee bedoelde, wat er zou gebeuren als zij of ik papa meer dan eens overstuur zou maken. Op dit moment in mijn leven kon ik me niet voorstellen dat papa ooit zó kwaad op me zou zijn dat hij me zou verstoten. Vroeger was ik daar wel bang voor geweest, maar nu voelde ik me veel meer met hem verwant, en al zei ik dat niet tegen Ava, ik geloofde nog steeds dat ik zijn speciale dochter was.

We bleven die intieme, goede gesprekken houden. Soms zaten we op het strand in Santa Monica naar de zeilboten te kijken of gewoon te zonnen. Ze werd steeds openhartiger over haar eigen gevoelens toen ze opgroeide en Brianna nog thuis was.

‘Ik leerde veel door naar haar te kijken, al was ik nog zo jong. Dat bedoelde ik met instinct,’ zei ze, maar ze ging meteen verder met het beschrijven van haar eigen dagen van twijfel en problemen, vooral als het mevrouw Fennel betrof, nu toegevend dat ze haar meer gehoorzaamde uit angst dan uit respect.

‘Ik bedoel, ik respecteer haar omdat papa haar zo waardeert, maar ik zal haar niet missen als ik wegga.’

‘Wanneer ga je weg, Ava?’

‘Als papa zegt dat het tijd is.’ Ze draaide zich naar me om. ‘En dat hangt van jou af.’

Ik zei niets, maar knikte.

‘Maak je geen zorgen. Je zult het uitstekend doen,’ zei ze. Ze pakte mijn hand en glimlachte. Even leek het of we net twee willekeurige jonge vrouwen waren, zusjes die elkaar hun intieme gedachten en gevoelens toevertrouwden.

We bleven veel met elkaar omgaan. We gingen naar de film, flirtten wat met jongens in het winkelcentrum, en genoten van onze shoppingdagen, kochten soms alleen maar maffe hoeden of tassen. Marla was ontdaan omdat zij niet mee mocht, maar Ava wist haar te kalmeren door te zeggen dat ik later met haar zou doen wat

Ava nu met mij deed. Opnieuw kreeg ze de mantra te horen waarmee ik was opgegroeid: 'Jouw tijd komt nog. Heb geduld.'

Papa bleef ook meer thuis, en ging algauw meer dingen met ons doen, waaraan Marla natuurlijk ook deelnam. In de voorjaarsvakantie nam hij ons alle drie mee naar San Francisco. We hadden een geweldige tijd met wat hij noemde de 'Toeristenpolka' en aten voor de verandering eens lekkere dingen zonder dat mevrouw Fennel over onze schouders keek. We brachten een dag door in Carmel en reden langs de kust en zagen Big Sur. Papa besloot op de terugweg naar het Hearstkasteel te gaan. Hij had heel veel kastelen bezocht en maakte vergelijkingen, soms met uitvoerige details over kunst, interieur en parken, inclusief de planten en bomen.

'Hoe kun je je dat allemaal herinneren?' vroeg ik hem.

'Dat weet ik niet, Lorelei. Ik herinner het me gewoon. Er zijn veel dingen die ik niet begrijp van mezelf,' bekende hij.

Ava hoorde zijn antwoord. Ik zag dat ze haar wenkbrauwen optrok. Ik begreep waarom. Papa gaf nooit een zwakheid of tekortkoming toe. Maar dit klonk een beetje alsof het dat was, en voor ons was dat iets heel uitzonderlijks.

De vakantie vloog voorbij. Ik had nooit sterker het gevoel gehad dat ik deel uitmaakte van een gezin, en vond het vreselijk dat er een eind aan kwam. Hoewel papa tegen ons alle drie erg aardig was, koos hij mij op de laatste avond van onze vakantie uit voor een wandeling. We waren naar Santa Barbara gereden, en na het diner kwam hij bij Marla en mij in onze hotelkamer. Ava had een eigen kamer, Marla lag al in haar pyjama in bed tv te kijken.

'Kom even mee naar buiten,' zei hij tegen mij, en ik kwam onmiddellijk. We logeerden in een hotel recht tegenover het strand, dus waren we er in een paar minuten.

Hij pakte mijn hand, en een tijdje liepen we rustig samen door. Ik stelde me voor dat de mensen die ons zagen zouden denken dat we minnaars waren in plaats van vader en dochter. Misschien was de wens de vader van de gedachte. De maan trok een zilveren streep op de zee. Ik maakte er een opmerking over, en hij zei dat het hem deed denken aan een oude Japanse haiku, een drieregelig gedicht over een vlinder die stierf op het water maar dacht dat hij gestorven was op de maan.

'Snap je?' vroeg hij.

'Ja. Hij stierf op de weerspiegeling van het licht. De vissen daar denken waarschijnlijk dat ze vanavond op de maan zwemmen,' zei ik. Hij lachte.

'Je bent intelligenter dan enige dochter die ik ooit heb gehad, Lorelei.' Ik kreeg een kleur van trots.

Rechts en links van de maan flonkerden de sterren, en de lichten van een vliegtuig knipperden toen het in oostelijke richting vloog. Aan de horizon konden we een olietanker zo langzaam voorbij zien komen dat het leek alsof hij op de zee geschilderd was.

'Toen je klein was zei je dat de avondlucht een donkere deken was met kleine gaatjes erin. Je zei dat daarachter een tweede lucht was van helder licht.'

'Heb ik dat gezegd?'

'Het leek me heel logisch,' zei hij.

We spraken nooit over hemel en aarde, God en de duivel, of over religieuze dingen waarover andere mensen spraken of waarin ze geloofden. Papa's filosofie was dat alles er gewoon is en dat het zinloos is om te proberen het te verklaren.

'We hoeven niet naar een gebedshuis of de bijbel te lezen om te weten wat belangrijk voor ons is. Er is maar één plaats om moraliteit te leren, en dat is de familie. Daar komt alles uit voort. Wat je doet voor de familie is goed. Wat je doet om de familie te kwetsen is slecht. Ik ben de familie,' ging hij kalm verder. 'Alles komt uit mij voort.

'Ik ben blij met de manier waarop je met onze recente crisis bent omgegaan, Lorelei,' zei hij, terwijl we verder liepen over het strand. 'Het geeft me het vertrouwen in je dat ik nodig heb. Binnenkort ligt alle verantwoordelijkheid voor ons overleven in jouw handen.'

'Ava gaat bij ons weg,' zei ik. Ik had me er nu bij neergelegd.

'Ja. Haar tijd zal heel gauw komen.'

'Waar gaat ze naartoe?' vroeg ik. 'Gaat ze naar Brianna?'

Zou hij het me eindelijk vertellen?

'Op het ogenblik is dat eigenlijk nog een beetje te ver vooruitdenken, Lorelei. Denk alleen maar aan de naaste toekomst.'

Hij zweeg even en staarde naar de zee.

'Er is zoveel daarbuiten,' zei hij. 'Zoveel dat op je wacht. Maar het is belangrijk dat je jezelf nooit beschouwt als minder dan iets of iemand, dat je nooit aan jezelf denkt als slecht. Iedereen daarbuiten doet dingen die door anderen worden afgekeurd, maar ze moeten vechten voor hun eigen survival. Dat doet elk levend wezen.

'Feitelijk voedt alles wat leeft zich met iets anders dat leeft. Geen levend ding op aarde is daarboven verheven. Als dat slecht is, is alles wat leeft slecht. We doen allemaal mee aan het overleven van de sterkste. Elk land, elk volk, elke stam of religie vecht om te overleven en zal uiteindelijk alles doen wat nodig is om zijn eigen bestaan te beschermen. Ze kunnen wel zeggen dat ze een hogere moraal aanhangen, maar als het erop aankomt, is het ieder voor zich. Begrijp je?'

'Ja, papa.'

Hij keek me aan. In het schijnsel van de maan leek zijn gezicht in brand te staan, met zijn ogen als twee hete kolen die smeulen in het vuur. Zoals een kaarsvlam een mot kon hypnotiseren, zo werd ik gehypnotiseerd door de gloed die hij uitstraalde.

'Hou je van me, Lorelei?'

'O, ja, papa, heel veel.'

'Wil je dat ik verder leef?'

'Ja, papa.'

'Is je hart groot genoeg om alles en iedereen te overwinnen die in de weg mocht staan?'

Ik knikte.

Hij zei niets. Hij staarde me aan en liep toen zwijgend verder, terwijl hij mijn hand vasthield. Ik liep met hem mee, maar had het gevoel dat ik achter hem aan zeulde, gevangen in het zachte licht dat van hem uitstraalde en ons volgde over het strand, om ons in alle stilte terug te brengen naar ons bed en onze rustige en tevreden slaap.

Later de volgende dag dacht ik aan ons gesprek op het strand en aan zijn vragen. Was het verkeerd dat ik zo zelfverzekerd dacht over mezelf en over wat ik allemaal kon? Ava wist niet dat ik die wandeling met papa had gemaakt. Ik kwam in de verleiding het haar te vertellen, omdat ik wilde weten wat zij had geantwoord toen papa haar die dingen vertelde en dat soort vragen stelde. Maar toen kwam het bij me op dat hij het misschien niet nodig had gevonden haar dat te vragen. Misschien had hij meer vertrouwen in haar. En al zei hij het niet, ook had ik het gevoel dat hij wat we hadden besproken en hoe we dat hadden gedaan, onder ons wilde houden, dus hield ik mijn mond.

Ons leven verviel weer in de gebruikelijke dagelijkse activiteiten. Toen ik terugkwam op school leken de andere leerlingen alle belangstelling voor Mark Daniels te hebben verloren. Misschien als gevolg daarvan ook voor mij. Ik begon me onzichtbaar te voelen. Toen ik het Ava vertelde, zei ze dat ik daar blij om moest zijn. Ze bekende dat zij dat soort gevoel ook had gehad en er dankbaar voor was.

'Je bent ze ontgroeid,' zei ze, 'en dat weten zij ook. Als ze naar je kijken, zien ze niet langer zichzelf of iemand die van dezelfde dingen houdt. De jongens zijn waarschijnlijk geïntimideerd, en, prima zoals je de bemoeials van je af hebt gehouden. Goed gedaan.'

Ik dacht er anders over, maar ik sprak haar niet tegen. Eerlijk gezegd, voelde ik me nog steeds heel eenzaam, en ik haatte het dat ik altijd als door een raam naar de anderen keek. Ik was als het arme weesmeisje dat bij de ijssalon stond te kijken naar andere, fortuinlijkere kinderen die aan hun ijshoorns met slagroom likten. In de klas, in de gang of in de kantine, zodra ik een gesprek hoorde over feestjes of dansavonden of dates van de meisjes, maakte ik me snel uit de voeten of probeerde mijn oren ervoor te sluiten door intens aan mijn schoolwerk te denken. Het werd zo erg dat ik het vreselijk vond 's morgens op te staan om naar school te gaan, en sommige dagen zou ik niet zijn gegaan, als Marla er niet was geweest.

Ik denk dat Ava de strijd zag die er in me gaande was. Op een ochtend besloot ze me te hulp te komen. Ik wist dat Ava heel wat redenen had om zich te bekommeren om mijn geluk en welzijn, en niet de geringste daarvan was haar angst dat ik niet in staat zou zijn haar rol over te nemen en haar de vrijheid te geven om weg te gaan en haar eigen bestemming te volgen. In dat geval zou ze op zijn minst moeten wachten tot Marla in staat zou zijn de dochter te worden die papa nodig had.

Toen mevrouw Fennel na het ontbijt de kamer verliet, fluisterde Ava: 'Ik breng jullie vandaag naar school, maar jij gaat niet.'

'Hè?'

'Je spijbelt een dag en brengt die met mij door. Ik heb een college over de negentiende-eeuwse Amerikaanse literatuur dat we zullen bijwonen en dan een lange pauze tot mijn college biologie. We lunchen in Westwood, genieten van de dag, en dan kun je meteen zien hoe het toegaat op de universiteit, al wil ik dat niet lang meer doen. Papa vond dat ik meer achtergrond nodig had, wat dat ook mag betekenen.'

'O, dat is geweldig,' zei ik.

'Maar hou je mond erover,' zei ze, naar de deur kijkend.

Ik deed of ik mijn lippen dichtritste, waarop ze begon te lachen. Marla, die haar oren spitste om ons gesprek te kunnen volgen, keek geërgerd.

'Zeg niks,' snibde ze toen Ava naar haar keek. 'Ik weet het. Heb geduld.'

We moesten er allebei om lachen, zo luid dat mevrouw Fennel naar binnen keek om te zien wat er aan de hand was. Snel aten we door. Achterdochtig bleef ze staan, maar toen ging ze weg. We lachten naar elkaar. Ik vond het een heerlijk gevoel dat Ava eindelijk aan me dacht als aan een echte zus en we twee kleine samenzweerders waren.

Later in de auto, toen Marla hoorde dat ik die dag niet naar school zou gaan, maar met Ava meeging, pruilde ze. 'Dat is niet eerlijk,' kermde ze. 'Ik heb net zo'n hekel aan school als Lorelei.'

'Ik heb geen hekel aan school, Marla.'

'Lorelei belooft je nu op dit moment iets dergelijks met jou te doen als ik weg ben,' zei Ava. Het was niet voldoende om haar tevreden te stellen, maar ze hield tenminste op met jammeren.

Elke keer dat Ava sprak over haar vertrek en over mij als haar plaatsvervangster, kreeg ik een raar gevoel in mijn maag. Het was of honderden kleine ijzerdraadjes in me waren gebroken en tinkelden. Ik wist dat ze nu elke avond kon besluiten me mee te nemen op een maandelijkse jacht. De keren daarna zou ze misschien met me meegaan, maar zou het mijn taak zijn om, zoals papa het uitdrukte, 'de buit thuis te brengen'.

Ik wist niet of het beter voor me zou zijn als ik precies wist welke avond we samen op haar maandelijkse jacht zouden gaan. Ik vroeg het haar niet, en ze had nog niets definitiefs gezegd. Ik probeerde het uit mijn gedachten te bannen en te genieten van mijn dag met haar op de UCLA. Het was een spectaculaire Californische ochtend, met nauwelijks een wolkje om de egaal blauwe lucht te verstoren. De zeewind was koel en verfrissend. Hij voerde het gelach mee van andere studenten die heen en weer liepen over de campus, en de muziek van autoradio's.

Misschien kwam het door mijn enthousiasme dat ik samen met haar was en op de campus van een universiteit, maar alles zag er stralend en fris uit. Er heerste een andere energie. De studenten waren vrolijk en vrij. Misschien omdat ze zelfstandig waren. Dat gevoel van vrijheid werkte aanstekelijk. Er werd natuurlijk gebeld voor de aanvang van een college en er waren bepaalde regels die gevolgd moesten worden, maar er stond niemand in de gang om je bij je kraag te pakken omdat je iets onfatsoenlijks droeg of te hard praatte. De docenten die ik zag leken al even ontspannen. Waarom was Ava niet blij dat ze hier was? Ik zou het zeker zijn, en ik hoopte dat papa mij ook zou laten studeren.

'Kom, dan hebben we het maar achter de rug,' zei ze, zinspelend op haar college.

'Vind je er echt helemaal niks aan, vind je het niet een klein beetje leuk of interessant?'

Ze hield haar hoofd schuin en keek me aan. 'Je maakt toch zeker gekheid, hè?'

Ik haalde mijn schouders op. Miste ik iets? Werd ik geacht net zo te denken over mijn schoolopleiding? Het was duidelijk dat ik dat niet deed, maar ironisch genoeg maakte elk verschil tussen Ava en mij me alleen maar onzekerder, zelfs bang. Waren die verschillen groot genoeg om te mislukken ten opzichte van papa?

'De echte school is daarbuiten,' zei ze, met een knikje naar de straat.

'Hoe meer je weet, hoe beter het je daar zal vergaan,' zei ik.

'Hoe weet je dat? Heeft papa je dat verteld?' vroeg ze beschuldigend.

'Nee. Ik dacht alleen dat het waar was.'

Ze grijnsde. 'Wees reëel, Lorelei. Negentig procent van wat deze mensen hier leren en doen heeft niets te maken met overleven, en overleven is de enige diploma-uitreiking die ik bij wil wonen.'

Papa had ook het belang van overleven benadrukt toen we samen op het strand wandelden, maar was er niet iets meer dan alleen maar overleven? Ondanks wat hij had gezegd, hield papa van muziek en kunst en samenzijn met zijn oude vrienden. Wat zou Ava hebben als ze niet meer bij ons was? Waar waren haar oude vrienden? Hoe wilde ze haar dagen vullen? Wat had Brianna? Stond ze Ava nader dan mij? Ik kwam hevig in de verleiding het haar te vragen, het gesprek voort te zetten, maar ik knikte slechts en liep naast haar naar binnen.

Een van de redenen waarom ik hier graag met haar wilde komen was mijn wens om te zien hoe de andere studenten reageerden op Ava en zij op hen. Zou het anders zijn dan voor mij op highschool? Zodra we binnen waren, zag ik hoe de jongens naar haar keken en glimlachten. Tot mijn verbazing glimlachte ze terug en zei zelfs hallo tegen sommigen. Al stelde ze me aan niemand voor, toch konden we niet iedereen vermijden. Ze kon zien dat ik me afvroeg waarom ze me niet had voorgesteld.

'Laat ze maar nieuwsgierig zijn,' zei ze. 'Mysterie is een afrodisiacum.'

Het college negentiende-eeuwse Amerikaanse literatuur werd gegeven in een klein theater, dus waren er plaatsen genoeg. Niettemin zaten we ver van de anderen verwijderd. Ik keek om me heen en zag hoeveel studenten naar ons keken, vooral de jongens.

'Hoe weet je die jongens ervan af te houden je te vragen met ze uit te gaan?' vroeg ik.

Glimlachend liet ze me haar linkerhand zien.

'Wat is dat?'

'Een verlovingsring. Die heb ik aan mijn vinger gedaan voor ik naar binnen ging.'

'Heb jij dat bedacht?'

'Nee. Het was mevrouw Fennels idee. Ik had het vermoeden dat zij dat vroeger ook had gedaan.'

'Ik kan me niet voorstellen dat ze ooit zo oud was als wij.'

'O dat was ze,' zei Ava. Glimlachend ging ze verder: 'En een heel lange tijd.'

De docent kwam binnen en liep naar een katheder. Hij droeg een lichtblauwe sweater en jeans en had een donkerbruin sikje, maar verder was hij kaal, op twee gelijke strepen haar na, vlak boven de slapen. Vanaf de plaats waar wij zaten leek het of ze op zijn hoofd geschilderd waren. Hij gaf college over Mark Twains *Huckleberry Finn*.

'Heb je het gelezen?' vroeg ik aan Ava.

'De eerste tien pagina's. Saai.'

Saai? Ik had het in groep elf gelezen en vond het een van de geestigste en meest interessante romans die dat jaar behandeld werden. Hoe kon ze het saai vinden? Ondanks haar ongeïnteresseerde houding, leek ze aandachtig te luisteren, maar ze maakte geen aantekeningen. Anderen schreven in notitieboeken of typten op laptops. Het ging om de woorden van Huck: 'Goed, dan ga ik maar naar de hel.'

De docent spoorde ons aan om een discussie te beginnen. Een lang, heel mager meisje, met zulke dikke brillenglazen dat haar ogen leken uit te puilen, stak haar hand op en zei dat Huck meende dat slavernij toelaatbaar was omdat de gemeenschap dat zei. In zijn hart dacht hij er anders over en daarom was hij bereid de slaaf Jim te helpen ontsnappen, ook al betekende het dat hij naar de hel zou gaan. Ik wist dat en had zelfs de neiging mijn hand op te steken.

'Precies. Dus je ziet,' besloot de docent, 'waarom ik Huck Finn de dapperste literaire figuur vind.'

De bel ging. Ook al had ze gekeken alsof ze luisterde, toch sprong Ava overeind alsof het geluid haar wakker had gemaakt.

'Is het eindelijk voorbij? Wat heb ik gemist?'

'Een heel belangrijk punt.'

'Werkelijk?'

'Ja. Wat je docent bedoelt is dat goed en fout niet door de regering hoort te worden bepaald. Dat moet je zelf doen, van binnenuit.'

'Daar had ik hem niet voor nodig. Heeft papa je dat nooit verteld?'

'Jawel.'

'Dacht ik wel. Kom, ik heb honger en ik heb geen trek in wat mevrouw Fennel voor onze lunch heeft klaargemaakt.'

We volgden de andere studenten naar buiten. Sommigen bleven staan om met Ava te praten. Ze was net zo normaal als alle anderen, babbelde over haar vakantie, college, welk onderwerp ook werd aangeroerd. Haar situatie was wel heel anders, dacht ik. Ze was ontspannen en niet echt op haar hoede, en dat allemaal omdat ze een verlovingsring droeg.

'Ik zal hem aan jou geven als ik wegga,' mompelde ze toen we naar de uitgang liepen.

'Wat?'

'Mijn verlovingsring.'

'Hoe wist je dat ik daaraan dacht?'

'Jouw gezicht is duidelijker dan een verlicht reclamebord. Althans voor mij,' zei ze lachend.

We waren dichtbij het parkeerterrein toen ik plotseling vlak achter me hoorde roepen: 'Diane? Hé!'

Hoewel mijn naam niet Diane was, draaide ik me om en bleef staan.

De jongeman haalde ons haastig in. Even dacht ik dat hij naar iemand anders liep, maar hij kwam recht op mij af. Ik herkende hem onmiddellijk. Ava stond naast me. Ze herinnerde zich niet wie hij was, of ze wilde dat ik hem zou negeren, maar daarvoor was hij te dichtbij.

Het was de jongeman uit Dante's Inferno, Buddy Gilroy.

'Hoi,' zei hij. 'Weet je nog wie ik ben? Buddy Gilroy. Studeer je hier?'

'Nee,' zei Ava. 'We zijn Jehova's getuigen die de *Wachttoren* komen brengen. Kom mee,' zei ze, aan mijn arm trekkend.

'Leuk, hoor,' zei Buddy, die met ons meeliep. 'Ik had zo'n idee dat ik je al eerder had gezien voor we elkaar zagen bij Dante,' zei hij tegen Ava.

Ze nam hem even op. Plotseling hield ze stil, keek naar mij en toen weer naar hem. 'Wat wil je?'

'Hé, ik zeg alleen maar even gedag. Ik wilde je niet ontmaskeren of zo,' antwoordde hij, beide handen in de lucht heffend.

'Je ontmaskert helemaal niks,' zei ze. Ze dacht even na. 'Waar zijn je boezemvrienden, Buddy?'

'Ergens in de buurt,' antwoordde hij. 'Waar ga je naartoe?' vroeg hij aan mij.

Ik was bang om iets te zeggen.

'We gaan een pizza eten bij Papa's.'

'Nee maar!' zei hij. 'Daar wilde ik ook naartoe. Mag ik met jullie meelopen?'

'Heb je je griepinjectie gehad?'

'Hè?'

'Laat maar,' zei Ava. 'Loop maar mee.'

'Dank je. Hoeveelstejaars ben je?' vroeg hij weer aan mij.

'Ze loopt vandaag college als vrij studente,' gaf Ava antwoord voor mij.

'Dus je staat niet ingeschreven?'

'Nee,' zei ik.

'Je hebt ons niet verteld waar je vandaan komt, Buddy,' zei Ava.

'Dat heb je niet gevraagd.'

'Mag ik raden?' vroeg Ava, en zweeg toen even. 'Hemet of een ander klein dorp in Californië?'

Hij lachte. 'Nee. Geboren en getogen in Long Beach.'

'Vertel verder,' zei Ava terwijl ze doorliep. Ik besefte wat haar bedoeling was. Ze wilde zich ervan overtuigen dat Buddy geen afvallige was.

'Ik ben de oudste van drie jongens. Mijn vader is tandarts en mijn moeder werkt nu als zijn receptioniste. Mijn vader was tandarts bij de marine.'

'Wat vaderlandslievend,' zei Ava. 'Drillen, drillen, drillen.'

'Zijn jullie familie?' vroeg hij. Zijn vragen waren steeds aan mij gericht. Maar ik durfde nog steeds niet eerder dan Ava te antwoorden.

'Zien we eruit of we familie zijn?' kaatste Ava terug.

Hij haalde zijn schouders op. 'Jullie zijn allebei mooi.'

Eindelijk glimlachte Ava. Ze keek naar mij, met een ondeugende glans in haar ogen. 'We zijn bloedverwanten,' zei ze.

'Zoiets als zusjes dus?'

'Net als zusjes,' zei ze, terwijl we de straat overstaken.

'Niet te geloven dat ik jullie tegen het lijf loop,' zei hij, weer tegen mij. 'Ik heb voortdurend aan je gedacht sinds die avond.'

'Alleen maar gedacht?' vroeg Ava glimlachend. 'Of ook gefantaseerd?'

'Schuldig,' zei hij.

Ze lachte en keek me weer veelbetekenend aan. Wat probeerde ze me te vertellen? Ze liet me opnieuw verbaasd staan door hem in het restaurant uit te nodigen bij ons aan tafel te komen zitten. Nadat we besteld hadden, was zij opnieuw vrijwel uitsluitend aan het woord. Buddy probeerde een gesprek met mij aan te knopen, maar Ava viel hem voortdurend in de rede, wilde meer te weten komen over hem en zijn familie. Eindelijk reageerde hij.

'Dit gaat een beetje lijken op een interview voor een baan bij de CIA,' zei hij, naar mij kijkend.

'Onze ervaring is dat mannen meestal tegen ons liegen,' zei ik. Ik zag dat mijn opmerking Ava beviel.

'Nou... ik ben Buddy Gilroy. Ik ben niet zomaar een man,' zei hij een beetje verontwaardigd. Hij keek van Ava naar mij. 'Eerlijk gezegd, krijg ik het gevoel dat jullie met een gespleten tong spreken.'

Ava lachte, maar ik wist zeker dat hij de waarheid zag in mijn ogen.

'Behalve je naam en dat je een of twee colleges bijwoont, weet ik niets van je.'

'Je weet dat we pepperoni willen op onze pizza,' zei Ava. 'Niet zo haastig.'

Hij lachte en keek om zich heen.

'Komt hier geen van je vrienden opdagen?'

'Nee.'

'Leugentje om bestwil, meneer Gilroy?'

'Hè?'

'Toen je zei dat je hierheen ging?' zei Ava op zangerige toon.

Hij keek van haar naar mij en toen weer naar haar en lachte. 'Ben ik zo doorzichtig?'

'Hoopvol,' zei Ava.

Hij schudde zijn hoofd en nam een hap pizza en keek toen met een warme glimlach naar mij. Ik had sterk de neiging hem de waarheid te vertellen, te zeggen dat ik niet Diana heette, maar met Ava vlak naast me, bedwong ik me.

Ava excuseerde zich, pakte haar tas en ging naar het toilet.

'Kom,' zei Buddy smekend. 'Wie ben je? Waar woon je? Wanneer zie ik je weer? We hebben die avond enorm plezier gehad. Zeg maar niet dat het niet waar is.'

'Dat zeg ik niet.'

'Dus?'

Iets in me wilde roekeloos zijn, opstandig en niet alleen omdat hij knap was en innemend.

'Ik heet niet echt Diane,' bekende ik.

'O, hoe dan?'

'Lorelei.'

'Waarom zei je dat je Diane heette?'

'Voorzichtigheidshalve. We zijn weleens gestalkt.'

'O. Nou, ik zal je niet stalken als je dat niet wilt, maar lieve hemel, wat zou ik het graag willen.'

Ik glimlachte. Hij was toch zeker te lief en onschuldig om gevaarlijk te zijn. En hij hing ook niet de branie uit zoals Mark Daniels.

'Geef me je telefoonnummer, zodat ik je kan bellen,' zei ik tegen hem.

'Echt?'

'Echt.' Snel schreef hij het nummer op een papiertje en gaf het aan mij.

'Kom je morgen hier terug?'

'Nee.'

'Waarom ben je vandaag gekomen?'

'Misschien kom ik op een andere dag wel weer.'

'Dus geen universiteit? Highschool?'

Ik besefte dat ik al te veel had gezegd, maar zoals mevrouw Fennel vaak had gezegd, je kunt een bel niet ontluiden. Maar voordat ik kon antwoorden, kwam Ava terug.

'We vragen de rekening en dan gaan we. We mogen niet te laat zijn voor mijn volgende les.'

'Laat die rekening maar voor mij,' zei Buddy. 'Dat is wel het minste wat ik kan doen voor een leugentje om bestwil.'

'Ja, je mag het goedmaken,' zei Ava.

Ik stond op. 'Dank je,' zei ik.

'Graag gedaan.'

We liepen naar buiten.

'Hij vertelt de waarheid,' fluisterde Ava. 'Ik heb het gecontroleerd op mijn BlackBerry. Zijn vader is tandarts in Long Beach. Geen afvallige daar.'

'Mooi.'

'Ik heb met papa gesproken, maar ik geloof niet dat hij hem wil.'

'Wil? Hem wil? Wat bedoel je?'

'Je weet wel,' zei ze glimlachend.

Ik keek achterom naar Buddy en probeerde toen te beletten dat mijn hart zo hard zou gaan bonzen dat iedereen het kon horen.

11

Liefde

Ik zat in mijn kamer naar Buddy's telefoonnummer te staren. Ava's opmerking had me even bang gemaakt, maar toen troostte ik me met de gedachte dat papa Ava had verboden zich in te laten met een jongen van haar universiteit, omdat de mogelijkheid van ontdekking groter was. Niets vond hij belangrijker dan dat ze in dat opzicht extra voorzichtig was. Ik herinnerde me hoe kwaad papa was toen Brianna thuiskwam met een getrouwde man. Bijna was hij op stel en sprong met ons verhuisd uit New York. Niemand, zelfs de beste en intelligentste vluchtelingen niet, konden zo snel en goed verdwijnen als papa en zijn familie. Zoals ik bijna heel pijnlijk had ondervonden, hadden alleen de afvalligen een kans ons te vinden.

Waarom maakte ik me trouwens zo bezorgd over Buddy? Ik had nooit veel nagedacht over een van de jongemannen die Brianna of Ava voor papa mee naar huis had genomen. Misschien had ik er nooit over wíllen nadenken. Ik wilde hun naam niet weten of iets anders over hen. Zolang ze vage figuren bleven, hoefde ik niet aan ze te denken als bestaande mensen. Behalve die keer met de man die Brianna had meegenomen en die keer met de stoned jongen met wie Ava was komen opdraven, had ik papa in al die jaren nooit met iemand anders gezien. Die paar keren plus de manier waarop hij Mark Daniels had aangevallen, waren de enige gewelddadige incidenten waarvan ik in mijn leven getuige was geweest. Voor ieder ander zou dat waarschijnlijk voldoende zijn, maar als je bedacht waarvoor wij dochters verantwoordelijk waren, was het niet erg veel. Per slot was dit ons hele jonge leven al minstens eens per maand aan de gang geweest.

Maar steeds terugkomende en verontrustende visioenen van Buddy Gilroy op die trap begonnen dag en nacht door mijn hoofd te spoken. Er waren andere jongens op school en mannen die ik had gezien, die aantrekkelijk waren, van wie Mark Daniels misschien wel de aantrekkelijkste was, maar Buddy had iets bijzonders, iets anders. Hij was niet alleen maar aantrekkelijk en seksueel interessant. In zijn ogen lag iets vriendelijks, zachtaardigs, zorgzaams. Het zou Ava ongetwijfeld afgezaagd in de oren klinken, maar hij trof me als eerlijk en oprecht, op een heel menselijke manier. Simpel uitgedrukt, hij trof me niet als iemand die alleen maar graag met me naar bed wilde. Ik dacht dat hij me echt wilde leren kennen, tijd met me wilde doorbrengen, en heel tevreden kon zijn met een dagje wandelen en praten.

O, ik wist zeker dat we zouden willen zoenen, knuffelen, zelfs verdergaan en heel intiem worden, maar hij was niet zo fanatiek, had niet zo'n haast om te scoren en daarna naar een volgend meisje te stappen, zoals ik bij andere jongens had gezien. Misschien was daarom mijn oog op hem gevallen in Dante's Inferno. Misschien zag hij in mij ook iets oprechts en voelde hij zich daarom tot me aangetrokken. Ava had beslist geen gelijk. Niet elke jongeman was maar op één ding uit en gaf helemaal niets om je als mens. Ik wist zeker dat ze zo dacht om te rechtvaardigen wat ze deed. Het hielp om haar geweten te sussen, als ze een geweten had. Ik kon me niet herinneren dat Ava of Brianna ooit het geringste blijk had gegeven van spijt of schuldbesef.

Ik stopte het papiertje met Buddy's telefoonnummer weer in mijn tas en probeerde er niet meer aan te denken. Ik wist alle afschuwelijke visioenen uit mijn hoofd te zetten en dacht al dat ik er misschien overheen was. Hij zou net zo snel uit mijn leven verdwijnen als hij erin was gekomen. Maar toen ik de volgende dag uit school kwam, zat Ava op me te wachten in mijn kamer. Ik schrok me een ongeluk toen ik de deur opendeed en haar op mijn bed zag zitten, kwader dan ik haar ooit had gezien.

'Wat doe jij hier? Wat is er?'

'Doe de deur achter je dicht en op slot,' zei ze met opeengeklemde tanden. 'Gauw, voordat Marla bij ons komt binnenstormen.'

Ik deed wat ze vroeg. 'Wat is er?'

'Hoe kon je zo stom zijn? Na al die tijd dat ik met je samen ben geweest, na alles wat we besproken hebben, wat ik je in vertrouwen heb verteld, en wat hier onlangs is gebeurd, doe je dit?'

'Doe ik wat, Ava?' vroeg ik, in een poging onverschrokken te lijken. 'Of moet ik er soms naar raden?'

'Je hoeft er niet naar te raden. Je weet het. Je hebt Buddy Blue Eyes je ware naam verteld?'

'O,' zei ik, en legde mijn boeken op mijn bureau.

'Waarom, Lorelei? Vertel me waarom je dat hebt gedaan.'

Ik ging aan mijn bureau zitten. 'Ik wilde alleen...'

'Alleen wat? Wát?' schreeuwde ze.

'Ik wilde gewoon één keer het gevoel hebben van een normale relatie. Een echte vriendschap,' verbeterde ik haastig en vermeed haar blik. 'En de enige manier was om eerlijk te zijn.'

'Eerlijk? Wat bedoel je daarmee, Lorelei? Eerlijk waarover? Over alles?'

'Nee, niet alles. Het is toch niet belangrijk om iemand alles te vertellen?'

'Ik zal je vertellen wat belangrijk is. Het is belangrijk om iemand buiten onze familie, iemand die niet ons soort is, *niets* te vertellen. Hoe is het mogelijk dat je dat niet weet? Je bent opgegroeid met het volgen van de regels, met voorzichtig zijn. En het is nog verbluffender dat je dit doet na wat er bijna met je gebeurd is, bijna met ons allemaal hier gebeurd is.' Ze sprong overeind.

'Dat weet ik allemaal wel, maar je zei dat je zeker wist dat hij geen afvallige was,' zei ik.

'Nou, en? Wat wil je daarmee zeggen? Dat het je toestemming

geeft een relatie aan te gaan met een ander? Hem mee naar huis te nemen misschien? Hem voor het eten uit te nodigen, samen te zijn met je familie?' vroeg ze hoofdschuddend.

'Papa neemt vrouwen mee die niet bij ons horen,' zei ik.

'Dat is papa. Wil je je soms vergelijken met papa? Jezelf en je zeventien jaren vergelijken met zijn decennia, eeuwen, van ervaring?'

'Dat zeg ik niet, Ava.'

'Wat zeg je dan wél, Lorelei?'

'Heb jij nooit eens gewenst...' De woorden bleven steken in mijn keel. Het was of mijn hele lichaam rebelleerde tegen mijn tong.

Ava zuchtte diep en schudde haar hoofd. 'Wát gewenst, Lorelei? Spuug het uit of slik het in.'

'Een echte relatie te hebben met een man, misschien verliefd te worden? Ik zie hoe je kijkt naar stelletjes op straat of in het winkelcentrum, die hand in hand lopen of elkaar omhelzen. Ik zie de blik in je ogen. Ik ken die blik, want ik zie hem bij mijzelf als ik in de spiegel kijk.'

Ze staarde me even aan. De blik in haar ogen verzachtte. 'Ik dacht dat we dit gesprek al eens hadden gehad,' zei ze kalmer.

'Dat weet ik, maar ik vond hem aardig. Hij was anders, Ava. Misschien is hij iemand van wie ik zou kunnen houden en hij van mij.'

'Nooit.'

'Is het echt onmogelijk, Ava?'

'Natuurlijk is het dat. Ik heb je gezegd dat liefde vergif is voor ons.'

'Dat weet ik, maar ik dacht niet dat je dat meende. In ieder geval niet voor altijd.'

'Waarom niet?'

'Ben je nooit verliefd geweest, heb je nooit zoiets gevoeld?'

'Verliefd?' zei Ava lachend. Toen werd ze weer serieus, kwaad zelfs. 'Natuurlijk niet. Denk eens goed na, Lorelei.' Ze prikte zo hard met haar vinger tegen haar slaap dat ik dacht dat ze er een gat in zou boren. 'Hoe kunnen wij verliefd worden? Droom je er soms van dat papa je wegschenkt tijdens een schitterende bruiloft? Ik vervloek die stupiditeit van je. Ik haat het dat je me daar nu aan doet denken.’

‘Waarom? Waarom kun je er tenminste niet aan denken?’

‘Waarom? Waarom? Wat doe ik?’ vroeg ze, meer aan zichzelf dan aan mij. Ze stond op, liep naar het raam en keek even naar buiten. Ik dacht dat ze verder niets zou zeggen. ‘Ik zal je vertellen wat ik doe en wat jij zult doen,’ zei ze, nog met haar rug naar me toe. ‘Ik maak papa gelukkig.

‘Ik houd papa in leven.

‘Ik zorg voor mijn eigen overleven en mijn eigen geluk en mijn eigen genoegens.

‘Ik neem deel en zal blijven deelnemen aan de meest opwindende avonturen en reizen en dingen zien die weinig vrouwen van mijn leeftijd zien en altijd in de meest luxe stijl.

‘Ik serveer geile, arrogante mannen een verdiend dessert.

‘Ik word elke dag mooier, en die schoonheid geeft me meer macht.

‘Wat doe ik niet?’ ging ze verder, zich nu naar me omdraaiend. ‘Misschien heb je het gemerkt, Lorelei. Ik heb en sluit geen eeuwigdurende vriendschappen.

‘Ik denk niet aan een carrière voor mijzelf of denk veel verder dan de volgende dag aan de toekomst.

‘En ja, Lorelei,’ ging ze verder, ‘ik word op niemand verliefd. En dat alles geldt ook voor jou, en dat zal zo blijven.’

‘Maar moeten we daar niet bedroefd over zijn?’ vroeg ik zacht. Zelfs in de afgelopen paar weken had ik haar nooit zo intens, zo onthullend horen praten over haar eigen gedachten en gevoelens.

‘Bedroefd? Ha! Je laat me lachen. Alsof wij het privilege hebben ons bedroefd te voelen.’

‘Hoe kan droefheid een privilege zijn?’

‘Het leidt tot andere dingen, dingen die vernietigend zijn.’

‘Ik dacht dat papa vroeger eens verliefd is geweest.’

‘Ja, en wat is hij daarmee opgeschoten?’ Ze dacht even na en haalde haar schouders op. ‘Eerlijk gezegd heb ik ook over die dingen nagedacht. Ik heb bij mevrouw Fennel eens mijn licht opgestoken over de liefde.'

'Wat zei ze?'

'"Liefde," zei ze, "is een onnatuurlijke band met een ander levend wezen. Het is de grondoorzaak van de meeste persoonlijke problemen die mensen hebben. Uit dat ei wordt jaloezie gebroed, wat, zoals je zult leren, het groenogige monster is dat spot met het vlees waarmee het zich voedt.

'"Ook komen uit dit ei de meedogenloze passie en drang naar bezit voort. Uiterst intelligente mannen en vrouwen zullen uit hartstocht de meest dwaze dingen doen. Omdat hun passie zo allesoverheersend is, willen ze het object van die hartstocht bezitten. Het zal hen er zelfs toe brengen hun eigen familie, hun eigen kinderen, te verraden en het zal hen motiveren te stelen en te moorden, te liegen en te bedriegen, te complotteren en hun andere basisbehoeften te vergeten.

'"Kortom, liefde is de gevaarlijkste emotie die mensen kunnen ervaren. Maar," voegde onze mevrouw Fennel eraan toe, met een van haar zeldzame flauwe glimlachjes, "jij zult die gebruiken zoals een visser zijn aas." Dat is exact wat ze zei, en je ziet dat ik het niet alleen nooit ben vergeten, ik heb het woord voor woord onthouden.'

'En hoe voelde je je toen?' vroeg ik, en hield mijn adem in. Zou ze blijven doorpraten, me die intieme dingen over haarzelf blijven toevertrouwen?

'Ik herinner me dat ik het meeste ervan toen niet begreep, maar wel genoeg om me verdrietig te voelen. Het klonk alsof de wereld een verraderlijk en meedogenloos oord was. Bloemen, blauwe luchten, meren, mooie vogels, ze waren allemaal bedrog. Om in een dergelijke omgeving te overleven moest je goed zijn in leugenachtigheid.'

'Goed in liegen?'

'Precies. Daar vroeg ik mevrouw Fennel ook naar, en ze zei dat de waarheid drijfzand was. Als je er eenmaal een voet in zet, kun je niet anders dan erin blijven, en word je naar de diepte getrokken.

“Als je eerlijk bent, ben je naakt,” voegde ze eraan toe, en ze lachte. Ja, onze mevrouw Fennel lachte zowaar.

‘Zoals je je kunt voorstellen, zoals je weet uit je eigen ervaringen daarbuiten, was het niet precies wat alles en iedereen me zou vertellen.

‘Misschien vond ik mezelf leuk of slim, maar ik vroeg naar al die romantische kaarten die verliefden elkaar sturen. “Kaarten van Satan,” zei mevrouw Fennel. “Raak ze maar aan. Ze zijn nog gloeiend heet.”

‘De volgende dag ging ik naar een wenskaartenwinkel en betastte ze. Ze voelden inderdaad heet aan. De macht van de suggestie of een waarheid die alleen ons soort kon bevatten? Dat was niet moeilijk te geloven. Wat is per slot de hoofdzaak die mij over mezelf geleerd is en die jou over jezelf geleerd is?’

‘Wat dan?’

‘Dat je uniek bent natuurlijk. Er worden maar een paar uitverkoren om te zijn wat wij zijn, Lorelei.’

Ik voelde me niet uniek, niet zoals zij dacht, maar dat zei ik niet. Ik sloeg even mijn ogen neer en hief toen langzaam mijn hoofd op. Ze staarde me aan, maar staarde alsof ze pijn had. ‘Papa houdt toch van ons, hè, Ava?’

‘Dat is een ander soort liefde, Lorelei. Dat is liefde om te overleven.’

‘Maar jij houdt ook van papa.’

‘Om dezelfde reden, en je zult zien, dat gaat ook op voor jou. Dat zal het altijd doen. Liefde om te overleven, niets anders, geen romantische muziek, geen glorieuze zomerdagen, geen avonden bij maanlicht, om voor eeuwig en altijd in je geheugen gegrift te zijn. Kortom, geen romantiek en poëzie, gewoon overleven. Wij zijn ervoor uitgekozen.’

Het klonk steeds meer als een tragedie dan als een zegen. Ik wendde mijn hoofd af, zodat ze de tranen in mijn ogen niet zou zien. Ik wist dat ze er de spot mee zou drijven. ‘Hoe wist je dat ik hem mijn ware naam heb verteld?’ vroeg ik na een tijdje.

'Hoe ik het wist?' Ze lachte. 'Hij is praktisch mijn schaduw geworden. Het leek of hij me had opgewacht. Ik besefte het niet eens. Plotseling liep hij naast me, maar alleen om over jou te praten. Hij viel bijna op zijn knieën om me te smeken hem te vertellen waar je woont. De enige manier om van hem af te komen was hem uit te lokken.'

'Uit te lokken? Hoe bedoel je?'

'Je weet heus wel wat dat betekent, Lorelei. Ik begon met hem te flirten om hem jou te doen vergeten. Ik denk dat ik er wel toe in staat ben hem jou te laten vergeten. Het werkte natuurlijk, dus zet hem uit je hoofd. Hij is net als elke andere man die rechtop staat als hij pist.' Ze stond op. 'Niks meer en niks minder.'

'En je verlovingsring?' vroeg ik, om haar verhaal te checken.

'Die had ik afgedaan. Het is mogelijk die af te doen, Lorelei.'

'Wat is er precies gebeurd?'

'Wat er precies is gebeurd? Hij at uit mijn hand. Ik zoende hem, en ik bedoel dat ik hem zoende zoals hij nog nooit gezoend was. Hij kwam bijna klaar op de campus. Als iemand nu Lorelei tegen hem zou zeggen, zou hij vragen: "Wie? Lorelei? Wie is dat?"'

Ik geloofde haar niet, maar ik wist niet zeker of het misschien was omdat ik haar niet *wílde* geloven.

'Gelukkig voor je heb ik hem aan de lijn. Ik denk niet dat we het aan papa hoeven te vertellen, maar je kunt niet meer met me naar de campus,' zei ze, terwijl ze naar de deur liep.

'Wat ga je nu met hem doen?' vroeg ik.

Ze deed de deur open, maar bleef even staan om na te denken. 'Niks. Wat kan ik met hem doen? Je kent de regels waaraan we moeten gehoorzamen. Ik denk niet meer aan hem, en ik raad jou aan hetzelfde te doen. We hebben nu andere dingen aan ons hoofd. Papa is er langzamerhand aan toe om een besluit te nemen.'

'Wat voor besluit?'

'Hoe lang hij de familie hier nog wil laten wonen. Ik heb hem erover horen praten met mevrouw Fennel. Ik heb zo'n idee dat er aan gewerkt wordt.'

'Algauw?

'Kijk niet zo verslagen,' ging ze verder, zich naar me toedraaiend. 'Het is niet goed voor je, voor niemand van ons, om gehecht te raken aan een plaats en vooral aan de mensen die daar wonen.'

'Dat weet ik. Alleen... ik dacht dat papa het prettig vond om hier te wonen.'

Ze lachte. 'Papa vindt het overal prettig waar hij woont. Dat is het 'm nou juist, Lorelei. Hij woont nergens waar bij niet wíl wonen. Voor een tijdje tenminste. Bovendien, vind je het niet fijn om opnieuw te beginnen? Dat vond ik altijd wél. Maar natuurlijk was ik nooit zo gevoelig als jij schijnt te zijn.'

'Gevoelig waarvoor?'

'Vriendschappen, vriendjes. Kom eroverheen,' zei ze, en ging weg.

Ik keek haar na. Als ik ooit had gevoeld dat ik heel anders was dan zij, dan was het toen wel, maar was ik echt zo anders? Zou ik binnenkort niet net zo zijn als zij, net zo hard als zij? Zou het helpen als ik me ertegen verzette?

Als ik maar wat meer wist over mijzelf, meer over mijn afkomst, dacht ik. Misschien, heel misschien, was die van mij anders dan die van haar en Brianna, en zou dat mijn gevoelens verklaren. Misschien wilden mevrouw Fennel en papa me daarom niet veel vertellen over mijzelf. Misschien waren ze bang hoe ik me zou voelen en reageren als ik het wist.

Ik bleef een tijdje in mijn kamer zitten om over alles na te denken, en ging toen naar de zitkamer, verwachtend papa daar te vinden en hopend dat hij, nu ik ouder was en volwassener, me meer zou vertellen. Ik zou me niet laten afschepen met de opmerking dat ik geduld moest hebben. Als het moest, zou ik hem smeken openhartiger te zijn. Hij was er niet, maar ik hoorde mevrouw Fennel in de keuken en ging naar haar toe om te vragen of hij thuis was.

'Nee. Hij komt morgen pas terug,' zei ze. Het had geen zin haar te vragen waar hij naartoe was of waarom. Ze zou het me toch niet vertellen. Ze zou net doen of ze me niet gehoord had. Ik bleef even peinzend staan en ging toen terug naar mijn kamer. Maar boven aan de trap bleef ik staan. Ik keek omhoog en vroeg me af of ik het zou durven. Ik kon horen dat mevrouw Fennel nog in de keuken was. Stilletjes, met bonzend hart, liep ik de trap op.

Normaal kwam het niet vaak voor dat een van ons in papa's slaapkamer was, zelfs niet in onze andere huizen. Behalve een badkamer in de gang op de eerste verdieping, was ook mevrouw Fennels kamer daar. Ze sliep altijd bij hem in de buurt. Haar kamer en die van hem hadden aangrenzende badkamers. De badkamer in de gang was voor de logeerkamer, die was samengevoegd met die van papa voordat we hier kwamen wonen. De deur ertussen was verwijderd en zo was die grote suite ontstaan.

De vloerbedekking in papa's suite was heel zacht, donzig wit tapijt. De muren waren behangen met fluweel, dat met zwart was afgezet. Zijn bed was van donker kersenhout met een hoofdeinde, waarop, zoals hij ons had verteld, zijn familiewapen in reliëf was aangebracht. Het leek op een kroon rond een vorm die leek op een menselijk hart.

'Vraag me niet wat het precies betekent,' had hij gezegd. 'Het is zo oud dat niemand het zich meer goed kan herinneren, maar het is indrukwekkend, hè?'

Zijn suite had een dubbele deur van donker kersenhout, beide met een licht reliëf van hetzelfde familiewapen. Ik had hem eens verteld dat ik dacht dat het betekende 'de koning van de liefde'. Dat vond hij prachtig en hij vertelde iedereen die op bezoek kwam wat ik had gezegd.

'Ze heeft zoveel fantasie,' zei hij en haalde dan zijn schouders op en voegde eraan toe: 'Wie weet? Misschien heeft ze gelijk. En zelfs al heeft ze dat niet, dan vind ik het heel mooi, "de koning van de liefde".'

Het leverde me gelach en glimlachjes en schouderklopjes op als papa het aan zijn vrienden vertelde. Natuurlijk waren Marla en Ava jaloers.

Er waren veel artefacten in papa's kamer, heel oude portretten van familieleden in vergulde lijsten, ivoren beeldjes uit het Verre Oosten, ingelijste geschriften of brieven in het Keltisch en enkele Slavische dialecten, mooie met juwelen ingelegde dozen, standbeelden uit Griekenland en Italië in nissen in de muur, een paar oude klokken, Franse en Engelse gobelins uit de middeleeuwen, en een marmeren tafel met veel interessante dingen die hij in de loop der jaren had verzameld of had gekregen – medaillons, mesjes met parelmoeren heften en, vreemd genoeg, een aantal beenderen onder glas. Hij sprak daar nooit over, en ik vroeg hem er nooit naar, maar we begrepen allemaal dat het de beenderen waren van zijn voorouders.

Een deel van zijn kamer was een zithoek die was gemeubileerd met negentiende-eeuwse Franse sofa's, voetbanken, tafels en gobelinstoelen. Papa had een heel waardevolle collectie van oorspronkelijke opnamen van grote operazangers en van populaire Amerikaanse, Engelse, Franse en Italiaanse zangers. Als hij zich ontspande in zijn kamer speelde hij liever die af dan naar de bandjes en MP3-spelers te luisteren die wij meisjes hadden, al was de weergave ervan nogal krassend. Het was zijn manier om een of andere aangename herinnering op te halen.

De andere meubels in de kamer pasten bij het bed. Boven zijn bed hing een grote kroonluchter die hij in Frankrijk op een veiling had gekocht en waarvan hij beweerde dat die vroeger in de kamer van Marie Antoinette had gehangen.

'Ik zeg tegen iedereen die hier komt dat ze cake moeten eten,' zei hij, met een zinspeling op Marie Antoinettes beroemde antwoord toen haar verteld werd dat het volk verhongerde en geen brood had. 'Laat ze cake eten,' zou ze hebben geantwoord. 'Ik bewonder iedereen die niet duldt dat de ellende om ons heen zijn of haar plezier verstoort,' zei papa.

Langzaam deed ik de deur open, zo zacht als ik kon, en bleef even staan, om me heen kijkend. Zoals altijd was de suite smetteloos, nergens was een stofje te bekennen. De kroonluchter brandde laag, ook al was het nog licht buiten en scheen de zon door de open gordijnen naar binnen en deed het kristal glinsteren.

Wat me hierheen had gelokt was de gedachte dat misschien, heel misschien, ergens in zijn suite, in een la, in een doos, iets over mij, over mijn afkomst, te vinden zou zijn. Alleen al de gedachte dat ik in papa's kamer kwam zonder zijn toestemming was angstaanjagend, maar ik was er, gedreven door het overweldigende verlangen meer over mezelf te weten te komen.

Ik trok mijn schoenen uit om geen sporen na te laten op zijn onberispelijke tapijt. Maar toch was ik ervan overtuigd dat als papa in zijn suite kwam, hij zou weten dat ik er geweest was. Hoe voorzichtig ik ook was, hij zou het weten. Ik moest het riskeren. Ik haalde diep adem en liep naar binnen.

Alsof hij voelde dat er iemand was, sloeg de klok in de zitkamer het hele uur toen ik binnenkwam. Ik verstarde ter plekke en keek langzaam om me heen. Waar moest ik beginnen te zoeken? Mevrouw Fennel hield papa's ladekast zo keurig op orde, dat zelfs het verplaatsen van een paar sokken verboden leek. Ik kon me trouwens toch niet voorstellen dat hij papieren zou bewaren onder zijn kleren. Waarom zou hij ze op die manier verbergen? Hij was niet bang dat iemand in zijn spullen zou snuffelen, laat staan dat ik dat zou doen, dacht ik. Maar waar zou hij zijn papieren dan bewaren? Hij had hierboven geen kantoor, geen archiefkasten.

Ik bleef in de kamer rondlopen zonder iets aan te raken. Ik dacht niet dat hij iets open en bloot zou laten liggen, ook al vermoedde hij niet dat een van ons hier zonder toestemming zou komen. En zelfs al zou hij iets laten slingeren, dan zou mevrouw Fennel dat beslist opbergen. Eén blik op zijn suite was voldoende om iedereen te laten weten dat die zo eerbiedig werd onderhouden als een heiligdom.

Mijn blik viel op zijn kast. Ik wist dat hij een grote inloopkast had, waarin al zijn kleren keurig werden bewaard, maar ik herinnerde me dat achterin, tegen een wandspiegel, een klein bureautje stond en een stoel.

Ik liep erheen, maar meende toen voetstappen te horen in de gang en bleef met bonzend hart staan. Ik wachtte, en de voetstappen stierven weg in de tegenovergestelde richting. Het moest mevrouw Fennel zijn die naar haar eigen kamer ging. Ik moest muisstil zijn.

Zo geruisloos mogelijk opende ik de kastdeur en ging naar binnen. Een paar ogenblikken bleef ik staan om het bureautje te bestuderen. Het had twee laden, maar allebei waren ze afgesloten. Het was een zinloze onderneming, dacht ik. Natuurlijk had hij de sleutels van die laden altijd bij zich. Toch keek ik om me heen in de kast en focuste op zijn fluwelen ochtendjas. Die droeg hij vrijwel iedere dag. Ik kon het proberen. Ik zocht in de diepe zakken en voelde een paar sleutels aan een kleine ring. Opgewonden liep ik terug naar het bureautje. Ze pasten.

Toch aarzelde ik nog. Als hij besefte dat ik die laden had geopend, zou ik geen enkel excuus hebben. Ik kon niet zeggen dat ik hem gezocht had om hem iets te vertellen of iets te brengen. Bovendien kon papa me in de ogen kijken en zien dat ik loog. Waarom zou ik me er nu nog zorgen over maken? Ik was zover gekomen, had zoveel geriskeerd, dat ik nu niet anders meer kon dan in die laden kijken. Als ik nu terugging, zou hij toch weten dat ik hier geweest was. Als hij kwaad op me werd, kon het maar beter zijn voor iets wat de moeite waard was. Ik zou hem de waarheid vertellen, hem vertellen hoe verlangend ik was iets te weten over mijn afkomst. Misschien zou hij het begrijpen, dacht ik, en trok de eerste la open.

Ik was verbaasd. De la lag vol met foto's van mooie vrouwen. Waarom zou papa foto's bewaren van vrouwen? Aan de kleren en kapsels kon ik zien dat sommige vrouwen jaren en jaren geleden geleefd hadden. Er waren zelfs een paar sepia foto's bij die wezen op het laatste deel van de negentiende eeuw. Papa stond op geen van die foto's, met geen van die vrouwen, maar ik wist dat ieder van hen iets speciaals voor hem betekend moest hebben, anders zou hij hun foto's niet hebben bewaard. Ik keek ze langzaam door, bestudeerde ze aandachtig. Toen bedacht ik dat er misschien wat op de achterkant zou staan. Het waren alleen maar voornamen. Ik bekeek er een paar: Alexandra, Tia, Penelope, Thalia, Leah en Kyla. Sommige namen waren uniek, net zo uniek als die van mij en Ava, dacht ik, en bekeek toen een paar andere. Ik stopte toen ik Brianna zag.

Papa had een vrouw gekend die Brianna heette? Ik staarde naar haar foto. Ze leek veel op mijn oudste zus. Te oordelen naar haar stijl, leek het me waarschijnlijk dat papa haar in de jaren zeventig gekend had. Ik draaide de volgende foto om en verstijfde. De naam was Ava. Was dit Ava's moeder, Sophia? Deze namen, realiseerde ik me, waren niet de namen van de vrouwen maar van hun dochters. Met trillende vingers draaide ik de volgende foto om en staarde naar Lorelei. Papa wist wie mijn moeder was? Maar... ik had gedacht dat ik uit een weeshuis kwam.

Ik staarde naar de vrouw die heel goed mijn moeder kon zijn. Wilde ik dat ze dat was? Zag ik gelijkenissen die er niet waren? Er was nog maar één foto. Ik tilde hem langzaam op. Het was een schokkender ontdekking dan de foto van de vrouw die mogelijk mijn moeder was. Het was een foto van Brianna. Waarom? Ik draaide hem langzaam om, het antwoord verscheen in het donkerste deel van mijn brein nog voordat ik de naam Marla las. Mijn adem stokte. Mijn longen waren gevuld met hete lucht. Betekende dit dat Brianna Marla's moeder was?

Ik haalde de foto van de vrouw die mijn moeder kon zijn eruit en liet de rest weer in de la vallen, zo dicht mogelijk op elkaar, zoals ik ze gevonden had. Toen deed ik de la dicht en sloot hem weer af.

Ik kon mijn ogen niet afwenden van de foto die ik in mijn hand hield. De vragen volgden elkaar op in mijn hoofd. Hoe heette ze? Waar kwam ze vandaan? Waarom bewaarde papa haar foto en die van de andere vrouwen? Was ze gestorven, of had ze me domweg aan een weeshuis afgestaan?

Durfde ik de tweede la open te maken? Misschien kon ik het

antwoord op sommige vragen daarin vinden, vooral iets over mijn vader. Ik moest het erop wagen, maar ik beefde zo erg dat ik de sleutel niet goed in het slot kon krijgen en liet vallen. Ik hield mijn adem in. Zou mevrouw Fennel het gehoord hebben? Zou ze hier elk moment binnen kunnen komen? Ik wachtte een volle minuut, maar ze kwam niet.

Ik deed mijn ogen dicht, haalde diep adem en probeerde het nog eens, en deze keer ging de la open. Er lag een boek in met een stoffen omslag, dat er heel oud uitzag, verder niets. Ik haalde het er heel voorzichtig uit en sloeg het langzaam open. Het rook naar ouderdom, de pagina's waren geel en broos. Ik durfde bijna geen bladzij om te slaan, maar deed het toch.

De woorden waren in een perfect handschrift geschreven, de eerste pagina's waarschijnlijk met een van papa's ganzenveren pennen. Elke pagina bevatte een van de namen die ik op de achterkant van de foto's had gezien. Onder de namen stonden data en adressen. Ook was er een fysieke beschrijving van elk, de kleur van haren en ogen, lengte en gewicht, en opvallende moedervlekken.

Ik had een moedervlek onder mijn linkerborst. Hij was niet helemaal rond en zag er meer uit als een onafgemaakte cirkel. Ik bleef de pagina's voorzichtig omslaan, vond de pagina met mijn naam en keek snel naar de moedervlek. Hij was van mij, dit was mijn pagina. Ik keek naar het adres: *Lost Angels, An Infant Sanctuary*, Dunning Road 8, Heartsport, Oregon.

Kwam ik daarvandaan, en was die vrouw mijn echte moeder? Ik keek weer naar Ava's foto. In haar korte biografie stond hetzelfde adres, Lost Angels. Ook bij Brianna en Marla. Vóór Brianna was een meisje, Raine genaamd, met het adres *New Creation Home for Foundlings*. In de Oekraïne. Terugbladerend vond ik tehuizen in Rusland, Frankrijk, India, Thailand. Zorgvuldig deed ik het boek dicht en legde het weer in de la, die ik zo zacht mogelijk dichtdeed, weer afsloot en de sleutels terugstopte in papa's kamerjas.

Mijn ontdekkingen maakten het er niet gemakkelijker op voor me of verklaarden waarom ik me zo anders voelde dan Ava. Integendeel, ze zorgden voor nog meer geheimzinnigheid en lieten me dieper wegzakken in die bron van geheimen waaruit we allemaal dronken. Waarom werd me altijd verteld dat mijn ouders onbekend waren als mijn moeder bekend was? Wilde dat zeggen dat mijn vader ook bekend was?

Hoe paste dit alles in het verhaal dat mij, en voor zover ik wist ook Ava, verteld was? Ava had te horen gekregen dat papa verliefd was geworden op haar moeder, die bij de geboorte was gestorven, zoals elke normale vrouw die zijn kind baarde. Wist Ava het van dit boek en die foto's? Moest ik Ava vertellen wat ik ontdekt had? Zou zij het niet aan mevrouw Fennel vertellen of aan papa? Zou ik dan in ernstige problemen komen? Hoe moest ik omgaan met dit geheim, met de wetenschap van mijn ontdekking? Was ik werkelijk zo slecht in het verbergen van mijn gedachten als Ava beweerde? Mevrouw Fennel zou in een mum van tijd te weten komen wat ik ontdekt had, en heel gauw daarna zou papa ook op de hoogte zijn. Zouden ze mijn speurtocht in papa's kamer en zijn kast en bureauladen beschouwen als een soort verraad?

Net zo stilletjes als ik boven was gekomen sloop ik naar beneden. Onder aan de trap aarzelde ik. Een kil gevoel achter in mijn hals waarschuwde me dat er iemand achter me stond, maar toen ik me omdraaide zag ik niemand, niet mevrouw Fennel of mijn zussen, en zeker papa niet. Hij was niet thuis, maar ik had echt het gevoel dat iemand me volgde. Misschien was hij in staat zijn geest hier achter te laten om over zijn bezit te waken. Haastig liep ik door naar mijn kamer en deed snel de deur achter me dicht. Ik liep regelrecht naar mijn bureau en schreef op een blocnote het adres op van het weeshuis waaruit ik was weggehaald, zodat ik het niet zou vergeten.

Toen ging ik op bed zitten en staarde naar de foto van de vrouw die mijn moeder kon zijn, zocht weer naar een gelijkenis met mij en probeerde vast te stellen hoe ze was aan de houding van haar hoofd, aan haar ogen en haar mond. Ze leek gelukkig op deze foto. Was ze bij mijn vader toen die genomen werd? Was ik toen al geboren? Hoe klonk haar stem, haar lach? Hoe had ze me achter kunnen laten? En als ze me nu zag, zou ze me dan herkennen?

Ik was naar boven gegaan, had in papa's kamer rondgesnuffeld, in mijn wanhopige verlangen meer over mezelf te weten te komen, en het enige resultaat was nog meer geheimzinnigheid, nog meer duistere hoeken. Het was alsof ik een van die dozen openmaakte die in mijn droom onder de kerstboom lagen, en alleen maar weer een ingepakte doos vond. Gefrustreerd borg ik de foto van mijn moeder in mijn Engelse-literatuurboek en legde dat op mijn bureau. Toen liep ik naar het raam en keek naar buiten.

De schemering ging over in de avond. Een wolkeloze lucht liet al de helderste sterren zien. Een kleine cycloon kwam onderuit mijn buik omhoog. Ik voelde mijn adem sneller en luider gaan toen mijn hart wild begon te kloppen.

Toen papa Mark Daniels vlak onder dit raam had aangevallen, had ik de doodsangst gezien in Marks rood aangelopen ogen. Hij had een kind geleken dat worstelde tegen een sterke volwassene. Voordat hij werd opgeslokt door de duisternis had hij zich naar mij omgedraaid, en heel even had hij er weer uitgezien als de Mark Daniels in wiens ban ik was geraakt op school, die het deel van me verleid had dat ernaar verlangde net zo te zijn als iedereen. Had hij me gesmeekt hem te helpen?

Maar ik zag ook weer zijn slagtanden, en een golf van woede verdreef al het medeleven dat ik had gevoeld. Iets hards en gespierds ontwaakte in me. Ik had het tot op dit moment niet willen toegeven, maar ik had de neiging gevoeld om door het raam te springen en papa te helpen met het vernietigen van wat Mark was geworden. Het was zo verhit door me heen gestroomd dat het leek of mijn huid begon te smelten.

En later, toen het voorbij was en ik eindelijk mijn ogen weer had gesloten, was ik in mijn bed gaan liggen als een lijk in een doodkist, mijn armen opheffend om het deksel over me heen te trekken en de wereld buiten te sluiten.

Het trof me dat ik net als papa en Ava en Brianna de duisternis welkom heette. Ik was niet langer bang voor het donker. De duisternis was ook mijn vriend geworden. Het deed me denken aan de allerbelangrijkste vraag.

Die vraag weergalmde door de lange nacht van mijn slaap tot aan het licht van de ochtend en bleef me achtervolgen, en dat, vreesde ik, zou voor eeuwig en altijd zo blijven. Zelfs nu nog, misschien meer dan daarvoor, nu ik begonnen was het mysterie te ontrafelen, kon ik de vraag duidelijk horen. Alleen hoorde ik die nu in een stem die niet van mij was, de stem van een oudere vrouw, maar met een zachte en bezorgde klank, een liefhebbende stem die meer vragen had.

Wie ben je, Lorelei?
In werkelijkheid.
Wie ben je?
En wat ben je bezig te worden?

12

Wie ben je, Lorelei?

Als papa al wist dat ik in zijn suite was geweest, dan kwam hij de volgende ochtend toch niet naar beneden om me ermee te confronteren. Alleen Ava leek te merken dat er iets in me veranderd was. Ik kon het zien aan de manier waarop haar ogen me vanochtend volgden, hoe peinzend en gekunsteld ze was. De argwaan droop uit haar ogen als tranen. Helaas was dit een ochtend waarop ze vroeg college had, dus zat ze aan de ontbijttafel.

'Wat mankeert jou vandaag?' vroeg ze.

'Niks. Een beetje moe, denk ik.'

'We worden niet een beetje moe,' zei ze. 'Je hebt helemaal geen reden om moe te zijn, Lorelei. Ik hoop dat je niet nog steeds aan Buddy denkt.'

'Wie is Buddy?' vroeg Marla.

'Doet er niet toe,' zei Ava. 'Nou?'

'Nee,' antwoordde ik, maar ik wist zeker dat het nee niet krachtig genoeg klonk.

'Goed,' zei ze, met een sceptisch opgetrokken mondhoek. 'Laat mij maar degene zijn die aan hem denkt.'

Haar woorden waren als scherpe mesjes die in mijn buik prikten. Ik vermeed haar blik en spoorde Marla aan zich te haasten zodat we naar school konden, maar de gedachten die ze in mijn brein had geplant verdwenen nooit helemaal.

'Waar heeft Ava het over? Wie is Buddy? Waarom wil ze dat je niet aan hem denkt?' vroeg Marla. 'We zijn zusjes. Waarom heb je geheimen voor me?'

'Het is niks, Marla. Ava reageert te overdreven. Hij is gewoon een student die ik heb ontmoet toen ik laatst samen met haar op de UCLA was.' Ik probeerde mijn stem zo achteloos mogelijk te laten klinken. 'Ik was zo stom haar te vertellen dat ik vond dat hij er knap uitzag, en je weet hoe Ava is als je zegt dat een jongen knap is.'

'Net zo knap als je Mark Daniels vond?' vroeg Marla. Ik keek haar even aan. Zo jong als ze was, kon ze er al even kwaad en gemeen uitzien als Ava.

'Hij is anders,' zei ik.

'O, kun je nu het verschil zien? Wat een opluchting. Ik wil mijn leven niet in de waagschaal stellen voor jouw romantische ideeën,' zei ze. Ze leek nu niet alleen uiterlijk meer op Ava, ze klonk ook meer zoals zij.

Waarom had Ava meer invloed op Marla dan ik? Ik, en niet Ava, was degene met wie ze de meeste tijd doorbracht. Na school was ze vaak in mijn kamer, niet in die van Ava. Misschien had ik niet zo luchthartig moeten doen toen ze begon meer vragen te stellen. Misschien had ik niet zo moeten aandringen om naar Ava te gaan. Ik vroeg me af of ze dacht dat ik haar niet aardig vond of haar niet om me heen wilde hebben. Nu ik erover nadacht, besefte ik dat ze me steeds meer was gaan vermijden in huis. Mijn vermoedens leken op het punt bewaarheid te worden.

Na een paar ogenblikken stilte, zei Marla plotseling: 'Kijk maar niet naar me uit na schooltijd.'

'Hè? Waarom niet?'

'Ava komt me halen.'

'Wanneer?'

'Vóór het laatste uur. Ik mag een les overslaan. Dat heeft papa geregeld.'

'Waar gaan jullie naartoe?'

'Dat heeft ze niet precies gezegd. Ze vindt gewoon dat we meer tijd samen moeten zijn.'

Ik zweeg. Waarom deed Ava dat? Zouden de dingen nu zo snel in hun werk gaan?

'Weet je,' zei Marla, alsof ze het vermogen had gekregen mijn gedachten af te luisteren, 'ze zal eerder weggaan dan we denken.'

Ik draaide me naar haar om.

'We zullen trouwens allemaal uit Los Angeles vertrekken,' ging ze verder.

'Hoe weet je dat?'

'Dat heeft een vogeltje me verteld. Hoe denk je?'

'Nee, echt, Marla. Weet je daar iets over?'

'Ik heb mevrouw Fennel en papa er vanmorgen over horen praten.'

'Papa is vanmorgen niet beneden geweest.'

'Nee,' zei ze, 'je vergist je. Papa is pas vanmorgen thuisgekomen.'

'O. Wat zeiden ze?'

'Misschien hoor ik je dit niet te vertellen. Misschien kun je dat beter aan Ava vragen,' zei ze wraakzuchtig.

'Ik heb nooit gezegd dat je naar Ava moest gaan met je vragen, tenzij ik echt het antwoord niet wist, Marla. Doe niet zo krengerig.'

Ze lachte. 'Ik hoorde papa zeggen dat alles geregeld is. Hij dacht over hoogstens een maand of twee en waarschijnlijk eerder. Dat is wat ik gehoord heb.'

'Weet je het zeker? Hij zei over hoogstens een maand of twee?'

Ze haalde haar schouders op. 'We krijgen een familiebijeenkomst en hij zal ons alles vertellen als hij zover is. Maar weet je wat ik nu denk?'

'Wat dan?'

'Ik denk dat Ava ons zal verlaten voordat we gaan verhuizen.' Ze glimlachte. 'En dan word jij mijn grote zus. Daarom wil ze vaker met me samen zijn.'

Nog een maand of twee? Dat betekende misschien nog twee mannenjachten voor we vertrokken.

Bonsde mijn hart zo hevig of hadden we een lekke band?

De onrust in mijn hoofd ging de hele ochtend niet weg. Ik geloof niet dat ik meer dan een paar woorden hoorde van wat mijn docenten zeiden. Ik weet dat ik een slechte wiskunderepetitie had gemaakt. Ik moest steeds maar aan Buddy denken. Er lag zoveel vertrouwen in zijn glimlach, zoveel onschuld in zijn ogen.

Zelfs toen ik mijn lunch at in de rumoerige kantine, kon ik me niet beletten aan Buddy te denken. Ik maakte mijn tas open en vond zijn telefoonnummer. Een tijdje bleef ik er alleen maar naar staren. Het papier voelde heet aan in mijn vingers, net zo heet als de wenskaarten die volgens Ava verliefde mensen elkaar stuurden. De neergekrabbelde cijfers waren een manier om contact met hem te krijgen, me zijn gezicht, zijn glimlach, zijn ogen vol vertrouwen voor de geest te halen. Ik was er nog nooit zo dichtbij geweest om een jongen te zoenen als met Buddy die avond in Dante's Inferno. Zijn lippen spookten bij me rond.

Toen ik opstond en de kantine en het schoolgebouw verliet, wist ik dat wat ik op het punt stond te doen het begin van het eind voor me kon betekenen voor zover het mijn familie betrof. Wat Ava gezegd had over mevrouw Fennels waarschuwingen met betrekking tot de liefde, kwam weer bij me terug. 'Uiterst intelligente mannen en vrouwen zullen uit hartstocht de meest dwaze dingen doen. Omdat hun passie zo allesoverheersend is, willen ze het object van die hartstocht bezitten. Het zal hen er zelfs toe brengen hun eigen familie, hun eigen kinderen, te verraden...'

Ik haalde mijn mobiele telefoon tevoorschijn. Was ik heel erg bang? Ja, zo bang dat mijn vingers geen grip kregen op de kleine toetsen. Ik moest op een bank gaan zitten en diep ademhalen voor ik het weer kon proberen. Langzaam bracht ik het mobieltje aan mijn oor en luisterde naar het overgaande signaal. De telefoon ging twee keer over en toen klapte ik mijn mobiel dicht.

Ik kan het niet, dacht ik. Als ik dit doe, zal papa me eeuwig haten. Ik kan het niet.

Ik stond op om weer naar binnen te gaan, maar mijn voeten leken aan de grond gelijmd. Er werd een hevige strijd geleverd in mijn binnenste, hart tegen verstand.

Waarom zou je hem bellen? vroeg mijn verstand. Waar verwacht je dat dat toe zal leiden? Een date? Het zou zijn als spelen met vuur. Je zou hem lokken, hem hoop geven dat iets van een relatie mogelijk zou zijn.

Ik vertrouwde Ava niet. Ik had nachtmerries over alles wat ze zou kunnen doen, ondanks de beperkingen die papa haar gesteld had. Ik zou Buddy kunnen bellen om hem te waarschuwen.

Maar hoe? Zou hij geloven wat je hem vertelde als je het hem durfde te vertellen? Je zou je familie verraden, papa verraden.

Maar als je hem niks vertelt? dacht ik. Als je op een avond Ava's auto hoorde stoppen en Buddy Gilroy stapte uit? Zou je zwijgend toekijken of zou je het uitschreeuwen? En wat zou je schreeuwen? 'Loop weg?' 'Pas op voor mijn vader?' Wat?

Zou het niet beter zijn die scène te vermijden, en was er een betere manier om dat te vermijden dan naar hem toe te gaan, hem van tevoren te waarschuwen?

Ik ging weer op de bank zitten, maar voordat ik een besluit kon nemen ging mijn telefoon. Ik vond het niet onmogelijk dat Ava of zelfs papa wist dat ik geprobeerd had Buddy te bellen. Ik liet hem nog een keer overgaan, klapte hem toen open en zei: 'Hallo.'

'Met wie?' hoorde ik. 'Hè? Jij hebt mij gebeld, maar ik kon niet op tijd opnemen. Spreek ik met Elsa?'

'Elsa?' vroeg ik.

Hij lachte.

Wie was Elsa? En toen herinnerde ik het me. Het was Ava's valse naam die avond dat we naar Dante's Inferno gingen. Hij moest haar ook het nummer van zijn mobiel hebben gegeven. Waarom zou hij anders zelfs maar vermoeden dat het Ava was die hem belde? Dus ze had niet tegen me gelogen. Ze had met hem geflirt en hij was verliefd op haar geworden. Ik wilde ophangen en oprecht proberen hem te vergeten, maar ik deed het niet. Ik kon het niet.

'Nee,' zei ik. 'Met Lorelei.'

'Lorelei? Echt waar?' Het enthousiasme in zijn stem moedigde me aan.

'Ja, al vermoed ik dat je iemand anders verwachtte.'

'Nee, nee. Ik verwachtte niet iemand anders. Wat een enorme verrassing. Alsjeblieft. Waar ben je? Wanneer kan ik je zien?' Zijn gretigheid deed me glimlachen.

'Waarom denk je dat ik je wil zien?' plaagde ik.

'Hé, als een gebed verhoord wordt, vraag ik nooit waarom.'

Ik keek op mijn horloge. Nu Ava Marla afhaalde, hoefde ik niet meteen uit school naar huis. Als ik eerder wegging en Marla kwam erachter, zou ze het natuurlijk aan Ava vertellen. Nee, ik moest de rest van de schooldag zien door te komen, al zou het even weinig nut voor me hebben als die ochtend.

'Om halfvier op de Santa Monica Pier,' zei ik.

'Halfvier?'

'Oké?'

'Ik zal een college moeten missen, maar dat geeft niet. Ik heb trouwens toch een hekel aan die les. Ik zal er zijn.'

Er kwam een andere gedachte bij me op. 'Buddy, zou Elsa je vandaag bellen?'

'Een dezer dagen. Waarom?'

'Als ze belt, zeg dan niet dat ik jou heb gebeld of dat we elkaar ontmoeten.'

'Geen probleem.'

'Het is erg belangrijk. Als je het zegt, zal ik je nooit meer kunnen ontmoeten.'

'Oké. Wat zeg je hiervan? Elsa wie?'

Ik glimlachte even. Dat was de reactie van hem die Ava verwacht had als mijn naam ooit genoemd werd.

'Goed. Tot straks,' zei ik en hing op voordat hij van gedachte kon veranderen.

Wat had ik gedaan? Minstens vier keer voor het eind van de schooldag stond ik op het punt naar buiten te gaan en hem weer te bellen, maar telkens kwam ik erop terug. Toen de laatste bel ging, treuzelde ik, zodat Ava en Marla het parkeerterrein zouden hebben verlaten voordat ik verscheen. Zodra ze wegreden liep ik haastig naar mijn auto. Zoals mijn vingers hadden gebeefd toen ik de sleutel in het slot van papa's la stak, beefden ze nu weer. Toen de auto startte, leunde ik achterover en haalde een paar keer diep adem. Elk tienermeisje in die school achter me had beslist wel iets gedaan waarin ze ongehoorzaam was aan haar ouders, of het nu ging om het drinken van alcohol, het roken van wiet, of met andere jongens of meisjes naar verboden gelegenheden gaan, of het gewoon te laat thuiskomen. Er was waarschijnlijk een hele lijst van overtredingen, lang genoeg om een paar planken in de schoolbibliotheek te vullen. Wat ze ook uithaalde, het eerste wat ze gevoeld moest hebben was angst. Ik dacht daarbij niet aan meisjes die zo slecht, zo ongehoorzaam waren, dat het ze niet kon schelen of ze betrapt werden. De meisjes aan wie ik dacht leken meer op mij, meisjes die beloftes hadden gedaan, die gehoorzaam en verantwoordelijk waren, die altijd vertrouwd werden. Diep in hun hart waren ze bang om ontdekt te worden en het teleurgestelde gezicht van hun ouders te zien. Per slot waren dat de enige mensen ter wereld die meer van hen hielden dan van hun eigen leven.

Wat hield een familie bijeen, vooral een als die van ons, als het niet vertrouwen en beloftes waren? Je kon je docenten, je school en je vrienden, zelfs je land verraden, maar het zou nooit zo'n intense teleurstelling worden als je eigen familie verraden. Elke ademhaling die je deed, elk grammetje eten dat je naar binnen kreeg, was een geschenk. Als je die band verbrak was je waarlijk overgeleverd aan de genade van een demonische storm en een grillig lot. Wie kon het wat schelen of je gewond was of verdriet had? Wie leed met je mee in je teleurstellingen en hielp je er overheen te komen? Wie was er om met oprechte vreugde je succes te delen? Wie kon er net zo trots op je zijn?

Schoolmeisjes als ikzelf zouden de woede en teleurstelling van hun ouders riskeren omdat ze diep in hun hart geloofden dat hoe erg ze hun ouders ook gekwetst hadden, er altijd een reserve van vergiffenis zou zijn. Ik herinnerde me een regel uit een gedicht dat we verleden jaar in de Engelse literatuurles hadden behandeld, Robert Frosts '*The Death of a Hired Man*'. Daarin schreef hij: 'Thuis is de plaats waar, als je erheen moet, ze je moeten binnenlaten.'

Waar anders zou zoiets waar kunnen zijn?

Meisjes als ik die de woede van hun ouders riskeerden, hielden zich vast aan die gedachte, aan de hoop om het gevaar op te vangen, en als het niet het gevaar zelf was, de opwinding van de uitdaging die het had gewonnen, zodat het uiteindelijk toch de joint werd, de verboden rit, het gezelschap van die verboden jongen.

Het grote verschil was dat ik geen opvang had. Voor mij was 'thuis' geen plaats waar ze me moesten binnenlaten. Ik was een trapezewerker zonder vangnet, een parachutist in vrije val zonder tweede parachute, een onervaren zwemmer zonder naburige haven of kust, zonder strandwacht, zonder touw, zonder iets om te voorkomen dat ik wegzonk in de duistere diepte die me met open armen en een vrolijke lach opwachtte.

Nee, dacht ik toen ik het parkeerterrein uitreed, ik ben niet zomaar een ongehoorzame tiener. Ik nam dit risico niet voor de daarmee gepaard gaande golf van opwinding en adrenaline. Ik stormde niet naar voren met een bord waarop geschreven stond: 'Het leven is onrechtvaardig. Ik ben tegen alle onredelijke restricties en voorschriften.'

En als ik nog dieper nadacht, nog meer bij mezelf te rade ging, moest ik ook toegeven dat ik dit niet domweg deed omdat ik me aangetrokken voelde tot een knappe, eerlijke jongen. Het steeg boven hem, boven ons, uit. Er was iets in mij dat niet aanwezig was in Brianna en Ava en Marla. Het was ook niet iets wat ik keurig kon verpakken in het begrip *geweten*. Papa noch mevrouw Fennel had ooit het woord God in positieve zin gebruikt in ons huis. Er werd nooit gesproken over bidden of de macht ervan. Ik kon me niet herinneren dat papa ons langs een kerk of synagoge of moskee had gereden zonder minachtend te glimlachen. Als iemand van ons weleens een opmerking maakte die wat dan ook te maken had met godsdienst, zei papa altijd: 'Rook en spiegels. Meer mensen worden gedood in de naam van een godsdienst dan van wat dan ook.'

'Waar geloven we dan in, papa?' vroeg ik eens. Het was een religieuze feestdag, en alle andere kinderen maakten zich op voor kerkdiensten en herdenkingen.

'Geloof alleen in jezelf,' antwoordde papa. 'Geloof alleen in je eigen kracht.'

En hoewel hij het niet met zoveel woorden zei, suggereerde hij duidelijk dat we in hem moesten geloven omdat onze kracht van hem kwam.

Nee, geweten noch angst voor straf omdat ik iets verkeerds deed gaf me de kracht om dat telefoontje te plegen en weg te rijden. Natuurlijk was het deels mijn behoefte een ander soort liefde te vinden, maar wat ik nog niet kon begrijpen of identificeren was het deel van me dat nu niet bang was anders te zijn dan Brianna en Ava en Marla. Eigenlijk trok het me zelfs aan. En dat was misschien wel het meest angstwekkende van alles, want als ik niet echt papa's dochter was, wie was ik dan wel?

En wat zou er met me gebeuren?

Ergens daarbuiten was het antwoord te vinden, dacht ik, naar het westen kijkend naar de Pacific, waar de wolken zich begonnen te vormen aan de horizon. Zoals meestal 's middags in Californië was de zeemist opgetrokken, en een zachtblauwe lucht verenigde zich met een warme bries die de benen van de joggers meer energie gaf, de lachende gezichten van de toeristen nog meer deed stralen met de opwinding van iets wat bijzonder en nieuw was, en zelfs de hoop deed opleven van de daklozen die zich geïnstalleerd hadden langs Ocean Boulevard. Het hielp mij ook om me wat te ontspannen.

Ik vond een parkeerplek en liep naar de pier. Er stonden al drommen mensen bij het reuzenrad en de spelletjes. Ik hoorde allerlei vreemde talen om me heen, van Chinees tot Russisch. Jonge kinderen holden alle richtingen uit, om met een paar woorden door de ouders weer te worden teruggeroepen. Het waren net menselijke jojo's, want ze renden vrijwel onmiddellijk een andere kant op. Ik moest even glimlachen, en toen kwam de herinnering terug aan papa die met ons hiernaartoe ging en naar andere pretparken. We gedroegen ons altijd keurig en waren er trots op naast hem te lopen, met hem gezien te worden, iets van de bewondering te delen die we van andere mensen opvingen.

'Het is belangrijk dat jullie hier zijn,' zei hij. 'Het is belangrijk dat jullie de eb en vloed voelen van menselijke emoties en energie, dat jullie, net als ik, je eigen wezen eruit putten. Het is alsof je een beker in een koele beek dompelt en je, als je eruit gedronken hebt, voelt dat je weer nieuwe kracht hebt opgedaan, dat je leeft en onsterfelijk bent.'

Zijn woorden hypnotiseerden ons. We koesterden ons in de gloed van zijn glimlach, en lagen spinnend als poesjes in zijn armen. Papa kon alles uitleggen, kon elke uitdaging aan en zou altijd voor onze veiligheid zorgen. Iedereen die naar ons keek kon de woorden van onze lippen lezen: Wij zijn zijn dochters. Wij zijn de Patio's. Ga achteruit. Raak ons niet aan. Geniet alleen van wat je ziet.

'Hé,' hoorde ik, en ik maakte me los van mijn herinneringen. Buddy stond vlak achter me.

'Ik was bang dat je me niet direct zou kunnen vinden in die menigte,' zei ik toen hij dichterbij kwam. Hij droeg een lichtblauw jasje, een donkerblauw hemd en jeans, en hij zag er hip uit in zijn witte sneakers. Het was me niet eerder opgevallen, maar zijn lichtbruine haar was lang en viel voor zijn ogen. Hij streek het naar achteren.

'Dat meen je niet. Jij valt in elke menigte op.' Hij keek om zich heen. 'En het is hier druk. Zullen we een eindje over het strand gaan wandelen?'

'Oké,' zei ik. Hij pakte mijn hand vast en we liepen de pier af.

'En wat heeft je doen besluiten dit tot mijn geluksdag te maken?' vroeg hij.

Ik moest bijna hardop lachen en dacht: Je hebt geen idee hoe waar dat zou kunnen zijn. 'Hoe weet je dat het je geluksdag is?'

'Hé,' zei hij, zich dichter naar me toe buigend om zachter te kunnen praten, 'zie je niet hoe jaloers die kerels naar ons kijken?'

Ik keek om me heen. Ik had er vroeger over gedroomd om de aandacht te trekken, zoals Brianna en Ava. Was mijn droom uitgekomen? Zij hadden in ieder geval nooit blijk gegeven van verlegenheid, zoals ik, toen we van het trottoir stapten en het strand opliepen. Ik bleef even staan om mijn schoenen uit te trekken, en hij volgde mijn voorbeeld. Het zand was warm, maar niet zo warm dat we niet blootsvoets konden lopen, en toen we dichter bij het water kwamen, koelde het af.

'Waar ga je naar highschool?' vroeg Buddy.

'Een particuliere school in Bel Air.'

'Klinkt duur.'

'Is het ook.'

'Wat doen je ouders?'

'Ik heb alleen mijn vader. Mijn moeder is bij mijn geboorte gestorven.'

'O, sorry. Wat doet hij?'

'Hij koopt en verkoopt heel dure dingen in de hele wereld.'

'Juwelen?'

'Alles wat duur is.'

'Elsa is echt je zus? Wat ze vertelde over bloedverwantschap was gewoon onzin?'

'Ja, ze is mijn zus.'

'Zijn jij en Elsa de enige kinderen?'

'Nee. Ik heb ook nog een jonger zusje.'

'O, is je vader hertrouwd?'

'Nee.'

'Maar hoe kwam je dan aan een jonger zusje?'

'Hij is niet met haar moeder getrouwd. Ze heeft hem in de steek gelaten toen mijn jongste zusje werd geboren.'

'O. Je vader schijnt een moeilijke tijd te hebben gehad.'

'Ja. Dat is een van de redenen waarom hij ons zo beschermt.'

'Natuurlijk. Ik begrijp het. Tja, jij en Elsa lijken niet veel op elkaar, weet je.' Hij boog zich naar me toe. 'Jij bent veel mooier.'

'Met complimentjes kom je overal,' zei ik. Ik herinnerde me die zin uit een film die ik met Marla had gezien.

'Samen met jou kan het me niet schelen waar ik kom,' antwoordde hij. Zwijgend liepen we verder, tot hij zijn jasje uittrok en op het zand uitspreidde. 'My lady,' zei hij, me uitnodigend om te gaan zitten.

Ik deed het, en hij kwam naast me zitten.

We staarden naar de golven. Twee Californische bruine pelikanen cirkelden rechts van ons boven het water. Plotseling dook een van de twee omlaag en kwam boven met een klein visje.

'Wauw,' zei Buddy. 'Zag je dat?'

'Ja. Alles wat leeft voedt zich met iets wat leeft,' zei ik.

Hij keek me aan. 'Diepzinnig,' zei hij. 'Vertel eens wat meer over jezelf. Komen jullie oorspronkelijk uit Californië?'

'Je hebt me niets over jezelf verteld,' kaatste ik terug.

Hij lachte en strekte zich uit, leunend op zijn rechterelleboog om me aan te kunnen kijken. 'Niet waar. Ik heb je verteld dat ik geboren en getogen ben in Long Beach, en dat mijn vader tandarts is. We staan bijna quitte.'

'Ik ben geboren in New York. We zijn een paar keer verhuisd. We hebben een paar jaar in Nashville gewoond.'

'Kun je country zingen?'

'Nauwelijks,' zei ik glimlachend. 'Ik speel piano, voornamelijk klassiek. Mijn vader houdt van klassieke muziek.'

Hij staarde me alleen maar aan.

'Wat is er?'

'Je bent zo mooi. Ik denk dat ik tevreden zou zijn als ik de rest van mijn leven hier kon blijven liggen en naar je kijken.'

'Je maakt me verlegen,' zei ik.

'Ik hak nog liever mijn rechterhand af dan dat.'

'En, wat ben je van plan te doen met je opleiding?' vroeg ik om hem van onderwerp te doen veranderen.

Hij lachte. 'Je bedoelt, wat wil ik worden als ik volwassen ben?'

'Denk je dat dat ooit zal lukken?' vroeg ik. Hij haalde zijn schouders op.

'Misschien. Als ik eraan toe kom.' Hij liet zich op zijn rug rollen. 'Ik neig tot een of andere medische research. Als kind al was ik gefascineerd door wat we niet kunnen zien. Er draaien werelden in ons rond.' Hij keerde zich weer naar me toe. 'Je had het niet zo ver mis toen je zei dat alles wat leeft zich voedt met iets wat leeft. Er leven bacteriën in ons, die zich met ons voeden. Zelfs de slechteriken voeden zich met ons.'

'Slechteriken?' Ik hield mijn adem in. Hij kon toch niet iets bedoelen dat in de buurt kwam van wat ik wist.

'Bacillen, virussen, je weet wel.'

'O. Ja, natuurlijk. Ik denk dat je een goede student bent.'

'*Straight A's.* Allemaal tienen. Dat was mijn bijnaam op highschool. *Straight A Gilroy*. En jij?'

'Ik heb altijd op de erelijst gestaan.'

'Je zou altijd op die van mij staan,' zei hij. 'Zeg nu eens eerlijk, waarom besloot je me te bellen? Ik gaf het op toen je me je telefoonnummer niet wilde geven.'

'Geen groot geheim, Buddy. We hadden veel plezier in Dante's Inferno. Ik dacht dat je anders was dan je vrienden, dus besloot ik te zien of ik gelijk had.'

'En, weet je het al?'

'Te gauw om er iets over te kunnen zeggen.'

'Goed zo. Dat betekent dat je me meer tijd zult gunnen, wat zou kunnen betekenen dat je me je telefoonnummer thuis geeft.'

'Laten we het voorlopig zo laten,' zei ik. Ik sloeg mijn armen om mijn knieën en staarde naar het zand.

'Waarom heb ik het gevoel dat er zoveel is dat je me niet over jezelf vertelt?'

'Ik kan het me niet voorstellen,' antwoordde ik glimlachend.

'Maar je zus Elsa is een vreemd geval.'

Ik zweeg even en zei toen: 'Ze heet niet Elsa.'

'Dat weet ik.'

'Je weet het?'

'Ja. Ik was alleen benieuwd hoe lang je die leugen nog zou volhouden.'

'Hoe ben je het te weten gekomen?'

'Ik heb het nagevraagd bij een studente die dezelfde colleges volgt. Ze heet Ava Patio. Ik deed net of ik haar geloofde, omdat ik niet wilde dat ze kwaad op me zou worden of zo. Ik dacht dat zolang zij met me wilde praten, ik de kans had jou terug te zien. Ik heb op internet gekeken of ik jullie telefoonnummer kon vinden. Ik heb meer dan twintig Patio's gebeld, maar geen enkele Patio had een dochter die Ava heette.'

'Daarom praat je zo vaak met haar en ben je zo vaak in haar buurt te vinden op de universiteit?'

'Ja, dat is de enige reden. Waarom? Denkt zij er anders over?'

Ik glimlachte.

'Nou?'

'Laten we zeggen dat Ava's muur van zelfvertrouwen geen scheuren vertoont.'

Hij lachte.

'Ga je dit weekend met me uit?'

'Ik ken ons rooster nog niet.'

'Ons rooster? Wat ben je, een privépiloot?'

'Ik wil een avond met je uitgaan als je me één ding belooft.'

'Ik ben bereid mijn naam in bloed te schrijven,' zei hij en ging rechtop zitten.

'Ik wil niet dat je met Ava praat of ook maar met haar omgaat. Als ze je vraagt ergens met haar naartoe te gaan, zeg dan nee, vooral als ze wil dat je met haar uitgaat. Beloof je me dat?'

'Natuurlijk, maar is dit zusterlijke rivaliteit of zo?'

Ik glimlachte. 'Zo zou je het kunnen noemen. Beloof je het plechtig?'

Hij stak zijn rechterhand op. 'Ik, Buddy Gilroy, zweer hierbij dat ik niet zal omgaan met Ava Patio. Als zij naar het oosten loopt, loop ik naar het westen. Als ze op een halve meter afstand van me staat, maak ik er onmiddellijk een meter van. Als ze tegen me spreekt, ben ik doof. Als ze naar me kijkt, ben ik onzichtbaar, en als ze me aanraakt, zal ik gillen alsof ik verbrand word en loop of ren ik naar de dichtstbijzijnde uitgang.' Hij liet zijn hand zakken. 'Zo goed?'

'Prima, als je je er echt aan houdt.' Ik keek hem met een staalharde blik aan. 'En ik zal het bijna onmiddellijk weten als je dat niet doet.'

'Oké,' zei hij en liet zijn spottende glimlachje varen. Hij staarde over het strand. 'Wil je nog een eindje wandelen?'

'Ja,' zei ik en stond op.

Hij raapte zijn jasje op, en we liepen zwijgend over de donkere, harde, koele strook van het zand. De wind streek over de golven en we kregen een lichte sproeiregen over ons heen, maar het voelde prettig aan. We lachten allebei en gingen iets verder bij het water vandaan. Hij pakte mijn hand weer vast, en een ogenblik lang keken we elkaar slechts aan. Toen, heel langzaam en zacht, bracht hij zijn lippen naar de mijne. Het was niet een snel, vriendschappelijk kusje. Zijn lippen draalden alsof hij een bij was die honing zoog uit mijn mond. Geen van ons beiden zei iets. Zwijgend liepen we verder, maar op de een of andere manier hoorden we elkaars stem, elkaars hartslag.

'Ben jij enig kind?' vroeg ik. 'Je hebt het nooit over een broer of zus gehad.'

'Ik heb een jongere broer. Hij zit in groep tien. Hij is een sportfan. Vraag hem naar elke willekeurige footballspeler die in de laatste tien jaar gespeeld heeft, en hij zal alle bijzonderheden voor je opdreunen. Hij is op het ogenblik reservequarterback, maar hij zit de huidige quarterback van het team op zijn hielen. En hij is een verdomd goeie baseballer. Sloeg two-eighty verleden jaar, wat erg goed is voor een jongen van highschool. Mijn vader is ervan overtuigd dat hij een sportbeurs zal krijgen voor de universiteit.'

'Je lijkt trots op hem te zijn.'

'Ben ik ook. We zijn zo verschillend dat er geen rivaliteit tussen ons bestaat. Daarom was ik nogal verbaasd over je verzoek.'

'Wat er is tussen Ava en mij heeft niet te maken met rivaliteit, Buddy.'

'Waarmee dan wel?'

'Laten we het voorlopig laten rusten,' zei ik. 'Misschien doet het er niet toe.'

'Zoals je wilt. Ik leg me neer bij alles wat je wilt. Maar geloof me,' ging hij snel verder, 'dit is geen spelletje voor me. Niet één meisje dat ik ooit heb gekend, heeft zo'n effect op me gehad als jij toen we elkaar ontmoetten. Je weet wat dat wil zeggen, hè?'

'Wat dan?'

'Je bent magisch. En met magie modder je niet maar wat aan.'

Ik lachte. We liepen door. Ik vond het zo fijn om alleen maar hand in hand te lopen en met hem te praten, dat ik niet aan de tijd dacht. Toen ik op mijn horloge keek en zag hoe lang we al bij elkaar waren, voelde ik een lichte paniek in me opkomen. Ava en Marla konden nu al thuis zijn.

'Ik moet naar huis,' zei ik.

Hij knikte en we liepen haastig over het strand naar het trottoir. Hij stond erop me naar mijn auto te brengen.

'Ik wil geen seconde van je gezelschap missen, Lorelei. Als je alleen maar...'

Ik legde mijn vinger op zijn lippen. En toen kuste ik hem.

'Ik bel je,' zei ik.

'Beloof je het?'

'Zolang jij jouw belofte houdt.'

'Dan bel je me dus.'

Hij bleef staan terwijl ik instapte, de motor startte en wegreed. Ik keek naar hem in de achteruitkijkspiegel. Hij bleef me tot het laatste moment nakijken, wilde zelfs nog een laatste glimp van me opvangen voor ik om een bocht verdween.

Niemand, ook papa niet, had me ooit verteld hoe fantastisch ik me zou voelen.

Dit moet liefde zijn, dacht ik. Verboden of niet, dit is wat ik wil.

De hamvraag was duidelijk: Waartoe zou ik bereid zijn om het te krijgen?

Ik had geen idee, maar erger nog, ik was doodsbang dat ik het binnenkort te weten zou komen.

13

Bestemming

Ava en Marla waren nog niet thuis. Ik was er blij om, maar maakte me tegelijkertijd zorgen. Ik was blij omdat ik mijn late thuiskomst niet aan Ava hoefde uit te leggen, maar vroeg me onwillekeurig af waar ze met Marla naartoe was en waarom het plotseling zo belangrijk was dat ze zo lang met haar alleen was. Pas kortgeleden, en dan alleen op papa's bevel, was Ava eindelijk met me uitgegaan. Toen ik zo oud was als Marla hadden we nooit *quality time* gehad buitenshuis. Met papa die vaak onze onderlinge rivaliteit aanmoedigde, was het moeilijk in dit huis niet aan samenzweringen te denken. De laatste tijd begon het me steeds vaker op te vallen dat Marla op Ava leek en niet op mij. Ze had meer het karakter van Ava dan van mij.

Het was heel stil in huis toen ik aankwam. Noch mevrouw Fennel, noch papa, was beneden. We kondigden onze komst tegenwoordig niet meer aan als we uit school kwamen, dus ging ik rechtstreeks naar mijn kamer. Ik probeerde wat huiswerk te maken en niet aan de middag met Buddy te denken, maar zijn gezicht, zijn lach, onze kus, lieten zich niet verdringen. Zou Ava of, belangrijker nog, papa maar even naar me hoeven te kijken om te weten wat ik voor een jongen voelde, en dat na de bijna op een ramp uitgelopen affaire met Mark Daniels?

Toen we voor het eerst naar Dante's Inferno gingen, had Ava me verteld dat het zowel een zegen als een vloek was dat we konden krijgen wie we hebben wilden. Ze had erbij gezegd dat ik op een dag zou begrijpen hoe dat mogelijk was. Nu ik hier in mijn kamer zat, genietend van mijn herinneringen aan Buddy en tegelijkertijd bang dat papa, mevrouw Fennel of Ava mijn blijdschap op mijn gezicht zou zien, meende ik te begrijpen wat ze bedoeld had.

Een echte relatie tussen een van ons en een jongen betekende een bedreiging voor papa en derhalve voor de hele familie. Buddy voelde zich erg tot me aangetrokken. Ik wilde niets liever, maar Ava had gelijk. Hoe kon ik me veroorloven verliefd te worden? Waar zou dat op uitdraaien? Hoe kon ik, zoals een dochter van elke andere vader, ooit een serieuze relatie hebben, me verloven, trouwen, en een eigen gezin stichten?

Als ik een goede vriendin had gehad, en ze zou bij me zijn geweest, zou ze beslist gevraagd hebben hoe ik mijn liefde en trouw voor mijn vader boven mijn eigen verlangens en dromen kon stellen, zelfs boven mijn eigen behoeften. Had per slot niet iedereen iemand nodig die van hem of haar hield, iemand anders dan een vader of een moeder, een zus of een broer? Of was het niet meer dan romantisch gezever om te geloven dat iemand daarbuiten bestemd was om je levenspartner, je soulmate te zijn?

Door te lezen, door mijn geschiedenislessen, en zelfs de verhalen die papa me had verteld, wist ik dat er een tijd was geweest waarin jonge vrouwen in een dermate bekrompen en beperkte wereld leefden dat het hun onmogelijk was om een soulmate, een echte minnaar te hebben. Hun ouders regelden hun hele leven. Die jonge vrouwen werden echtgenotes en moeders, en beleefden nooit de ontroering van een romance, de opwinding van zelfonderzoek. Stierven ze daaraan? Leden ze eronder en werden ze waanzinnig? Een enkeling misschien, maar over het algemeen leefden ze een bevredigend leven en hielden van hun kinderen, en ook al waren ze niet verliefd, ze ontwikkelden op zijn minst kameraadschappelijke, respectvolle en misschien zelfs innig toegewijde relaties met de mannen met wie ze gedwongen waren geweest te trouwen. Ze lagen naast elkaar op een kerkhof, als hartstochtelijke minnaars, die trouwden, hun leven samen doorbrachten en overleden.

Zo konden ook mijn zus en ik geen vaste vriend hebben, naar schoolfeesten gaan, bloemen drogen en foto's plakken in albums, liefdesbrieven schrijven, eindeloze zachte en liefdevolle telefoongesprekken voeren, ons verloven met iemand van wie we hielden en die van ons hield, of een huwelijk sluiten dat ons gelukkig maakte. Ook onze toekomst was geregeld. Zouden wij, net als die jonge vrouwen eeuwen geleden, al die romantische ideeën in de kast bergen en vergeten, of zouden ze eeuwig door ons hoofd blijven spoken? Was dit een deel van de bestemming die me wachtte?

Ik staarde vol afschuw naar mijn beeld in de spiegel. Plotseling ergerde alles me wat aantrekkelijk en mooi aan me was. Als ik lelijk geboren was, als ik geen grotere seksuele aantrekkingskracht bezat dan iemand als Ruta Lee of Meg Logan, zou ik dan niet beter af zijn? Als ik me stil had gehouden toen papa en mevrouw Fennel langs mijn wieg liepen, zou ik dan geadopteerd zijn door een doodgewoon kinderloos echtpaar en door hen met liefde zijn overladen? Ik zou waarschijnlijk verliefd zijn geworden op een al even doodgewone jongen en trouwen en kinderen krijgen. Ik zou geen andere bestemming hebben dan de meeste jonge vrouwen. Ik zou oud worden zonder enige illusie over mijzelf. Ik zou me waarschijnlijk ook niet verzetten tegen de ouderdom. Die zou ik accepteren en tevreden zijn met een grafschrift dat luidde: 'Ze was een goede echtgenote, moeder en vrouw, met veel vrienden, en ze heeft nooit de betekenis gekend van waarlijk ongeluk.'

Maar zou ik echt gelukkiger zijn geweest als ik papa nooit gekend had, nooit in die eersteklas wereld had rondgereisd waarin we leefden, een wereld van glamour en rijkdom, muziek en elegantie? Zou ik echt gelukkiger zijn geweest in mijn comfortabele kleine zitkamer, naar romantische films kijkend of boeken lezend over liefde, en berusten in ervaringen uit de tweede hand?

'Als je staat op de kliffen van Capri of de wind door je haar voelt als het jacht naar de kust van Mykonos vaart, als je dineert op de Eiffeltoren met uitzicht op Parijs of luncht in Eze aan de Rivièra en uitkijkt over de diepblauwe zee, als je je cocktail drinkt op het dakterras van het Hassler in Rome, starend naar de lichten van de Eeuwige Stad, als je van je hors-d'oeuvres geniet met de rijkste, machtigste mensen ter wereld, mensen die maar in hun handen hoeven te klappen of met hun vingers te knippen om het leven van duizenden te veranderen, zul je de volle glorie ervaren van wie je bent en wat je bent,' had papa beloofd. 'Het ligt daar buiten voor je gereed, wachtend tot je het komt claimen, m'n liefste dochter, als een rijpe vrucht die je plukt en nuttigt. Je zult veel relaties hebben, zo hartstochtelijk als je maar voor mogelijk houdt. Je zult niets missen en alles bezitten.'

Zijn kus had de belofte bezegeld.

Ik staarde naar mijn spiegelbeeld. Ja, nu begrijp ik wat je bedoelde, Ava, dacht ik. Nu weet ik waarom mevrouw Fennel liefde ons vergif noemde. Ik moet proberen al die gedachten aan Buddy Gilroy, al mijn gevoelens voor hem te onderdrukken. Ik moet proberen meer te worden zoals jij. Trouw, gehoorzaamheid en opoffering moeten die hunkering naar liefde en zelfvervulling vervangen. Ik ben ook, verzekerde ik mezelf met nieuwe vastberadenheid, de dochter van mijn vader. Ik kan niemand anders zijn. Misschien was dat wat papa en mevrouw Fennel bedoelden met het volgen van onze bestemming. Uiteindelijk hadden we geen keus, konden we nergens anders heen. Kon ik mezelf daarvan overtuigen? Als papa of mevrouw Fennel zelfs maar vermoedde dat ik die twijfels had...

Ik wikkelde mijn geheime gedachten in een keurig pakje en stopte dat zo diep mogelijk weg in de kast van mijn geheugen, precies op het moment dat de deur opengigng en Ava mijn kamer binnenkwam. Ze keek om zich heen in mijn kamer, alsof ze letterlijk in de lucht kon zoeken naar mijn innerlijke gedachten. Toen knikte ze naar de leerboeken die open op mijn bureau lagen.

'Verspil niet al te veel tijd daaraan,' zei ze, achterdochtig door mijn kamer lopend, terwijl ze haar ogen alle kanten op liet dwalen.

'Wat bedoel je? Waarom niet?'

Ze haalde haar schouders op. 'Je dagen op school zijn geteld. Waarom zou je je druk maken over je cijfers?'

'We zijn bijna aan het eind van het schooljaar. Papa zal toch zeker niet verhuizen vóór het eind?'

'Denk je heus dat dat papa iets kan schelen?' vroeg ze. Toen glimlachte ze. 'Doe niet zo belachelijk, Lorelei. Anderen, die daar,' zei ze minachtend, gebarend naar het raam om alles en iedereen aan te duiden die buiten onze wereld leefden, 'hebben goede cijfers nodig omdat die de sleutels zijn om deuren voor ze te openen. Wij niet. Papa regelt altijd alles voor ons.'

'Ik doe het niet om deuren voor me te openen, Ava. Ik doe het omdat ik het prettig vind.'

'O, alsjeblieft,' zei ze en ging aan mijn toilettafel zitten. Ze schikte haar haar en bestudeerde zichzelf in de spiegel.

'Waar ben je met Marla geweest?' vroeg ik. Ze was zo in zichzelf verdiept, dat ik niet dacht dat ze me hoorde. Toen keek ze niet langer naar zichzelf en draaide zich naar mij om.

'Om te oefenen.'

'Te oefenen? Wat te oefenen?'

'Ik weet niet of je het de laatste tijd gemerkt hebt, waarschijnlijk niet, omdat je met je hoofd tegenwoordig op de verkeerde plaatsen bent, maar onze kleine Marla is hard bezig volwassen te worden. Papa vindt dat ze iets heel opmerkelijks heeft, zelfs nog meer dan jij of ik. Voor het eerst in, laten we zeggen eeuwen, denkt hij dat hij misschien twee dochters heeft die in dezelfde tijd volwassen en capabel genoeg zijn.' Ze lachte. 'Stel je voor dat je elkaar elke maand kunt afwisselen. Wat een opluchting.'

'Dat begrijp ik niet. Hoe kan dat? Ze is nog niet eens veertien. Ze heeft nog geen volwassen figuur, geen –'

'Papa zegt dat hij kan voelen dat ze er binnenkort meer als achttien, negentien, zal uitzien. Over nog geen zes maanden zal ze je waarschijnlijk vlak op de hielen zitten,' zei ze grijnzend.

'Op mijn hielen zitten?'

'Natuurlijk, Lorelei. Denk eens aan de competitie, de echte onderlinge rivaliteit. De een die de ander probeert te overtreffen als het erop aankomt papa te brengen wat hij nodig heeft zodra hij het nodig heeft. Wie haalt de beste vangst binnen? Wie van jullie zal het er beter afbrengen, sneller, vlotter?'

Ze draaide zich weer om naar de spiegel, pakte mijn borstel en zwiepte haar pony uit haar ogen.

'Op die manier zal het voor papa ook geen probleem zijn als een van jullie vervangen moet worden.' Ze hield op met borstelen. 'Opwindend, hè? Ik zou bijna willen dat ik met je kon ruilen, en jij weg zou gaan en niet ik.'

'Hoe kan dat opwindend zijn? Het klinkt afschuwelijk, twee zussen die elkaar proberen af te troeven.'

Ze knikte. 'Ik had gelijk wat jou betreft. Papa begint het nu ook te zien.'

'Gelijk waarmee?'

'Je mist iets wat de rest van ons heeft. Een soort hunkering, een intens verlangen, een behoefte die je harder, waakzamer en zelfverzekerder maakt. Papa denkt, hoopt, dat je ernaar toe zult groeien, dat ik je misschien zal inspireren, maar ik betwijfel het sterk, en papa is op mijn instinct gaan vertrouwen. Denk je dat hij zich ooit op zijn gemak zal voelen door te vertrouwen op jouw instinct?' Ze bekeek zichzelf weer trots. 'Ik betwijfel het.'

'Je hebt me nooit gemogen, hè, Ava?' vroeg ik. 'Al die tijd die we onlangs met elkaar hebben doorgebracht, was gewoon onderdeel van een of ander plan, hè?'

'Doe niet zo kinderachtig. Dit heeft er niks mee te maken of ik je al dan niet mag, en of ik je wel of niet mag heeft trouwens niks te maken met wat moet gebeuren. Je hoeft het mij niet naar de zin te maken, maar papa en mevrouw Fennel, en, of je dat op het ogenblik nu wel of niet voelt, ook jezelf. Ik moet bekennen,' ging ze na een korte stilte verder, 'dat Marla steeds meer zelfingenomen wordt. Eigenlijk ben ik een beetje jaloers op haar, en ik had nooit gedacht dat ik ooit op iemand, wie dan ook, jaloers zou zijn.'

'Waar ben je vandaag met haar geweest toen je haar van school haalde?'

'Waarom? Word je plotseling ook een beetje jaloers?'

'Misschien.'

Ze lachte. 'Goed zo. Misschien is er nog hoop voor je. Ik heb haar meegenomen naar Laguna Beach om haar een voorproefje te geven van de jongens op het strand. Ze was een hit. Ik moest ze van haar afrukken. Ik was diep onder de indruk van haar volwassen gedrag. Het is gemakkelijk te zien dat papa gelijk heeft wat haar betreft. Ik kan me niet herinneren dat hij zulke dingen over jou heeft gezegd toen je zo oud was als Marla. Misschien verwende hij je daarom meer dan een van ons.'

'Hij verwende me niet. Hij hield van me.'

'Noem het wat je wilt.' Ze stond op, draaide zich om, bekeek haar figuur in de spiegel en glimlachte naar me. 'Maak je maar niet bezorgd, Lorelei, je zult nu heel gauw de kans krijgen om je te bewijzen.'

'Wanneer?'

'Gauw.' Ze leek plotseling zelf jonger, blijdschap deed haar ogen glanzen. 'Opwindend hoe gauw de dingen gaan als je er klaar voor bent, hè? Ik ben klaar om weg te gaan, en jij bent klaar om te beginnen.'

'Ja,' zei ik snel om elke twijfel weg te nemen. 'En als je weggaat, word je dan net als Brianna en wil je nooit meer iets met ons te maken hebben?'

'Vraag niets over mijn bestemming, die van Brianna of zelfs die van jou,' waarschuwde ze. Toen glimlachte ze weer, haar stemming sloeg weer om. 'Papa heeft nog een verrassing voor ons aan het diner.'

'Wat dan?'

'Als ik het je vertel, is het geen verrassing meer. Toch?'

'Waarom is het voor jou dan geen verrassing?'

'Ben je daar nu nog niet achter, Lorelei? Ik heb een ander stadium in mijn ontwikkeling bereikt. Ik behoor nu tot wat je zou kunnen noemen papa's vriendenkring.' Ze kwam dichter bij me staan en kneep haar ogen halfdicht. 'Denk je dat jij ooit zover zult komen?'

Het leek of ze haar lippen tegen de mijne had geperst en de lucht uit mijn longen en keel zoog. Even kon ik geen woord uitbrengen.

'Ik zal net zo'n goede dochter zijn voor papa als jij bent geweest,' zei ik toen uitdagend.

'Ik hoop het. Ter wille van jou hoop ik het,' zei ze, liep naar de deur en opende hem voor ze zich weer naar me omdraaide. 'Ik denk dat we het gauw genoeg zullen weten, hè? Zie je vanavond aan tafel.' Ze deed de deur zachtjes dicht, maar de harde, scherpe klik voelde als een steek door mijn hart.

Ik liep op eieren toen ik naar de eetkamer ging. Toen ik langs de zitkamer kwam, hoorde ik papa lachen en keek naar binnen. Marla toonde iets wat hij grappig vond. Zoals ze voor hem paradeerde, leek ze te demonstreren hoe ze liep, met haar schouders draaide en met haar ogen flirtte. Hij klapte in zijn handen en zag me toen in de deuropening staan.

'Ha, Lorelei, kom binnen. Marla deed juist iets voor dat ze de Dans van de Honingbij noemt. Vind je dat geen leuke naam ervoor?'

'Dat weet ik niet, papa, ik heb het niet gezien.'

'Nou, dat komt nog wel.' Hij stond op. 'Waar is onze Ava? Ik krijg honger. Marla heeft mijn eetlust gewekt.'

'Ik ben hier, papa,' riep ze achter me.

'Oké, meiden,' zei hij. 'Laten we voor de verandering eens naar binnen gaan voordat mevrouw Fennel ons roept. Ik heb een belangrijke mededeling.'

Hij strekte zijn handen uit naar Marla zoals hij naar mij had gedaan op die avond toen ik de jurk droeg die hij uit Parijs voor me had meegebracht. Hij gaf haar ook een zoen. Ik bekeek haar wat aandachtiger toen ze zich vrolijk naar me omkeerde. Ze was werkelijk volwassener, rijper, vooral de uitdrukking in haar ogen. Ik had het die ochtend niet gezien, maar misschien kwam dat omdat ik met mijn gedachten elders was. Of misschien kon ik het niet zien opbloeien. Misschien kon alleen papa dat.

We gingen aan tafel hand in hand zitten, wachtend op papa's mededeling.

'Lieverds van me,' begon hij, 'als het leven enigszins interessant wil zijn, speciaal voor ons, dan moet het van tijd tot tijd voor een verrassing zorgen. Bedenk eens hoe vervelend het moet zijn voor een helderziende om precies te weten wat er komt na de volgende minuut, het volgende uur, de volgende dag. Als er werkelijk een god is, en hij is alwetend, dan moet hij net zo verveeld zijn met zijn eeuwige bestaan als wij zouden zijn. Wees nooit bang voor het onbekende. Koester het, zoals je de duisternis koestert. Ik denk graag dat ons leven een ritme heeft, zoals ons hart een ritme heeft, en als dat om de een of andere reden verandert, weten we dat er iets nieuws op komst is of is gekomen.' Hij knikte naar Marla.

Ik keek naar Ava. Ze keek met die superieure glimlach, die ik op dit moment graag van haar gezicht wilde meppen.

'Veranderingen eisen veranderingen,' ging papa verder. Hij sloeg zijn handen ineen en legde ze op zijn borst. 'Ik heb besloten dat we over twee weken dit huis zullen verlaten.' Hij zweeg even en gaf Ava een knikje. 'Ava zal ons niet vergezellen. Ze gaat weg, maar niet waar wij naartoe gaan. In het nieuwe huis,' vervolgde hij, met een blik op Marla en mij, 'krijgen jullie ook een nieuw zusje, een baby.'

'O, geweldig, papa,' riep Marla uit, voor ik iets kon zeggen. 'Ik droomde ervan een nieuw zusje te hebben en ervoor te helpen zorgen.'

'Heus? Heel vooruitziend. Dat is een teken dat er goede dingen in het verschiet liggen voor jou en voor ons,' zei papa.

Ze ontvlamde bijna van trots.

'Waarom gaan we zo gauw weg, papa?' vroeg ik, net toen mevrouw Fennel binnenkwam. Ze bleef staan met ons eten op een blad en keek me kwaad aan. Mocht ik zelfs dat niet vragen?

'We lopen niet weg voor iets of iemand, als je dat soms mocht denken, Lorelei,' zei ze. 'Het heeft niets te maken met wat hier is gebeurd.'

'Daar dacht ik niet aan. Ik was alleen maar nieuwsgierig.'

'Je vader weet instinctief wanneer het tijd is om te vertrekken,' zei mevrouw Fennel.

Zelfs Ava en Marla waren verbaasd dat ze in papa's plaats had geantwoord.

'Ik popel van verlangen om dit huis en deze school in de steek te laten, papa,' zei Marla. 'Niets is fijner dan ergens opnieuw te beginnen. Zoals je vaak tegen ons gezegd hebt: Leef alsof elke dag het begin is van je leven.'

'Precies,' zei papa verheugd. Hij keek met een bezorgde blik naar mij.

'Ik heb geen reden om hier te willen blijven,' zei ik gauw, denkend dat het de juiste opmerking was. 'Weet je al waar we naartoe gaan?'

Hij glimlachte, maar het was niet zo'n lieve glimlach als ik gewoonlijk van hem kreeg. 'Natuurlijk, Lorelei. Je hoeft je nergens ongerust over te maken.'

'Lorelei is de piekeraarster in onze familie, papa,' zei Ava, mij strak aankijkend.

'Een beetje piekeren is goed,' zei papa. Mevrouw Fennel begon te serveren. 'Maar je mag je door niets de leiding uit handen laten nemen of een storende invloed laten uitoefenen op wat je moet doen en wie je moet zijn. De weg is bezaaid met degenen die dat doen,' voegde hij eraan toe. Hij glimlachte naar ons en toen naar het braadstuk dat mevrouw Fennel op haar eigen speciale manier had bereid.

Nog nooit hadden papa's woorden me angst aangejaagd, maar iets in zijn stem deed een koude rilling over mijn rug lopen. Dat, plus Ava's aandachtig volgen van elke beweging van me, benam me de eetlust, maar ik at toch om het te verbergen.

Ik voelde me zelfs opgelucht toen papa zei dat hij na het eten wegging en we niet zoals gewoonlijk een paar uur met hem naar muziek zouden luisteren, praten en dansen. Ik was bang dat Ava nog iets anders over me zou kunnen zeggen, en het stoorde me dat papa met meer belangstelling en liefde naar Marla keek dan naar mij.

Alle drie gingen we naar onze kamer, maar ik zag Marla en Ava eerst nog samen fluisteren in de gang. Ik probeerde te lezen om me bezig te houden en niet te denken aan alle veranderingen die weldra zouden komen, maar het lukte me niet. Ava had gelijk. Ik was de piekeraarster in de familie. Ik maakte me zelfs ongerust dat te veel gepieker, zoals papa had gewaarschuwd, me zou beletten te doen wat ik moest doen en te zijn wie ik moest zijn.

Een paar uur later, toen ik aanstalten maakte om naar bed te gaan, kwam Ava naar mijn kamer. Ze klopte zelden aan, maar deze keer leek ze opzettelijk onhoorbaar binnen te sluipen, alsof ze verwacht had me op iets verkeerds te betrappen. Ik had geen idee hoe lang ze naar me had staan staren toen ik opkeek en haar zag.

'Moet je echt zo stiekem binnenkomen, Ava?'

'Ik vraag me af waarom je niet voelt dat ik er ben. Ik zou jouw aanwezigheid zeker gevoeld hebben toen ik zo oud was als jij,' zei ze, in plaats van zich te verontschuldigen. 'Je bent er niet bij met je gedachten.'

'Misschien ben ik gewoon moe. Wat is er?'

'Jij en ik gaan onze volgende prooi bespreken. Je gaat sneller vooruit. Jij zult hem deze keer afleveren. Het moet zaterdag over een week gebeuren. Papa en ik hebben het besproken, en hij is ervan overtuigd dat ik gelijk heb.'

'Gelijk waarmee?'

'De keus,' zei ze. 'Het is beter dat je het de eerste keer dat je de leiding neemt, wat rustiger aan kunt doen. We gaan samen, maar jij brengt hem thuis.'

'Wie?' vroeg ik, al wist ik het antwoord.

Ze glimlachte. 'Je weet wie, Lorelei. Doe maar niet zo onschuldig. Moge je slaap vrij zijn van zandvlooien,' zei ze plagend en liet me alleen.

Uren geleden had ik gezworen dat ik zou proberen mijn gevoelens voor Buddy te onderdrukken. Ik hoopte dat ik er net zo onverschillig onder zou zijn als Ava. Hield ik mezelf voor de gek? Was het me onmogelijk dit te doen, en zo ja, wat zou er dan met me gebeuren? Ik kon me geen mislukking permitteren. Wat ik eerst beschouwd had als ongerustheid was niet te vergelijken met wat er bijna de hele nacht in mijn hoofd rondspookte. Ik viel in slaap, maar werd een paar uur later wakker en probeerde de slaap weer te vatten. Toen het ochtend werd, voelde ik me teleurgesteld. Ik was ten slotte toch in slaap gevallen.

Vergeleken met Marla zat ik erbij als een non die een gelofte van zwijgen heeft afgelegd. Mevrouw Fennel keek me argwanend aan, maar Marla was zo opgewonden over de dingen die papa ons verteld had, dat ze het niet merkte, of me vroeg waarom ik zo stil was. Ava was gelukkig lang blijven slapen. Ze had geen reden om zo vroeg op te staan als wij en zat niet aan het ontbijt om me te sarren met haar glimlachjes en sarcastische opmerkingen.

Ten slotte, op weg naar school, vroeg Marla me waarom ik zo stil was die ochtend. Zou ik het wagen haar te vragen of ze iets voelde van wat ik voelde? Zou ze meteen naar Ava gaan om het haar te vertellen?

'Net als ik, heb je geen vrienden gemaakt op school, Marla, dus ik denk dat jij er geen enkel probleem mee hebt dat we weggaan, hè?'

'Niet in het minst. Waarom? Jij wel?'

'Ik weet dat je je weleens ongelukkig hebt gevoeld omdat je thuis moest blijven terwijl de andere meisjes uit je klas met een date naar een feestje gingen of naar een film. Dat heb je me zelf verteld.'

'Ik heb er geen last meer van,' antwoordde ze.

'Wanneer is dat begonnen?'

'Weet ik niet. Kortgeleden. Waarom, heb jij er nog last van?'

'Soms,' bekende ik. Ik keek haar aan. 'Je hoeft tegen mij niet te zeggen wat je tegen Ava zegt.'

Ze lachte.

'Wat vind je zo grappig?'

'Dat is wat Ava zegt over jou. Ik hoef niet tegen haar te zeggen wat ik tegen jou zeg.'

'Jij en Ava praten over mij?'

'Net zoals jij en ik over haar praten en jullie tweeën over mij. Doe nou niet net of je je beledigd voelt of zo, Lorelei.'

'Ik voel me een beetje gekwetst, Marla. Ik dacht dat jij en ik beter met elkaar omgingen.'

'We gaan met elkaar om zoals papa wil dat we doen, zoals het nodig is dat we doen. Probeer niet mijn medelijden te wekken, Lorelei.'

'Dat doe ik niet.'

'Goed,' zei ze. Na een ogenblik ging ze verder. 'Ava heeft me gewaarschuwd dat je zo kon zijn.'

'Hoe?'

'Bang voor me,' zei ze en ze keek naar me met de felle blik die Ava kon hebben.

'Wat? Waarom zou ik in vredesnaam bang voor je zijn?'

'Dat zul je zijn,' zei ze zelfverzekerd. Ze glimlachte en keek voor zich uit, alsof ze werkelijk de toekomst kon zien. 'Dat zul je.'

'Dat is geen aardige opmerking voor een zusje. Ik dacht dat we voor elkaar horen te zorgen.'

'En dat doen we ook. Ik tenminste.'

Ik was blij dat we bij school waren en ik haar alleen kon laten. Ze gedroeg zich arroganter dan ooit. Ik was woedend op mezelf omdat ik probeerde closer met haar te worden, haar mijn gevoelens toe te vertrouwen. Beide zussen maakten dat ik me steeds meer een buitenstaander begon te voelen. Het bezorgde me de hele dag een slecht humeur, en zelfs degenen die altijd deden of ik onzichtbaar was, leken erdoor beïnvloed. Ze bleven nog een meter verder uit mijn buurt en maakten zich haastig uit de voeten als ik liep. Eerlijk gezegd verbaasde het me zelf dat ik die ochtend zoveel woede en wrok voelde. Het had ook een vreemde fysieke uitwerking op mijn lichaam. Mijn armen en benen voelden harder, mijn grip op dingen krachtiger. Ik voelde mijn schouders verharden, en of het nu verbeelding was of niet, ik kon scherper horen, hoorde dingen die leerlingen aan het andere eind van de gang tegen elkaar zeiden, en ik kon ook beter ruiken. De bel die het eind van een les en het begin van de volgende aankondigde trilde door in mijn botten.

En er ging een heel vreemd gevoel door me heen toen ik aan de lunch dicht bij Meg en Ruta zat. Ze stelden zich verschrikkelijk aan voor Tommy Holmes. Allebei droomden ze er waarschijnlijk van dat hij haar zou vragen voor het aanstaande eindexamenfeest. Het was niet alleen dat ik zag hoe ze zich tegen hem aandrukten of zijn hand aanraakten of hun schouders bewogen en hun borsten naar voren staken om zijn aandacht te trekken. Vreemd als het misschien klinkt, het was het geluid van hun hartslag en de reuk van hun seks. Het maakte me misselijk, en ik moest opstaan en vertrekken. Waarschijnlijk merkten ze het geen van beiden. Ze hadden het veel te druk met hun pogingen om Tommy's belangstelling te wekken.

Ik kalmeerde toen ik buiten kwam, maar mijn reactie op wat ik hoorde en zag was een beetje beangstigend. Ik had het gevoel dat al mijn gevoelens en gedachten door elkaar heen kronkelden. Mijn innerlijk was in beroering. Ik was nooit ziek of misselijk. Ik hoefde nooit tijdens de les naar huis of naar de medische dienst. Ik kon me zelfs niet herinneren dat ik me ooit onwel had gevoeld aan het begin van mijn menstruatie. Ik wist niets van de krampen waar andere meisjes aan leden. Zou dit een inhaalslag zijn? Waarom had mevrouw Fennel die mogelijkheid niet geopperd, als die bestond?

Ik klapte mijn mobiel open en belde naar huis. Ze nam onmiddellijk op. 'Wat is er, Lorelei?' Het was haast alsof ze naast de telefoon had gestaan en mijn telefoontje verwachtte.

'Ik weet het niet. Ik weet het niet zeker. Ik heb het gloeiend heet en dan koud, ik ben kwaad en dan bedroefd. Mijn lichaam voelt of het in steen verandert en dan is alles plotseling weer normaal.'

'Kom naar huis,' zei ze. 'Ava haalt Marla vandaag wel af.'

'Is er iets mis met me?'

'Nee, er is niets mis, maar ik heb liever dat je nu meteen naar huis komt.' Ze hing op voor ik nog iets kon zeggen. Ik ging naar het kantoor om me af te melden en voordat iemand iets kon vragen, was ik verdwenen. Mevrouw Fennel wachtte op me toen ik thuiskwam. Ze stond in de deuropening van de keuken, een glas met een groenachtige vloeistof in de hand.

'Dit moet je opdrinken en dan naar je kamer om te rusten,' zei ze.

'Ik snap niet wat er met me aan de hand is. Wat is dat?'

'Doe nou maar wat ik zeg,' snauwde ze en stopte het glas in mijn hand.

Ik pakte het aan, keek naar haar en dronk. Het smaakte minder afschuwelijk dan het eruitzag, en toen het door mijn keel gleed, kreeg ik het warm, maar het was een sussende warmte.

'Ga nu een tijdje naar bed,' zei ze.

'Is papa thuis?'

'Nee,' zei ze. 'Ga naar bed.'

Ze draaide zich om, en ik liep naar mijn kamer. Daar kleedde ik me uit en kroop onder het dekbed, legde mijn hoofd op het kussen en deed mijn ogen dicht.

Een paar ogenblikken later sliep ik. Toen ik wakker werd, was het buiten donker. Langzaam stond ik op en keek op de klok. Ik had uren geslapen. Het duurde even voor ik me niet langer suf en duizelig voelde, en toen begon ik me aan te kleden. Het was te laat voor het eten, maar ik dacht dat Ava, Marla en papa in de zitkamer zouden zijn. Maar plotseling vloog mijn deur open. Ava stond met een woedend gezicht op de drempel.

'Wat is er?' vroeg ik.

'Heb je iets tegen hem gezegd?'

'Tegen wie?'

'Hou je niet van de domme, Lorelei. Ik zal het je nog eens vragen. Heb je iets tegen hem gezegd?'

'Bedoel je Buddy Gilroy? Nee. Waarom vraag je dat?'

Ze keek me even aan en toen ontspande ze zich en kwam binnen, deed de deur achter zich dicht. 'Er is iets mis,' zei ze terwijl ze op mijn bed ging zitten. 'Hij heeft me de hele dag vermeden, en ik ben met opzet naar hem op zoek gegaan.'

'Heeft hij naar mij gevraagd?'

'Wat? Nee, natuurlijk niet. Misschien is hij echt een homo,' zei ze. Ava kon geen afwijzing verdragen. Het deed me plezier te zien dat ze het zo te kwaad had.

'Misschien wel,' zei ik. 'Ik heb eens gelezen dat homoseksuele studenten proberen hetero's te zijn in het oog van hun vrienden omdat ze zich schamen voor wat en wie ze zijn of bang zijn belachelijk te worden gemaakt.'

Ze dacht na. 'Misschien,' zei ze. 'Als dat waar is, deugt hij toch niet voor papa. Ik zal er nog eens over na moeten denken.'

'Zoals je wilt, Ava.'

Ze keek me aan alsof het nu pas tot haar doordrong dat ik er was. 'Wat is er vandaag met je gebeurd?'

Ik beschreef mijn symptomen.

Ze luisterde en knikte toen. 'Dat is normaal.'

'Is het jou ook overkomen?'

'Ik zei toch dat het normaal was?' Ze stond op. 'Papa is vannacht met iemand samen, dus storm daar niet plotseling naar binnen.'

'O.'

'Ik begrijp hem niet. Meestal heb ik het door als mannen waardeloos zijn voor papa.'

Ze keek me aan, en ik haalde mijn schouders op.

Toen ging ze naar buiten en deed de deur hard achter zich dicht.

Had ik Buddy's leven gered?

En misschien dat van mijzelf?

14

Gered

Ik besefte vrijwel onmiddellijk dat Buddy zijn belofte had gehouden en nu natuurlijk verwachtte dat ik mijn belofte ook zou nakomen. Als ik dat niet deed, zou hij weleens terug kunnen gaan naar Ava, om zich op mij te wreken of omdat hij wilde hebben wat ze aanbood. De volgende dag op school ging ik tussen de lessen door naar buiten en belde hem. Hij nam niet op, maar ik liet een bericht achter dat ik zou bellen wanneer ik vrij was. Vlak voor de lunch ging mijn telefoon. Als iemands telefoon ging onder de les of zelfs in de gang, nam de directeur het telefoonprivilege voor de rest van het jaar af en schorste de leerling voor minstens twee dagen. Voordat iemand hem een tweede keer kon horen overgaan, liep ik haastig het meisjestoilet binnen.

'Hallo,' zei ik, denkend dat het papa kon zijn.

'Je hebt me gebeld,' zei Buddy opgewonden. 'Je hebt je belofte gehouden. Ik wilde je geloven, maar ik was toch sceptisch.'

'Hoe ben je aan mijn nummer gekomen?'

Hij lachte. 'Weet je niet dat je nummer in mijn mobiel staat? Dat van mij staat waarschijnlijk in jouw mobiel.'

'O.'

'Je gebruikt je telefoon niet vaak, hè?'

'Nee.'

'En, betekent het dat ik mijn avondje uit heb verdiend? Wat zou je zeggen van dit weekend?'

'Het is een beetje hectisch thuis. Ik weet nog niet precies wanneer of waar we elkaar weer kunnen ontmoeten, maar ik wilde je laten weten dat ik blij ben dat je hebt gedaan wat je beloofd had.'

'Ik zou nooit een belofte aan jou kunnen verbreken, Lorelei. Kunnen we weer na schooltijd afspreken? Ik ga overal heen, waar je maar wilt.'

'Ik kan niet. Ik moet vandaag mijn jongste zusje naar huis brengen.'

'Daarna?'

'Ik kan niet vandaag.'

'Wat een sof. Je gaat je belofte nu toch niet verbreken, hè?'

'Nee. Ik bel je zodra we iets kunnen afspreken.'

'Ik ga met mijn telefoon naar bed,' beloofde hij.

Ik lachte. Twee meisjes uit mijn klas, Shirley Fox en Patti Jonston, kwamen giechelend binnen. Ze bleven staan toen ze me zagen.

'Mijn les begint. Ik bel je,' zei ik snel en klapte mijn telefoon dicht.

'Daar kun je voor geschorst worden,' zei Patti.

'Ik ben verleden jaar geschorst,' zei Shirley, 'en ik sms'te alleen maar naar mijn vriendje. Ik maakte zelfs geen lawaai.'

Ik dacht er even over na en glimlachte toen. 'Bedankt voor het advies,' zei ik. Ze grijnsden toen ik nog steeds glimlachend wegliep.

Vlak voordat de bel ging voor mijn volgende les, deed ik net of mijn mobiel was overgegaan, en bleef ik buiten voor de deur van mijn klas staan luisteren en fluisteren. De tweede bel klonk, maar ik ging niet naar binnen. Enkele ogenblikken later verscheen mijn docent, meneer Trustman, in de deuropening, op zoek naar mij. Ik twijfelde er niet aan of hem was door een of meer van de andere leerlingen verteld dat ik op de gang stond met mijn mobiel.

'Lorelei Patio!' riep hij.

Zogenaamd verbaasd keek ik op en klapte mijn mobiel dicht. 'Het spijt me,' zei ik.

'Mij ook. Ik ben heel erg teleurgesteld in je. Niet alleen kom je te laat, maar je staat ook nog te telefoneren? Ga meteen naar het kantoor van de directeur,' beval hij. Hij strekte zijn lange arm uit met dezelfde stijve wijsvinger waarmee hij in de klas iets wilde benadrukken.

Ik boog mijn hoofd en liep haastig de gang door. Dank zij de intercom wist de secretaresse van de directeur, mevrouw Winters, al precies waarom ik naar het kantoor was gestuurd, nog voordat ik er kwam. Ze was een mollige vrouw van 1,55 meter met donkergrijs haar en een engelachtig gezicht. Meestal gedroeg ze zich als een surrogaatmoeder, gaf de leerlingen die de regels hadden overtreden een vriendelijke berisping en prees degenen die lof hadden verdiend. Ze had een persoonlijk mededelingenbord, waarop ze bijzondere prestaties van leerlingen prikte, van sport- tot taalwedstrijden. Ze schudde haar hoofd toen ik binnenkwam.

'Wat een teleurstelling,' zei ze. 'Van alle leerlingen juist jij. Wat een teleurstelling. Dr. Phelps verwacht je. Ga maar meteen naar binnen.' Ze schudde weer haar hoofd.

Onze directeur was een lange, magere, vijfenveertigjarige man met bruin haar en een bedroefd en vermoeid gezicht. Normaal sprak hij zacht, hij was moeilijk te verstaan als je hem niet je volle aandacht gaf. Ik had hem in actie gezien als het om discipline ging. Wat de overtreding ook was, van te luid kauwen op kauwgum tot het bekladden van een deel van het gebouw, hij had altijd dezelfde onmiddellijke reactie, nam het heel persoonlijk op en had meer medelijden met je ouders dan met jou of zelfs met hemzelf. Het was altijd: 'Je hebt ons teleurgesteld. Wat moeten we hiervan denken, wat moeten we doen?'

Bij sommige leerlingen werkte het en toonden ze oprechte spijt, maar de meesten vonden het een gemakkelijke manier om er onderuit te komen, ondanks de straf die erop volgde.

'Ik heb je vader maar een paar keer ontmoet,' zei hij toen ik binnenkwam, 'maar ik weet dat we allebei erg teleurgesteld zullen zijn door je gedrag, Lorelei. Tot nu toe ben je een voorbeeldige leerlinge geweest, werkte je goed en gedroeg je je in en buiten de klas als een klein dametje. Iedereen heeft alleen maar goede dingen over je te melden. Hoe kun je zo plotseling veranderen en schaamteloos een van de belangrijkste regels van onze school overtreden?'

Ik gaf geen antwoord, maar probeerde niet al te berouwvol of verontschuldigend te kijken. Ik was bang dat hij de straf zou opheffen en me een tweede kans geven. Maar dit was een particuliere school, en iedereen was erg gevoelig voor de mogelijkheid dat iemand een speciale behandeling zou krijgen, want dat was nu eenmaal de norm buiten de school. De kinderen waren in het algemeen van gegoede, vrij invloedrijke familie. Ik had leerlingen vaak horen opscheppen over het feit hoe hun ouders hun een verkeersboete hadden bespaard of hoe ze in clubs konden komen waar hun normaal de toegang zou worden geweigerd. Speciale gunsten kwamen voort uit financiële of politieke macht. Niemand was daar gevoeliger voor dan dr. Phelps.

'Ik zou van nu af aan die telefoon van je maar thuis laten. Als je hem weer gebruikt in dit gebouw of op dit terrein, word je van school gestuurd,' zei hij.

Hij bleef lange tijd zwijgen en ik was al bang dat er verder niets zou volgen.

'Volgens de regels van onze school,' vervolgde hij, na duidelijk te hebben overwogen wat hij moest doen, 'word je twee dagen geschorst. Ik zal vandaag meetellen als een van die dagen, ook al is de dag al half voorbij. Je moet het gebouw verlaten. Je vader wordt natuurlijk gebeld, dus ik raad je aan meteen naar huis te gaan.'

Ik knikte. Dat ik had verzuimd te zeggen dat het me speet of iets anders dat berouwvol klonk, ergerde hem blijkbaar en maakte hem strenger.

'Misschien hebben we je verkeerd beoordeeld.' Hij kneep zijn ogen samen. 'We zullen je voortaan wat beter in de gaten houden, juffie.' Zijn strakke lippen verrieden zijn innerlijke woede. Ik knikte weer. 'Je kunt gaan,' zei hij.

Ik stond op en liep langzaam naar buiten, maar zodra ik op de gang kwam, liep ik haastig naar de uitgang. Zodra ik het gebouw verlaten had, haalde ik mijn mobiel tevoorschijn en belde Ava. Hoewel ze college liep, klonk ze slaperig. Het duurde een paar ogenblikken en er was een tweede uitleg nodig voor ze het begreep.

'Geschorst? Omdat je je mobiel opnam?' Ik kon haar achterdocht bijna zien exploderen. 'Wie heeft je gebeld?'

'Ik dacht dat jij het was,' zei ik. 'Anders zou ik niet hebben opgenomen.'

'Ik heb niet gevraagd wie het niet was. Wie was het?'

'Iemand die een verkeerd nummer had gebeld. Ze sprak Spaans, en het duurde even voor ik haar aan het verstand had gebracht dat ik niet Lourdes was of zo, maar toen was het al te laat. Een van mijn geweldige nieuwe vriendinnen, of misschien waren het er wel twee, vertelde het aan mijn docent en die stuurde me naar de directeur. Ik moet weg uit het gebouw. Jij zult Marla aan het eind van de dag moeten ophalen.'

'Ik snap niet dat we je ooit dat mobieltje hebben gegeven.'

'Papa heeft hem me gegeven.'

'Ja, nou, je boft, Lorelei. Hij en mevrouw Fennel zijn twee dagen de stad uit. Ze heeft eten voor ons achtergelaten dat we kunnen opwarmen. Dat privilege laat ik graag aan jou over.'

'Waar zijn ze naartoe?'

'Waarschijnlijk op zoek naar je nieuwe huis.'

'Waar is dat?'

'Weet ik niet. Ik aap jou niet na en hang de hele dag rond om vragen te stellen.'

'Wanneer komt er een nieuw zusje bij ons wonen?'

'Heb je niet gehoord wat ik zei? Ik ondervraag papa niet, en zeker mevrouw Fennel niet. Weet Marla wat er gebeurd is?'

'Nee. Ik moest het gebouw onmiddellijk verlaten. Je zult haar vandaag en morgen moeten afhalen.'

'Waarom heb je niet gewoon op haar gewacht?'

'Drie uur rondhangen op de parkeerplaats? Bovendien wilde de directeur niet dat ik op het terrein bleef,' zei ik, overdrijvend. 'Het hoeft geen probleem te zijn. Als je gewoon aan het eind van de schooldag op de parkeerplaats bent, weet ik zeker –'

'Ja, bedankt. Ik moet eerst ergens naartoe. Nu zal ik me moeten haasten,' zei ze, en hing op.

Zodra de verbinding verbroken was, belde ik Buddy. Aan zijn gefluister was duidelijk te horen dat hij in een leslokaal zat.

'Wacht even,' zei hij. Even later kon hij wat harder praten.

'Sorry. Ik wilde je niet storen. Heb ik je in moeilijkheden gebracht?'

'Ben je mal? Nee. Je hebt me een gunst bewezen. Je hebt mijn slaap verstoord. Die gozer kan een dolle stier dood vervelen. Ik denk dat hij er was om ons concentratievermogen te testen. Hij werkt vast voor de CIA of zo'.

'Maak me niet aan het lachen,' zei ik. 'Ik zit in de problemen en kan niet vrolijk kijken of zijn.'

'Problemen? Wat is er gebeurd?'

Ik vertelde het hem en zijn gedachten gingen onmiddellijk in de juiste richting.

'Je hebt ongeveer drie uur voor je zusjes thuiskomen?'

'Zo ongeveer.'

'We verspillen tijd,' zei hij, en vertelde waar we elkaar konden ontmoeten in Brentwood. 'Ik ben er eerder dan jij,' beloofde hij en gaf een beschrijving van zijn auto.

'Weet je het zeker? Mis je geen colleges?'

'Ik loop naar de parkeerplaats terwijl ik tegen je praat. Bel me als je verdwaalt.'

Ik stapte in mijn auto. Mijn hart bonsde als een lekke band op een straatweg. In mijn binnenste woedde een burgeroorlog. Een deel van me schreeuwde waarschuwingen, luidde alarmbellen, en een ander deel bruiste van nieuwe opwinding en rebellie. Nog geen halfuur later reed ik een deftige straat in en zag Buddy tegen zijn auto geleund staan in de oprit van het adres dat hij me had gegeven. Het was een doodlopende straat. Ik stopte naast zijn auto en stapte uit.

'Ik heb het gevoel dat ik net mijn eigen droom binnenkom,' zei hij. Hij keek zo stralend als een kleine jongen. 'Ik droomde vannacht, hoopte, zou je beter kunnen zeggen, dat we elkaar hier zouden ontmoeten.'

Ik bleef staan terwijl hij naar me toekwam, zijn handen op mijn schouders legde, zich naar me toe boog en me zachtjes kuste. Ik zei niets toen hij mijn lippen losliet, maar bleef dicht genoeg bij hem om hem gemakkelijk de kans te geven me opnieuw te kussen. Ik voelde een tinteling door me heengaan toen hij me weer zoende, een tinteling die door mijn aderen leek te stromen en mijn hart deed opspringen.

'Heb ik je al verteld hoe mooi je bent?'

'Terloops, ja.' Ik keek om me heen. 'Wiens huis is dit?' vroeg ik. 'Kunnen we hier wel zo blijven staan?'

'Het is het huis van mijn oom Frank, de jongste broer van mijn vader. Hij is een jaar of twee geleden gescheiden en als deel van de regeling heeft hij het huis gehouden. Hij is veel op reis, en omdat ik dichtbij woon, houd ik er min of meer toezicht op als hij weg is.' Hij glimlachte ondeugend. 'Hij is er nu niet, en als de kat van huis is...'

Hij pakte mijn hand en ik liep met hem naar de voordeur. Glimlachend maakte hij hem open en deed een stap achteruit om me binnen te laten. Gisteren, dacht ik, was ik vastbesloten bij hem uit de buurt te blijven, en vandaag ging ik ergens naar binnen om met hem alleen te zijn. Had ik mijn verstand verloren of juist teruggekregen? Ik wist dat ik angstiger, nerveuzer, en zeker onwilliger had moeten zijn, maar ik liep snel naar binnen, en hij volgde me, deed de deur achter ons dicht.

'Het is een comfortabel oud huis,' zei hij, om zich heen kijkend in de entree. 'Het is waarschijnlijk niet meer dan een ranch van ongeveer vijf- of zeshonderd vierkante meter, maar in deze buurt is het ongeveer drie, vier miljoen waard.'

Ik keek naar de zitkamer. Hij was half zo groot als die van ons, en het meubilair zag eruit of het uit een warenhuis kwam. Ik kon papa al minachtend horen zeggen 'Imitatie Smakeloos'. In zijn ogen hadden moderne meubels geen klasse, stijl en historisch gevoel. 'Een huis zonder antiek is een huis zonder ziel,' had hij eens gezegd. 'Erfgoed is het levensbloed van karakter.'

Buddy pakte mijn hand weer vast, en we liepen de zitkamer in, waar we gingen zitten op de kleine bruine bank. De kussens waren zo versleten dat we snel omlaagzakten en we moesten allebei lachen.

'Het is of je op marshmallows zit,' zei hij. 'Dus je hebt problemen op school. De eerste keer?'

'Ja.'

'Was het mijn schuld?'

'O, ja,' zei ik, en hij keek verbaasd op.

'Toen ik belde?'

'Nee, toen niet. Daardoor kwam ik op het idee.'

'Je bedoelt dat je... laat ik het goed begrijpen. Wil je zeggen dat je je met opzet hebt laten schorsen?'

Ik knikte.

'Waarom?'

'Om jou te kunnen zien.'

'Maar... waarom zouden we elkaar niet later kunnen zien of morgen of beter nog, dit weekend?'

'Ik weet niet of we elkaar ooit nog kunnen ontmoeten,' zei ik.

Hij deinsde achteruit. 'Hè? Je praat onzin. Ik dacht dat niet jij maar je zus wild en gek was.'

'Ze is meer dan dat, Buddy. Ze is gevaarlijk. Houd je aan je belofte en blijf uit haar buurt.'

'Gevaarlijk? Hoe kan ze gevaarlijk zijn, tenzij seks vergif is?'

'Je kunt me op mijn woord geloven. Ze is gevaarlijk.'

Hij keek me met een flauw ongelovig lachje aan. 'Wat is hier aan de hand? Spelen jij en je zus soms een spelletje met me?'

'Nee, nee, absoluut niet.'

'Ik weet hoe jullie tweeën die jongens in Dante pestten,' ging hij verder, nog steeds argwanend. 'Je houdt me voor de gek, hè? Ik bedoel toen je zei dat je je met opzet hebt laten schorsen zodat je de kans kreeg me te ontmoeten?'

'Nee. Ik vertel je de waarheid. Ik... mijn vader is heel streng wat het omgaan met anderen betreft.'

'Hè? Wacht eens. Je vader is streng, maar hij liet je wel naar Dante gaan?' Hij schudde zijn hoofd. 'Het slaat nergens op, Lorelei. Je maakt me zelfs een beetje bang. Je klinkt maf.'

'Ik weet het. Dat is niet mijn bedoeling.'

Hij lachte. 'Kom,' zei hij, boog zich naar me toe en bracht zijn lippen weer vlak bij mijn mond.

'Wacht,' zei ik. 'Laat het me uitleggen. Die avond dat je me bij Dante zag was de eerste avond dat ik ooit uitging zonder mijn vader.'

Hij keek aandachtig naar mijn gezicht om te zien of ik gekheid maakte, en leunde toen achterover. 'Je gedroeg je bepaald niet als een meisje dat voor de eerste keer uitgaat, althans enig meisje dat ik ooit heb gekend of gezien.'

'Ik had die avond een goede instructrice,' zei ik.

Hij kneep zijn ogen halfdicht. 'En wie was dat?'

'Mijn zus.'

'Hm, waarom was je vader zo inschikkelijk voor haar en niet voor jou?'

'Het is complex,' zei ik en zweeg even. Voor ik iets zei zou ik elk woord goed moeten overdenken. 'Ik ben geadopteerd.'

'Geadopteerd? Dat heb je me niet verteld. Je zei dat je moeder was gestorven.'

'Daarom ben ik geadopteerd, maar dat vertel ik nooit. Ik hou niet van het effect dat het op anderen heeft.'

'O.' Hij dacht even na en glimlachte toen. 'Ik vond al niet dat je zus en jij op elkaar leken. Maar nu je het zegt, waarom zou het feit dat je geadopteerd bent, iets veranderen in de manier waarop je vader jou anders behandelt dan Ava?'

'Er zijn beloftes gedaan.' Dat leek me veilig en enigszins logisch, zij het wat raadselachtig.

'O, dus je vader heeft je moeder wel gekend?'

'Ja, hij kende haar.'

‘En je echte vader? Waar was hij toen?’

‘Dat weet ik niet.’

Hij knikte. ‘Ik snap het. Het is inderdaad nogal complex.’ Hij keek peinzend voor zich uit.

Ik vond het vreselijk om dat alles te verzinnen, maar ik zag geen alternatief. ‘Het is goed zo. Ik hou heel veel van mijn vader, en hij houdt van ons allemaal.’

‘Prima. Misschien als je vader me leerde kennen, zou hij ontdekken dat ik een fatsoenlijke jongen ben en –’

‘Nee,’ zei ik, misschien te snel en te heftig. ‘Nee,’ ging ik op zachtere toon verder. ‘Nog niet. Voorlopig wil ik alles graag zo laten.’

‘Oké. Zoals je wilt. Ik doe alles wat je maar wilt, zolang ik bij je kan zijn, Lorelei. Bovendien,’ hij glimlachte weer, ‘verspillen we kostbare tijd.’

Hij boog zich naar me toe en zoende me opnieuw. Zijn lippen bewogen zich van mijn mond naar mijn wangen, mijn kin, mijn hals. Elk meisje dat dit voor het eerst deed moest zich ongerust en zelfs een beetje bang voelen. Ze zou niet koud of onbeholpen willen lijken, bang dat ze zich belachelijk zou maken. Ik wist zeker dat, net zoals ik om mijn eigen speciale redenen gevangenzat in een emotionele touwtrekkerij, elk meisje in tegengestelde richtingen zou worden getrokken.

Half en half zou ze haar eigen passies willen testen, ontdekken welke verrukkelijke verrassingen haar lichaam voor haar in petto had. Ze kon erover lezen en fantaseren dat ze een personage was in een romantisch boek of film. Maar in werkelijkheid de lippen van een jongen op de hare en overal op haar lichaam voelen, zich door hem laten betasten op plekjes waar geen ander dan zijzelf ooit kwam, en dat deel van haar beroeren dat tot aan het begin van haar volwassenheid daarop gewacht had, was iets wat ze onmogelijk kon weigeren of kleineren. Zou een meisje werkelijk ooit een vrouw kunnen worden zonder dat alles tot leven te wekken?

Maar ook was er nog die andere helft van haar, die zich verzette, haar terugtrok, het alarmsysteem dat haar ouders, docenten en andere volwassenen in haar hoofd en hart hadden geplant, de waarschuwingen die haar voorhielden dat ze niet te ver mocht gaan, zich niet te snel moest overgeven en het risico lopen al die vreugdevolle jaren te missen die voor haar lagen. Het was verwarrend te bedenken dat iets wat haar zoveel genot verschafte, haar zo deed voelen als de vrouw die ze voorbestemd was te zijn, tegelijk een belangrijk deel van haar kon vernietigen en haar de kostbaarste jaren kon ontnemen, de jaren voordat ze verstandig en verantwoordelijk moest zijn. Een deel van het leven was toch zeker bedoeld om zorgeloos te zijn. Ze lachte anders. Zelfs de lucht die ze inademde leek anders. Ochtenden en avonden waren anders. Ze voelde zich onsterfelijk, in staat alles te doen, waar dan ook naartoe te gaan. Dat alles stond op het spel.

En het werd niet simpel opgelost door het innemen van een anticonceptiepil of een andere bescherming. Die waren niet volledig betrouwbaar en bovendien, zelfs daarmee zou een meisje opgeven wat Ava had genoemd 'je mysterie'. Zelfs al was het cool en uitdagend om intiem te zijn met een jongen of man, uiteindelijk maakte een meisje iets wat bijzonder was tot iets heel gewoons. In haar haast om een onafhankelijke vrouw te worden, had ze misschien het enige weggegeven dat haar bijzonder maakte.

Ik had heel wat uren hierover nagedacht en vooral geluisterd naar andere meisjes op school als ze erover praatten. De meesten dachten dat ik niet op ze lette, dat het me niet interesseerde wat ze zeiden, maar dat deed het wel degelijk. Van wie moest ik het anders leren? Mijn oudere zus had een andere agenda, een ander doel voor seks, en al zou het dat ook voor mij worden, uiteindelijk was ik de dochter die te veel vroeg, over te veel dingen nadacht. Ava interesseerde het geen klap wat andere meisjes dachten of voelden over zichzelf en seks. Dat had ze me vaak genoeg duidelijk gemaakt. Maar mij interesseerde het wel. Was dat ook weer iets wat me anders maakte, op gevaarlijke wijze anders?

Dat alles ging me door het hoofd toen Buddy's zoenen hartstochtelijker werden, zijn ademhaling heter en sneller werd, en mijn eigen hart wild begon te kloppen. Ik hoorde zijn tedere woordjes van liefde, zijn beloftes en bewondering. De klank van zijn stem, alles wat hij zei, verhoogde de opwinding die zich van me meester maakte. Ja, ik wilde dat hij me aanraakte, me opgeilde, me op het punt bracht waarop ik steeds meer van hem zou verlangen, de hartstocht, de hunkering die hem zachtjes deed kreunen van begeerte.

Seks, ontdekte ik, kon ook een kwelling zijn, een kwelling die intenser werd tot je eraan toegaf. Al had ik dat punt nog niet bereikt, ik kon voelen dat hij wel zover was. Ik kon het horen in zijn nu wanhopiger klinkende smeekbeden hem te accepteren, toegeeflijker te zijn, bereidwilliger.

Hij begon me uit te kleden.

'Je bent zo mooi,' zei hij. 'Zo mooi dat de tranen van vreugde in mijn ogen springen.'

Toen hij zich ook begon uit te kleden, kon ik Ava's woedende waarschuwingen horen: Je zult geen enkel nut meer hebben voor papa. Hij zal je haten. Je zult niet meer bij onze familie horen.

Onwillekeurig dacht ik aan papa's tedere liefkozingen, zijn zachte kusjes. Buddy dacht dat ik kreunde van genot, maar het was een gekreun van angst en verdriet. En toen, op het moment dat hij zijn hoofd boog om mijn buik te zoenen en nog lager te gaan, keek ik langs hem heen en meende ik mevrouw Fennels gezicht in het raam van de zitkamer te zien. Ze keek me kwaad aan met die felle ogen van haar. Ik gilde en duwde hem weg.

Wat is er?' vroeg hij toen ik me haastig begon aan te kleden.

'Ik kan het niet. Niet nu.'

Hij keek verbijsterd. 'Het was niet mijn bedoeling... ik kon er niks aan doen, maar ik hou echt van je, Lorelei. De gedachte aan jou obsedeert me. Ik kan niet slapen. Ik kan niet eten. Ik hoor andere mensen praten, maar ik hoor hun woorden niet of kan er geen wijs uit worden, dat kan ik uit niets trouwens. Het is alsof je bezit van me hebt genomen, onder controle hebt, maar ik beklaag me niet. Ik vind het heerlijk om door jou te worden overheerst.'

'Het gaat allemaal een beetje te snel,' zei ik. 'Wees niet boos op me.'

'O, ik kan nooit boos zijn op jou.'

'Zeg ook dat niet te gauw.' Ik kleedde me verder aan.

'Heb ik je van streek gemaakt? Ik dacht alleen... ik bedoel, omdat je erin toestemde me hier te ontmoeten...'

'Nee, het is niet jouw schuld. Ik denk dat ik gewoon te zenuwachtig ben door wat er gebeurd is. Ik wilde echt bij je zijn, Buddy. Heus waar. Misschien kunnen we morgen weer wat afspreken,' opperde ik. 'We zullen zien.'

'Is er echt geen manier om je vader wat milder te stemmen, zodat ik je voor een echte date kan vragen?'

'Later misschien. Ik zal erover nadenken,' zei ik, in de hoop hem daarmee tevreden te stellen.

Hij keek op zijn horloge. 'Je hebt nog even de tijd, hè? Laten we dan gewoon wat praten. Vertel eens wat meer over jezelf. Wat is er met je echte moeder gebeurd?'

'Kanker,' zei ik. Hoe passend en allesomvattend dat woord kon zijn.

'O. En je tegenwoordige vader? Waar is zijn vrouw? Hoe kon hij je adopteren als hij geen vrouw had?'

'Zijn zus woont bij ons. Ze was... ze was onze moeder.'

'Vreemd. Is je vader nooit getrouwd?'

'Jawel. Zijn vrouw is gestorven.'

'O. En hij heeft je daarna niet teruggegeven omdat zijn zuster bij hem woonde?'

'Zoiets.'

'Zoiets als wat? Rare manier om het zo uit te drukken.'

'Het is niet iets waar ik naar vraag, Buddy. Stel je voor dat ik vraag: "Waarom heb je me gehouden?"'

'Ja, ik begrijp wat je bedoelt. Je zei dat je een jonger zusje hebt. Heeft hij haar ook officieel geadopteerd?'

'Ja.'

Ik keek op mijn horloge. 'Ik moet ervandoor. Het is ontzettend belangrijk dat Ava het niet van ons weet, Buddy.'

'Je praat alsof ze heel gevaarlijk is. Wat is ze, psychotisch?'

'Ze is... extreem jaloers. Ze kan erg gemeen zijn, ja, en ze zou iets doen wat me in de grootste moeilijkheden zou brengen.'

Hij knikte en liep met me naar buiten. Bij mijn auto bleven we even staan. Hij keek me alleen maar aan.

'Wat is er?' vroeg ik.

'Je bent zo vol geheimzinnigheid en tegenstrijdigheden. Het maakt dat ik me gefrustreerd voel, maar tegelijk ook meer tot je aangetrokken.' Hij deed net of hij gespannen om zich heen keek. 'Weet je zeker dat we niet in een reality show zitten?'

'Heel zeker,' zei ik lachend. Hij was zo lief, zijn hartstocht voor mij zo overduidelijk. Ik boog me naar hem toe en zoende hem. Hij hield zijn ogen gesloten toen ik me terugtrok.

'Ik wil van elke zoen genieten,' zei hij. 'Goed opbergen in mijn geheugen, zodat ik het opnieuw kan beleven als ik niet langer bij je ben. Eronder lijden, mag ik er wel bij zeggen.'

Ik stapte in mijn auto.

'Bel je me later? Beloof je het me?'

'Laten we niet van alles een belofte maken. Te veel kans op teleurstelling.'

'Hé... diepzinnig, hoor. Je bent een vrouw vol geheimen. Oké, ik zal mijn mobiel in de borstzak vlak bij mijn hart bewaren.'

Ik glimlachte, startte de auto en reed de oprit af. Hij bleef me nakijken. Ik zwaaide en reed weg. In mijn achteruitkijkspiegel zag ik dat hij me nog steeds stond na te kijken, als iemand die elk moment in zijn geheugen wilde prenten.

Ik wist dat ik dat graag wilde.

15

Outsider

Door een plotselinge hevige regenbui en druk verkeer op de weg kwam ik pas een kwartier eerder thuis dan Ava en Marla. Tijdens de hele rit maakte ik me ongerust, en het werd er niet beter op toen ik thuiskwam. Ik haastte me naar binnen, bang dat ze vlak achter me aan zouden komen. Om me bezig te houden en mijn zenuwen te bedwingen, verkleedde ik me, dekte de tafel en keek wat mevrouw Fennel voor ons had klaargemaakt. Toen ik Ava en Marla lachend hoorde binnenkomen, kwam ik uit de eetkamer tevoorschijn.

'Wat is er voor grappigs?' vroeg ik.

'Jij,' zei Marla. 'Dat je geschorst bent. Little Miss Perfect met de perfecte cijfers en perfecte omgangsvormen. Wacht maar tot papa hoort hoe je geklungeld hebt en onnodig de aandacht op ons hebt gevestigd.'

'Je hoeft je niet zo te verkneukelen over mijn narigheid, Marla.'

'Dat zou jij ook doen als het mij gebeurde,' kaatste ze terug, met net zo'n kwaadaardig gezicht als Ava kon hebben.

Ik keek naar Ava, die me aanstaarde alsof ze wachtte op mijn reactie. 'Dat geloof ik niet,' zei ze. 'Ik denk niet dat Lorelei zich zou verkneukelen.' De manier waarop ze het zei deed het op een ernstige fout lijken.

'Nou, dat doe ik wel,' hield Marla vol en liep weg naar haar kamer. Ava bleef achter.

'Alles is klaar voor het eten,' zei ik. Ik haatte die stilte tussen ons. 'Hoe laat wil je aan tafel?'

'Dezelfde tijd als altijd, Lorelei. Waarom zou het vanavond anders zijn?'

'Ik dacht alleen dat je misschien nog iets te doen had.'

'Dat heb ik ook. Op jullie passen,' zei ze, 'net als een babysitter.'

'Over mij hoef je je niet bezorgd te maken.'

Ik ging terug naar de keuken, maar ze volgde me.

'Natuurlijk moet ik me zorgen maken over je. Weet je? Ik ging op zoek naar Buddy Gilroy nadat je me gebeld had, maar ik kon hem niet vinden. Hij heeft blijkbaar zijn colleges verzuimd, de hele middag. Vind je dat niet vreemd?'

'Misschien heb je hem de stuipen op het lijf gejaagd en studeert hij niet meer,' zei ik, terwijl ik de afwasmachine uitruimde.

'Weet je zeker dat het Buddy niet was die je vandaag op school belde?' vroeg ze.

'Heel zeker.' Ik draaide me met een ruk naar haar om. 'Praat niet meer over hem, Ava. Ik weet dat je trots gekrenkt is dat hij niet voor je zwijmelt, maar je moet zien dat je eroverheen komt.'

'Wat? Ik moet er overheen? Alsjeblieft zeg. Hij is nog maar een jongen. Ik heb mannen gehad. Ik was blijkbaar een graadje te veel voor hem,' antwoordde ze. Maar mijn bitse reactie was voldoende om haar te doen weglopen zonder verder nog iets over Buddy te zeggen.

Ik bleef in de keuken zogenaamd nog wat doen aan het eten. Ik beefde over mijn hele lichaam, en ik wilde haar niet zien.

Later aan tafel wilde Marla per se een gedetailleerd verslag van wat er op school gebeurd was. Ik probeerde er verbitterd over te doen, ook al had ik me met opzet laten betrappen, maar ik was bang dat Ava zou zien dat ik overdreef, dus hield ik op met het uit te leggen en de andere meiden de schuld te geven.

'Waarom zouden we erover blijven praten? Al dat gedoe van school is toch niet belangrijk voor ons,' zei ze. 'We doen net alsof, om papa een plezier te doen. En mevrouw Fennel natuurlijk. Ik kan niet beweren dat ik haar altijd een plezier heb gedaan,' voegde ze er lachend aan toe. Ik trok mijn wenkbrauwen op.

'Wat heb je gedaan om haar ongelukkig te maken?' vroeg ik. Ik zag iets van licht in de donkere gang in ons leven. Het waren niet alleen mevrouw Fennel en papa die de sleutel bezaten van onze kluis vol geheimen. Ieder van ons erfde iets van die geheimen, en op het ogenblik Ava de meeste daarvan, omdat zij de oudste was.

Ze lachte. 'Ik denk dat ik het je nu wel kan vertellen. Ik heb eens een jongen mee naar huis genomen voor een videospelletje.'

'Echt waar?' riep Marla uit voor ik mijn mond open kon doen.

'Dat herinner jij je niet meer, hè, Lorelei?'

'Nee.'

'Ik zat pas in groep zes, maar ik had die jongen uitgenodigd en zijn moeder kwam hem brengen. Eigenlijk dacht ik dat ik iets goeds deed.'

'Hoe kan dat iets goeds zijn?' vroeg ik. Ik was nieuwsgierig om te horen of het voor haar soms anders was geweest toen ze opgroeide met papa en mevrouw Fennel.

'Om Brianna te helpen een volgende man te vinden. Hij was groot voor zijn leeftijd en erg sterk. Jongens in groep zeven, acht en zelfs negen waren bang voor hem. Ik kende toen nog niet de regels voor welke man we wel en niet moesten kiezen voor papa. Ik dacht dat ik hem maar mee moest nemen om door Brianna te laten keuren. O, boy, wat was mevrouw Fennel kwaad. Jullie hebben haar nooit zo kwaad gezien, en ik hoop voor jullie dat je dat nooit zult meemaken.'

'Wat deed ze toen die jongen gebracht werd?' vroeg Marla.

'Ze liet hem natuurlijk blijven, maar zodra zijn moeder hem was komen halen, ging ze als een idioot tegen me tekeer. Papa was er toen niet. Ik dacht dat ze me zou vermoorden en in de tuin begraven of zoiets. Ik ging die avond rillend slapen.'

'Wat gebeurde er toen papa het hoorde?' vroeg ik.

'Hij was ook kwaad, maar lang niet zo kwaad als zij. De volgende ochtend kwam hij naar mijn kamer en maakte me wakker om me meer te vertellen over ons leven dan ik tot op dat moment wist, zodat ik niet weer dezelfde fout zou maken. Ik huilde, en hij omhelsde me en zei dat het goed was. Als papa je vergeeft, voel je je vergeven. Ik was de volgende dag niet meer zo verschrikkelijk bang voor mevrouw Fennel, maar ik zweer je dat ze nog minstens een week daarna met van woede gloeiende ogen naar me keek. Het leken net twee vurige kolen die heel langzaam doofden. Ik klaagde erover, maar papa zei dat ik me niet door haar van streek moest laten maken. Hij zei dat ze alleen maar erg beschermend was en haar eigen moeilijkheden had moeten verwerken.'

'Heeft papa je toen verteld wat er met haar man gebeurd was?' vroeg Marla.

Ik keek haar verontwaardigd aan. Waarom was Ava zoveel closer met haar, vertelde ze haar op haar leeftijd dingen die ze mij nooit verteld had?

'Toen niet, maar niet lang daarna,' zei Ava. Ze zweeg zo lang dat ik dacht dat ze niets meer zou zeggen, maar toen ging ze verder. 'Ze had de bijna fatale fout gemaakt om op iemand verliefd te worden.' Ze keerde zich om naar mij. 'Daarom heeft ze die opvattingen over de liefde.'

'Waarom was het bijna fataal?' vroeg ik, terwijl ik mijn adem inhield. Zou ze ons nog meer vertellen?

'Ze vertelde hem te veel over ons en haarzelf en bracht niet alleen zichzelf in gevaar, maar natuurlijk ook papa en de anderen.'

'Ik kan me niet voorstellen dat mevrouw Fennel zoiets kan hebben gedaan,' zei ik.

'Liefde,' zei Ava met een scheef lachje. 'Dat ze al zo vreselijk oud is wil niet zeggen dat zij niet ook dingen kan blijven leren, weet je.'

'Wat gebeurde er toen?' vroeg Marla.

Ava meesmuilde. 'Raad maar.'

'Dat kan ik niet,' jammerde Marla.

'Ze bracht hem naar papa,' zei ze, weer naar mij kijkend. 'Het brak voorgoed haar hart, maar het was het enige wat ze kon doen. Als beloning voor haar opoffering, mocht ze van papa zijn naam houden. Het is al heel lang geleden, maar ze heeft er nog steeds verdriet van, en daarom vindt ze het vreselijk om over haarzelf te worden ondervraagd en daarom zegt ze dat liefde vergif voor ons is.'

Mevrouw Fennel, dacht ik verbijsterd. Ik zou in geen miljoen jaar hebben geraden dat zij iemand was met een gebroken hart. Vertelde Ava me dit nu met opzet? Wist ze het van mij en Buddy? Was het bedoeld als een les die ik nooit zou vergeten?

'Nou, ik zal nooit verliefd worden,' verklaarde Marla. 'Alleen al het idee van eeuwig met één man samen te zijn maakt me misselijk.'

Ava sloeg lachend haar arm om haar heen en gaf haar een zoen. 'Ons lieve, perfecte kleine zusje,' zei ze. 'Ben je het niet met me eens, Lorelei?'

'Ja,' zei ik. 'Ze verbaast me elke minuut van elke dag meer.' Al wist ik dat ik het onaangenaam vond zo te zijn, toch klonk ik bitter en sarcastisch.

'Denk eraan wat papa tegen ons gezegd heeft,' zei Marla hoofdschuddend. 'Verrassingen kunnen fantastisch zijn. Ze maken dat elke dag de eerste dag van je leven lijkt.'

'Niemand van ons citeert papa beter en accurater dan jij, Marla,' zei Ava.

Waarom overlaadde ze ons jongste zusje zo met complimentjes? Die hoorde ze mij te geven. Ik was de eerste die na Ava kwam, niet Marla.

'En, wat wil je papa vertellen als hij hoort dat je geschorst bent?' vroeg Marla me.

Ik keek naar hen, om te zien hoe ze mijn reactie afwachtten. Het leek of ze me een test afnamen. Ik was kwaad omdat ze me eensgezind aanvielen, maar ik wist dat Marla het alleen maar prachtig zou vinden als ik driftig werd.

Ik haalde zo nonchalant mogelijk mijn schouders op. 'Ik ga er niet over liegen. Ik zal hem de waarheid vertellen.'

'Wat is de waarheid?' vroeg Ava.

'Hoe bedoel je, wat is de waarheid? Ik heb je precies verteld wat er gebeurd is. Het ging per ongeluk. Ik nam op voordat ik er bij nadacht, maar als die meiden niet zo gemeen waren geweest –'

'Waarom stond je mobiel eigenlijk aan?' ging Ava erop door. Ze boog zich naar me toe om druk op me uit te oefenen als een openbare aanklager in een rechtszaal. 'Papa en ik weten dat we je nooit onder schooltijd moeten bellen. Waarom dacht je dat het een van ons was?'

'Dat heb ik je verteld. Ik besefte niet dat hij aanstond. Ik doe alles niet zo perfect als jij, Ava.'

Ze leunde achterover, accepteerde gretig mijn dubieuze compliment. 'Zorg maar dat je net zo perfect wordt als ik,' vermaande ze. 'We hebben al zoveel fantastische dingen, en we zullen we er nog veel meer krijgen. Maar er zullen ook nog heel wat tests voor je komen, Lorelei. En falen is geen optie voor ons. Ik zou van nu af aan maar twee keer over alles nadenken. Als papa je vergeeft tenminste,' ging ze verder, met een blik op Marla.

Ik voelde Marla's prikogen op me gericht. Ava had gelijk gehad wat haar betrof. Er waren veranderingen in haar, ze werd voor onze ogen volwassen. Het was niet moeilijk me in te denken dat ze hard bezig was me in te halen, zoals Ava had voorspeld. Mijn veranderingen gingen minder snel. Ik dacht dat dat ook bij Ava niet het geval was geweest, en natuurlijk kon ik me niets herinneren van Brianna's periode van groei, maar ik had nooit iets over haar gehoord wat kon wijzen op dit soort snelle veranderingen. Misschien was van ons alle vier, Marla wel de meest geliefde dochter.

Toen ik van Ava naar Marla en weer terug naar Ava keek, en de staalharde blik in hun ogen zag, besefte ik dat dit meer was dan de onderlinge rivaliteit die papa had beschreven. Het was tot daaraan toe om te concurreren met je broer of zus, te proberen eerder dan zij de goedkeuring van je ouders te verwerven en misschien zelfs hun lievelingetje te worden, al hielden ze vol dat ze geen van hun kinderen voortrokken. Maar het was iets heel anders om meedogenloos te zijn, je broer of zus werkelijk kwaad toe te wensen. Hoewel mijn ervaring met andere jongens en meisjes in mijn schooltijd heel beperkt was, had ik genoeg geleerd en gevoeld om te weten dat wat er gebeurde tussen mij en Marla en Ava ongewoon was, ondanks de les die me geleerd was door het Bijbelse verhaal over Kaïn en Abel. Tenminste, dat hoopte ik; wat was anders de waarde van familie? Waar bleven de liefde, genegenheid en bezorgdheid? Waren we behalve papa niet ook elkaar trouw verschuldigd? Was de fabel van Kaïn en Abel waarheid? Waren wij de afstammelingen van Kaïn en niet van Abel? Zou dit voor eeuwig onze waarheid zijn?

Ava besloot dat ik, omdat ik het die dag verknald had, na het eten op moest ruimen terwijl zij en Marla tv gingen kijken. Toen het tijd was om de vuilniszak buiten te zetten, nam ik mijn mobiel mee om Buddy te bellen, zoals ik beloofd had. Het regende niet meer, maar het was mistig en koud. Ook al zaten Marla en Ava in de zitkamer, toch had ik het griezelige gevoel dat ik werd gadegeslagen. Ik bleef dicht bij de deur staan en belde Buddy.

'Heb je een hoop moeilijkheden gehad thuis?' vroeg Buddy onmiddellijk.

Het zou zo gemakkelijk zijn geweest om ja te zeggen en hem te vertellen dat ik niet weg mocht voordat de schorsing was afgelopen. Maar het enige waaraan ik kon denken toen ik zijn stem weer hoorde, waren zijn lieve ogen, zijn verleidelijke kus en de manier waarop mijn lichaam reageerde op zijn aanraking. Het was alsof zijn vingers op mijn borst letterlijk mijn hart konden aanraken. Ook al waren we niet zo ver gegaan, toch kon ik hem in me voelen. Nu was elk rustig moment sinds ik bij hem was geweest vervuld van hem. Ik hoorde zijn lieve woorden en glimlachte als ik zijn glimlach voor me zag. Alles wat ik had gelezen en op de tv en in films had gezien versterkte mijn gevoelens. Dit was beslist iets anders dan wat mijn zussen ooit hadden ervaren. Zelfs Ava, als zij voor Buddy of een andere jongen zou voelen wat ik voelde, zou twijfelen aan de noodzaak hem te vergeten.

'Nog niet,' zei ik, 'mijn vader en zijn zuster komen morgen pas laat terug.'

'Wil dat zeggen... kunnen we morgen op dezelfde plek afspreken?'

'Ik weet het niet, Buddy. Ik bel je morgenochtend.' Ik keek achterom naar het huis. 'Ava was vandaag naar je op zoek.'

'Waarom?'

'Dat weet ik niet, maar ze zal je morgen vast weer zoeken.'

'Ze zal niet blij zijn als ze me vindt. Er bestaat geen ander meisje voor me dan jij, naar wie ik ook kijk of wie ik ook hoor praten.'

'Ava is heel slim,' zei ik. 'Ze zal het onmiddellijk weten als jij en ik elkaar hebben ontmoet. Ze zal me in nog grotere moeilijkheden brengen. Noem vooral mijn naam niet. Ze zal het onmiddellijk aan mijn vader vertellen.'

'Dit is kolder. Ik wil me niet blijven verstoppen voor je vader.'

'Voorlopig kan het niet anders. Als je niet –'

'Oké, oké,' zei hij gauw, bang dat ik er meteen een eind aan zou maken. 'Ik wacht op je telefoontje. En als ik haar zie, zal ik op mijn tellen passen. Ik beloof het je. Zul je me bellen?'

'Ja,' zei ik. 'Daag.' Snel klapte ik mijn mobiel dicht. Ik hoorde iets bewegen in huis en liep haastig naar binnen.

'Wat een goed huisvrouwtje ben je,' zei Ava toen ze me zag binnenkomen. Ze stond al in de keuken en ik was bang dat ze me had horen bellen. 'Mevrouw Fennel zal blij zijn dat je haar keuken zo keurig hebt opgeruimd. Maar denk maar niet dat het je uit de problemen helpt bij haar of papa,' voegde ze eraan toe. Ze zei niet dat ze me gehoord had, dus nam ik aan dat ik veilig was.

'Dat weet ik, Ava,' zei ik zo berouwvol mogelijk. 'Ik kan aan niks anders denken.' Hoe goed kon ik die komedie volhouden? Kon ik de leerling zijn die de leraar evenaarde? 'Ik ben bang, Ava. Ik heb het echt verprutst.'

Ze nam me even aandachtig op en schudde toen haar hoofd. 'Zo tragisch is het niet. Papa zal het natuurlijk niet leuk vinden, maar omdat hij toch gauw wil verhuizen, zal hij het minder erg vinden dan wanneer jullie hier langer zouden blijven. Ik ga weg natuurlijk.'

'Ik wil niks doen om je plannen te verstoren,' zei ik.

'Maak je niet ongerust. Dat doe je niet. Ik weet zeker dat je je verantwoordelijkheden zult nakomen.'

Ik nam haar even op om te zien of het sarcastisch bedoeld was, maar dat was niet zo. Ze keek eerder met dat opperste zelfvertrouwen dat grensde aan arrogantie.

'Per slot ben je mijn wonderkind, nietwaar?'

'Ja, dat zal wel. Weet je wanneer ze terugkomen?'

'Papa zei morgen laat in de middag, maar vroeg genoeg dat mevrouw Fennel het eten kan klaarmaken. Ik zou zeggen, rond vier, vijf uur. Je zult de hele dag op hete kolen moeten zitten. Ik zou wel hier blijven om je hand vast te houden, maar ik moet aan mijn studie denken. Ik heb al te veel lesuren laten lopen en ik zou onnodig de aandacht op ons kunnen vestigen. Zie je? Daar denk ik voortdurend aan. Dat zul je je ook moeten aanwennen, Lorelei.'

'Dat zal ik doen.'

'Misschien. Ik raad het je aan. Na college ga ik een nieuw jachtterrein verkennen, het kader voor je definitieve inwijding. Het is een club, ongeveer vijfenzeventig kilometer hier vandaan, bij San Bernardino. Ik ga met je mee, maar het is waarschijnlijk mijn laatste uitstapje voor papa in Californië, of waar dan ook trouwens.'

'Ben je werkelijk helemaal zelfstandig daarna?'

'Ik zal helemaal zelfstandig zijn.'

'En dat vind je niet eng?'

'Eng? Natuurlijk niet. Het is mijn bestemming, en dat zal later ook zo zijn voor jou.'

'Ik begrijp het nog steeds niet.'

'Ik heb het je gezegd. Dat komt wel. Oké, als je me wilt spreken, dan ben ik in mijn kamer om Marla te leren hoe ze haar haar moet doen en zich moet opmaken. Ik verander haar in een kleine femme fatale.'

'Waarom doe je dat zo gauw al met haar? Ze is jaren jonger dan ik was, en ik dacht dat het mijn taak zou zijn haar voor te bereiden.'

'Bevel van papa. Kijk niet zo bezorgd. Alles komt in orde als je doet wat je hoort te doen en niets anders.' Ze keek me met een koel glimlachje aan en verdween.

Misschien was het mijn ervaring met Buddy of domweg iets wat pas de kop in me had opgestoken, maar wat het ook was, het versterkte mijn gevoel van eenzaamheid. Ik had me nooit zo erg een outsider gevoeld als op dat moment. Toen ik door ons huis liep, kwam alles me plotseling zo vreemd voor. Ik had het gevoel dat ik in het huis van een ander was, dat behalve de oude piano waarop ik speelde, er niets was dat mij en alleen mij aansprak. Er was niets dat me lief was en dat ik mee zou willen nemen als ik vertrok. Wat was eigenlijk mijn bezit? Mijn kleren? Nou, nee. De meeste had ik geërfd van Ava, en de spulletjes die ik van papa had gekregen zou ik op een dag moeten overdragen aan Marla. Wat was van mij, echt van mij?

Er was maar één ding dat ik kon bedenken, en dat was de foto van de vrouw die mijn moeder zou kunnen zijn. Niemand wist dat ik die foto had, en dat was een mooi geheim om goed te bewaren. Ik bezat iets van mijn verleden, iets wat me wat meer vertelde over wie ik was. De foto was mijn icoon, mijn meest religieuze bezit.

Ik ging terug naar mijn kamer en haalde de foto tevoorschijn. Een tijdlang staarde ik naar haar gezicht, alsof ik hoopte dat het op de een of andere manier tot leven zou komen en ze me precies zou vertellen wat ik moest doen. Ik wenste en hoopte dat ze echt mijn moeder was. Ik had haar nodig. Ik wist precies wat ik haar zou vragen als ze hier echt was.

Moet ik Buddy terugzien? Mag ik verliefd worden? Ik fantaseerde een gesprek met haar.

Was jij verliefd, mamma? Ik hield van de klank van het woord *mamma*.

Ja.

Was het vergif, mamma?

O, nee, nee. Het vervulde me met hoop en maakte elke zonnige dag nog helderder, elke kleur dieper, alles wat ik rook en at geuriger. Het was of ik herboren werd. Ik had me nog nooit zo jong en vol leven gevoeld, Lorelei. Het had niets, totaal niets te maken met vergif.

Zo voel ik me nu als ik aan Buddy denk, als ik bij Buddy ben, mamma.

Dan is het goed, Lorelei. Raak het niet kwijt.

Waar ben je, mamma? Waarom heb je me laten gaan? Heeft papa met jou hetzelfde gedaan als met de moeder van Ava en de anderen? Zal ik je ooit zien, met je praten?

Er kwam geen antwoord. Ze werd weer gewoon een foto, plat en koud. Er viel niets te omhelzen, geen wang om te zoenen, geen haargeur om te ruiken, en geen lippen om op mijn voorhoofd te voelen. Toch omhelsde ik de foto en drukte hem tegen mijn hart.

Het geluid van voetstappen deed me opschrikken. Snel borg ik de foto weg en draaide me om op het moment dat Ava de deur opendeed.

'Met wie zit je te praten?' wilde ze weten.

'Praten? Met niemand. Met wie zou ik moeten praten?'

'Ik weet zeker dat ik je hoorde praten,' zei ze. Ik had eraan moeten denken hoe scherp haar gehoor nu was.

'Waarschijnlijk dacht ik hardop,' bekende ik.

'Praatte je niet in je mobiel?'

'Hè? Nou, nee.'

Ze bleef me achterdochtig aanstaren.

'Ava, ik heb dat ding in de keuken laten liggen. Bedankt dat je me eraan herinnert.'

'Waarom lag het in de keuken?'

'Toen ik uit school kwam ben ik rechtstreeks naar de keuken gegaan om te zien wat er gedaan moest worden en ik heb mijn jasje aan de deurknop van de bijkeuken laten hangen. Het hangt er nog steeds. Mevrouw Fennel zou het op haar heupen krijgen.'

'Ja,' was ze het met me eens. Ze deed een stap achteruit, zodat ik naar buiten kon. 'Kom daarna even naar mijn kamer, dan kun je zien hoe mooi ik Marla heb gemaakt. Ze ziet er tien jaar ouder uit.'

'Ik kom,' beloofde ik.

Haastig liep ik weg. Het leek wel of ik in Orwells *1984* leefde, dacht ik. Of in nazi- Duitsland. Elk woord, elk gebaar van me werd geobserveerd. Mijn zussen zouden me onmiddellijk verraden. Ik kon maar één mens vertrouwen: mijzelf.

Nadat er voldoende tijd was verstreken, ging ik naar Ava's kamer. Marla zat aan haar toilettafel. Toen ze zich omdraaide en me aankeek, hapte ik naar adem. Ze zag er inderdaad jaren ouder uit en op de een of andere manier geraffineerder en doortrapt.

'Nou?' vroeg Ava.

'Ik sta paf. Je hebt een wonder verricht,' zei ik, in de hoop haar een plezier te doen.

'Het was niet mijn wonder, maar van haar.' Ze knikte naar Marla. 'Alles is al in haar aanwezig. Ik breng het alleen naar buiten, zoals ik het onlangs bij jou heb gedaan.'

'Misschien zou ik met jou en Lorelei mee moeten gaan als je de volgende keer op jacht gaat,' zei Marla.

Ava lachte. 'Eerzuchtig is ze, hè? Ik ben bang van niet, zusjelief. Pas als papa het zegt.'

'Misschien zegt hij wel dat ik mee moet,' hield ze vol.

Ava lachte weer. 'Was jij maar zo gedreven, Lorelei, dan zou het allemaal niet zo moeilijk voor je zijn. Hou toch eens op met dat verdomde denken en piekeren.'

'Ik zal klaarstaan als papa me roept,' zei Marla, die zichzelf weer in de spiegel bekeek. Ze had Ava's ijdelheid en ego.

'Ik ga lezen en vroeg naar bed,' zei ik. 'Ik ben moe.'

'Je bent gewoon bang,' zei Marla, in de spiegel tegen me pratend.

Ik keek naar Ava die grijnsde. 'Ze is zo'n lieverd,' zei ze.

Ik vond haar niet zo lief, maar ik moest toegeven dat ze gelijk had: Ik was doodsbang. Stond ik op het punt papa's liefde definitief kwijt te raken? Waarom speelde ik ermee, bracht ik mezelf in gevaar? Het was duidelijk dat geen van mijn beide zussen zoiets zou doen. En het verhaal over mevrouw Fennel van jaren geleden bood me geen troost. Uiteindelijk had ze de man vernietigd van wie ze hield en gaf toen niet de schuld aan wie en wat ze was maar aan de liefde zelf. Was dat wat me wachtte?

Ik werd de hele avond gekweld door besluiteloosheid en tegenstrijdige emoties. Ik kon niet lezen. Ik kon geen televisiekijken. Er was niets dat een eind kon maken aan de verwarring die in me woedde. Ik sliep bij vlagen, werd telkens wakker en rilde alsof ik het ijskoud had. Ik deed het raam dicht en trok nog een deken over me heen, maar ik bleef het koud hebben. Iets duisters en ijzigs was in de kamer bij me. Mijn gedachten gingen weer uit naar het visioen van papa die vlak onder mijn raam Mark Daniels aanviel. Ik kon Marks schreeuw horen. Als een afvallige zo snel en gewelddadig kon worden verzwolgen, wat zou er dan met Buddy gebeuren?

Ik moet hem morgen niet bellen, dacht ik. Ik moet die aandrang van me afzetten. Dat is de oplossing, dat is de enige oplossing. Die gedachte troostte me een beetje, maar toen ik mijn ogen dichtdeed, zag ik zijn gezicht. Ik hoorde zijn stem en voelde zijn lippen op mijn lippen. Ik wist hem zo snel voor ogen te halen, dat het leek of hij werkelijk in bed naast me lag, en toen ik me hem voorstelde voelde ik hoe ik me overgaf aan zijn omhelzing, voelde ik die vreemde hardheid door mijn lichaam bewegen, dat harde ding dat ik had gevoeld toen ik echt naast hem lag.

Ik kwam in paniek overeind. Ik haalde luid en gejaagd adem en ik proefde bloed in mijn mond. Had ik op mijn lip gebeten? Ik stond op en deed het licht aan boven de toilettafel. Toen ik mijn spiegelbeeld bekeek, meende ik dat de kleur van mijn ogen was veranderd van blauwachtig groen in papa's gitzwart. Mijn schouders leken breder.

En ik had niet op mijn lip gebeten.

Die smaak van bloed kwam ergens anders vandaan, ergens diep binnen in me.

Ik begreep niet waarom dat me het gevoel gaf dat ik in een brandhaard was gestapt en in rook opging, maar het was wel zo.

Snel deed ik het licht uit, en zoals papa me had beloofd, verwelkomde ik de omarming van de duisternis.

16

Omarming van de duisternis

Ik had Ava ervan weten te overtuigen dat ze Marla de volgende ochtend naar school moest brengen, want dat ik het niet kon doen omdat een geschorste leerling zich niet op het terrein van de school mocht vertonen. Ik hoorde hoe ze opstonden en gingen ontbijten. Toen Ava bij me binnenkeek, lag ik nog in bed. Ik ging rechtop zitten zodra ze in mijn kamer kwam.

'Hoe laat is het? Had ik iets voor je moeten doen?' vroeg ik.

'Nee. Ik wilde alleen zien wat je deed. Ik zie dat je van de gelegenheid profiteert.'

'Ik ben moe.'

'Voor mijn part blijf je de hele dag in bed, Lorelei. Ik moet vroeg weg om Marla naar school te brengen. Je wordt bedankt.'

'Sorry, Ava.'

'Oké.'

'Eigenlijk ben ik te zenuwachtig om te slapen en te zenuwachtig om op te staan,' zei ik.

'Overdrijf niet,' zei ze meesmuilend. 'Papa kijkt dwars door schijnheiligheid heen, en je weet hoe hij de pest heeft aan oneerlijkheid tussen ons. Ik kom terug als ik Marla vanmiddag van school heb gehaald.'

'Oké.'

'Papa en mevrouw Fennel zullen dan al wel thuis zijn,' zei ze. Ze aarzelde even en liep toen weg om Marla naar school te brengen en zelf naar college te gaan.

Ik stond langzaam op, bleef voor mijn kast met kleren staan en overwoog wat ik aan zou trekken. De geringste beslissing, of het nu was wat ik aan moest trekken, hoe ik mijn haar moest doen, waar ik zou gaan zitten, wat ik zou gaan lezen, letterlijk alles wat een besluit verlangde, kostte me pijn en moeite. Ik wist dat het allemaal voortvloeide uit die ene grote beslissing die ik die dag moest nemen: moest ik Buddy bellen of niet. Ik twijfelde er niet aan of hij zou uiteindelijk mij bellen als ik hem niet belde. Ik zou mijn telefoon af kunnen zetten, maar later, als ik het zou vergeten en hem weer aanzette als Ava of papa en mevrouw Fennel thuis waren, zouden ze het misschien horen als hij belde en vragen wie het was.

Ondanks alles wat Ava gezegd had, wilde ik Buddy natuurlijk bellen. Ik wilde hem terugzien. Misschien was dit ware liefde, of misschien was het gewoon een poort die me toegang verleende tot een andere wereld, de wereld waarin andere meisjes van mijn leeftijd zich bewogen. Ava en papa en zelfs mevrouw Fennel hielden me de belofte voor ogen van een leven waarin ik van alles zou genieten waar alle anderen van genoten maar dan tien keer zoveel en voor eeuwig. Dat zou mijn geheimzinnige bestemming zijn als ik voldeed aan mijn verantwoordelijkheid als papa's dochter. Voor ons, meiden, was het de hemel die ons wachtte. Brianna en Ava schenen geen enkele moeite te hebben gehad erin te geloven. Zelfs mijn jongste zusje, Marla, geloofde meer dan ik in de belofte van onze toekomst. Waarom was ik niet zo vol vertrouwen en tevreden met die belofte?

Ik zwierf door het huis als een verward, afgebroken deeltje materie dat door de ruimte zweeft zonder duidelijke richting of doel. Een tijdje probeerde ik me te amuseren door op de piano te pingelen, maar de lange, diepe stilte ervoor en erna maakte me nog ongeruster. Een paar minuten lang speelde ik met mijn telefoon, kwelde me door hem snel aan en dan weer uit te zetten. De spanning in me maakte de sfeer in huis verstikkend, zodat ik naar buiten liep, naar de achterkant, waar ik op de patio kon zitten en de warmte opvangen van de zon in de late ochtend.

We bezaten bijna een halve hectare, met achteraan een verwilderd bos. Het opgewonden getwitter van jonge vogeltjes trok mijn aandacht. Het kwam uit een vol in blad staande eik rechts van me. Ik stond op en liep erheen om de takken te bestuderen tot ik het nest vond. Even later kwam de moeder aangevlogen met een paar wormen in haar snavel. De jonge vogeltjes raakten nog opgewondener. Terwijl ik stond te kijken en te luisteren, herinnerde ik me die middag toen papa me meenam om uit te leggen wat Brianna had gedaan toen ze die jongeman mee naar huis had genomen. Weer was ik me bewust van de intense liefde die ik die dag voor papa voelde. Ik herinnerde me het gevoel van veiligheid dat hij me gaf als hij me vasthield. Niets ter wereld kon me deren zolang hij er was om me te beschermen. Maar wat, vroeg ik me nu af, was de prijs die mijn zussen en ik uiteindelijk betaalden voor die veiligheid? Wat was in werkelijkheid het offer dat we brachten?

Wat had mijn moeder opgeofferd, en Brianna's moeder en Marla's moeder? Naar wat ik had gehoord, was Ava's moeder overleden, maar wat was de reden waarom de anderen hun baby hadden opgegeven? Wat hadden ze geriskeerd voor liefde en toewijding? Was hun passie voor hun minnaar zo groot dat ze blind waren voor de gevolgen? Ze leken me geen tieners die een seksueel ongelukje hadden. Misschien pleegde een van hen overspel. Misschien wel allemaal. Misschien waren ze vrome katholieken die het kind ter wereld moesten brengen maar het dan afstaan? Wat de reden ook was, ze leden door hun hartstocht.

Misschien was dat het verschil tussen mij en mijn zussen, dacht ik plotseling. Zij wisten ook het antwoord niet, maar *ik* wist hoe sterk onze passies konden zijn. En dat wist ik alleen door mijn gevoelens als ik bij Buddy was. Ik had begrepen dat mijn oudere zussen dat gevoel nooit hadden gekend, en Marla zou het beslist ook nooit meemaken.

Maar ik had het gehad, en had het nog steeds, dacht ik. Waarom zou ik dat weggooien zonder het volledig te ondergaan? Op onze eigen manier waren we allemaal uniek. Misschien was dit wat mij uniek maakte. Vastbesloten tastte ik in mijn zak en haalde de telefoon tevoorschijn om hem aan te zetten. De moedervogel vloog over me heen naar links om de jacht voort te zetten op voedsel dat de jonkies nodig hadden. Ik zag haar verdwijnen, hoorde de kleintjes krijsen om meer, en belde toen Buddy. Hij moest werkelijk zijn mobiel vlak op zijn hart hebben gedragen, want bij de eerste bel nam hij op.

'Lorelei?'

'Waar ben je?'

'Ik zit achter in het huis van mijn oom en droom van jou. Ik heb gisteravond hier geslapen,' bekende hij. 'Op de bank waar jij hebt gezeten. Het hielp om me weer dicht bij je te voelen.'

'En je studie? Geen college vandaag?'

'Niets anders lijkt me nog belangrijk.'

'Nu maak je dat ik me schuldig voel,' zei ik. 'Je verpest je cijfers.'

'Niet doen. Ik kan alle verloren tijd inhalen. Ik beloof je zelfs dat als je vandaag komt, ik harder zal werken en de beste cijfers zal halen.'

Ik moest lachen. Ik hoefde zijn stem maar een paar seconden te horen om mijn spanning te verdrijven. Hij had iets eerlijks en oprechts, en dat maakte dat ik me niet alleen relaxed voelde, maar ook optimistisch. Buddy bewees me dat alle jongens niet waren zoals Ava ze afschilderde, of ze nu prooi of tegenstander waren. Mijn gesprekken met Buddy hoefden niet terughoudend te zijn en ik hoefde niet voortdurend in de verdediging te zijn. Er waren grenzen die ik niet kon overschrijden, maar Ava zou een simpele wandeling met een jongen op het strand nooit kunnen beschouwen als iets waar je naar verlangde. Zij was, net als Brianna, altijd de jager. Er zou nooit een *we* in Ava's of Brianna's woordenboek voorkomen, maar zou dat ook voor mij zo moeten zijn?

'Kom je?' vroeg hij.

Ik haalde diep adem. De zon was warmer, het briesje zachter, de lucht dieper blauw. Later op de dag kwamen duisternis en woede. Een tijdje zou ik tenminste kunnen genieten van iets prettigs en wonderbaarlijks. Misschien, redeneerde ik, zou het me kracht geven voor wat ging komen.

'Ja,' zei ik. 'Ik ben onderweg.'

'Gebeden verhoord. Ik wacht buiten op je.'

Ik liep haastig om mijn auto heen, startte de motor na slechts een seconde aarzeling en reed uitdagend weg. Als mijn familie zoveel geheimen had, waarom zou ik er dan niet een hebben? Ik vertrouwde erop dat ik het goed kon bewaren. Ik had Ava toch ook voor de gek gehouden? En behalve dat dit iets verrukkelijks was, iets heel moois, was het ook opwindend. Ja, mijn hart klopte sneller, niet uit angst, maar vol verwachting van wat me zou helpen me volledig een vrouw te voelen. Onder het rijden hield ik me voor dat ik niet domweg een slaaf van het bloed was zoals Ava. Ik koesterde niet dezelfde haat en woede tegen mannen als zij. Liefde zal voor mij geen vergif zijn. Dat zal het niet, dat zal het niet.

En toen stopten mijn gedachten. Wie probeerde ik te overtuigen? Was ik bezig gek te worden?

Mijn maag bracht een zwerm bijen tot leven. Ik ging langzamer rijden.

Draai om, zei een innerlijke stem. Het risico is te groot. Ja, je hebt Ava misschien voor de gek gehouden, maar je weet dat papa dwars door je heen kijkt. Hij zal je in de ogen kijken en het onmiddellijk weten. Zijn teleurstelling zal te groot zijn. Je zult hem verliezen, je zult hem voorgoed verliezen.

Toen ik de straat in reed van het huis van Buddy's oom, stroomden de tranen over mijn wangen. Ik stopte aan de kant van de weg voordat ik dacht dat hij mijn auto kon zien. Ik beefde van angst. Ik wilde juist omkeren toen ik hem midden op straat zag lopen. Hij had dichter bij de bocht gewacht, zo gespannen was hij.

Het is te laat, dacht ik.

Ik veegde zo snel mogelijk mijn tranen weg, haalde diep adem en reed langzaam naar hem toe. Hij zwaaide en lachte en zag eruit als een kleine jongen. Hij sprong op en neer om zijn blijdschap te overdrijven en ik lachte.

Dit is goed, dacht ik. Dit kan alleen maar goed zijn.

Ik hield naast hem stil.

'Waarom stopte je daar? Je had je bedacht, hè?' vroeg hij.

'Ja.'

'Niet meer doen.' Hij knikte naar de oprit.

Ik parkeerde en hij kwam snel dichterbij om het portier te openen. Toen ik uitstapte, zei hij geen woord. Hij keek mij aan, ik keek hem aan, en toen zoende hij me. Het was een zachte kus, maar ik kon zijn verlangen en liefde voelen. Zijn ogen glansden vochtig van geluk. Geen van beiden zeiden we iets. Dat hoefden we niet. We spraken met onze ogen, onze lippen, ons hart. Hij pakte mijn hand en liep met me naar binnen.

Hij deed de deur dicht terwijl hij nog steeds mijn hand vasthield. We bleven zwijgen. Hij leidde me de gang door naar een slaapkamer. In de deuropening bleef ik staan. Als ik naar binnen ging zou ik weer een verboden grens overschrijden. Bij het bed zoenden we elkaar opnieuw. Zijn lippen gingen langs mijn kin naar mijn hals. Ik hief mijn hoofd achterover en hij knoopte mijn blouse open en zoende mijn borsten. Toen legde hij me voorzichtig neer op bed. Even bleef hij naar me staan kijken.

'Ik wil elk plekje van je in mijn geheugen prenten,' zei hij. 'Op die manier zul je me nooit verlaten.'

'Iedereen laat iedereen eens in de steek,' fluisterde ik.

'Wij niet. We zullen onze hartslagen synchroniseren, en als jouw hart stopt, stopt dat van mij ook. En het zal hetzelfde zijn voor jou.'

Ik glimlachte. Hij klonk als een hopeloze romanticus, een dromer, een dichter die meer vertrouwen had in woorden dan in iets anders. Maar papa had me eens verteld dat dromers en dichters meer te lijden hebben: 'Ze creëren een wereld die niet blijvend kan zijn, en hun teleurstelling is des te groter.'

Misschien was dat waar, maar op het ogenblik leek het me dat de reis naar die pijn en teleurstelling het alleszins waard was. Was niet het hele leven een reis die onvermijdelijk naar de dood leidde?

Maar dat belette ons niet ons te amuseren, proberen iets te vinden dat onze inspanning waard was. Papa had niet altijd gelijk, dacht ik, en kwam tot het schokkende besef dat mijn gevoelens voor Buddy de oorzaak waren dat ik dingen die papa me mijn leven lang had geleerd, tegensprak en in twijfel trok. Hiervóór had ik alles geaccepteerd alsof het omlaagregende uit een goddelijke wolk.

Buddy trok zijn hemd uit en kleedde me toen met tedere gebaren uit. Ik dacht dat hij erop uit was elk plekje van me te zoenen, zodat hij kon doen wat hij hoopte... me in zijn geheugen griffen. Toen hij naakt naast me lag, kon ik voelen hoe mijn bloed de hitte van mijn hart door mijn hele lijf deed stromen. Zijn lippen beroerden de mijne. Zijn ogen waren gesloten, en hij leek de geur van mijn lichaam in te ademen.

'We moeten voorzichtig zijn,' zei ik, wetend dat ik straks alle zelfbeheersing zou verliezen.

'Ik zal oppassen,' beloofde hij en liet me zien dat hij goed voorbereid was.

Waar we geen van beiden op voorbereid waren, was de manier waarop mijn lichaam verstrakte toen hij in me kwam. Ik zag de verwarring in zijn ogen toen alle zachtheid verdween uit mijn schouders, mijn borsten en mijn buik.

'Je bent harder dan ik,' mompelde hij.

Ik had er geen verklaring voor. Ik wist zelfs niet zeker of dit niet elke vrouw overkwam als ze de eerste keer seks had. Hij vond het niet erg. Hij verlangde net zoveel, zo niet meer, naar me als toen hij begon.

En toen we begonnen, kreeg ik weer die smaak van bloed in mijn mond. Deze keer vloeide die smaak door mijn keel naar mijn maag. Het was niet onaangenaam. Het was zelfs prettig, en hoe sterker het werd, hoe veeleisender ik werd. Hij kreunde van genot en lachte om mijn enthousiasme, riep dat ik bezig was hem te vermoorden. Toen ik een orgasme kreeg, had ik het gevoel dat mijn botten waren verdikt. Ik dacht dat ik groter en zwaarder was, en ik keek naar hem om te zien of hij dat ook dacht, maar hij was in de greep van zijn eigen climax en prevelde woordjes van liefde en belofte.

Toen het voorbij was, liet hij zich hijgend op zijn rug rollen. Ten slotte keek hij me met enige verbazing aan. 'Je hijgt niet eens,' zei hij. 'Al ziet je huid overal rood.'

'Heus?'

Ik ging rechtop zitten om mezelf te bekijken. Het leek of al mijn bloed naar de oppervlakte was gestegen. Ik betastte mijn benen om de hitte te voelen. Na een paar minuten begon de hitte langzaam te zakken en kwam mijn normale kleur terug.

'Is dit iets ongewoons?' vroeg hij.

Ik schudde mijn hoofd. 'Ik weet het niet, Buddy. Ik heb het nog nooit eerder gedaan.'

Hij keek sceptisch. 'Je hebt niet de reactie van een maagd, als je begrijpt wat ik bedoel. Het geeft niet,' ging hij snel verder. 'Dat had ik ook niet verwacht, en ik vind het best.'

Hoe moest ik hem ook maar iets hiervan uitleggen, als ik er zelf geen verklaring voor had? Hij zag dat ik mijn best deed om een verklaring te vinden.

'Hé, maak je niet druk. Ik heb een hekel aan mensen die seks hebben en dan de hele dag bezig zijn het te analyseren. Het is wat het is, en voor ons is het hoe dan ook geweldig. Kort en duidelijk.' Hij wachtte op mijn instemming en toen die niet snel genoeg kwam, vroeg hij: 'Ja, toch?'

'Ja, Buddy. Het was geweldig, en ik ben blij dat ik hierheen gekomen ben om bij je te zijn.' Ik pakte mijn kleren en begon me aan te kleden.

'Gaat het goed met je?' vroeg hij.

'Ja, Buddy.'

'Het was niet mijn bedoeling zo snel te werk te gaan, maar –'

Ik keek hem aan en legde mijn vinger op zijn mond. 'Je moet je niet excuseren voor passie.'

Hij glimlachte. 'Het was of het allemaal voorbeschikt was, zelfs dit heimelijke rendez-vous. Hé, we lijken op Romeo en Julia. *What's in a name*, en zo.'

Ik draaide me om. Hij moest eens weten hoe waar dat was. We kwamen niet uit vijandige families, maar uit twee werelden die zo verschillend waren dat het bijna op hetzelfde neerkwam. Ik kon voelen dat mijn zwijgen hem nerveus maakte.

'Je weet dat ik wil dat het serieuzer wordt tussen ons, Lorelei. Ik was niet op zoek naar een onenightstand.'

'Dat weet ik.'

'Je zegt niks,' zei hij. 'Je bent toch niet kwaad?'

'O, nee, Buddy.'

'Wat is het dan? Je vader? Je zus? Ik bedoel –'

'Laten we het er niet meer over hebben, Buddy. Je had gelijk. Je moet genieten van het moment zonder een autopsie te doen.'

Ik zag zijn verwarring. 'Autopsie? Er is hier toch niets gestorven, hoop ik?'

'Nee.' Ik glimlachte zo overtuigend als ik kon. 'Er is hier iets geboren.'

Dat beviel hem beter. 'Schitterend.'

'Maar laten we het er voorlopig bij laten.'

'Prima. Zolang ik je maar kan zien en bij je kan zijn.'

Wat moest ik hem zeggen, beloven? 'We moeten geen dingen zeggen die ons uiteindelijk teleurstellen.'

'Waarom moet er een eind aan komen?'

'Dat is er altijd.'

Hij schudde zijn hoofd. 'Ik weet niet waardoor je zo cynisch bent geworden, Lorelei. Daar ben je veel te jong voor. Tenzij je heel veel slechte ervaringen hebt opgedaan in de liefde. Is dat zo?'

'Ik weet dat je me niet gelooft, maar dit is mijn eerste ervaring in de liefde.'

'Van mij ook. Ik meen het. Ik ben met andere meisjes geweest, ja, maar ik heb nog nooit voor iemand gevoeld wat ik voor jou voel.'

Mijn glimlach verdween.

'Maakt dat je niet gelukkig?'

'Jawel. Maar het maakt me ook bang.'

'Bang? Waarom?'

'Dat heb ik je verteld. Ik wil niet dat jij of ik verdriet zal krijgen door een teleurstelling.'

'Dat zal nooit gebeuren.'

Ik stond op.

'Ik zweer je, dat je langer lijkt,' zei hij.

'Is dat zo?'

Ik liep naar de spiegel boven de ladekast en keek naar mijzelf. Hij heeft gelijk, dacht ik. Ik lijk echt langer geworden. Verbeeldden we het ons?

'Misschien ben je alleen maar gelukkig, bevredigd,' zei hij. 'Je weet wel, als een mooie bloem die opbloeit. Kijk me niet zo aan. Ik heb zoiets nog nooit tegen een ander meisje gezegd. Ik zweer het je.' Hij stak zijn rechterhand op.

'Oké', zei ik lachend. 'Je hebt me overtuigd.' Ik keek op mijn horloge. 'Ik moet weg.'

'De gebeurtenissen van gisteren onder ogen zien, hè?'

'Ja. Misschien kan ik je een tijdje niet zien, Buddy, en het kan zelfs moeilijk zijn je te bellen.'

'Je kunt me altijd bellen, wanneer het je maar mogelijk is. Geeft niet hoe laat of hoe vroeg het is.'

'Ik zal mijn best doen.'

'Je kijkt echt bezorgd,' zei hij toen we samen naar buiten liepen. 'Weet je zeker dat ik je vader niet kan ontmoeten? Ik kan heel charmant zijn,' voegde hij er schertsend aan toe.

'Het is niet het juiste moment.'

Ik bleef even staan toen we buiten waren. De straat was zo rustig als een doodlopende straat maar kan zijn. Er bewoog niets, en toch had ik het gevoel dat we niet alleen waren. Even voelde ik, dacht ik, wat papa voelde als dat zesde zintuig van hem door iets werd geprikkeld. Ik staarde voor me uit.

'Is er iets?' vroeg Buddy.

'Nee.' Haastig liep ik naar mijn auto. Toen ik mijn hand uitstak naar het portier, pakte hij die hand vast en draaide me naar hem om, zodat hij me weer kon kussen.

'Als ik jou hoor, zal ik een tijdje op deze kus moeten teren,' zei hij, en hij zoende me opnieuw.

'Ik zal proberen je te bellen,' beloofde ik en stapte in de auto. Hij stond met zijn handen op het open raam.

'Ik ben bang om je te laten gaan. Ik heb een afschuwelijk gevoel dat ik je nooit meer zal zien.'

'Wat er ook gebeurt,' zei ik, 'ik zál je terugzien.'

'Daar zou ik maar voor zorgen. Anders zal ik je vinden, waar je ook naartoe gaat en hoe groot en belangrijk je vader ook mag zijn.'

Ik knikte. Elk woord leek zo ironisch. Als hij wist hoe groot mijn vader kon zijn, zou hij dat zelfs niet durven denken. Ik lachte naar hem en reed weg over de oprit. Hij liep achter me aan, alsof hij werkelijk bang was dat hij me nooit meer zou zien. De uitdrukking op zijn gezicht brak mijn hart, maar ik kon niet langer blijven, en hoeveel beloftes ik ook zou doen, die uitdrukking zou niet verdwijnen. Hij zou altijd aarzeling en twijfel horen in mijn stem.

Ik keek naar hem in mijn achteruitkijkspiegel toen ik de straat uitreed. Toen ik hier kwam, stroomden de tranen over mijn wangen, en zo ging ik ook weer weg. Hoe zou ik in vredesnaam deze relatie kunnen voortzetten? Papa maakte plannen om te verhuizen. Heel binnenkort zou Buddy me nooit meer kunnen vinden. Ik zou echt zijn als een droom die hij had gehad. Ik vertrouwde erop dat de herinnering aan mij zou vervagen. Hij zou iemand anders vinden, en als hij soms een ogenblik zou trachten zich mij te herinneren, zou hij glimlachen en zijn hoofd schudden, alsof hij zich afvroeg: Wat had het trouwens helemaal te betekenen? Hij zou zijn teleurstelling wegredeneren en aan me denken als vreemd, raar, alles wat zijn verdriet maar kon wegnemen.

Maar ik dan? Zou ik niet doorgaan als papa's nieuwe Ava, en zou dat me niet verharden, zodat ik nooit meer iemand als Buddy zou vinden? Misschien zou ik gaan geloven wat mevrouw Fennel ons had geleerd, dat liefde een ramp voor ons betekende. Jaren later zou ik me misschien wijs kunnen maken dat ik dankbaar was dat we gescheiden werden. Per slot was ik te dichtbij een catastrofe gekomen. Ik had een slok genomen uit de giftige fontein en gelukkig had ik het overleefd.

Maar voorlopig moest ik alle verdriet van me afgooien en me schrap zetten tegen de golven van woede die straks over me heen zouden komen. Ava had gelijk. Ik kon berouwvol kijken en doen, maar ik moest niet overdrijven, anders zou ik alles verraden. Ik ging sneller rijden. Ik had nog een paar uur voordat papa en mevrouw Fennel thuis zouden komen. Ik besloot een kalmerend bad te nemen en mijn best te doen me te ontspannen.

Maar toen ik over de oprijlaan reed, zag ik tot mijn schrik Ava's auto staan. Wat deed ze zo vroeg thuis? Waar moest ik zeggen dat ik geweest was? Zou ze me geloven als ik zei dat ik er een tijdje tussenuit moest omdat ik op was van de zenuwen? Eén ding was zeker, ik kon niet bang lijken omdat ze thuis was en me erop betrapt had dat ik weg was.

'Ava?' riep ik toen ik binnenkwam.

'Ik ben hier,' riep ze uit de zitkamer.

Ze zat in papa's stoel.

'Hoe kom jij zo vroeg thuis? Ik dacht dat je zei dat je die colleges niet mocht missen.'

'Dat zei ik, ja. Ga zitten.' Ze knikte naar de bank tegenover haar.

Ik ging zitten.

'Ik kan niet geloven dat je ook maar één moment, één kleine seconde, dacht dat je mij voor de gek kon houden, Lorelei. Ik ben de expert in leugens met een gouden randje. Hoe kon je vergeten dat ik over instinct beschik? Je bent goed, maar nog niet van mijn klasse. Ter wille van jou hoop ik dat je dat gauw zult zijn, want zoals ik je al een tijdje geleden zei, en zoals papa geloofde, schijn je iets van dat noodzakelijke instinct te missen. En zonder dat kunnen we niet overleven.'

Ik wilde wat zeggen, maar ze stak haar hand op.

'Laten we die onschuldige blik, die verbaasde protesten en je lachwekkende vraag waar ik het over heb nu maar snel achter ons laten en meteen op de waarheid overgaan. Papa en mevrouw Fennel kunnen hier elk ogenblik zijn.'

Ik staarde haar even aan. De scherpe toon van haar stem en de harde blik in haar ogen waren gewoonlijk angstwekkend, maar om de een of andere reden voelde ik me niet zo kwetsbaar en zwak als gewoonlijk als ze woedend op me was. Ik zou niet in tranen uitbarsten en haar om vergiffenis vragen. Ik zou haar niet smeken me te helpen. En ik kon zien aan de manier waarop ze met haar ogen kneep dat ook zij iets sterkers in me zag.

'Wat heb je gedaan, Ava? Ben je me gevolgd?'

'Natuurlijk. Ik heb gewacht, omdat ik wist dat je hem zou opzoeken. Je bent een hele tijd in dat huis geweest. Ervan genoten?'

'Eerlijk gezegd, ja. Heel erg.'

'Ik ben blij toe, want het zal de eerste en de laatste keer zijn,' snauwde ze, zich naar voren buigend.

'Bedreig me niet, Ava,' snauwde ik terug.

Ze verraste me met een brede glimlach en vervolgens een kort lachje.

'Je bedreigen? Ik bedreig jou niet, idioot. Ik bedreig hem.'

Koude druppels gleden over mijn rug.

'Ik zal niet op wacht staan bij de deur of je volgen om er zeker van te zijn dat je niet naar hem toe gaat.'

'Papa zal je niet –'

'Papa. Waag het niet de naam van papa tegen me te noemen. Wat je hebt gedaan in de anderhalve dag dat hij en mevrouw Fennel weg waren, zou hem waarschijnlijk overstuur maken, en je weet hoe moeilijk het is om dat voor elkaar te krijgen.'

'En ik weet zeker dat je het heerlijk zult vinden hem alles te vertellen,' zei ik, maar het klonk meer alsof ik medelijden had met mezelf dan iets anders.

'Dat zou ik doen, ja, maar niet als je meewerkt.'

'Hoe bedoel je, meewerkt?'

‘Ik weet dat je een slimme meid bent, Lorelei. Papa heeft waarschijnlijk gelijk als hij zegt dat je een van zijn intelligentste dochters bent, dus doe maar niet net of je niet begrijpt wat ik bedoel, wat ik wil. Het is perfect getimed trouwens. Papa is klaar voor een voeding. We hebben het over deze mogelijkheid gehad.’

Ik schudde mijn hoofd. ‘Dat kan ik niet.’

‘O, ja, dat kun je wel. Per slot is het een simpele beslissing, niet? Papa of hij?’

Ik probeerde te slikken, maar mijn keel leek dichtgevroren.

‘Denk eens na. We zullen samenzweerders zijn. Papa zal verrast zijn, maar het zal hem nu niet kunnen schelen, want hij gaat verhuizen. Hij zal ons vergeven dat we de regels hebben overtreden.’

Ik geloof dat mijn hart even stil bleef staan. Ze beschreef mijn nachtmerries over Buddy.

Ze lachte toen ze mijn geschokte gezicht zag. ‘Denk je eens in hoe grappig dat zal zijn,’ zei ze.

‘Grappig? Hoe kun je zoiets grappig noemen?’

‘Je kunt hem uitnodigen je vader te ontmoeten. Eindelijk zul je kunnen doen wat ik weet dat je altijd gewild hebt, Lorelei, een vriendje mee naar huis nemen om papa te ontmoeten.’

17

Leugens

'Jij bewaart ons geheimpje,' zei Ava, terwijl ze opstond, 'en ik zal je vandaag helpen met papa en mevrouw Fennel. Ik zal ze vertellen dat ik degene was die je op school belde om te zeggen dat ik laat thuis zou zijn met eten. Ik weet dat Buddy degene was die je belde, Lorelei. Probeer maar niet het te ontkennen. Op deze manier neem ik een deel van de schuld op me.'

Vroeger zou ik geantwoord hebben dat ik nooit loog tegen papa, maar dat leek me nu nogal stom. Ik zei en deed niets wat haar in de waan kon brengen dat ik ermee instemde, en liep weg. Ze ging weg om Marla van school te halen. Papa en mevrouw Fennel kwamen nog geen halfuur later thuis, vroeger dan Ava en ik hadden verwacht. Zodra papa me zag, wist hij dat er iets mis was. Ik hoorde nog op school te zijn en niet thuis. Hij keek even naar mevrouw Fennel en vroeg me toen wat er aan de hand was.

'De school heeft me twee dagen geschorst,' bekende ik onmiddellijk. Was er een manier om de waarheid te omzeilen? Ik deed mijn uiterste best een manier te vinden, maar kreeg geen enkel ander idee.

'Geschorst? Jij? Waarom?'

'Het gebruik van mobiele telefoons in het schoolgebouw is streng verboden. Ik gebruikte mijn mobiel in de gang tussen twee lessen. Eerlijk gezegd kwam ik daardoor een beetje te laat in de klas. Het spijt me, papa. Ik dacht er gewoon niet bij na. Ik had hem uit moeten zetten, maar toen hij overging, nam ik op.'

'Wie belde je?' vroeg mevrouw Fennel onmiddellijk.

De mogelijkheden gingen als pingpongballen door mijn hoofd. Moest ik bij Ava in het krijt komen staan en haar hulp aanvaarden? Moest ik proberen hen te overtuigen van hetzelfde verhaal dat ik Ava had verteld en zeggen dat het een verkeerd nummer was? Ik kon zelfs zeggen dat degene die belde al beseft had dat het een verkeerd nummer was en er niemand aan de lijn was toen ik antwoordde. De enige keuzes die ik had waren leugens. Ik kon nu niet meer met de waarheid aankomen.

'Ava,' zei ik.

Mevrouw Fennel trok een lelijk gezicht. 'Ava? Waarom zou zij je bellen? Wat wilde ze?'

'Ze wilde zeggen dat ze laat thuis zou zijn met eten,' zei ik toonloos.

Papa kneep zijn ogen samen. Ik probeerde zijn blik te vermijden en keek alleen naar mevrouw Fennel.

'Waarom zou ze laat komen?'

'Dat heeft ze niet gezegd. Ik had geen tijd om het haar te vragen. En toen ik betrapt was en naar de directeur werd gestuurd, was ik te ontdaan om er verder over na te denken. Ik wist hoe erg je het zou vinden van mijn schorsing, papa. Het spijt me. Het ging vanzelf.'

'Dit is niets voor jou, Lorelei, om zo'n belangrijke regel te vergeten. Je moet wel iets ernstigs aan je hoofd hebben gehad.'

'Ja. Ik wilde er met mevrouw Fennel over praten, maar jullie waren allebei niet thuis.'

'Waarover?' vroeg ze. 'Waardoor werd je zo afgeleid?'

'Er zijn me de laatste tijd dingen overkomen, dingen die ik al eerder heb beschreven,' zei ik tegen mevrouw Fennel. 'Alleen zijn ze nu heftiger en komen ze vaker voor.'

'Wat voor dingen?' vroeg papa ongeduldig.

'Zonder aanwijsbare reden worden de spieren in mijn lichaam harder.'

Mevrouw Fennel keek naar papa. 'Ik heb haar iets gegeven om het wat gemakkelijker te maken,' zei ze.

Hij knikte. Wat er ook met me gebeurde, ze schenen het te hebben verwacht. Mijn verklaring voorkwam een scherpe ondervraging.

'Ik denk dat ik daar erg over liep te piekeren en aan niets anders dacht,' ging ik verder. 'Ava dacht dat het nog lunchpauze was en ik het telefoontje buiten het gebouw kon aannemen. Het was een ongelukkig toeval.'

'Waar is Ava nu?' vroeg papa.

'Ze haalt Marla van school. Ik mag niet op het terrein van de school komen tijdens de schorsing. Het spijt me, maar je zult morgen met me mee moeten naar school om met de directeur te spreken. Niemand die geschorst is kan terugkomen zonder dat een van de ouders met hem spreekt. Er staat een berichtje op het antwoordapparaat.'

'Dit is wel het slechtste moment voor zoiets als dit,' mompelde mevrouw Fennel.

'Ga naar je kamer,' beval papa. 'Ik zal het er met Ava over hebben voordat ik bij jou kom.'

'En vertel ons niet nog eens hoe erg het je spijt,' waarschuwde mevrouw Fennel. 'Je weet hoe ik denk over dat stomme woord.'

Ik knikte, boog mijn hoofd en liep naar mijn kamer. Uit de verhalen die ik afluisterde op school wist ik dat kinderen van mijn leeftijd vaak liegen tegen hun ouders. Sommigen schepten zelfs op met hoeveel succes ze dat deden, zonder zelfs maar te beseffen hoe lichtgelovig en stom hun ouders daardoor leken. Door de manier waarop ze erover spraken, leek het wel of ze vonden dat juist de kinderen die hun ouders wél de waarheid vertelden over hun ondeugende streken, de stommelingen waren. Mijn leven lang wenste ik dat ik wat meer leek op de jongens en meisjes uit mijn klas, maar ik had nooit papa en mevrouw Fennel willen bedriegen.

Maar een goede leugenaar worden was een deel geworden van de taakomschrijving. Slimme leugenaars vermengden hun verzinsels met halve waarheden en vertroebelden daardoor de kwestie, waardoor het hun ouders moeilijk werd uit te maken wat waar en wat niet waar was. Anderen verzwegen de onaangename dingen of dingen die hun ouders kwaad zouden maken. Het vaste excuus als ze betrapt werden was een simpel 'Ik was het vergeten'. Voor zover ik het kon bekijken, waren sommige kinderen er heel goed in. Ze konden met een uitgestreken gezicht liegen, tegen hun docenten, hun ouders, zelfs hun vrienden, zonder zich berouwvol of schuldig te voelen als ze op een leugen betrapt werden. Ik vond dat een relatie die werd gebouwd op een fundering van luchtbellen.

Maar te veel beroemde, machtige en invloedrijke mensen waren op leugens betrapt, en als ze ontmaskerd werden, verontschuldigden ze zich en klonken en keken ze berouwvol. Ze spraken over de last die nu op hun schouders rustte om het vertrouwen terug te winnen van degenen die ze liefhadden. Ze hadden er zoveel succes mee dat liegen algauw een vrij onbelangrijke overtreding werd en nauwelijks een zonde. Zelfs mensen die meineed pleegden in de rechtszaal konden een goede advocaat krijgen en ermee wegkomen. Was het dan zo verbazingwekkend dat jonge mensen vertrouwden op onwaarheden?

Maar toch, en met alle redenen die ik had om me niet bezwaard te voelen, vond ik het verschrikkelijk om tegen papa te liegen. Ik zag het verdriet in zijn ogen, zijn teleurstelling. Het was genoeg om mijn hart te doen aanvoelen als een speldenkussen.

Onwillekeurig vroeg ik me af wat zowel mevrouw Fennel als papa had verwacht toen ik vertelde hoe mijn lichaam plotseling verhardde. Ze leken er niet mee te zitten. Gebeurde dit met me door iets wat ze me te eten gaven? Was het gewoon een van de normale veranderingen in een jonge vrouw? Niets wees daarop in de fysiologielessen, maar ik had altijd het gevoel dat onze docente, die ook parttime verpleegster was, zich niet erg op haar gemak voelde bij de seksuele voorlichting. Waarschijnlijk was het niet zo'n goed idee jongens en meisjes in diezelfde klas te hebben.

Ik ging naar mijn kamer, ging op bed zitten en wachtte. Ik wist dat het niet lang zou duren voor Ava en Marla thuis zouden komen. Ik bedacht plotseling dat Ava me misschien een loer had gedraaid. Het bloed steeg naar mijn wangen. Als ze eens deed alsof ze van niets wist als papa het haar vroeg? Dan zou ik betrapt worden en een hoop leugens moeten opbiechten. Misschien hadden zij en Marla al een hele tijd een complot tegen me gesmeed. Nu ik erover nadacht, vroeg ik me af waarom Ava de woede van papa en mevrouw Fennel zou riskeren voor mij. Zou ze het vreselijk vinden dat ik een vaste vriend had, iemand om wie ik echt gaf en die zoveel om mij gaf? Was haar afgunst dat ik erin geslaagd was iets van een normale relatie op te bouwen zo groot, dat ze een risico wilde lopen, alleen om die relatie te verstoren?

Waar sluimerde de waarheid onder al die leugens, en als ik die vond, zou ik die dan tot leven kunnen wekken? Wilde ik dat wel? Ik wist op het ogenblik niet wie ik trouw moest zijn. Buddy? Mijzelf? Papa? Het huis voelde aan of het vol kleverige spinnenwebben zat. Spinnen en gifslangen kronkelden over alles heen. Nog nooit had ik me gevoeld zoals nu, of ik in een slangenkuil leefde.

Zodra ik hun auto hoorde, stond ik op en keek uit het raam. Ze stapten uit Ava's auto, lachend zoals ze gisteren hadden gelachen toen ze thuiskwamen uit school. Ze leken hechter dan ooit tevoren, echte zussen die elkaar omhelsden, zachtjes met hun schouders tegen elkaar aanstootten. Ik voelde me volkomen vervreemd van hen.

Paniek maakte zich van me meester toen er een stilte viel in huis. Ik voelde een gefladder in mijn borst en een trilling in mijn benen. Ik haalde diep adem en ging weer op bed zitten. De minuten die verstreken leken uren. Hoe goed zou Ava het kruisverhoor kunnen doorstaan, zelfs als ze mijn verhaal wilde bevestigen? Zou mevrouw Fennel haar bang maken en bedreigen tot ze de waarheid vertelde? Zou de deur van mijn slaapkamer opengaan en zou ik ze alle vier op de drempel zien staan, naar me kijkend alsof ik de grootste verrader was die de familie ooit gekend had, met opengesperde ogen en van woede vertrokken gezichten?

Zelfs voordat ik het antwoord wist, kwamen de tranen. Waarom zou ik niet huilen? Welke andere liefde had ik tot dusver gekend dan de liefde van papa? Hij had me vervuld van zijn poëzie en zijn muziek, zijn grote kennis en wijsheid. Ik was net zo'n deel van hem als van wat of wie ook. Hij had van me gehouden, me beschermd en me vertrouwd, zoals ik hem. In enkele seconden zou dat allemaal voorbij kunnen zijn, en waar zou ik dan zijn? Wíé zou ik zijn? Wat zou ik hebben? Dezelfde angst voor eenzaamheid en verlating die ik mijn hele jonge leven had gekend, kwam in een oogwenk terug.

Iemand die me zou veroordelen, me van slecht gedrag betichten, zou eerst zelf moeten ervaren hoe het was om in de steek gelaten te worden, om te leven zonder ouders en vrienden, zonder iets meer over zichzelf te weten dan wat hun verteld was. Ik had de foto gevonden van een vrouw die mijn moeder zou kunnen zijn, maar ik was niets over haar te weten gekomen. Ik had geen grootouders, geen echte ooms en tantes, en geen neven en nichten. Ik was iemand zonder verleden, zonder geschiedenis, behalve wat me verteld was. Alles was zogenaamd begonnen op de dag waarop ik uit het weeshuis werd gehaald. Als ik werd weggestuurd, zou ik geen naam hebben. Ja, voordat iemand me mocht veroordelen omdat ik zo zenuwachtig en bang was voor wat er met me zou kunnen gebeuren, zou hij of zij in mijn schoenen moeten staan.

Ik hoorde voetstappen op de gang. Ik herkende de loop van papa, die naar mijn kamer liep. Ik veegde de tranen van mijn wangen, ging rechtop zitten en hield mijn adem in tot hij de deur opende.

'Ik weet echt niet meer wat ik met jullie aan moet,' zei hij. 'Weet je waarom je zus gisteren zo laat was voor het eten en waarom ze je belde? Nee, natuurlijk niet. Je zei dat je het niet wist, maar dit is ook onvoorstelbaar.'

Ik wachtte even om op adem te komen.

'Ze was bang dat we zouden verhuizen voordat ze je had geholpen de dochter van je vader te zijn. Ze had geantwoord op een van die persoonlijke berichten op internet. Eerlijk gezegd, had ik niet gedacht dat een van jullie dat zou doen. Het is een potentiële goudmijn. Ze moest een afspraak maken met die man. Ik denk dat ik het haar niet kwalijk kan nemen dat ze slim is, maar ik verwijt jullie allebei dat jullie de boel in de soep hebben laten lopen, onzorgvuldig zijn geweest en voor problemen hebben gezorgd op school,' ging hij verder, maar niet met de grote woede die ik verwacht had. 'Mevrouw Fennel heeft gelijk. Dit is niet het juiste moment hiervoor, al is het voor ons nooit het juiste moment.'

Ik haalde diep adem. 'Ik weet dat mevrouw Fennel het vreselijk vindt als ik het zeg, maar ik kan het niet helpen, papa. Het spijt me.'

Hij moest bijna lachen. Ik voelde dat ik me ontspande. 'Mevrouw Fennel gelooft dat er in een wereld waar niemand kan zeggen dat het hem of haar spijt, minder fouten zouden worden gemaakt. Dat de mensen voorzichtiger zouden zijn.'

Hij kwam naar me toe, nam mijn kin in zijn hand en staarde naar mijn gezicht.

'Je bent te mooi om je niet te vergeven, Lorelei. Ik weet dat je diep in je hart niets zou willen doen om mij, ons, te kwetsen. Straks ben je echt volwassen en zul je je volledig bewust zijn van je potentieel, je doel in het leven, en dan zul je niet meer te stuiten zijn. Dit is werkelijk het verkeerde moment om fouten te maken. Je bent er te dichtbij. Ik denk dat je dat nu wel begrijpt. Instinctief.'

Ik wilde knikken, maar hij hield mijn kin te stevig vast. Ik kon de kracht via zijn vingers naar mijn gezicht voelen vloeien.

'Morgen ga ik met je mee naar school. We zijn hier nog even, en ik wil dat het goed met je gaat, met ons allemaal, tot we vertrekken.'

'Waar gaan we naartoe, papa?'

'Louisiana,' zei hij. 'Daar zijn een hoop nieuwe mogelijkheden voor ons sinds de overstroming.'

Hij hield nog steeds mijn kin vast met zijn duim en vingers.

'Dus zal ik je deze fout vergeven, Lorelei. Ik wil dat je mijn vergiffenis voelt en waardeert,' ging hij verder, en zakte licht door zijn knieën tot zijn mond op gelijke hoogte was met die van mij. Het was een kus zoals hij me nooit eerder had gegeven, een kus die niet de dochter in me deed ontwaken maar de vrouw. 'Daar,' zei hij. 'Bezegeld met een kus.'

Hij liet mijn kin los en deed een stap achteruit. Hij keek me even aan met een ander soort glimlach op zijn gezicht, een glimlach die ik nooit eerder van hem had gezien. Het was niet de vaderlijke glimlach die ik zo goed kende en waar ik zo van had gehouden. Het was ook geen lachende of geamuseerde glimlach. Het was meer de glimlach van een arrogante minnaar die prat gaat op zijn sterke seksualiteit. Ik reageerde ook echt meer als een vrouw dan als een dochter, en opnieuw voelde ik mijn lichaam hier en daar hard worden.

'Ja,' zei hij. 'Je bent te mooi om je niet te vergeven. Aan tafel praten we verder.'

Hij liep de kamer uit en deed de deur zachtjes achter zich dicht.

Ik had me niet gerealiseerd dat ik mijn adem zo lang had ingehouden. Mijn longen sprongen bijna uit elkaar. Ik bekeek me in de spiegel. De tranen waren verdwenen, maar in plaats daarvan zag ik een mengeling van verbijstering en angst. Wat leerde ik echt over wie en wat ik zou worden?

Ik probeerde er niet aan te denken en concentreerde me op mijzelf. Ik nam een douche, waste mijn haar en borstelde het. Toen ik bezig was me aan te kleden kwam Ava mijn kamer binnen.

'En?' vroeg ze.

'En wat?' antwoordde ik, en trok mijn rok aan.

'Heb ik niet gedaan wat ik beloofd heb? Ik heb je uit de puree gehaald, Lorelei.'

'Jij hebt ook tegen papa gelogen. Jij hebt ook een groot risico genomen.'

'Dus, wat ga je doen? Alles opbiechten om mij in de problemen te brengen?'

Ik draaide me van haar af en trok mijn blouse aan.

'Ik zou maar eens goed nadenken over je toekomst, Lorelei. Als je niet doet wat ik zeg, zal er geen papa of ik of iemand van de familie in die toekomst zijn.'

'Bedreig me niet, Ava.' Ik draaide me naar haar om en probeerde zo kalm mogelijk te blijven.

Ze keek me aan met dat koele, arrogante glimlachje van haar. 'Ik bedreig je niet, Lorelei. Een dreigement is als een belofte van iets vreselijks dat kan gebeuren. Dit is meer een voorspelling. Zoals wanneer je van een klif rijdt en een paar honderd meter omlaagvalt. Dan kun je voorspellen dat je in een paar seconden dood bent.'

Ik probeerde een façade op te houden van kracht en verzet, maar ze was nog steeds mijn oudere zus, nog steeds Ava, degene die me aan het beven kon brengen.

'Doe die oorbellen in die ik je gegeven heb. Die passen heel goed bij die blouse,' zei ze en liep weg.

Ik ging op het bed zitten en staarde naar de vloer. Wat zou er nu gebeuren? Ik hoopte dat mevrouw Fennel zich zo bezorgd zou maken dat ze er bij papa op aan zou dringen eerder te vertrekken. Ondanks mijn gevoelens voor Buddy, wilde ik dat we morgen al weggingen. Ik wilde dat ik wakker zou worden en mijn koffer gepakt was en de auto buiten stond te wachten. Het zou een ontsnapping zijn. We zouden verdwijnen in die mist van geheimzinnigheid die al onze familiegeheimen veilig verborg. Papa had gelijk dat hij het zag als herboren worden. Het verleden zou achterblijven en in nevelen oplossen. Amnesie zou een zegen zijn.

Ik stond op en ging naar de eetkamer.

Het was alsof er niets gebeurd was. Papa was heel vrolijk en praatgraag. Hij beschreef ons nieuwe huis in Baton Rouge. Het was een antebellum herenhuis. Het verbaasde me hem te horen zeggen dat het al bijna tweehonderd jaar in bezit van onze familie was. Welke familie bedoelde hij?

'Wat betekent *antebellum*?' vroeg Marla.

'Gebouwd vóór de Burgeroorlog,' zei ik voordat papa kon antwoorden.

Hij lachte. 'Precies. Ik heb in veel van dat soort huizen gewoond. Het is Griekse renaissance. Je zult onder de indruk zijn van het precisiewerk. En jullie,' ging hij verder tegen Marla en mij, 'krijgen een kamer die twee keer zo groot is als je nu hebt. En vergeet niet, we krijgen er een nieuw klein meisje bij. Er komt weer een zusje voor jullie.'

'Het kan me niet gauw genoeg zijn,' zei Marla. 'Het is hier stomvervelend.'

Papa lachte. 'Verveling zal je probleem niet zijn, Marla. Hè, Ava?'

'Nauwelijks,' zei ze. Telkens als zij of papa iets zei, keek ze voornamelijk naar mij, zoekend naar een teken dat ik op het punt stond te bezwijken en alles op te biechten.

'Hoe lang nog, papa?' vroeg Marla.

'Niet veel langer.' Hij keek naar Ava. 'We hebben hier nog een paar dingen te doen.'

Ava glimlachte en zei: 'Ja. Dat is zo, hè, Lorelei?'

Ik keek snel naar papa. Hij nam me onderzoekend op, alsof hij wachtte op een aarzeling.

'Ja,' zei ik. Toen glimlachte ik. 'Ik denk dat ik het voor één keer eens ben met Marla. Ik kan ook niet wachten.'

'Prima,' zei papa. Hij pakte onze handen vast. 'Mijn meiden. Niemand waar dan ook, geen andere familie, geen vader en dochter, zal ooit, kan ooit, zo close zijn als wij. Voel je pols maar. Jullie harten kloppen synchroon met dat van mij, als één hart. Anderen spreken over de onzichtbare navelstreng die een kind verbindt met zijn of haar moeder, maar wij zijn verbonden door het ritme van het leven zelf. Als een van jullie pijn lijdt, lijd ik pijn, en belangrijker nog misschien, als ik pijn heb, hebben jullie pijn. Dat maakt onze eenheid, onze toewijding aan elkaar, zo bijzonder, zo uniek, en zo anders dan alles wat je daarbuiten zult zien. Wees zussen. Blijf dat altijd, en jullie zullen altijd goede dochters zijn.'

Mevrouw Fennel bracht het eten binnen. Ik keek naar haar om te zien of ze nog steeds achterdochtig en kwaad op me was, maar ze keek niet veel anders dan altijd. Ik was benieuwd of ze me na het eten terzijde zou nemen om eindelijk met me te praten over de veranderingen die ik in mijn lichaam had gevoeld en wat ze betekenden, maar ze zei niks.

Papa wilde na het eten een paar uur met ons doorbrengen, zoals we vaak deden. We gingen naar de zitkamer om naar muziek te luisteren. Ondanks wat er gebeurd was, bleef hij opgewekt. Het vooruitzicht van een nieuw huis en een nieuwe dochter scheen hem energie te geven. Hij leefde naar wat hij predikte. Hij werd altijd herboren. Hij beleefde elke dag als de eerste dag van een nieuw leven.

Hij danste met ons alle drie, maar vanavond meer met Ava. Ze dansten als geliefden. Hij hield haar dichter tegen zich aan, kuste haar op haar wangen en zelfs in haar hals. Ze lachte en gooide haar hoofd in haar nek. Hij wervelde haar rond en soms was het of ze helemaal alleen waren. Ik zag dat Marla met een blik van verbazing maar ook van afgunst naar hen keek. Ik voelde dat ook, maar ik werd meer geïntrigeerd door papa en de manier waarop hij ons nu anders vasthield dan vroeger. Er waren nu momenten dat ik gezworen zou hebben dat hij twintig jaar jonger was. Het was alsof hij, in plaats van te drinken uit een of andere magische fontein, zich kon dwingen terug te gaan in de tijd.

Vanavond deed ook mevrouw Fennel iets ongewoons. Ze liet zich na het eten zelden zien in de zitkamer als we met papa dansten. Nu bleef ze in de deuropening staan kijken, maar ze observeerde ons alsof ze zeker wilde weten dat alles ging zoals het hoorde. Ik probeerde niet naar haar te staren, maar ik was nieuwsgierig naar haar reacties en zocht in haar gezicht naar een teken van bezorgdheid, vooral als ze naar mij keek. Maar ik kon niets vinden. Ze knikte even en ging ten slotte weg.

Later zaten we zoals gewoonlijk om papa heen, terwijl hij een mooi verhaal vertelde uit zijn verleden. Het was een herinnering die bovenkwam door ons gelach en onze gedeelde vreugde. Deze keer beschreef hij zijn reizen door China met een beeldschone Chinese prinses, wier voorouders teruggingen tot de middeleeuwen. Net als altijd werkten zijn beschrijvingen van het landschap, de paleizen en de feesten op onze verbeelding. Hij citeerde oude Chinese gedichten en deed iets voor van een rituele dans. Als iemand zich zou afvragen hoe het mogelijk was dat drie tienermeisjes zich thuis zo amuseerden en vermaakt werden, hoefden ze maar een van papa's speciale avonden bij te wonen.

Toen de avond voorbij was, voelde ik me heel triest. Triest over mijzelf, triest over mijn verraad. Hoe kon ik riskeren papa's liefde te verliezen? Wat haalde ik me in mijn hoofd? Ik denk dat hij de droefheid in me zag; hij zoende me en hield me langer vast dan Marla en Ava.

'Maak je geen zorgen, Lorelei,' fluisterde hij in mijn oor. 'Morgen zal ik alles regelen, en we zullen het hier fantastisch afsluiten. Je zult het geweldig doen. Slaap lekker.'

Ik had al mijn zelfbeheersing nodig om niet in tranen uit te barsten. Ik vermande me en ging naar mijn kamer, maar Ava kwam vlak achter me aan.

'Zie je dan niet hoeveel hij nog steeds van je houdt, je nodig heeft?' vroeg ze kwaad. 'Hoe kon je er zelfs maar over denken dat te riskeren en hem verdriet te doen?'

'Laat me alsjeblieft met rust, Ava.'

'Je bent een idioot!'

'Goed dan!' riep ik uit. 'Ik zal hem niet meer ontmoeten. Straks zijn we weg, en daarmee uit.'

'O, nee, Lorelei. Daarmee is het niet uit. Je zult hem weer ontmoeten. Je bent me dit schuldig en je doet wat ik zeg. Ik weet dat je nooit zult ophouden met naar hem te smachten. Of je het wilt of niet, hij zal je overal volgen, en je zult waardeloos zijn voor papa en voor jezelf. En hij zal mij de schuld geven.'

Ik zei niets.

'Als jij het niet doet, doe ik het wel voor je,' zei ze. 'En dat is geen dreigement, dat is een belofte.'

Ze liet me achter met die woorden en mijn wanhopige gevoelens. Ik huilde me in slaap, maar de volgende ochtend deed ik mijn best er zo fris en vrolijk mogelijk ut te zien. Papa bracht Marla en mij naar school. Hij kwam zelden op een van onze scholen, alleen als het dringend noodzakelijk was. Maar áls hij met me meeging, kon ik duidelijk zien hoe snel iedereen zich tot hem aangetrokken voelde. Zijn elegante optreden, zijn adembenemend knappe uiterlijk en aristocratische zelfverzekerdheid trokken de aandacht van zowel docenten als leerlingen. De enkele keer dat een meisje uit mijn klas hem had gezien, zei ze iets als: 'Je vader ziet eruit als een senator of een president. Is hij een filmster? Ik heb hem in een tijdschrift gezien. Is hij eigenaar van een grote maatschappij?'

'Hij is alles tegelijk,' antwoordde ik dan, lachend om hun verblufte gezicht.

Dr. Phelps was geen uitzondering. Ik kon zien dat hij onder de indruk was toen we zijn kantoor binnenkwamen. Hij keek en klonk bijna verontschuldigend. 'Deze afspraak is een verplichte formaliteit,' begon hij. 'Ik moet doen wat het bestuur me opdraagt.'

'Natuurlijk,' zei papa vriendelijk.

'Ik was heel erg verbaasd dat Lorelei naar mijn kantoor werd gestuurd omdat ze een overtreding had begaan. Tot nu toe was ze een ideale leerling. Haar cijfers zijn uitstekend, en haar docenten zeggen alleen maar lovende dingen over haar.'

'Ja, ik was ook verbijsterd toen ik het hoorde. Ze is een geschenk uit de hemel voor me. Ik weet dat ze even overstuur is over haar gedrag als u, dr. Phelps.'

'Ik hoop dat we zoiets niet meer hoeven mee te maken.'

'O, ik denk dat ik met het volste vertrouwen kan zeggen dat dat niet het geval zal zijn,' zei papa.

'Goed, ik wil niet dat ze meer tijd verzuimt dan nodig is,' zei dr. Phelps, en stond op. 'Ik waardeer het dat u zo onmiddellijk gekomen bent.'

'Graag gedaan,' zei papa. Hij stond eveneens op en gaf dr. Phelps een hand.

'Wat een mooie ring,' merkte dr. Phelps op.

'Ja, die heb ik heel lang geleden gekregen van iemand die letterlijk mijn idool was. De ring heeft me altijd geluk gebracht.' Hij lachte. 'Of het nu waar is of niet, het is goed om ergens in te geloven, vindt u niet?'

'Absoluut,' zei dr. Phelps. Hij klonk alsof hij reageerde op een officieel militair bevel. Ik verwachtte half en half dat hij zou salueren.

Hij bracht ons naar de deur van zijn kantoor en nam afscheid van papa.

'Je mag je mobiel houden,' zei papa tegen mij. 'Je hebt hem misschien binnenkort nodig, en ik vertrouw erop dat je er niet weer misbruik van zult maken. Ava weet nu dat ze je niet meer op school moet bellen, tenzij het een noodgeval is, dus ik denk niet dat er veel kans op zal zijn.'

Ik sloeg mijn ogen neer. Ik weet dat ik dat niet had moeten doen, maar ik kon hem niet recht in de ogen kijken en hem voorliegen. Ik twijfelde er niet aan of hij voelde het toch, en ik was bang.

'Ga maar en wees een brave leerling tot we verhuizen,' zei hij. 'Ava haalt jou en Marla van school. Ik heb een en ander te doen vanmiddag.'

Hij kuste me zacht op mijn wang, maar heel dicht bij mijn mond. Toen draaide hij zich om en ging weg. Ik liep haastig naar mijn klas, in de verwachting van alle bemoeizuchtige vragen die op me afgevuurd zouden worden zodra de kletstantes hun kans schoon zagen. In zeker opzicht leek ik nu op Marla, hopend dat we hier niet lang meer zouden blijven.

Het grootste deel van de dag ging ik zo op in het afweren van de vragen en geniepige opmerkingen, en het gepieker omdat ik papa teleurgesteld had, dat ik niet veel aan Buddy dacht. Ik controleerde mijn mobiel toen ik in de lunchpauze naar buiten ging. Zoals ik had verwacht, had hij gebeld en een bericht achtergelaten. Hij maakte zich bezorgd over me en wilde weten wat er gebeurd was toen mijn vader ontdekt had dat ik geschorst was. Ik overlegde bij mezelf of ik hem zou terugbellen en hem zeggen dat hij me niet meer moest bellen. Ik wilde hem duidelijk maken dat we elkaar onder geen enkele omstandigheid terug konden zien, maar ik was bang dat ik zou bezwijken voor zijn smeekbeden. Voorlopig was het in ieder geval beter het zo lang mogelijk uit te stellen.

Maar Ava was niet van plan terug te komen op haar eis. Ik voelde het zodra ze Marla en mij oppikte. Ze kon het moment niet afwachten dat ze met mij alleen zou zijn. Toen we thuiskwamen en Marla en ik uit wilden stappen, pakte ze mijn arm beet en zei: 'Nee, jij blijft hier.'

'Waarom moet zij blijven?' vroeg Marla onmiddellijk.

'Lorelei en ik moeten ergens naar toe om iemand te ontmoeten,' zei Ava. 'Ga jij nou maar naar binnen.'

'Waarom kan ik niet mee?'

'Als dat zou kunnen, waarom zou ik dan mijn tijd verdoen om jou thuis te brengen, Marla? Het is iets wat we moeten doen voor papa. Doe wat je gezegd wordt!'

Mokkend stapte Marla uit, maar met een woedende blik op mij, alsof het allemaal mijn schuld was. Had Ava het haar verteld van Buddy en mij? Zodra ze weg was en Ava weer doorreed, vroeg ik het haar.

'Natuurlijk niet,' zei ze. 'Ze is veel te jong om dit allemaal te begrijpen, en bovendien kan ik er niet van op aan dat ze haar mond zou houden. Ze zou naar papa gaan of naar mevrouw Fennel.'

'Ze is zo gemeen geworden.'

'Gemeen? Ze is niet gemeen, Lorelei. Ze is competitief. Ben je papa's opmerkingen vergeten over onderlinge rivaliteit, en dat die meer op ons van toepassing is dan op anderen? Ik heb het je gezegd: ze zit je dicht op de hielen.' Ze lachte.

'Wat vind je zo grappig, Ava?'

'Ik ben blij dat ze hier is gekomen na jou en niet na mij. Jij bent veel gemakkelijker te beconcurreren. Wat overigens niet iets is waar je trots op kunt zijn.'

Ik had genoeg van haar gepreek en kritiek. Ik wilde naar huis en slapen. 'Waar gaan we naartoe?'

'Waar denk je? We moeten iets regelen voor het weekend.'

‘Moet dit echt, Ava? Is er geen andere manier, geen andere keus? Ik zal al het andere doen wat je van me vraagt, ik zweer het je.’

‘Dat weet ik, en daarom moeten we dit doen. Je kunt niet zo zwak en kwetsbaar blijven, zelfs niet tegen mij. Uiteindelijk, jaren later, zul je achteromkijken en me dankbaar zijn.’

Ik zal je niet zozeer dankbaar zijn dan wel mezelf haten, dacht ik.

We reden verder, Ava vol energie en opgewonden, ik wegzinkend in mijzelf alsof mijn lichaam in drijfzand was veranderd.

‘Wat dit voor ons zal doen,’ zei ze, toen we de richting insloegen van UCLA, ‘is dat we closer zullen zijn als zussen. Ik weet dat je dat altijd gewild hebt.’ Ze draaide zich naar me om toen ik niet reageerde. ‘Iets wat papa altijd gewild heeft,’ voegde ze eraan toe.

‘Ik weet het.’

Maar iemand die ons hoorde zou zich afvragen, zoals Ava zich nu afvroeg, of ik dat als iets geweldigs beschouwde of als iets tragisch.

De tijd, de werkelijke waarzegger, zou het ons eerder laten weten dan we konden vermoeden.

18

Een plan

Ava bleef even stil zitten nadat ze de auto geparkeerd had en de motor afgezet. Ik hoopte dat ze van gedachten veranderd was, dat er een complicatie was die ze over het hoofd had gezien. Maar ze maakte zich niet bezorgd, ze plande de details.

'Goed. We doen het als volgt. Jij regelt met hem dat hij zaterdagavond je vader ontmoet. Je kunt een laatste keer met hem uitgaan als je wilt en hem dan mee naar huis nemen. Je vertelt hem dat je vader om tien uur terugkomt van een reis maar zich erop verheugt hem te ontmoeten, en als hij je wil blijven zien, dan zal hij daar niet onderuit kunnen. Begrijp je?'

'En als ik beloof dat ik zijn naam nooit meer zal noemen? Ik zal voorgoed afscheid van hem nemen, Ava. Ik zal niet zo geobsedeerd zijn door hem als je denkt. Ik zal me erop verheugen dat we gaan verhuizen en –'

'Hou op, Lorelei.' Ze draaide zich naar me om met de maar al te bekende uitdrukking van wantrouwen. 'Weet je, ik heb altijd al mijn twijfels over je gehad, en hoe liefdevol en aardig papa ook tegen je was, hij had ook zijn twijfels. Toen ik je meenam om te zien hoe je om zou gaan met mannen, was ik blij te merken dat je genoot van het flirten, het verleiden, en ik zei tegen papa dat ik het een bemoedigend teken vond. Maar je bent heel anders dan ik en dan Marla. Soms denk ik dat je het huis uit zult lopen en nooit meer terugkomen. We hebben allemaal het geld en de klantenkaarten die papa op onze naam heeft gezet, maar ik heb hem vaak gezegd dat het me in jouw geval verkeerd leek.’ Ze zweeg even en ging toen op redelijke, zelfs zusterlijke toon verder. ‘Beschouw dit nu maar als een perfecte gelegenheid om jezelf te bewijzen. Als papa ontdekt wat je gedaan hebt en wat je nu gaat doen, zal hij volledig vertrouwen in je hebben. Hij zal je dat stomme highschoolavontuur vergeven en het afschrijven als jeugdig enthousiasme of zoiets, en jij blijft je bestemming volgen.’

‘Wat is mijn bestemming?’

‘Je bent er dichtbij om daarachter te komen. Oké, ik weet welk college hij op het moment volgt.’ Ze keek op haar horloge. ‘Ik weet ook waar hij daarna naartoe gaat. Jij staat gewoon op hem te wachten en vangt zijn blik op. Ik denk niet dat je daar veel moeite mee zult hebben, hè?’

‘Nee, maar –’

‘Ga ergens met hem naartoe om te praten. Doe het voorkomen alsof alles piekfijn in orde is en je hem kunt blijven zien als hij je vader heeft ontmoet. Ik zal op een afstandje toekijken om zeker te weten dat alles goed gaat.’

‘Maar als hij ergens naartoe wil om de rest van de dag met mij door te brengen? Wat moet ik dan zeggen?’

‘Doodsimpel, Lorelei. Ik snap niet waarom die leugens niet vanzelf in je opkomen. Je zegt gewoon dat je gebruik hebt gemaakt van de gelegenheid om met mij naar de universiteit te gaan. Ik moet iets doen dat ongeveer een uur in beslag neemt en dan moet je met mij mee terug naar huis. Je ziet hem sowieso zaterdagavond. Hoe langer hij wacht, hoe enthousiaster hij zal zijn over jullie date, en hoe kwetsbaarder hij is.’

Ik knikte nauwelijks zichtbaar en boog mijn hoofd.

‘Verdomme, Lorelei,’ snauwde ze. ‘Kijk niet alsof je op het punt staat je beste vriend te verliezen. Verdraag het met een opgewekt gezicht en word een echte dochter van papa. Als Buddy Gilroy je ziet als je zo’n gezicht trekt als nu, maak je hem bang en raak je hem kwijt. En dan hebben we allebei grotere problemen, problemen die jij hebt veroorzaakt.’

'Oké, oké. Schreeuw niet zo tegen me.'

'Kom, we gaan,' zei ze, en stapte uit de auto.

Ze liep snel weg, haar ergernis over mij lag er dik bovenop. Ik moest bijna hollen om haar in te halen, maar toen ik naast haar liep, verminderde ze haar tempo niet en sprak ook niet tegen me. Ik volgde haar over de campus naar de plek waar ze wilde dat ik zou wachten.

'Goed. Jij blijft hier. Het zal niet langer dan een paar minuten duren.'

'Moet ik de hele tijd hier met hem blijven staan?'

'Nee, natuurlijk niet. Moet ik je dan elke seconde ervan voorkauwen? Ga naar dat café hier vlakbij, maar blijf op je horloge kijken zodat hij begrijpt dat je nu niet veel tijd hebt. Ik weet zeker dat het je lukt, Lorelei, als je maar half je best doet. Maak er geen zootje van. De gevolgen zullen voor ons allebei erg zijn, maar het ergst voor jou,' waarschuwde ze, en liep weg.

Ik leunde tegen een muur. Het was ironisch dat ik niet bang was voor haar maar voor Buddy. Er was iets bijzonders tussen ons, en daarom verwachtte ik dat hij me zou doorzien, zou weten dat ik hem bedroog. Wat moest ik dan doen?

Ik zag de studenten naar buiten komen, maar ik zag hem niet en had een vluchtige hoop dat hij niet naar college was geweest, dat hij ze allemaal verzuimd had, omdat hij zich van streek maakte omdat hij me niet sprak of zag. Misschien was hij weer in het huis van zijn oom. Als ik het nu kon uitstellen, zou ik het misschien voorgoed kunnen uitstellen. Maar een paar ogenblikken later, toen ik op het punt stond het op te geven, verscheen hij, en toen hij me zag, klaarde zijn gezicht op.

'Lorelei, wat doe jij hier?' Hij kwam haastig naar me toe en kuste me. 'Niet dat ik het erg vind. Ik vind het geweldig!'

'Ava moest hiernaartoe om iets te doen dat ongeveer een uur zal duren. Ik besefte dat het een kans was om je te zien en ben met haar meegegaan.'

'Kon niet beter.'

'Heb je nog meer colleges?'

'Doet er niet toe. Niets kan op tegen een ontmoeting met jou.'

Ik keek op mijn horloge. 'Ik heb ongeveer drie kwartier.'

'Waarom zo'n haast? Ik kan je ook thuisbrengen.'

'Nee,' zei ik gauw. 'Nog niet. Ik wil je vertellen wat mijn plannen zijn voor ons.'

'Oké, oké. Laten we ergens naartoe gaan waar we kunnen praten.'

'Dat cafeetje vlakbij de campus?'

'Perfect. Hoe komt het dat je zo goed op de hoogte bent van alles hier?'

'Ava,' zei ik.

'O, natuurlijk. Ik hoopte dat je zou zeggen dat je hier al vaak geweest was om mij van een afstand gade te slaan of zoiets romantisch.'

Ik keek naar links en naar rechts, maar ik zag Ava niet. Toch voelde ik haar ogen op me gericht.

'En, hoe ging het toen je vader thuiskwam?'

'Hij toonde begrip en hij was vandaag geweldig op school toen hij de directeur moest spreken. Alles is weer normaal.'

'Hm, hij lijkt me een aardige kerel.'

'Aardig? Hij is fantastisch.'

Buddy lachte. 'Ik had moeten zeggen cool. Niemand zegt meer aardig tegenwoordig. Ik ben zo opgewonden dat ik je onverwacht zie, dat ik niet kan nadenken.'

Hij pakte mijn hand vast en we liepen door. Het was weer een stralende Californische dag. De middagen in het voorjaar waren dat zo vaak, dat mensen het vanzelfsprekend waren gaan vinden. Ik zou het missen als we gingen verhuizen. De heldere zon en diepblauwe lucht verdreven de duisternis die uit andere plekken kon binnensluipen en sombere gedachten en angsten kon oproepen. Papa zou zeggen: 'We hebben vandaag een klein beetje van het paradijs.' Niemand zou het beter onder woorden kunnen brengen. Ik weet niet waarom Ava tegen Marla had gezegd dat zij hem het best kon citeren. Ik wist dat ik de beste was. Ik wist zeker dat ik van ons drieën het meest aan elk woord van hem hing.

‘Ik neem aan dat je je niet langer ongerust maakt dat Ava ons zou kunnen zien,’ zei hij toen we de straat overstaken.

‘Nee, ik heb haar verteld dat ik je wilde opzoeken, en dat ik het zou doen ook. Zij was degene die zei dat ik je aan papa voor moest stellen.’

‘Echt waar? Dat is schitterend!’

We gingen het café binnen en ik bestelde een dubbele tchaithee. Hij nam koffie, en we gingen aan een van de tafeltjes buiten zitten.

‘En, wat is je plan?’ vroeg hij onmiddellijk.

‘Ik kan zaterdag met je afspreken. Ava wil me zelfs brengen.’

‘Waarom kan ik je niet gewoon komen afhalen? Op die manier kan ik je vader ontmoeten voor we uitgaan.’

‘Dan is hij er niet. Hij komt tussen halftien en tien uur thuis en het plan is dat jij me thuisbrengt en we een tijdje met hem praten.’

‘Maar ik kan toch allebei doen? Waarom zouden we Ava erbij halen?’

‘Zij wil het zo. Ze wil graag de leiding hebben, en op het ogenblik wil ik haar liever niet dwarszitten.’

‘O.’ Hij dacht even na en haalde toen zijn schouders op. ‘Nou ja, het komt eigenlijk goed uit. We eten een hapje, gaan naar het huis van mijn oom en daarna breng ik je thuis. Ik wou dat ik je vrijdagavond ook kon zien.’

‘Dan ga ik iets doen met mijn zussen.’

‘Hoe komt het dat je van gedachten veranderd bent over Ava en ons? Ik bedoel, je zei dat ik niet bij haar in de buurt mocht komen, haar vermijden alsof ze de pest had of zo, en nu –’

‘Dat heb ik je verteld. Ik heb een lang gesprek met haar gehad. Ze begrijpt nu dat je niet zomaar een jongen bent en dat we elkaar zouden blijven zien, wat zij er ook van vindt of zelfs hoe mijn vader erover denkt. Maar ze wil graag de oudere zus spelen die op de jongere past. Het kan toch geen kwaad dat we haar laten denken wat ze wil?’ Ik probeerde geïrriteerd te doen omdat hij zoveel vroeg, maar hij pakte het niet op.

'Nee, ik denk het niet.' Hij knikte glimlachend.

Waarom kan hij mijn teleurstelling niet zien? vroeg ik me af. Heimelijk hoopte ik dat hij me door zou hebben en dat het hier zou eindigen, maar waarschijnlijk onderschatte ik mijn talent om te bedriegen, of misschien was hij verblind door zijn liefde voor mij.

'Waar zullen we afspreken? Wat moet je tegen Ava zeggen? Het huis van mijn oom?'

'Lijkt me een goed idee.'

Eindelijk keek hij een beetje verbaasd, zelfs sceptisch. 'Goed? Hoeveel heb je haar verteld?'

'Maak je je daar ongerust over?'

Zeg alsjeblieft ja, dacht ik. Vind een reden om hier onderuit te komen.

'Natuurlijk niet. Ik ben er blij om, meer dan blij. Wat wil je dat ik bestel, chinees, pizza?'

'Geeft niet. Wat je wilt.'

'Oké. Ik zal ervoor zorgen. Hoe laat zullen we afspreken? Zes uur? Ik wil graag een tijdje bij je zijn voor ik je naar huis moet brengen en me netjes moet gedragen,' zei hij lachend.

'Zes uur is prima.'

Normaal, als ik ook maar enigszins een normaal meisje was, zou ik dit allemaal erg opwindend vinden. Ik zou net zo blij zijn als hij. Ik zou van alles doen om me voor te bereiden op die speciale avond. Ik zou mijn haar en nagels laten doen en misschien nieuwe kleren kopen. Ik zou een vriendin hebben die ik in vertrouwen kon nemen. Als zij geen eigen vriendje had, zou ze verschrikkelijk jaloers zijn, maar ze zou ook blij zijn voor mij en uit de tweede hand genieten van mijn ervaringen. Als ze wél een vriendje had, zouden we nog closer worden, omdat we elkaar onze passie en ervaringen zouden toevertrouwen. We zouden voortdurend aan de telefoon hangen, zoenen en seks en alles wat we tegen onze vriendjes, en zij tegen ons, zeiden, met elkaar uitwisselen. We zouden urenlang met elkaar praten en onze ouders doodergeren. We zouden tussen de lessen door in de gang rondslenteren alsof we aan elkaar geplakt waren. Andere meisjes zouden ons benijden en door die jaloezie vechten om onze aandacht, in de hoop dat we hun een geheim zouden vertellen, iets van die verrukkelijke romantiek met hen delen.

Maar niets van dat alles was voor mij weggelegd. Over een paar dagen zou ik in plaats daarvan de gruwelijkste dood helpen ensceneren voor de jongen voor wie ik de diepste gevoelens had. Die glimlach zou voorgoed van zijn gezicht verdwijnen. Onwillekeurig vroeg ik me af wanneer hij voor het laatst zou lachen, glimlachend kijken naar de wereld om hem heen en zich gelukkig voelen. Zou het zijn om iets wat ik zei of deed? En wat zou zijn laatste gedachte over mij zijn? Woedend of hevig geschokt? Zou hij zo gedesillusioneerd zijn over het leven en de liefde dat hij de duisternis welkom zou heten?

'Hé, je kijkt zo triest. Ben je niet minstens half zo gelukkig als ik?' vroeg hij, terwijl hij mijn hand vastpakte.

Ik forceerde een glimlach. Toen keek ik op mijn horloge. 'We moeten terug. Ik wil haar niet laten wachten. Ik wil niet dat Ava zich nu over iets kwaad kan maken.'

'Naar wat je me over haar verteld hebt, ik ook niet,' zei hij en stond snel op. 'Waar woon je? Dat heb je me nooit verteld,' zei hij terwijl we naar de campus liepen.

'In Brentwood. Bij Sunset. Ik wijs je zaterdag wel de weg.'

'Mooi. Dat is dichtbij. Des te meer tijd hebben we voor onszelf. Waar heb je nu met Ava afgesproken?'

'Bij de auto.'

'Ik loop met je mee.'

'Nee, laten we hier afscheid nemen. Ava kan nogal vervelend zijn, met haar geplaag en zo. Ze zou iets kunnen zeggen dat ons in verlegenheid brengt, vooral mij, of ze zou zich kunnen bedenken als ze ziet hoe gelukkig we met elkaar zijn. Ze kan soms heel jaloers zijn.'

'Ik dacht dat ze juist zo zelfverzekerd was. Jaloers?'

'Ja, jaloers.' Hij had geen idee hoe waar dat was.

Hij haalde zijn schouders op. 'Jij zegt het.'

Hij zoende me. Hij moet de terughoudendheid in mijn zoen toch voelen, dacht ik, en wachtte op zijn reactie, maar hij glimlachte en zei: 'Ik zal de minuten tellen tot het zaterdag zes uur is.'

'Ik ook,' zei ik en liep snel weg.

Ava zat al in de auto toen ik aankwam en instapte.

'Ik kan zien dat alles goed ging,' zei ze. 'Ook al keek je niet zo blij als ik zei dat je hoorde te doen.'

'Ik kan er niks aan doen dat ik zenuwachtig ben. Hoe weet je zo zeker dat papa niet geschokt zal zijn?' vroeg ik toen ze de motor startte om weg te rijden. 'Zelfs al verhuizen we binnenkort, toch is het een overtreding van de regels, en dat is toch wat afvalligen doen? Heb ik gelijk of niet?'

'Laat dat maar aan mij over. Als ik de leiding heb, zal hij jou niks kwalijk nemen, maar zelfs al begint hij met kwaad te zijn, dan sus ik het wel. Uiteindelijk zal hij heel tevreden en trots op je zijn. En dat wil je immers?' Ze zweeg even en draaide zich naar me om. 'Ja toch?'

'Ja,' zei ik, maar ik wist zeker dat ik niet handig genoeg was om mijn twijfels te verbergen.

'Je zult je beter voelen als het achter de rug is,' beloofde ze, knikkend alsof ze zichzelf wilde overtuigen.

Ik had mijn hoop erop gevestigd dat papa of mevrouw Fennel zou zien hoe ongerust en zenuwachtig ik de rest van de week was. Dan zouden ze indringende vragen stellen aan mij en aan Ava, en als ze hoorden wat we van plan waren, zouden ze er een stokje voor steken en zou het afgelopen zijn. Twee keer in de tijd dat we allemaal thuis waren, waarschuwde Ava me dat ik te somber keek en snauwde ze tegen Marla waar mevrouw Fennel bij was.

'Je brengt ons allebei in gevaar,' zei ze. 'Beheers je. Straks ga je naar een nieuw huis en krijg je een nieuw zusje. Je hoort net zo enthousiast te zijn als Marla. Hou op met dat gemok en dat irriterende gedrag, anders wek je achterdocht. Je boft dat papa en mevrouw Fennel op het ogenblik met andere dingen bezig zijn, anders waren we verloren. Was jij verloren.'

Ik beloofde beterschap, en probeerde het ook, maar ik wilde niets liever dan me terugtrekken in de beslotenheid van mijn kamer. Urenlang kon ik kijken naar wat de foto van mijn moeder kon zijn, en nadenken. Op de computer vond ik het adres van het weeshuis. Als ik daar eens naartoe ging en smeekte om informatie? Zou er niet iets zijn, wat dan ook, in mijn verleden dat me zou kunnen helpen te beslissen wat ik moest doen en mijn verzet versterken?

Of Ava haar nu wel of niet in vertrouwen had genomen, Marla leek vreselijk achterdochtig. Ze zat vol vragen als ik haar naar school bracht. Ik probeerde zo achteloos en onverschillig mogelijk te zijn, maar ze had het uithoudings- en doorzettingsvermogen van Ava.

'Ik weet dat jullie plannen hebben voor iets wat heel gauw gaat gebeuren. Ik zou niet weten waarom je me dat niet kan vertellen. Ik heb er genoeg van om als een klein kind te worden behandeld.'

Ik gaf haar Ava's stereotiepe antwoord. 'Jouw tijd komt nog. Heb geduld.'

'*Geduld*,' zei ze. 'Ik haat dat woord net zo erg als mevrouw Fennel het woord *sorry*.'

Ik moest erom lachen, en op dat moment was het geluid van mijn eigen lach als balsem op een wonde, kalmerend en helend.

'Behandel me niet als een grappig klein kind,' snauwde Marla.

Ik perste mijn lippen op elkaar en zei toen het woordje 'Sorry'.

'O!' riep ze uit en trommelde op haar dijen.

Het was het dichtst dat ik bij lachen kwam in de afgelopen dagen.

Of het was om Marla te sussen of gewoon om mij bezig te houden, wist ik niet, maar Ava maakte plannen om met ons drieën op vrijdagavond uit te gaan. Met papa's en mevrouw Fennels zegen ging ze eerst met ons shoppen en trakteerde ons daarna op 'geitenvoer', zoals mevrouw Fennel het noemde, omdat zij het afval vond. Ava en ik lieten Marla beslissen waar we naartoe zouden gaan. Tot onze verbazing koos ze een steakhouse. Van al het voedsel dat we buitenshuis aten hield Ava het meest van steak, en ik ook.

De hele avond probeerde Marla ons uit te horen over onze plannen voor zaterdagavond.

'Waarom moet ik wachten om dat te weten te komen? Ik hoor nu net zoveel vertrouwen te genieten als een van jullie. Meer zelfs. Ik heb toch geen fouten gemaakt zoals Lorelei?'

'Zie je nu wat ik bedoel over Marla?' zei Ava. 'Ik heb medelijden met je als ik hier niet meer ben.'

Ik keek naar Marla en zag de fonkeling in haar ogen. Ava had gelijk. Ik wou dat ik samen met Ava kon vertrekken en me niet Marla van het lijf hoefde te houden. Waarom had ik niet diezelfde intense, meedogenloze ambitie gehad toen ik zo oud was als zij? Waarom had ik die nú niet?

Marla nam ons zaterdagochtend aandachtig op. Zodra een van ons van de ene kamer naar de andere ging, volgde ze.

Ze gaat het alsnog bederven, dacht, of liever gezegd, hoopte ik. Ik kwam in de verleiding het haar gemakkelijker te maken iets te ontdekken, maar Ava hield me bijna net zo goed in de gaten als Marla.

Zoals gebruikelijk, als de dag voor papa's voeding naderde, bewoog mevrouw Fennel zich met meer energie door het huis. Het was alsof zijn voeding ook haar zou voeden. Papa daarentegen was meer teruggetrokken en bleef rustig in zijn suite. Mevrouw Fennel bracht hem iets voor de lunch, een van haar magische elixers die ze bereidde met haar geheime kruidenrecepten. Toen we jonger waren, liet ze ons vaak een ervan drinken. Het was zoet en stroperig, maar zag er niet erg smakelijk uit door de groenblauwe kleur.

Laat in de middag raadde Ava me aan naar mijn kamer te gaan, iets te doen aan mijn haar en zorgvuldig heel sexy kleren uit te zoeken, een van haar afleggertjes.

'Als een moordenaar die zijn pistool laadt,' zei ze lachend. Ik zag dat ze hiervan genoot. Mijn nervositeit en weerzin waren duidelijk een onverbrekelijk deel van dat plezier. Ze werd weer ernstig. 'Je moet zorgen dat hij geil op je blijft, Lorelei, zelfs als je hem hier brengt. Dat is belangrijk. Zijn bloed hoort te kolken van begeerte en passie. Vrij met hem zoveel je kunt tijdens jullie samenzijn, maar wees voorzichtig.'

'Waarom is per ongeluk zwanger worden zo'n ramp voor ons, Ava? Ik ken meiden van school die zwanger werden en een abortus kregen. Ze schenen het geen drama te vinden.'

'Sommige meiden, ja. Snolletjes.'

'Het kan gebeuren. Mensen kunnen hun zelfbeheersing verliezen.'

'Wij niet,' zei ze fel. 'Wij hebben onszelf altijd onder controle, Lorelei. Dat is het 'm nou juist. Ik kan gewoon niet geloven dat je die dingen niet zo intens en instinctief voelt als ik. Echt, ik maak me ongerust over je. Dit van vanavond zal er veel toe bijdragen je thuis te brengen.'

'Thuis te brengen? Ik bén thuis.'

'Thuis bij papa,' zei ze, wat alles alleen nog maar geheimzinniger en verwarrender maakte. 'Maar laten we het daar nu niet over hebben. Laten we nu alleen maar doen wat er gedaan moet worden en hopen dat je daarna zelf je vragen kunt beantwoorden.'

'Is dat met jou gebeurd?'

'Ja, natuurlijk. Ga je optutten,' beval ze. 'Papa en mevrouw Fennel verwachten dat we ons allebei voorbereiden op vanavond. Ze kennen alleen het slachtoffer niet. Ga nu!' beval ze weer toen ze zag dat ik aarzelde.

Haastig ging ik naar mijn kamer. Marla vloog enkele ogenblikken nadat ik er was als een buizerd naar binnen.

'Wat wil je?' vroeg ik. Ze begon me nu echt de keel uit te hangen.

'Ik wil alleen maar toekijken. Je boft dat je weer met Ava uit mag, vooral vanavond.'

Ik probeerde haar te negeren, maar ze maakte me zenuwachtig en gespannen. Niets ging zoals ik het wilde. Mijn haar deed moeilijk, en alles wat ik uitzocht om aan te trekken leek verkeerd. Eindelijk, nieuwsgieriger nu naar haar dan zij naar mij en mijn avond, keerde ik me naar haar toe om het spotlicht op haar te richten in plaats van op mijzelf. 'Vertel eens, Marla. Ben jij wel eens heimelijk verliefd geweest op een jongen? Of ben je dat nu misschien?'

'Verliefd? Nee,' zei ze. 'Niet zoals jij bedoelt,' voegde ze er na een ogenblik aan toe.

'Hoe bedoel ik het dan?'

'Liefde en al die smeerlapperij.'

'Denk je echt dat het dat is, smeerlapperij?'

'Wat is het dan anders? Ze maken me kotsmisselijk.'

'Wie?'

'Meiden van mijn leeftijd die kwijlen over jongens. Altijd als ze zo beginnen, moet ik weg.'

'Lokt dat geen roddels over je uit?'

'Het kan me niet schelen wat ze over me zeggen of denken. Waarom zou het? Waarom vraag je me dat eigenlijk allemaal? Heeft Ava je dat opgedragen?'

'Nee. Ik was gewoon nieuwsgierig, meer niet,' antwoordde ik, terwijl ik mijn haar borstelde. Ik keek naar haar in de spiegel en zag dat ze haar ogen achterdochtig samenkneep. Zij lijkt nu meer op Ava dan ik, dacht ik. Maar hoe kon dat? Hoe kon een van ons echt op de ander lijken?

'Waar gaan jullie naartoe? Dat kun je me tenminste toch wel vertellen. Welke stad?'

'Dat zul je aan Ava moeten vragen.'

'Ik vraag het aan jou.'

Ik draaide me om. Normaal gesproken zou ik het niet graag doen, maar zij bracht alles wat gemeen in me was boven. 'Je bent ongeduldig en je ergert me op het verkeerde moment. Papa zal het niet leuk vinden dat te horen.'

Ze deinsde achteruit. 'Het kan me niet schelen waar je naartoe gaat. Veel plezier,' kaatste ze terug en ging weg.

Ik keek haar even na, me afvragend hoe het zou zijn geweest als ik een jong zusje had gehad dat naar me opkeek, me vereerde en het fijn vond om bij me te zijn, in plaats van niet te kunnen wachten tot ze in mijn schoenen zou staan en me in papa's ogen zou kunnen vervangen.

Even na vijven kwam Ava in mijn kamer om me te inspecteren.

'Goed gedaan,' zei ze. 'Met hart en ziel.'

Ik wist dat het een hatelijkheid was, dat ze pestte, maar ik hield mijn mond.

'Maar wees voorzichtig. Denk eraan dat we dit doen om je fout goed te maken, een fout die je hebt gemaakt vlak nadat je die afvallige hierheen had gebracht. Het moet een verrassing zijn, anders werkt het niet. Begrepen? Lorelei!' schreeuwde ze en liet me schrikken toen ik niet onmiddellijk antwoordde.

'Ja, ja, ik begrijp het.'

'Oké. Ga naar boven, naar hem toe.' Ze deed een stap achteruit. 'Nu.'

Ik haalde diep adem en liep naar buiten.

Mevrouw Fennel stond aan het eind van de gang te wachten. Ze keek me aan toen ik dichterbij kwam en knikte toen. 'Dit is voor jou,' zei ze. Ze pakte mijn linkerhand en schoof een ring aan mijn pink. Ik zag dat het een zelfde ring was als Ava droeg. 'Draag hem met ere,' zei ze.

Ik bekeek hem, betastte hem en keek toen naar haar. Er lag zowaar een warme glimlach om haar mond.

'Het kleine meisje dat me vroeger hielp in mijn kruidentuin is nu volwassen geworden,' zei ze. 'We zullen trots op je zijn, net zo trots als jij op jezelf. Vanavond word je echt de dochter van je vader.'

Ik keek achterom. Ava stond achter me, eveneens glimlachend. Mevrouw Fennel knikte en ging naar de zitkamer. Ik staarde naar de trap. Op dit moment leek het een steile helling om te beklimmen.

'Toe dan,' fluisterde Ava in mijn oor. 'Ga zijn zegen vragen.'

Ik liep de trap op. Mijn benen voelden zwaarder en mijn ademhaling ging moeilijker. Verman je, dacht ik. Je kunt ovaties oogsten vanavond. Ik hield mijn adem in, trok mijn kleren recht en streek nog één keer over mijn haar, voor ik bij hem aanklopte.

'Binnen, Lorelei,' riep papa.

Hij lag in zijn grote bed, met alle gordijnen gesloten. Er brandde maar één kleine lamp, die een donkergele gloed wierp op zijn gezicht. Zijn ogen waren donkerder dan ooit. Hij kwam half overeind en wenkte me om dichterbij te komen.

'Schrik niet,' zei hij. 'Ik bewaar mijn energie voor later. Je ziet er adembenemend mooi uit, Lorelei. Ik kan je seksuele energie voelen. Die is in je opgebloeid. Je bent onweerstaanbaar.'

Hij stak zijn hand naar me uit en trok me behoedzaam naar zich toe. Toen gaf hij me een zoen op mijn voorhoofd. Zijn lippen waren zo heet, dat ik dacht dat ze me zouden kunnen branden als ze daar nog veel langer bleven, maar hij hield niet op. Zijn lippen streken over mijn ogen, mijn wangen, tot ze bij mijn mond waren. Zijn lippen bewogen alsof ze het penseel van een schilder waren en hij het beeld op zijn doek schetste. In veel opzichten was ik zijn schilderstuk geworden, besefte ik. Zijn lippen beroerden de mijne, en toen werd zijn kus indringender.

De gevoelens die door me heen gingen kwamen als een beangstigende verrassing. Ze waren beangstigend omdat ze me een onverwacht genot gaven. Hij had me vaak op zijn schoot genomen, me gesust als ik slecht in slaap kon komen, en had het kleed van vader en beschermer gedragen toen ik opgroeide. Ik had nooit kunnen dromen dat hij me zou aanraken op plekjes die bij meisjes voorbehouden waren voor andere mannen.

'Ja,' zei hij. Hij sprak als een chefkok van de liefde, die zijn nieuwste creatie proeft. 'Ik kan je seks proeven. Je bent er helemaal klaar voor. Ava heeft een goede invloed op je gehad, hè?'

'Ja, papa.'

'Ik wil dat je begrijpt dat wat je vanavond gaat doen de voortzetting is van een grootse geschiedenis, die jou in staat stelt te blijven voortleven. Je zult nu waarlijk een van ons zijn. Ben je opgewonden?'

'Zenuwachtig.' Hij lachte. Hij had me gekust, me vastgehouden en me in de ogen gekeken en niet gezien wat ik verwacht en gevreesd had dat hij zou zien.

'Dat zal na vanavond voorgoed verdwenen zijn.'

Hij raakte de ring aan die mevrouw Fennel me gegeven had.

'Die zijn allemaal gemaakt van de Patio-steen. Zolang je die draagt, zul je een van ons zijn en beschermd worden. Ga nu, dochterlief, en begin je bestemming te volgen.'

Hij liet me los en ging weer liggen.

'Ik moet even rusten,' zei hij en sloot zijn ogen.

Ik staarde hem een paar ogenblikken aan. Ik zag hoe bleek zijn gezicht was. Ik meende zelfs rimpels te zien waar die nooit geweest waren. En toen gingen zijn ogen plotseling weer open, en in plaats van gitzwart waren ze vuurrood. Ze staken me met een elektrische scherpte die in mijn hart drong.

Ik draaide me om en haastte me weg als iemand die haar eigen dood had gezien.

19

Dag des oordeels

'Heeft hij je zijn zegen gegeven? Was het niet wonderbaarlijk?' vroeg Ava toen we het huis verlieten.

'Ja,' zei ik, en stapte in de auto.

'En hij heeft je de familiesteen gegeven,' zei ze, met een knikje naar mijn nieuwe ring. 'Ik hoop dat je beseft wat een geluksvogel je bent, Lorelei, en wat een voorrecht het is om je opofferingen te getroosten voor papa.'

'Ben je nooit eens bang? Ben je nooit bang geweest?' vroeg ik. Ik dacht dat ze misschien weer kwaad zou worden en naar me zou snauwen, maar ze zweeg. Ze wil gewoon geen antwoord geven, dacht ik.

De stilte leek minuten te duren. 'Natuurlijk was ik bang,' zei ze ten slotte. 'Maar ik wist instinctief dat als ik eenmaal compleet was geworden en papa geholpen had, ik dat soort angst nooit meer zou kennen. We zijn voor niets bang, Lorelei. We zijn ons bewust van de afvalligen, maar we zijn niet bang voor ze. We bereiden ons voor, blijven voorzichtig en op onze hoede, om ons te kunnen verdedigen, maar zelfs daar zit geen angst bij. Je kunt je nu niet voorstellen hoe je je zult voelen als het voorbij is. Je hoeft niet te proberen het je voor te stellen. Ik zal het je vertellen, want ik weet zeker dat je het straks met me eens zal zijn. Je zult je voelen als een godin, onsterfelijk en onkwetsbaar. Er zijn momenten waarop ik denk dat de hele wereld er is voor mij en mij alleen. De lucht is voor mij geschapen zodat ik kan ademhalen. De zon is geschapen om mij te verwarmen, en de nacht om mij te beschermen. Alles is er voor mij, alleen voor mij. Als je dat gevoel van euforie, van vervoering en extase kent, zul je precies weten wat ik bedoel. Dus, ja, ik heb wel eens angst gekend, maar dat ligt zo ver terug in mijn geheugen dat ik me niet kan herinneren hoe dat was.'

Wat ze zei en de manier waarop ze het zei, zou de meeste mensen waarschijnlijk jaloers maken, dacht ik, maar het gaf me niet het gevoel van opluchting dat ik zocht. Buddy wachtte op zijn geliefde, geloofde dat ik hem het kroonjuweel van het leven zou schenken, de meest gekoesterde en belangrijkste reden om te leven – een diepe, eeuwige liefde. Hij verlangde naar me, terwijl ik naar hem toe ging met bedrog en de belofte van een diep, eeuwig verraad.

Ik wilde huilen, maar deed het niet. Ik was zo koud als steen. Elk deel van mijn lichaam zat vast aan koorden waaraan papa zou trekken, waaraan hij mijn leven lang had getrokken. Ik zou de dans van de verleiding dansen, en ik zou Buddy omhelzen met de ijzeren greep waartoe mijn seks nu in staat was. Hij had geen kans om te ontsnappen. Zijn eigen hart zou hem verblinden en vastbinden om uitgeleverd te worden aan papa's wachtende armen.

'Toen je die keer naar het huis van zijn oom ging,' zei Ava, 'wist ik dat dit perfect was.'

'Je hebt me al die tijd bespioneerd? Je hebt het aldoor geweten?'

'Natuurlijk, Lorelei. Je bent bijna net zo belangrijk voor mij als voor papa. Je hebt geen idee hoe je boft dat het de eerste keer zo gemakkelijk gaat. Ik bedoel, het was voor mij niet moeilijk, maar ik moest er toch wel wat werk voor doen. Jij krijgt een kant-en-klaarpakketje.'

'Moeten we erover blijven praten?' vroeg ik, verbaasd hoe bits en opstandig ik klonk.

Ze keek me aan. 'Nou, neem me niet kwalijk,' zei ze. 'Je klinkt nu al als een verwend kreng,' ging ze lachend verder. 'Ik zal je mijn hele garderobe moeten afstaan.'

De rest van de rit legden we zwijgend af. Buddy kwam uit het huis en zwaaide toen we voorreden.

'Gretig, hè?' zei Ava.

Toen ik wilde uitstappen, pakte ze mijn arm vast. Ze keek me met een felle woede aan, haar ogen waren als dolken.

'Vandaag wordt er over je hele leven beslist, Lorelei. Vergis je niet!' waarschuwde ze en liet me toen los.

Ik stapte snel uit, de kilte waarmee ze me omhulde, kleefde aan me vast als een tweede huid. Toen ze wegreed en Buddy dichterbij kwam, had ik het gevoel dat er een dunne laag ijs over mijn lichaam gleed en aan mijn voeten vergruizelde.

'Hé,' zei hij. Hij pakte mijn handen vast, keek in mijn ogen, fluisterde: 'Welkom', en zoende me zacht op mijn lippen. Hij aarzelde even toen hij geen reactie voelde. Ik was nog steeds verdoofd door Ava's ijzige woorden. 'Alles in orde?'

'Ja,' zei ik gauw en liep naar het huis.

'Ik heb pizza besteld en een salade. Hij liep voor me uit om de deur voor me open te houden.

Gewoonlijk zou ik enthousiast zijn geweest om wat mevrouw Fennel noemde 'geitenvoer' te krijgen, maar vanavond dacht ik niet dat ik ergens trek in zou hebben. Maar ik glimlachte en ging naar binnen. In het hele huis klonk muziek.

'Ik vond dat ik mijn kennis van klassieke muziek maar weer eens wat moest bijspijkeren terwijl ik op je wachtte. Ik herinner me dat je zei dat je vader er zo van hield. Dit is Mozart.'

'Ik weet het,' zei ik. '*Die Zauberflöte*.'

'Ja, natuurlijk weet je dat. Toen ik naar de muziekhandel ging, vroeg ik alleen naar Mozart. Wil je naar de zitkamer of –'

'Hoe is de achtertuin? Ik heb de hele dag in huis gezeten en het is zulk prachtig weer.'

'O, die is mooi. Er is een klein zwembad, en een ruime patio. Kom,' drong hij aan, en ging me voor door het huis. Door de openslaande deuren kwamen we op de patio met Spaanse tegels en lichtblauwe leunstoelen. Rechts zag ik een grote barbecue en een wasbak. Het zwembad was niervormig en er stonden een paar tafels, nog meer stoelen en er was een klein bubbelbad. Anderhalve meter hoge ficusstruiken omzoomden de tuin en zorgden voor voldoende privacy. Rechts stonden een paar citroen-, sinaasappel- en grapefruitbomen.

'Niet gek, hè?'

'Heel mooi, ja.'

'Wil je iets kouds drinken, bier, sap, water? Ik geloof dat er ook nog wat cola light is.'

'Water graag, dank je.'

Ik ging op een van de stoelen zitten terwijl hij het water ging halen. De lucht leek enkele tinten donkerder blauw dan gewoonlijk, waardoor de verspreide wolken zuiver wit leken. Er stond bijna geen wind. De wolken waren donzig en dik en leken vastgeplakt op hun plaats.

Buddy bracht me een glas water. Hij had ook een glas voor zichzelf meegebracht en ging aan mijn voeten zitten. Een tijdje bleef hij zwijgen, dronk van zijn water en keek naar me.

'Verbeeld ik het me of ben je echt zenuwachtig?' vroeg hij.

'Je verbeeldt het je niet.'

'Bang dat je vader me niet aardig zal vinden?'

'O, hij vindt je beslist aardig.'

'Hoe weet je dat zo zeker?'

'Ik weet waar hij van houdt.'

'Waarom dan al die vroegere aarzeling als ik voorstelde hem te leren kennen?'

'Laten we even geen vragen stellen. Het is hier te mooi en te vredig. Ik heb het gevoel dat ik in een schilderij zit, en dat bevalt me.'

'Waarom?' vroeg hij met een teder glimlachje.

'Het geeft me het gevoel dat dit eeuwig zo door kan gaan.'

'Waarom kan dat niet?'

Ik lachte. 'Soms doe je me denken aan een kleine jongen. Zo onschuldig, zo vol vertrouwen.'

'O, en jij bent het toonbeeld van raffinement?'

'Ik bedoel het niet als kritiek,' zei ik. 'Ik wou dat we allemaal eeuwig jong en onschuldig konden blijven.'

Hij nam een slokje water. 'Dat blijven we.'

'O, en hoe?'

'Dat kan liefde voor je doen.'

'Werkelijk? Waarom geloof je dat?'

'Alles wat hard en moeilijk en zelfs lelijk is lijkt dat veel minder als je verliefd bent. Toen ik jou leerde kennen – al lijkt dit allemaal erg snel in zijn werk te gaan – voelde ik me alsof mijn ogen verder opengingen, mijn oren meer konden horen. Al mijn zintuigen waren ontstopt, scherper. Plotseling was alles wat ik deed... niet precies opwindend, maar vreugdevoller, en dat houdt je jong. Klinkt dat een beetje zinvol?'

'Ja,' zei ik.

'Was het dat ook voor jou?' vroeg hij hoopvol.

'Ja.'

'Dan lach je me dus niet uit als ik zeg dat ik van je hou en voor eeuwig en altijd bij je wil zijn?'

'Ik lach je niet uit.'

Hij zette zijn glas neer op de tegels en boog zich naar me toe om me te zoenen. Deze keer zoende ik hem terug. Hij pakte het glas uit mijn hand en zette het voorzichtig neer. We zoenden weer.

'Ik kan me niet voorstellen dat ik ooit gelukkiger zal zijn dan op dit moment. Als ik morgen doodging zou ik me niet bedrogen voelen.'

'Maar hoe kun je voor eeuwig en altijd bij me zijn als je doodgaat, Buddy?'

'Je bent hier,' zei hij en drukte zijn hand op zijn hart. 'Je zit voor eeuwig en altijd in me opgesloten. Als we elkaar na vandaag nooit meer zouden zien, zou ik je overal zien in het gezicht van elke vrouw en je stem in elke vrouw horen. Je hebt bezit van me genomen.'

'Dat klinkt als –'

'Een verrukkelijke kwelling. Niet stoppen.'

Hij zoende me weer. Half en half wilde ik hem wegduwen om hem te redden, maar de helft van me die naar hem verlangde was sterker. Zijn handen bewogen zich over me heen, rukten aan mijn kleren. Ik voelde me gespannen van verwachting. Ava's opdracht was zoveel mogelijk met hem te vrijen voor ik hem mee naar huis nam. 'Zijn bloed moet kolken van passie en begeerte,' had ze gezegd.

Alles gaat zoals het moet, dacht ik. Maar schuldbesef vermengde zich met mijn genot. Onwillekeurig aarzelde ik, was ik wat terughoudend. Hij voelde het en stopte.

'Wil je naar binnen?' vroeg hij.

'Ja,' zei ik, en we liepen het huis weer in.

Hij bracht me naar de slaapkamer waar we seks hadden gehad. Een paar ogenblikken later lagen we in elkaars armen, elke aarzeling was prompt verdwenen door mijn eigen begeerte en hartstocht. De intensiteit ervan verbaasde me. Het verbaasde hem ook, maar hij heette het welkom als een bewijs van mijn verlangen en liefde.

Maar deze keer werd ik sneller hard op de plekken waar ik de vorige keer verhard was, en ik werd agressiever. Hij begon te lachen en deed alsof hij om genade smeekte. Misschien doet hij niet net alsof, dacht ik, maar ik kon niet ophouden. Mijn zoenen waren veeleisender dan die van hem, ik trok overhaast zijn kleren uit en werd ongeduldig toen hij er te lang over deed om mij uit te kleden. Toen we naakt waren, rolde ik hem om en klom boven op hem.

'Wacht!' riep hij uit. 'Ik ben niet beschermd.'

'Geeft niet. Het zit wel goed,' zei ik, te ongeduldig om te wachten.

Mijn hunkering maakte hem wild. We lieten ons volledig gaan en vrijden tot hij om genade smeekte, lachend maar verbaasd.

'Ik weet niet of je van me hield of me wilde vermoorden,' zei hij half schertsend. Hij zweeg en nam me even aandachtig op. 'Doe je aan krachttraining of zo? Je hebt stevige spieren.'

'Ik train,' zei ik en pakte de deken om mijn naaktheid te bedekken.

'Ik zal zelf harder moeten gaan trainen om jou bij te houden.'

Hij stond op en trok een kamerjas van zijn oom aan. Hij keek op zijn horloge.

'Het eten kan elk moment gebracht worden,' zei hij. 'Ik heb hierna wel wat voedsel nodig.' Hij ging op het bed zitten, pakte mijn hand en speelde met mijn vingers. 'Waarom heb ik zoveel geluk? Ik blijf het me afvragen.'

'Misschien heb je dat niet.'

'Ik vind het heerlijk als je zo bescheiden bent.' Hij zuchtte en keek om zich heen. 'Mijn oom komt volgende week terug. Dan zijn we ons liefdesnestje een tijdje kwijt.'

Langer dan een tijdje, dacht ik.

'Ik vind er wel wat op,' ging hij snel verder. 'Maak je niet ongerust.'

'Ik weet zeker dat je dat zou doen,' zei ik.

'Zal, niet zou.'

Er werd aan de deur gebeld.

'Dat is het eten. Verroer je niet. Ik breng alles hier. We blijven in bed tot we weg moeten. Beschouw dit maar als onze wittebroodsweken.'

Ik zei niets. Alles ging zoals het moest.

'Wat wil je nu drinken?'

'Nog wat water.'

'Komt eraan,' zei hij lachend. Hij haalde zijn portefeuille uit zijn broekzak en ging ons eten halen.

'Kan ik helpen?' riep ik.

'Blijf waar je bent,' riep hij terug. 'Ik weet wanneer ik iets goeds heb.'

Ik keek om me heen. Mijn lichaam leek af te koelen, die krankzinnige seks van me leek te verdwijnen. Buiten schoof een wolk voor de zon, en een onheilspellende schaduw viel over het raam, verduisterde korte tijd de kamer. Ik voelde een kilte, zoals je zou kunnen voelen als je wist dat je werd gadegeslagen. Bespioneerde Ava me?

Ik hoorde hem terugkomen en uitroepen dat alles verrukkelijk rook.

'We maken een enorme rommel,' zei ik toen hij het eten had

binnengebracht en de borden op het bed had uitgestald. Hij trok de kamerjas uit en ging naast me zitten, stopte kussens achter onze rug. Ik dacht niet dat ik honger zou hebben, maar misschien omdat we zo intensief gevrijd hadden, voelde ik me plotseling uitgehongerd. Hij moest lachen toen hij zag hoe snel en hoeveel ik at.

'Ik zal op mijn vingers moeten passen,' zei hij lachend.

Ik hield even op met eten, dacht aan Ava's beschrijving van mevrouw Fennel als ze at. 'Haar zien eten is of je een halfverhongerde hond ziet eten,' had ze gezegd. Alleen al de suggestie dat ik ook maar enigszins op mevrouw Fennel zou lijken, was genoeg om mijn eetlust te bederven. Ik schoof mijn bord weg.

'Hé, het was niet mijn bedoeling je te laten stoppen.'

'Ik heb genoeg gehad,' zei ik. 'Ik zal je helpen opruimen.'

'Geen sprake van. Ik heb je uitgenodigd. Jij blijft hier en neemt je gemak ervan.' Hij stond op en begon af te ruimen. Hij zag dat ik op de klok keek. 'Het is goed. Maak je niet ongerust. We hebben tijd genoeg.'

'Oké.'

Laat hem maar van elk moment genieten, dacht ik. Misschien zou ik me dan minder schuldig voelen. Ik probeerde er niet aan te denken. In plaats daarvan haalde ik me voor de geest hoe het leven zou zijn in een nieuw huis, in een nieuwe stad en met een nieuwe baby. Net als Marla, had ik niks met de school waar ik nu naartoe ging. Ik vond het niet erg om te verhuizen, maar ik had ook geen enkele illusie over wat ons elders te wachten stond. Vriendschap met andere meisjes zou altijd verboden zijn. Hoogstwaarschijnlijk zou ik niet veel langer meer naar school gaan, of zelfs helemaal niet meer. Papa zou iets voor me te doen vinden in Louisiana, tot het tijd was voor Marla om mijn plaats in te nemen. Misschien zou hij me net als Ava naar de universiteit sturen.

Buddy kwam haastig terug en sprong op het bed. Het hele bed kraakte.

'Buddy, straks zak je er nog door.'

'Oom zou het begrijpen,' zei hij.

'Begrijpen? Waarom? Heb je hem over mij verteld?'

'Nee. Ik heb niemand over jou verteld.'

'Echt niet? Waarom niet?'

'Bijgelovig.'

'Hoe bedoel je?'

'Mijn oma woonde bij ons toen ik nog klein was. Ze waarschuwde me altijd, waarschuwde iedereen, dat je niet te trots moest zijn op wat je had en er niet over moest opscheppen; anders zou het Boze Oog je vinden en het van je afnemen. Ik kan het niet helpen. Ik ben niet verlegen of overmatig bescheiden. Ik ben gewoon... bijgelovig. Bovendien zijn de meeste vrienden van me idioten en zouden ze niet begrijpen hoe sterk mijn gevoelens voor jou zijn. Ze zouden de draak met me steken, me ermee plagen. En dat wil toch niemand?'

'Nee.'

'En jij? Heb jij je vriendinnen over mij verteld?'

'Nee. Ik heb eigenlijk geen vriendinnen.'

Hij hief zijn hoofd achterover. 'Dat geloof ik niet. Niet alleen heb je vriendinnen, maar ik weet zeker dat je ook een hele sliert jongens achter je aan hebt.'

'Dat is niet zo.'

'Waarom niet?'

'Misschien ben ik ze ontgroeid.'

'Dat geloof ik meer dan iets anders. Het doet er ook niet toe,' ging hij verder na enig nadenken. 'Je hebt mij. Ik zal niet alleen je minnaar zijn maar je beste vriend, en ik zal elk moment van je tijd, zeven dagen per week, driehonderdvijfenzestig dagen per jaar, in beslag nemen.'

Ik lachte. 'Dat doen zelfs getrouwde mensen niet, Buddy.'

'We zijn meer dan menig getrouwd paar ooit kan zijn. Wij zijn... soulmates.'

Ik wendde mijn blik af. Ava had gelijk. Dit was niet moeilijk, maar het maakte het er voor mij niet gemakkelijker op.

'Zo,' zei hij. Hij ging op zijn rug liggen, met zijn hoofd op mijn schoot. 'Vertel eens wat over je vader. Ik wil graag zoveel mogelijk over hem weten voor ik hem ontmoet.'

'Wat zou je dan willen weten?'

'Hoe is hij? Het enige wat ik weet is dat hij vaak weg is. Hij houdt van klassieke muziek, en, o, ja, hij is volmaakt,' zei hij lachend. 'Ik plaag maar,' voegde hij er haastig aan toe toen ik niet lachte. 'Als je niet over hem wilt praten, mij best.'

'Natuurlijk wil ik over hem praten. Ik vind het heerlijk om het over hem te hebben. Als iemand erudiet is, dan is papa het wel,' begon ik. 'Hij is altijd op de hoogte van de nieuwste mode. Hij spreekt vier talen, speelt piano, gaat naar concerten en theaters in Londen, New York en Parijs. Hij kent de rijkste, succesvolste mensen, hier of in Griekenland of in Rome. En hij is knap om te zien, ongelooflijk knap. Mensen die hem voor het eerst ontmoeten denken dat hij lid is van een of andere koninklijke familie. Niemand is zo elegant als papa.'

Buddy zat me met open mond aan te kijken.

'Wat is er?' vroeg ik.

'Noem je hem altijd papa?'

'Hoe moet ik hem anders noemen?'

'Lieve help. Het klinkt alsof ik een Griekse god ga ontmoeten of zo. Nu heb je me echt zenuwachtig gemaakt.'

'Sorry. Ik denk dat ik mijn enthousiasme overdrijf als ik het over hem heb.'

'Dat is oké. Het moet geweldig zijn om zo over je ouders te kunnen denken. Ik bedoel, ik kijk op tegen mijn vader en moeder. Mijn vader is een slimme vent, en hij zorgt dat hij fit blijft.'

'O. Papa ziet er jaren jonger uit dan hij is.'

Buddy knikte. Toen zweeg hij, hield zijn hoofd schuin en lachte quasiverlegen. 'Hij loopt toch niet op water, hè?'

'Nee, maar ik denk dat hij het wel zou kunnen,' zei ik. Hij lachte.

'Ik hou van je, Lorelei. Ik heb nog nooit een meisje zo horen praten als jij. Je bent uniek.'

'Dat zegt papa ook.'

'Hij heeft gelijk. Ik neem aan dat hij een genie is, en als hij zo intelligent is, zal hij meteen zien hoeveel en hoe oprecht ik van je hou en me zijn goedkeuring geven. Hé,' zei hij na een ogenblik. 'Je kijkt niet of je daar erg blij mee bent.'

Ik streek zijn haar van zijn voorhoofd. 'Hoe dan ook, Buddy, ik ben erg blij dat ik je heb ontmoet, je heb leren kennen.'

'Mooi. Maar laat het niet klinken als de laatste scène in *Casablanca* of zo. Er is altijd een "morgen" voor ons, Lorelei. Voor eeuwig en altijd: morgen.'

'Voor eeuwig en altijd: morgen,' herhaalde ik.

Hij schudde zijn hoofd. 'Het schijnt dat ik overtuigender zal moeten zijn.' Hij ging rechtop zitten en kuste me.

Deze keer probeerde ik mijn hartstocht te bedwingen, zodat hij de leiding kon nemen toen we vrijden. Ik wilde dat het zachter en beheerster zou zijn en langer zou duren. Ik maakte me wijs dat dit de manier was die Ava bedoelde, maar ik voelde dat het meer was. Met elke liefkozing, elke kus, leken we de band tussen ons aan te halen en te verstevigen. Dat was de reden waarom de liefde bedrijven het intiemste was wat je met een ander kon doen, dacht ik, maar alleen als je het deed zoals nu, met zorg en liefde en niet met egoïsme. In die kostbare momenten bezocht je elkaars ziel, en als het echt was en voorbestemd, was je als één mens met de ander, bereid om elke vreugde en elk verdriet met elkaar te delen.

Toen we klaarkwamen huilde ik zachtjes.

Hij glimlachte om mijn tranen en kuste ze weg. 'Ik hoop dat het tranen van geluk zijn,' zei hij.

'Ja, maar het zijn ook tranen van droefheid.'

'Hè? Waarom?'

Ik gaf geen antwoord. Ik stond op en pakte mijn kleren.

'Wat doe je? Het is pas acht uur. Het is maar twintig minuten rijden, en je zei dat we er pas om tien uur hoefden te zijn.'

'Ik wil nu naar huis,' zei ik. 'Trek je kleren aan.'

'Wat is er aan de hand?'

'Trek je kleren aan,' herhaalde ik.

Hij begon zich aan te kleden, maar keek erg ongelukkig. 'Heb ik iets verkeerds gedaan of gezegd?'

'Nee.' Ik draaide me naar hem om. 'Was het maar waar,' zei ik.

'Wat? Waarom?'

'Ik wacht buiten op je,' zei ik.

Voor hij kon antwoorden, ging ik weg. Ik wilde even alleen zijn om met mezelf in discussie te gaan: Waar ben je mee bezig? Ben je gek geworden? Papa zit te wachten. Wat voor excuus kun je in hemelsnaam verzinnen, en wat zou zelfs het beste excuus uithalen? Je zou hebben gefaald, en papa zou in groot gevaar verkeren. Mevrouw Fennel en Ava zouden woedend zijn.

Ava had gelijk. Dit was te gemakkelijk. Maar het hoorde niet zo gemakkelijk te zijn. Ik hoorde niet iemand uit te leveren die zo lief en goed was als Buddy. Ik hoorde hetzelfde soort jongeman mee te nemen als Ava en Brianna – wellustige, egoïstische, onbetrouwbare mannen die hadden gehoopt seks met ze te hebben en ze dan in de steek te laten. Ik hoefde geen enkele slinksheid of verleidelijk trucje toe te passen om Buddy te strikken. Bovendien had hij mij minstens zo stevig te pakken als ik hem. Het kon niet. Zo zou het niet gaan.

Jij bent degene die er niet meer zal zijn, antwoordde mijn andere ik. Dat zal gebeuren als je hem niet naar papa brengt. Je zult uitgestoten zijn en minder zijn dan een weeskind.

'Wat is er toch?' vroeg Buddy die achter me was komen staan.

Mijn hart bonsde. Gedachten en woorden tuimelden verward door mijn brein. Een golf van hitte ging door me heen, snel gevolgd door een ijzige kou die mijn tanden bijna deed klapperen. Mijn hele lichaam was in oproer, deels in opstand, deels strijdend tegen die opstand.

Ik haalde diep adem.

'We hoeven hier niet langer te wachten,' zei ik. We kunnen bij mij thuis op hem wachten.'

'O. Ja, waarschijnlijk wel. Klinkt redelijk. Je bent me er eentje. Je maakte me bang toen je zo plotseling opsprong. Over impulsiviteit gesproken.'

Ik draaide me en keek hem aan. 'Ik bedacht dat je meer tijd hoorde te hebben.'

'Meer tijd?'

'Om mijn jongere zusje, onze huishoudster en zelfs Ava te ontmoeten. Dan zul je je meer op je gemak voelen als je papa leert kennen.'

Hij knikte, boog zich voorover en kuste me.

'Laten we gaan,' zei ik en liep naar binnen.

Hij volgde me snel. 'Je kunt iemand wel in de war brengen,' zei hij, toen ik de voordeur opende. 'Eerst wilde je me met alle geweld bij je huis en je vader vandaan houden, en nu kun je geen seconde langer wachten om me bij hem te brengen.'

Ik keek hem aan. 'Ja, ik weet het. Sorry.'

'Niks sorry. Ik moet er alleen om lachen. Je zit vol verrassingen.'

We liepen naar zijn auto. Sorry, herhaalde ik bij mezelf en fluisterde onhoorbaar: 'Ik denk niet dat ik de kracht heb je niet bij hem te brengen.'

20

Morgen, voor eeuwig en altijd

Buddy kon niet ophouden met praten onder het rijden. Ik weet dat mijn onverhoedse besluit om meteen weg te gaan hem in de war had gebracht, ook al had hij toegegeven dat het logisch was om naar mijn huis te gaan en wat tijd door te brengen met mijn zussen voordat mijn vader kwam. Al deed ik nog zo mijn best, ik kon niet voorwenden dat ik even enthousiast was als hij over onze toekomstige relatie. Ik wist dat zijn meeste energie erop gericht was me althans half zo enthousiast te maken als hij.

'Nu ik jouw familie leer kennen, moet jij ook kennis komen maken met mijn ouders. Misschien kunnen we volgende week een ritje maken naar Long Beach. Je zult mijn moeder erg aardig vinden. Ze is nogal hip en erg aantrekkelijk, al zeg ik het zelf. Mijn vrienden zeggen vaak dat ze meer mijn oudere zus lijkt dan mijn moeder. Ze kleedt zich naar de laatste mode, houdt van veel muziek waar ík van hou, en heeft een sprankelende persoonlijkheid.'

'Sprankelend?'

'Ja, je weet wel. Ze is altijd opgewekt, en als er iets onaangenaams gebeurt weet ze altijd wel iets positiefs te berde te brengen. Je kent het type.'

'Nee, dat ken ik niet.'

'Hoezo niet? Je vader lijkt me niet bepaald een depressieve man. Mag ik vragen of hij iemand heeft? Op romantisch gebied? Ik weet dat hij tragedies heeft gekend, toen zijn eerste vrouw stierf en de moeder van je jongere zus hem in de steek liet.'

Ik gaf geen antwoord. Het was inmiddels bijna donker geworden. De schemering begon te verdwijnen en schaduwen vonden elke vaag verlichte plek om binnen te dringen en te bezetten. Ik had het gevoel dat ze ons insloten. Een maansikkel scheen tussen gebouwen en bomen. Om de een of andere reden, als het licht van auto's die ons uit tegenovergestelde richting passeerden, en de koplampen het interieur van Buddy's auto verlichtten, keek ik naar mijn weerspiegeling in het raam en zag in plaats van mijzelf, het gezicht van de vrouw die mijn moeder kon zijn. Ik verbeeldde me dat ze fluisterde: Hoe wil je verder leven met zijn schreeuw in je oren?

Toen we een bocht maakten om Sunset in te rijden, vroeg hij welke straat hij moest hebben om naar mijn huis te komen.

'Rij maar gewoon door,' zei ik.

'Ja, maar met dit verkeer moet ik het wel van tevoren weten. Gil niet plotseling "Omkeren!"' waarschuwde hij.

'Ik wil niet dat je omkeert. Rij maar gewoon door.'

'Als we doorrijden, komen we in Pacific Palisades en dan zijn we bij de zee, Lorelei.'

'Goed.'

'Ik snap je niet. Een paar minuten geleden had je zo'n haast om naar huis te gaan. Wat gaat er om in dat mooie hoofdje van je?'

'Ik wil de zee bij avond zien.'

Hij schudde zijn hoofd maar glimlachte. 'Vrouwen,' zei hij. 'Je kunt niet zonder en niet met ze leven.'

'Je hebt geen idee hoe gelijk je hebt,' zei ik. Ik dacht het en besefte niet dat ik het hardop gezegd had.

'Wat wil je daarmee zeggen? Je lijkt plotseling wel een *tangram*.'

'Een wát?'

'Een Chinese puzzel. Meestal erg moeilijk op te lossen. Het is een puzzel die uit zeven platte vormen bestaat, altijd zeven, die *tans* worden genoemd, en die je samen moet voegen om afbeeldingen te maken. Je krijgt van een bepaalde afbeelding alleen een omtrek of silhouet, en je mag geen van die afbeeldingen overlappen. Mijn vader doet het graag. Hij heeft het geleerd toen hij in Hongkong gestationeerd was. Ik ben er niet slecht in,' zei hij. 'Ik denk dat mijn vader er trots op is dat zijn zoon in zijn voetsporen treedt.'

'Je lijkt me heel leuke ouders te hebben, Buddy.'

'Net zo goed als alle ouders die ik ken en beter dan de meeste. Daarom zullen ze van je houden.'

O, nee, dat zullen ze niet, dacht ik, maar deze keer zei ik het niet hardop.

We reden door Pacific Palisades en kwamen op de Pacific Coast Highway.

'Waar moet ik heen?'

'Waar je maar kunt parkeren en we naar het water kunnen kijken,' zei ik.

'Niet zo gemakkelijk hier.'

We reden door tot hij een plek vond waar hij kon parkeren.

'En wat nu?'

'Ik wilde de maan zien opkomen boven het water. Niet zo lang geleden liep ik met mijn vader op het strand in Santa Barbara, en we bleven staan om naar de maan te kijken. Het was een vollere maan, maar deze kan er ook mee door.'

'Waarom plotseling zo triest, Lorelei?'

Ik probeerde mijn gezicht te verbergen voor de lichten van de passerende auto's, omdat ik de tranen op mijn wangen kon voelen, maar hij zag ze en stak zijn hand naar me uit.

'Lorelei, wat is er aan de hand?'

'Ik kan je niet aan mijn vader voorstellen, Buddy. Nooit.'

'Hè? Waarom niet?'

'Het zou voor ons geen van beiden goed aflopen.'

'Waarom zeg je dat nú? Waar heb je het over? Het slaat allemaal nergens op.'

'Mijn vader is een ander schepsel.'

Ik zweeg even en dacht na over wat ik gezegd had. Mijn leven lang had ik papa als een mens beschouwd, omdat hij bijna altijd hetzelfde was als ieder ander. Hij was talentvol en heel intelligent. Hij had veel charme en was heel knap van uiterlijk, en niemand, zeker ik niet, die zoveel van hem hield, kon hem zien en niet aan hem denken als een mens. Ondanks alles kon ik niet aan hem denken als een schepsel van de duisternis. Wat ik hem had zien doen joeg me angst aan, maar hoe moeilijk als het voor anderen moest zijn om het te geloven, ik had het geaccepteerd. Bijna zoals iemand met een als crimineel veroordeelde vader hem kon accepteren, van hem houden, wat voor misdaad hij ook begaan had.

Vanavond, nu ik op het punt stond te doen wat mijn zussen hun zelfvervulling noemden, en papa te geven wat hij nodig had om te overleven, was ik gedwongen hem te zien als wie en wat hij werkelijk was en niet wat ik wilde dat hij zou zijn. Mijn zussen waren in staat daarmee te leven en door te gaan met het volgen van wat hun bestemming ook mocht zijn. Ik moest nog steeds een geheim ontdekken over mijzelf, en ook over hen, maar het was nu niet voldoende om me troost te bieden, wat ze ook zouden denken.

Per slot waren zij niet op iemand verliefd geworden en waren van hem gaan houden, om hem dan bij papa te moeten afleveren. Ava had me in die positie gebracht. In de ware zin des woords had ze me gechanteerd door me te dreigen papa te vertellen dat ik een relatie had opgebouwd met een jongen, iets wat uitdrukkelijk verboden was. Mijn wanhopige verlangen papa's liefde te behouden had me hiertoe gebracht, had er bijna toe geleid dat ik Buddy meenam naar huis.

Ik begreep niet wat het in me was dat me had laten omkeren. Maar ik wist zeker dat wat het ook was, het me anders maakte dan mijn zussen. Ava had het gevoeld, en als ik scherp nadacht, denk ik dat ook Brianna het had aangevoeld. Ava had laten doorschemeren dat wat ik met Buddy ging doen de enige manier was om te bewijzen dat ik niet zoveel verschilde van mijn zussen dat papa me zou verstoten.

'Hoe anders kan hij zijn, Lorelei?' vroeg Buddy. Hij dacht even na. 'Is je vader soms iets bij de georganiseerde misdaad? Is hij daarom zo vaak weg en heb je daarom tot nu toe geaarzeld me aan hem voor te stellen?'

Zijn suggestie leek een perfecte uitweg. 'Ja,' zei ik.

'O.' Hij zakte achterover als iemand die net te horen heeft gekregen dat hij terminale kanker heeft.

'Het spijt me. Ik had het niet zover moeten laten komen met je,' zei ik. 'Het is mijn schuld.'

'Nee, nee. Hoor eens, ik ben niet verliefd op je vader. Ik hou van jou.'

'Het kan niet, Buddy. Hij zal het niet toestaan, en hij is... gevaarlijk.'

'Gevaarlijk? Bedoel je dat hij lid is van de maffia of zoiets?'

'Zoiets.'

'Ik snap er niks van,' zei hij. Zijn stem klonk nu meer kwaad dan verward. 'Waarom heeft je zus je naar het huis van mijn oom gebracht? En waarom was ze het ermee eens dat ik je naar je vader bracht?'

'Zij heeft ook dingen gedaan die hij niet zou goedkeuren, en feitelijk heb ik haar gechanteerd.'

Leugens en bedrog gingen me als vanzelfsprekend af, dacht ik. Ik was er zelfs zo goed in dat ik het zelf geloofde. Het deed me beseffen dat ook al was er iets in me dat me anders maakte dan Ava en Brianna, er ook veel was dat me op hen deed lijken.

'Nou... het kan me niet schelen dat je vader een crimineel is.'

'Je fantastische ouders wél.'

'Dit is krankzinnig. In het huis van mijn oom praatte je met zoveel bewondering over hem, Lorelei. Alsof je hem een geweldige kerel vond.'

'Ik weet het. Ik denk dat het mijn verlangen naar een vader was, Buddy. Ik fantaseerde, zoals ik ook fantaseerde over ons en dat alles zo ideaal zou zijn.'

'Dat zal het ook,' beweerde hij nadrukkelijk.

'Ik heb te veel gelogen tegen je. Liefde zonder vertrouwen kan niet.'

Hij zweeg even. Ik vond het vreselijk hem dit aan te doen. Ik kon zijn pijn voelen in mijn eigen hart, en al kon ik zijn ogen niet duidelijk zien in het donker, toch wist ik dat ze vochtig waren van de tranen, net als die van mij.

'En, wat ben je nu van plan, uitgaan met een andere crimineel, trouwen met een andere huurmoordenaar? Zou je vader dat wél goedkeuren?' zei hij met stemverheffing. 'Wat is het? Een van die Siciliaanse toestanden? Werkt hij voor een godfather?'

'Ik weet niet wat hij zou willen. Ik weet dat hij nooit zijn goedkeuring zal hechten aan jou en mij. Hij zou zich bedreigd voelen, en papa houdt er niet van om bedreigd te worden,' zei ik, in de hoop hem voldoende angst aan te jagen om hem weg te sturen.

'Oké. We houden het geheim tot we een oplossing hebben gevonden.'

'Het zou er niet veel toe doen, Buddy. We gaan binnenkort weg.'

'Weg? Wanneer?'

'Wanneer papa het zegt, maar ik denk binnen een paar weken.'

'Papa, papa. Hoe kun je zo'n man papa noemen?' Zijn stem klonk nu hard en kwaad door het verdriet dat hij voelde.

'Het is de man die ik mijn leven lang gekend heb, Buddy. Hij heeft een paar heel goede eigenschappen. Hij houdt veel van mij en mijn zussen, en zoals je net zei, heeft hij zelf een paar heel ernstige teleurstellingen gehad in de liefde.'

'Hoe is zijn vrouw gestorven? Ik bedoel, écht?'

'Ik heb je de waarheid over haar verteld. Ik weet dat je erg overstuur bent, en het spijt me. Ik wil je niet langer verdriet doen, Buddy. Daarom heb ik besloten dat we dit niet moeten doen. Vertrouw me. Ik heb gelijk.'

'Ik ben van je gaan houden, Lorelei. Ik hou nog steeds van je, ondanks alles,' zei hij onverzettelijk. Hij startte de auto en keerde. 'Ik neem aan dat ik je nog wel bij je huis mag afzetten.'

'Ja, dank je.'

'Waar gaan jullie naartoe? Wat is het volgende territorium van je vader?' vroeg hij sarcastisch.

'We gaan naar Louisiana, maar ik weet niet zeker waar.'

'Ja, ik heb gehoord dat Louisiana bekendstaat om zijn georganiseerde misdaadbendes.'

Ik zweeg. Hij reed snel en kwaad verder.

'Jee, ik heb het gevoel dat ik vandaag met een schizofreen uit was,' zei hij. Hij keek naar me alsof hij werkelijk dacht dat ik een of andere geestesziekte had.

'Luister naar me, Buddy. Het is allemaal mijn schuld. Ik dacht dat ik een normale relatie zou kunnen hebben met iemand, maar ik besefte dat ik mezelf voor de gek hield en jou verdriet deed. Op deze manier is het voor ons allebei minder pijnlijk.'

'Ja, ik weet het. Dat blijf je maar zeggen. Hoe kun je zo leven? Wil je geen normale relatie?'

'Voorlopig kan het niet anders.'

'Ja, nou ja, vergeet niet me te schrijven als je aan een normale relatie toe bent.'

Natuurlijk begreep ik waarom hij zo kwaad was, maar ik dacht dat het beter was dat hij nu woedend op me was dan wat er later zou volgen. Zwijgend reden we verder.

'Vertel me nu maar waar ik af moet slaan.'

'Het is niet ver meer.'

'En, is je vader thuis of niet?'

'Nog niet.'

'Dan was dat tenminste waar,' mompelde hij.

'Volgende straat links,' zei ik, en hij ging langzamer rijden.

'Dus als ik je thuis heb afgezet, zie ik je niet meer?'

'Ik weet het niet.'

'Je weet het niet?'

'Misschien wil je me nu niet meer zien, Buddy.'

'Na wat je me verteld heb, zou ik dat niet moeten, nee. Tenzij ik gewoon wat goede seks wil.' Hij zweeg even en zei toen: 'Sorry. Ik ben alleen wat... gefrustreerd.'

'Ik weet het.'

'God, je blijft zo kalm onder dit alles.'

'Hier,' zei ik, toen we bij onze oprit waren, die aan het eind omhoogliep. 'Stop hier maar,' zei ik toen we bovenaan waren. Ons huis lag links ervan.

'Hier?'

'Je kunt nooit weten,' zei ik, en opende het portier. 'Dag, Buddy. Bedankt voor...'

'Voor wat?'

'Alles.' Ik stapte uit.

Hij keek me na toen ik naar het huis liep, toen keerde hij en reed weg. Ik bleef staan tot de achterlichten van zijn auto verdwenen waren en keek naar het huis. De meeste lichten waren uit, zoals gewoonlijk als er gewacht werd op de komst van een jongeman. Ik voelde dat mijn benen begonnen te beven. Het leek alsof er een aardbeving aan de gang was en de grond onder mijn voeten bewoog.

Eerst zag ik niemand toen ik binnenkwam. Toen verscheen Ava met mevrouw Fennel en Marla uit de zitkamer.

'Wat doe je hier zo vroeg? En alleen? Ik heb gezien dat hij je naar het eind van de oprit bracht.'

'Ik kon het niet,' zei ik en liep snel de gang in, naar mijn kamer.

Ze kwam vlak achter me aan. 'Ben je helemaal gek geworden? Wat bedoel je, je kon het niet? Besef je dan niet hoe belangrijk dit is? Pak je mobiel en bel hem onmiddellijk.'

Ik liep mijn kamer in en probeerde de deur achter me dicht te doen, maar ze was snel genoeg om het me te beletten. Ze duwde me naar voren en ik draaide me met een ruk naar haar om. 'Hou op, Ava.'

'Papa is afhankelijk van je, van ons,' zei ze woedend en met wijd opengesperde ogen.

'Ik kon het niet, Ava. Ik hou van hem.'

'Je houdt van hem? Hoe kun je van hem houden, van wie dan ook houden?'

'Dat weet ik niet, maar het is zo.'

Ze knikte. 'Je was echt een vergissing. Ik had gelijk,' zei met een kil glimlachje. 'Je leven stelt nu niks meer voor. Als papa dit ontdekt, ben je waardeloos voor hem. Hij zal je aan de afvalligen uitleveren.'

Ik opende de la van mijn kast en haalde de foto eruit. 'Dit zou heel goed mijn moeder kunnen zijn,' zei ik en liet hem haar zien. 'Ik heb ook foto's gezien van vrouwen die Brianna's en Marla's moeder kunnen zijn. Misschien is mijn moeder niet dood zoals jouw moeder. Misschien heb ik ook wel een echte vader.'

'Waar heb je die vandaan?'

'Die heb ik in papa's kamer gevonden.'

'Idioot! Je bent een verraadster. Blijf jij je hier maar wentelen in je ellende, terwijl ik eropuit ga om papa te brengen wat hij nodig heeft. Goddank had ik het instinct om Marla sneller op te leiden.'

Ze draaide zich om en ging weg. Ik ging op bed zitten en staarde naar de foto, op de achterkant waarvan mijn naam geschreven stond. Ik verwachtte elk moment mevrouw Fennels of Marla's voetstappen te horen in de gang. Misschien zouden ze allebei komen om me te straffen en te bedreigen, maar er gingen minuten voorbij zonder dat ik iets hoorde.

Ik twijfelde niet aan Ava's gelijk. Papa zou me nu verstoten. Hij en mevrouw Fennel zouden me wegsturen. Het had geen zin om daarop te wachten, en bovendien kwam een idee boven dat onder in mijn bewustzijn had gesluimerd. Ik zou naar het weeshuis gaan en met het bestuur praten om te zien of ik iets te weten kon komen over mij en mijn ouders. Ik had het adres.

Die gedachte voorkwam dat ik me in slaap huilde. Ik pakte een kleine tas in en zorgde ervoor dat ik al mijn creditcards en mijn chequeboek bij me had. Een tijdje zou ik kunnen rondkomen van wat ik bezat. Uitzoeken wat ik in een kleine tas mee kon nemen was moeilijker. Papa had me zoveel gegeven, had zoveel mooie cadeaus voor me meegebracht van zijn reizen. Waar ik ook naar keek, alles wekte dierbare herinneringen op. Ik was vast van plan geweest niet te huilen als ik hiermee bezig was, maar het maakte een stroom van tranen bij me los. Hoe zou ik niet kunnen huilen? Dit was de enige wereld die ik ooit gekend had. Papa was de enige die me ooit ware liefde had betoond. Ik moest er niet aan denken hoe diep hij me nu zou haten, en behalve voor al het andere, wilde ik ook daarvoor vluchten.

Toen ik bijeen had gezocht wat ik wilde meenemen, sloop ik mijn kamer uit. Het was nog net zo donker in huis als toen Buddy me thuis had gebracht. Ik verwachtte dat mevrouw Fennel en Marla me bij de voordeur zouden opwachten, maar er stond niemand. Marla zat ook niet voor de televisie. Er hing een intense stilte in huis. Toen ik bij de voordeur was, hoorde ik een gekraak op de trap en ik draaide me om.

Papa kwam langzaam naar beneden, verzamelde schaduwen om zich heen om de duisternis te verdiepen die hem al omhulde. Hij werd groter, breder, zijn ogen lichtten op, twee rode cirkels in poelen van geel. Zijn hand op de leuning leek zo groot als twee of drie handen, met lange vingers en lange nagels. Mijn hart stond stil toen ik hem zag. Ik proefde de smaak van bloed in mijn mond en besefte dat ik op mijn lip had gebeten. Plotseling, tot mijn intense verbazing, kwam Ava uit de zitkamer. Wat deed ze hier? Waarom was ze niet haastig op jacht gegaan?

'O, hallo, Lorelei,' zei ze glimlachend. 'Alles is in orde. Maak je niet ongerust. Papa begrijpt het.'

Een afgrijselijke gedachte kwam bij me op. Ik schudde mijn hoofd en sprong naar de deur. 'Nee,' zei ik.

'Ja,' zei Ava.

Ik hoorde een auto op de oprit. Papa daalde vlugger de trap af. Ik deed open en holde naar buiten. Buddy kwam terug.

'O, nee!' schreeuwde ik in de felle koplampen. Hij stopte en opende het portier.

Ik voelde een stroom ijzige lucht in mijn rug. Papa stond in de deuropening. Ik rende naar voren toen Buddy uitstapte.

'Hallo,' zei hij. Hij had niets door. 'Je zus heeft gebeld en het uitgelegd en –'

Hij verstarde en keek toen langs me heen. Ik zag zijn geschokte gezicht. Ik hoefde niet achterom te kijken om te weten waarom. Ik rende naar het portier aan de passagierskant en gilde weer dat hij in de auto moest stappen.

Hij deed het, maar leek te bang om verder iets te doen.

'Start de motor. Rij achteruit. Schiet op!' schreeuwde ik en gaf hem een harde duw tegen zijn schouder om hem uit zijn trance te brengen.

Hij morrelde met de sleutels. De motor startte, maar toen hij de auto in de achteruit zette, viel een grote schaduw over de voorruit. Even zaten we in volkomen duister.

'Rij achteruit, de weg op! Nu!' schreeuwde ik.

Hij deed het, en keerde. Toen we over de oprit reden, hoorden we een doordringende gil die klonk alsof al het metaal in de auto, al het metaal om ons heen, werd losgescheurd. De auto stuiterde. Buddy miste op een haar na de bocht, en het scheelde niet veel of hij was van de weg afgereden, maar hij wist de macht over het stuur weer terug te krijgen. Het voelde bijna of de auto over de rest van de helling omlaag werd gesmeten. Toen we aan het eind van de oprit waren, kon hij niet stoppen. We schoten het drukke snelrijdende verkeer in op Sunset Boulevard. Bestuurders trapten op de rem. Eén auto reed van de weg. Een andere botste tegen de achterkant van zijn voorganger, en weer een volgende reed daar weer tegenaan. Er werd links en rechts getoeterd. Buddy ging naar links en gaf gas tot we de chaos hadden achtergelaten. Toen ging hij langzamer rijden. Hij keek in de achteruitspiegel en week uit naar de kant van de weg.

'Nee, niet stoppen,' zei ik. 'Rij door.'

Hij keek me aan. Zijn keel zat waarschijnlijk nog te dicht om een woord te kunnen uitbrengen. Hij knikte en reed door.

Eindelijk haalde hij een paar keer diep adem en vroeg me wat hij had gezien.

'Je eigen verschrikkelijke dood.'

'*Wat?*'

'Waarom kwam je terug?'

'Je zus belde en zei dat je hysterisch zat te huilen. Ze vroeg me waarom ik je niet thuis had gebracht en wat je me had verteld. Ik zag geen reden waarom ik haar dat niet zou vertellen, dus zei ik wat ze wilde weten. Ze beweerde dat je veel te dramatisch was geweest en dat je vader je had horen huilen en tegen je had gezegd dat je je belachelijk had aangesteld en je mij aan hem had moeten voorstellen. Ze dacht dat het een mooie verrassing zou zijn als ik gewoon terugkwam, dus dat deed ik.'

'Ik had moeten weten dat ze het niet zou opgeven.'

'Wat opgeven? Wat was dat, Lorelei? Ik bedoel, ik dacht dat ik een gigantische man zag, met armen die aan zijn heupen vastzaten... ze zagen eruit als vleugels, en zijn ogen... wie of wat was dat?'

'Dat was mijn vader. Ik had degene moeten zijn die je naar hem toebracht, niet Ava. Het was mijn tijd, mijn beurt om zijn geliefde dochter te zijn.'

'Ik begrijp het niet. Me naar hem toebrengen waarvoor?'

'Voeding,' zei ik.

'Voeding? Wat is hij, een kannibaal?'

'Nee. Hij wil niet alles van je, alleen je bloed, wat er zich in je bloed bevindt.'

'Wat zeg je nu? Je vader is...' Hij schudde zijn hoofd. 'Je wilt toch niet zeggen dat je vader een vampier is?'

'We hebben dat woord nooit gebruikt, en ik heb nooit een ander dat horen zeggen.'

'Je had mij naar hem toe moeten brengen? Was dat de reden waarom je vanavond met me afsprak, met me vrijde?'

'Eerst wel, ja. Maar ik kon het niet, Buddy.'

'Waarom niet?'

'Ik hou van je, en dat is iets wat ons niet is toegestaan.'

'Niet toegestaan... je bent toch niet... ik bedoel, drink jij ook bloed?'

'Nee. Ik eet vreemde dingen die mevrouw Fennel voor me klaarmaakt. Ik denk dat er iets in zit dat jij niet zou eten of lekker zou vinden, maar ik krijg mijn voeding niet uit mensen.'

'Het is een nachtmerrie,' zei hij. 'Straks word ik wakker.'

'Ik wou dat het waar was.'

'Je hebt een tas bij je. Waar ging je naartoe?'

'Mijn eerste thuis.'

'Waar is dat?'

'Een weeshuis in Oregon. Ik wil mijn moeder zoeken.'

'Je moeder?' Hij dacht even na, keek in zijn achteruitkijkspiegel en vroeg toen: 'Dat is niet je echte vader, hè?'

'Ik weet het niet. Ava vertelde me dat hij haar echte vader is. Ik dacht, hoopte, vroeger, dat ze dat alleen maar zei om me jaloers te maken, en dat het niet waar was, maar vaak lijkt ze op hem, misschien nu zelfs meer dan ooit.'

'Jaloers? Jaloers waarop?'

'We willen allemaal papa's liefde, Buddy. We wedijveren erom.'

'Ken je de naam van je echte moeder?'

'Nee. Maar ik heb een foto die van haar zou kunnen zijn.' Ik haalde hem uit de tas om hem te laten zien.

'Tja, we moeten nu naar de politie gaan, oké?'

'Nee. Dat zou stom zijn.'

'Waarom?'

'Ze zullen je niet geloven, en papa zal ze met zijn charme volledig weten in te pakken. Ze zullen je een krankzinnige vinden.'

'Maar jij zult nu toch willen getuigen, hè?'

'Nee, dat kan ik niet.'

'Waarom niet?'

'Omdat, ook al wil ik het niet, ik nog steeds van hem hou.'

21

Ontsnapping

'Denk je dat hij ons achterna komt?' vroeg Buddy. 'Ik bedoel, heeft hij nog steeds belangstelling voor me?'

'Nee, papa gaat niet op voeding uit. Zijn dochters hebben hem altijd gebracht wat hij nodig heeft.'

'Dochters? Hoeveel dochters heeft hij?'

'Ik weet het niet, Buddy. Ik ken alleen mijn oudere zussen, Brianna en Ava, en mijn jongste zusje, Marla.'

'En ze werden allemaal geacht dit te doen?'

'Ja.'

'Heb jij het gedaan?'

'Vanavond zou mijn eerste keer zijn geweest, mijn begin.'

'Hoera voor mij.'

'Ik heb geprobeerd je op een afstand te houden.'

'Ja, dat is zo. Waar zei je dat dat weeshuis is?'

'In Oregon, niet ver van Portland. Ik heb het adres. Breng me naar het vliegveld. Ik neem de eerste vlucht die ik kan krijgen naar Portland.'

'Wat ga je doen als je geen informatie kunt krijgen of je komt erachter dat je moeder dood is of zo?'

'Dat weet ik niet.'

Hij zweeg even en zei toen: 'Ik ga met je mee.'

'Nee. Je moet je nu ver houden van dit alles. Ik weet dat het waarschijnlijk onmogelijk zal zijn, maar je moet proberen het te vergeten, mij te vergeten.'

'Je hebt vanavond mijn leven gered. Ik kan dit voor je doen. Ik doe het graag, Lorelei.'

'Maar je loopt je colleges mis en je ouders zullen zich afvragen wat er aan de hand is.'

'Dat maak ik wel in orde. Maak je geen zorgen over mij. Oregon is niet ver. Alles bij elkaar hoeft het niet langer dan een dag te duren.'

'Ja, maar –'

'Hoor eens, je hebt gezegd dat je van me houdt. Voor mij is dat reden genoeg. Ik meende alles wat ik tegen je gezegd heb. Ik geef toe dat dit allemaal heel vreemd is en iets wat ik het liefst zou vergeten, maar nu zit je in moeilijkheden. Misschien is er een wetenschappelijke verklaring voor wat ik gezien heb en wat er gebeurt, en misschien ook niet, maar later kunnen we proberen hulp te krijgen en er een eind aan te maken. Oké?'

'Ik heb liever dat je niet meegaat, Buddy.'

'Ik wist wel dat je het met me eens zou zijn,' zei hij glimlachend.

Ik was te moe om nog verder te protesteren en ik wilde zo gauw mogelijk op weg. We reden naar Los Angeles Airport en parkeerden de auto in de parkeergarage. We hoefden maar een uur te wachten op de volgende vlucht. Zelfs toen we de tickets al gekocht hadden, vroeg ik hem weer of hij wel echt mee wilde.

'Meer dan je je kunt voorstellen.'

Pas toen we aan boord van het vliegtuig waren en naast elkaar zaten, accepteerde ik het feit dat hij echt met me meeging. We konden nu niet meer terug. Ik keek naar hem toen hij zijn ogen sloot en achteroverleunde. De emotionele schok van wat hij had gezien en wat er bijna met hem was gebeurd, was eindelijk bezonken. Hij was uitgeput. Wij allebei. Een paar ogenblikken na de start leunde ik tegen zijn schouder, en hij legde zijn hoofd tegen dat van mij. Ondanks het lawaai, de korte toespraakjes van de captain en het cabinepersoneel dat heen en weer liep met drankjes en snacks, vielen we algauw in slaap en werden pas wakker toen de landing werd aangekondigd.

Het toestel stond na de landing langer op het vliegveld te wachten dan verwacht, wat ons nog vermoeider maakte. Het was nog donker toen we uitstapten, dus stelde ik voor in het dichtstbijzijnde motel in te checken. Ik zag dat hij zich voortsleepte, en ook ik voelde me volkomen beroofd van alle energie.

'We kunnen een auto huren als we wat zijn uitgerust,' zei ik.

Hij stemde toe. We kozen het motel en belden een autobedrijf.

'Je hebt nog niemand gebeld, Buddy. Moest je dat niet doen?' vroeg ik.

'Dat zit wel goed. Niemand zal me een dag of zo missen.'

De receptionist vroeg of we een kamer met gescheiden bedden wilden. Ik zei snel nee. Als ik iets wilde, dan was het in Buddy's armen in slaap vallen. Hij glimlachte. Ik denk dat hij hetzelfde wilde, naast elkaar in slaap vallen, profiteren van de troost en het gezelschap waar we allebei behoefte aan hadden om deze afgrijselijke ervaring te overleven.

Maar ook al waren we uitgeput, het viel ons allebei moeilijk in slaap te vallen. Even bleven we gewoon in elkaars armen liggen, verzonken in onze eigen gedachten. Nu pas, nu ik niet langer wegvluchtte, dacht ik aan papa en aan zijn reactie op wat ik had gedaan. Ik kon me hem zo goed voorstellen zoals hij zat te luisteren naar Ava terwijl ze mijn relatie met Buddy beschreef, hoe ze had geprobeerd er een eind aan te maken en had gehoopt dat ik uiteindelijk tot bezinning zou komen en dat uit eigen beweging zou doen door mijn eerste 'aflevering'.

Ik kon mevrouw Fennel bijna horen instemmen met elke beschuldiging die Ava tegen me uitte, zeggen dat ze dezelfde zwaktes in me had bespeurd en zich verweet dat ze het zo ver had laten komen. Maar het zou papa zijn die alle schuld op zich nam, zou zeggen dat hij verblind was geweest door zijn liefde voor mij en mijn liefde voor hem.

'Ze leek in elk opzicht zo perfect,' zou hij zeggen.

Natuurlijk zou Ava inmiddels een vervanger hebben gevonden voor Buddy. Ze zou zich koesteren in papa's loftuitingen en dankbaarheid. Nu zou ze beslist voor altijd gekroond worden tot zijn meest geliefde dochter, omdat ze hem had gered in een crisis. Ironisch was dat ik ondanks alles wat er gebeurd was, toch nog een steek van jaloezie voelde. Ik kon me gemakkelijk papa's dankbare gezicht voor de geest halen, de liefde en genegenheid in zijn ogen en de wonderbaarlijke kus van liefde en dankbaarheid van zijn mond. Ik wilde nog steeds dat die allemaal mij ten deel waren gevallen.

Buddy's ogen gingen dicht en hij viel eindelijk in slaap. Ik sliep ook in, maar slechts een paar uur later had ik het gevoel dat iemand me wakker schudde. Buddy sliep nog, en er was niemand anders in de kamer, maar ik had niet het gevoel dat we alleen waren. Ik stond op en liep naar het raam. De gordijnen hadden we zo dicht mogelijk gesloten om het daglicht buiten te houden. Langzaam trok ik een van de gordijnen opzij zodat ik het parkeerterrein van het motel kon zien. Het was bijna leeg, er waren slechts twee auto's te zien en er liep niemand rond. Het verkeer raasde voorbij op de weg tegenover het motel, maar ik kon het gevoel niet van me afzetten.

Ik realiseerde me dat mijn lichaam zo stijf en hard was als steen. Wat ik voelde herinnerde me aan de keren dat papa stopte met zijn bezigheden en plotseling heel stil werd en ingespannen luisterde. Dan hielden we allemaal onze adem in tot hij zich weer ontspande.

'Wat is er?' vroeg Buddy, die wakker werd en me voor het raam zag staan.

'Ik weet het niet.'

'Je weet het niet?' Hij ging rechtop zitten. 'Is er iemand buiten?'

'Ik zie niemand.'

Hij stond op en kwam naast me staan. 'Lijkt me nogal rustig buiten.'

'Er is iets,' fluisterde ik.

'Oké. Ik bel nu voor de auto en dan gaan we op weg. Wil je douchen of zo?'

'Nee, ga jij maar.'

Ik bleef voor het raam staan terwijl hij voor de auto belde en ging douchen.

'Wil je wat eten?' vroeg hij toen hij uit de badkamer kwam.

'Onderweg,' zei ik. Ik ging naar de badkamer om mijn gezicht te betten met koud water en mijn haar te borstelen. Ik kleedde me aan terwijl hij de papieren invulde voor de huurauto, waarna we het motel verlieten.

'Bang?' vroeg hij.

'Ja. Ik wou dat je niet mee was gegaan.'

'Nou, dat heb ik wél gedaan, dus hou daarmee op. Ik zal je hier doorheen helpen,' zei hij vastberaden. 'Laten we maar iets gaan eten.' Hij ging een wegrestaurant binnen.

Ik kon zijn ogen op me gevestigd voelen toen ik iedereen aandachtig bekeek.

'Hé, denk je dat ze je naam hebben rondgebazuind? Is je vaders soort overal te vinden?'

De serveerster kwam voor onze bestelling. Niets interesseerde me, maar ik bestelde een niet doorbakken hamburger. Buddy bestelde er ook een, maar medium, met frieten en een salade.

'Wil je citroenlimonade? Ze beweren dat hij vers geperst is.'

'Ik heb nog nooit citroenlimonade gehad.'

'Nooit?'

Hij bestelde voor ons en pakte toen boven de tafel mijn handen vast. Ik keek nog steeds uit het raam naar de mensen die het restaurant binnenkwamen.

'Dus je vaders soort is echt overal?'

'Ik weet het niet, Buddy. Soms lijkt het wel zo. Hij heeft overal ter wereld contacten. En zelfs al is het niet zo, dan weet hij dingen die niemand anders kan weten, en mevrouw Fennel ook.'

'Wie is die mevrouw Fennel?'

'De zus van mijn vader.'

'Ja, je zei dat je bij de zus van je vader woonde, maar hoe komt het dat je haar nooit tante hebt genoemd?'

'Tot voor kort wist ik niet dat ze mijn tante was.'

'Hè?'

'Onze levens zijn verstrengeld met geheimen, net als een verwarde kluwen touw, Buddy.'

'Ik kan het me voorstellen.'

'Nee, dat kun je niet. Daarom wilde ik dat je niet was meegegaan.'

'Hoor eens,' zei hij, nog steeds mijn handen vasthoudend, 'je hebt gisteravond niet gedaan wat je had moeten doen. Je gaf te veel om me. Je hebt een groot risico genomen. Ik moet geloven dat je het niet alleen voor mij hebt gedaan, maar ook voor jezelf. Voor ons. Je bent anders dan wat er ook in dat huis leeft. Ik zou onmogelijk van je kunnen houden als dat niet zo was.'

Ik gaf geen antwoord. Zijn woorden waren troostvol en prettig om te horen, maar ze veranderden niets aan wat ik voelde. Mijn lichaam was nog steeds stijf. Mijn hart bonsde nog angstig, en mijn blik werd nog steeds getrokken naar alles wat zich om me heen bewoog. Hij bleef me vragen stellen, om me aan de praat te houden, denkend dat het me zou ontspannen, of misschien om zichzelf te ontspannen. Ik gaf hem zoveel mogelijk antwoord, hopend dat het eindelijk tot hem door zou dringen dat hij, als hij bij me bleef, mogelijk in nog groter gevaar verkeerde dan gisteravond. Als hij gewoon naar huis was gegaan, zou hij veilig zijn geweest. Ava, noch mevrouw Fennel, en zeker papa niet, zou hem achtervolgd hebben. Ze zouden gewoon vertrokken zijn en het zou vergeten worden. Maar nu niet. Nu was hij hier, nog steeds een deel van wie en wat ik was.

Ons eten werd gebracht. Het gevaar en de vlucht hadden hem hongerig gemaakt, maar ik at nauwelijks van mijn hamburger en raakte het broodje niet aan.

'Heb je geen honger? Hou je niet van hamburgers?'

'Ik heb dit zo zelden gegeten. Vlees was altijd het enige wat we lekker vonden, behalve wat mevrouw Fennel voor ons klaarmaakte.'

'Wat maakte ze voor jullie klaar?'

'Ik kan je niet precies vertellen wat het was. Ze gebruikte kruiden in combinaties die alleen zij kende. Waarschijnlijk zou je de eerste hap al uitspugen.'

Hij at en knikte en keek me bevreemd aan.

'Wat is er?' vroeg ik.

'Je zult wel denken dat ik gek ben geworden na alles wat er gebeurd is, maar ik vind dat je er ouder uitziet. Ik bedoel niet echt oud of zo. Ouder.'

'Ik voel me ook ouder. Het is of alles wat kinderlijk in me was gestorven is.'

'Dat kan ik begrijpen. Ik geloof dat mij gisteravond hetzelfde is overkomen.'

Hij was klaar met eten, we betaalden de rekening en gingen naar de auto. Buddy had de verhuurder om een kaart van de omgeving gevraagd bij aflevering van de auto, en we bestudeerden hem om de beste route te zoeken.

'Niet dat ik Oregon ken,' zei Buddy, 'maar als ik deze kaart bekijk, stelt deze stad niet veel voor.' Hij leunde achterover. 'Nu ik erover nadenk, herinner ik me dat, toen we elkaar de eerste keer ontmoetten, je zus me vroeg of ik uit een kleine stad kwam.'

'Ze probeerde uit te vissen of je misschien een afvallige was,' zei ik.

'Een afvallige? Wat is dat?'

'Mensen als mijn vader die zich niet aan onze regels houden. Ze brengen ons allemaal in gevaar. Feitelijk zijn ze onze ergste vijand, omdat ze ons gebied binnendringen en proberen controle erover te krijgen.'

'Meen je dat?' Zijn gezicht veranderde van uitdrukking. 'Ze kwam tot de conclusie dat ik niet een van die afvalligen was, hè?'

'Ja.' Ik moest bijna lachen. 'Ik zou niet weten waarom je je daardoor nu opgelucht zou moeten voelen, Buddy. Je hebt jezelf tot doelwit gemaakt door met me mee te gaan.'

Hij haalde zijn schouders op. 'Het heeft nu geen zin meer daar nog over te praten.'

Hij reed door. Omdat we zo laat op de dag waren vertrokken en het nog een tijd duurde voor we bij Heartsport waren, schemerde het al toen we Dunning Road bereikten. De weg begon als een goed geasfalteerde weg, maar na ruim twee kilometer werd het een grindweg.

'Weet je zeker dat dit het adres is?' vroeg Buddy. 'Ik heb geen huizen meer gezien sinds we zijn afgeslagen en dit ziet er niet uit als bewoond gebied, vooral niet als je bedenkt hoe lang het geleden is dat je hier was.'

'Het is het enige adres dat ik heb,' zei ik.

We reden nog meer dan een kilometer door tot we een groot huis zagen van twee verdiepingen met een koepel op de top van een lage heuvel. Het had stenen gevels, een kleine trap naar de voordeur en een schuin aflopend dak. Vanaf de plek waar wij stonden leken de dakvensters op wenkbrauwen. Het terrein rond het huis was niet zorgvuldig onderhouden. Hier en daar waren plekken gras en er groeiden wilde struiken.

'Dat is een mooi oud huis,' zei Buddy. 'Ik weet wel iets af van architectuur, want ik heb er een college over gevolgd. Het is Second Empire.'

De benedenramen waren vaag verlicht, maar de bovenramen waren donker.

'Als ik dat uithangbord niet had gezien,' zei Buddy met een knikje naar het bord waarop stond LOST ANGELS, AN INFANT SANCTUARY, zou ik vast gedacht hebben dat we aan het verkeerde adres waren, of dat het een vrijwel verlaten huis was. Misschien is het dat ook wel. Misschien heeft iemand het gekocht en is het geen weeshuis meer.'

'Waarom hangt dat bord er dan?'

'Weet ik niet. Misschien vond degene die het heeft gekocht het wel een gek idee. Ik bedoel, moet je dit eens zien. De tuinman moet compleet blind zijn geweest.'

Er was geen teken van leven rond het huis, geen auto's, niemand.

'Ik heb het gevoel dat dit het is, Buddy.'

'Laten we dan maar naar binnen gaan, dan merken we het wel.'

'Nee.'

'Nee?'

'Ik wil niet dat je met me mee naar binnen gaat. Wacht in de auto.'

'Weet je het zeker? Ik bedoel...'

Ik kon het niet precies omschrijven, maar het gevoel dat ik in het motel had gehad, was hier veel sterker, en die beroemde instincten, waarvan Ava zo vaak beschuldigend had gezegd dat ik die niet had, staken de kop op en gedroegen zich als alarmsignalen.

'Ik geloof niet dat ik je alleen moet laten gaan...'

'Alsjeblieft, Buddy. Ik heb je tot zover mee laten gaan. Asjeblieft.'

'Oké, als je het per se wilt.'

'Ik wil het,' zei ik. 'Ik beloof je dat als ik je nodig heb, ik naar buiten kom om je te halen.'

Hij knikte.

'Doe de portieren op slot,' zei ik, terwijl ik uitstapte.

Ik hoorde de klik en keek achterom. Hij zat naar voren gebogen, beschenen door de zachte gloed van de langzaamaan helder wordende halvemaan. Zijn gezicht leek van was en het gevaar te lopen volledig weg te smelten.

Ik liep over het grindpad naar de trap bij de voordeur. Toen ik bovenaan stond, ging de deur open en mevrouw Fennel kwam uit de schaduw tevoorschijn in de vaag verlichte deuropening. Ik slaakte een kreet van verbazing en deinsde achteruit. Ze glimlachte.

'We hadden je eerder verwacht,' zei ze.

Ava kwam naar voren en bleef een halve meter achter haar staan.

Ik deed nog een stap achteruit, keek even naar de auto en overwoog of ik terug zou hollen.

'Je hoeft niet weg te lopen, Lorelei. Niemand zal je kwaad doen,' zei mevrouw Fennel zachtjes.

'Ook al heb je heel wat gedaan dat ons kwaad had kunnen doen,' zei Ava.

'Hou je mond nu,' zei mevrouw Fennel. 'Je weet wat je vader heeft gezegd.'

Ava meesmuilde. 'We zullen je geen kwaad doen, maar dat wil

niet zeggen dat we hem met rust zullen laten,' zei ze, knikkend naar de huurauto.

'Onnodig haar te bedreigen,' zei mevrouw Fennel. 'Ik ken mijn meisje. Kom binnen, Lorelei. Je wilt zoveel weten, en je bent zo ver gekomen.'

Ze ging achteruit. Ava verdween naar binnen. Ik keek achterom naar Buddy. Hij had mevrouw Fennel nog nooit gezien, dus hij kon niet weten dat ze ons te vlug af waren geweest. Ik hoopte dat hij Ava niet naast haar had zien staan. Ik maakte me ongerust over hem, maar wat me die trap op deed gaan was vooral mijn eigen behoefte om meer over mijzelf te weten te komen. Mevrouw Fennel bleef glimlachen.

Toen ik bij de deuropening kwam hoorde ik vrouwen lachen.

'Dat zijn andere dochters en zussen,' zei mevrouw Fennel. 'Ze weten allemaal dat je komt. Iedereen wacht op je.'

Ze sloeg haar arm om mijn schouders en deed de deur achter me dicht.

'Weet je, dit is een prachtige tweede kans voor je, Lorelei. Ik kan je wel zeggen dat niet veel van ons die gelegenheid zouden hebben gekregen. Je vader houdt echt van je.'

Het huis was oud, maar niets zag er versleten uit of zo verwaarloosd als de tuin. Ik zag geen stof, geen spinnenwebben. Alles zag eruit alsof het huis pas was gebouwd en ingericht. De vloeren glansden als onberispelijke ziekenhuisvloeren, en het hout van de muren en plafonds leek gewreven. Ik volgde haar door de kleine entree en de korte gang en hoorde toen baby's huilen.

'Voedingstijd,' zei ze. 'Kijk niet zo verbaasd. Het is echt een soort weeshuis. Kom. Kijk maar.'

We hielden stil bij een deur aan de linkerkant. Daarachter bevond zich een kinderkamer met tien wiegen. Twee vrouwen in verpleegstersuniform zorgden voor de baby's.

'Toe dan, ga maar kijken, Lorelei. Ze zijn stuk voor stuk perfect en zullen heel mooi worden.'

De verpleegsters draaiden zich om en glimlachten naar me.

Een van hen boog zich over een wieg en haalde er een baby uit die niet huilde. Ze leek te slapen. De verpleegster hield haar gezichtje naar me toe. Ze zag er inderdaad perfect uit.

'Zou je het niet heerlijk vinden zo'n dochter te hebben?'

Ik gaf geen antwoord.

Het gelach in de andere kamer werd luider.

'Kom,' zei mevrouw Fennel. 'Ze willen je zo graag zien.'

Ik volgde haar de gang door naar een grote zitkamer. Vijf jonge vrouwen zaten op sofa's. Ik herkende ze niet van de foto's die ik in papa's kast had gezien, maar toen de vijfde zich naar me omdraaide, slaakte ik onwillekeurig een kreet.

Het was Brianna.

'Hallo, Lorelei. Je bent mooi geworden. Ze is perfect, hè, mevrouw Fennel?'

'Perfect.'

Ava, die nu in een grote fauteuil rechts van me zat, bleef me kwaad aanstaren. De vier andere vrouwen waren net zo mooi als Brianna, twee met weelderig glanzend zwart haar en twee met roodbruin haar. Allemaal, ook Brianna, waren ze gekleed in zwarte jurken die veel leken op de jurk die papa voor mij had meegebracht uit Parijs. Ava moest lachen om het verbaasde gezicht dat ik ongetwijfeld trok.

'Komen die jurken je bekend voor?' vroeg ze. Haar blik verzuurde weer. 'Ik draag hem vanavond niet. Dat heb ik aan jou te danken.'

'Ava,' zei mevrouw Fennel waarschuwend. Ze glimlachte weer en knikte naar een van de vrouwen met zwart haar. 'Dat is Sophie, Ava's moeder. Ze lijken meer zussen van elkaar, vind je niet?'

'Ik dacht... dat ze bij de geboorte gestorven was,' zei ik.

'Je was nog niet klaar om dit soort waarheid te horen toen we je dat verhaal vertelden, Lorelei,' zei mevrouw Fennel.

Hoeveel van alles wat me verteld werd waren verzinsels? vroeg ik me af.

'O, daar ben je,' hoorde ik, en toen ik me omdraaide zag ik de vrouw van de foto met mijn naam erop. Ze zag er niet veel ouder uit dan op die foto en zeker niet ouder dan een van de andere vrouwen. Ze droeg een jurk over haar arm die precies leek op de jurken die de anderen droegen. 'Wat is ze gegroeid, mevrouw Fennel.'

'Ja,' zei mevrouw Fennel.

'Het is niet eerlijk,' zei Ava.

Ik keek haar verward aan. Wat was niet eerlijk?

'Hou op, Ava. Je vader heeft het besloten,' zei mevrouw Fennel.

Ava mokte.

'Je weet wie dit is, hè?' vroeg mevrouw Fennel aan mij. 'Je hebt haar foto weggenomen uit de kast van je vader.' Ze schudde haar hoofd. 'Kijk niet zo verbaasd. Natuurlijk wist ik dat jij hem had, en je vader wist het ook. Je kon niets voor een van ons beiden geheimhouden.'

'Is zij mijn moeder?'

'Ja.'

'Dan is papa...'

'Je natuurlijke vader,' zei mevrouw Fennel. 'Hij is de vader van hen allemaal,' ging ze verder, met een weids gebaar naar Brianna, Sophie en de andere twee.

Ik schudde mijn hoofd. Het overweldigde me.

'Misschien vertel je haar te veel te snel,' zei mijn moeder.

'Nee,' antwoordde mevrouw Fennel. 'Sergio wil het zo. Hij gelooft dat als haar nu de volle waarheid wordt verteld, ze zich niet langer zal verzetten.'

'Ik begrijp het niet,' zei ik. 'U zei dat ze mijn moeder was.'

'Ik bén je moeder, Lorelei, en jouw papa is ook mijn papa.'

'Maar dat is... incest,' zei ik en ze lachten nog harder, Ava het hardst van allemaal.

'Zulk soort regels, biologisch of anderszins, zijn niet op ons van toepassing,' zei mevrouw Fennel. 'Nu weet je het. Je hebt het bloed van je vader, zoals wij allemaal. Op die manier gaan we door. Dat is je bestemming, het nageslacht van je vader produceren.'

Ik schudde mijn hoofd.

'Probeer niet alles ineens te begrijpen,' zei mijn moeder. 'Voorlopig moet je deze jurk aantrekken. Mevrouw Fennel heeft hem meegebracht.'

'Waarom?'

Ik zag dat de anderen glimlachten. Alleen Ava bleef mokken. 'Wij beschouwen hem als een bruidsjurk. Papa komt straks. Je staat vooraan in de rij.'

'Het is niet eerlijk,' herhaalde Ava, terwijl ze opstond. 'Ik heb alles goed gedaan, en zij niet, en zij gaat voor.'

'Er is een fout gemaakt, en je vader gelooft dat dit de manier is om die recht te zetten. Je hoort aan hem te denken en niet aan jezelf,' zei mevrouw Fennel op scherpe toon.

Ava keek me woedend aan en ging weer zitten.

'Wat wilt u zeggen, mevrouw Fennel? Dat ze allemaal papa's dochters en papa's vrouwen zijn?'

'Nou ja, we doen niet aan officiële huwelijken,' zei mevrouw Fennel, en weer lachte iedereen.

Ik keek naar Ava. Waarom wilde zij dit liever dan ik?

'Het is je waarschijnlijk wel opgevallen dat je moeder er geen dag ouder uitziet dan op die foto,' zei mevrouw Fennel, alsof ze mijn gedachten kon horen. 'En Brianna... ook in haar is geen verandering te bespeuren. Zoals je vader je al zo vaak beloofd heeft, zul je meer krijgen en meer doen dan welke jonge vrouw ook.'

'Maar u bent ouder,' zei ik.

Mevrouw Fennel lachte. 'Ik ben ouder,' zei ze tegen de anderen, die met haar mee lachten. 'Ja, ik ben ouder, Lorelei. Ik heb mijn jeugd achter de rug, maar nu spreken we over eeuwen, niet over decaden, en ik heb nog een lange tijd voor me, een heel lange tijd. Bovendien, ken je iemand van mijn leeftijd met mijn energie en kracht?'

Ik keek naar mijn zussen. 'Hebben ze allemaal nodig wat papa elke maand nodig heeft?'

'Nee. Alleen de mannen moeten zich voeden, Lorelei, maar de

vrouwen zorgen voor ze en baren nieuwe kinderen. Dat is hun bestemming, en nu ook jouw bestemming.'

'Trek je jurk aan,' zei mijn moeder en stopte hem in mijn hand. 'Het wordt al laat.'

Ik verroerde me niet.

'Je kunt naar buiten gaan en tegen die jongeman van je zeggen dat alles in orde is en dat hij kan vertrekken. Dat laten we toe,' zei mevrouw Fennel toen ze mijn aarzeling zag.

'Hij kan beter niet voor de deur staan als papa komt,' waarschuwde Ava.

Iedereen staarde me vol verwachting aan. Sommige baby's begonnen harder te huilen.

Mevrouw Fennels glimlach vervaagde toen ik bleef aarzelen en een stap achteruit deed. Ze kneep haar ogen samen en haar gezicht kreeg de vertrouwde uitdrukking van achterdocht en woede. 'Je wilt dit niet, hè? Uiteindelijk wil je toch niet een van ons zijn? Er is iets mis met je.'

'Mis met me?' Ik schudde mijn hoofd. In mijn denkwijze was er juist iets goed met me.

'Er is hier geen groot raam, Lorelei. Als je nu je bestemming van de hand wijst, zou je uiteindelijk nooit een van ons zijn, nooit worden geaccepteerd. Er zou zelfs op je gejaagd kunnen worden, en niet alleen door ons.'

'Niet smeken,' zei Ava. 'Laat haar toch gaan. We willen geen onreinheid in onze familie.'

'Welke familie?' vroeg ik. 'Dit is geen echte familie. Dochters die echtgenotes zijn en moeders van andere dochter-echtgenotes.'

'Lorelei,' zei mijn moeder. 'Alsjeblieft.'

Ik wendde mijn blik af, schudde hardnekkig mijn hoofd. Niemand bewoog. Ze staarden me allemaal aan alsof ze hun ogen niet konden geloven. Alleen Ava keek voldaan.

'Je kunt geen echt leven hebben daarbuiten zonder je vader,' zei mevrouw Fennel. 'Je hebt zijn bloed. Iedereen met wie je samen bent zal voelen dat je anders bent, en als je ooit een kind zou krijgen van een andere man, zou je er nooit zeker van kunnen zijn wat en wie dat kind zou worden, vooral niet als het een jongen was.'

Ik bleef mijn hoofd schudden.

Het klonk nu of alle baby's huilden. Ik schuifelde verder bij haar vandaan. Nog steeds bewoog niemand zich. Niemand leek er iets voor te voelen mijn ontsnapping te verhinderen.

'Lorelei,' zei Brianna.

'Lorelei,' zeiden ze in koor.

Ik draaide me om en holde naar de voordeur, in de verwachting dat ze me zouden volgen, maar niemand kwam achter me aan.

Niemand volgde me, maar ik aarzelde geen moment. Er waren geen wolken, maar een schaduw viel over het licht.

Papa is er bijna, dacht ik, en rende naar de auto. Buddy zag dat ik vluchtte en startte de motor, maar hij was vergeten de deuren van het slot te doen. Ik rukte wanhopig aan de hendel. Ik kon de baby's horen huilen. Het was een geluid dat door merg en been ging, mijn hersens doorboorde. Ik sloeg mijn handen voor mijn oren. Ik voelde me verzwakken en omlaagzinken alsof ik echt bezig was weg te smelten.

En toen kwam de duisternis.

Epiloog

Ik werd wakker in de auto. Hotsend en botsend reden we over de grindweg, want Buddy reed zo hard hij kon. Ik hoorde de kleine steentjes tegen de wieldoppen kletteren. Buddy wist niet dat ik bij bewustzijn was. Ik kon zien dat hij doodsbang was. Ik kreunde en ging rechtop zitten.

'Wat is er gebeurd?' vroeg ik.

'Je bent flauwgevallen. Ik ben uitgestapt en heb je zo gauw mogelijk de auto in gesleept en ben toen weggereden. Wat is er binnen gebeurd? Waarom kwam je zo hard naar buiten gerend?'

'Kwam er iemand achter me aan?'

'Nee, maar ik was niet van plan om te blijven wachten.'

'Goed zo.'

We kwamen op het gladde stuk asfalt van de weg en hij ging harder rijden.

'En? Wie waren het daarbinnen? Wat heb je ontdekt? Maar belangrijker nog, waarom holde je als een gek naar de auto en viel je flauw?'

Ik vroeg me af hoeveel ik wilde dat Buddy zou weten. Ik twijfelde geen moment aan wat zijn reactie zou zijn als hij wist dat ik in werkelijkheid de dochter van mijn vader was. Ik was geen weeskind, en ik had geen ouders die normale menselijke wezens waren.

Liegen was al een tweede natuur voor me geworden. Onze levenswijze was voor zo'n groot deel afhankelijk van goede en geloofwaardige verzinsels. Bedrog en duisternis waren onze ware beschermers. Geen van ons kon overleven als we niet het talent ontwikkelden om sluw en slim te zijn. Dat had papa bedoeld toen hij me vertelde dat de duisternis onze vriend was. Hij bedoelde niet alleen de duisternis die viel als het avond werd. Hij bedoelde de duisternis waarmee we ons ware gezicht verhulden, de duisternis waarin we onze ware gevoelens konden verbergen, en de duisternis waarin we ons in het dagelijks leven bewogen om ontmaskering te voorkomen.

Ik besefte nu hoeveel ik van papa had geërfd. Ik was vroeger jaloers op Ava, die, zo werd ons verteld, papa's natuurlijke dochter was. De gelijkenis die ik vaak tussen hem en haar zag, verontrustte me, omdat ik die gelijkenis ook wilde. Alleen al het feit dat me nu pas verteld was dat hij ook *míjn* vader was, benadrukte hoe belangrijk het voor ons was de waarheid te rantsoeneren. Ik weet niet van wie het idee afkomstig was om mij en Marla in de waan te laten dat we gewone weeskinderen waren, maar ik zag wat het doel ervan was. Zolang we dat geloofden, waren we dankbaar en bereid om gehoorzaam en trouw te zijn, en, natuurlijk, ons de opofferingen te getroosten die altijd noodzakelijk waren om papa te beschermen. Ik wist niet wanneer Ava de waarheid was verteld of waarom zij een uitzondering was, maar ik wist zeker dat het iets te maken had met wat papa en mevrouw Fennel in haar voelden. Zelfs ik voelde wat meer in haar, iets wat haar dichter bij mevrouw Fennel bracht. Ik bedacht dat Marla misschien kortgeleden de waarheid had gehoord, en dat die haar het zelfvertrouwen en de bitsheid had gegeven.

Het leek me nu allemaal heel logisch. Papa was als de koningin in een bijenkorf. Hij baarde geen kinderen, maar hij was de enige die zijn soort kon voortplanten. Iedereen om hem heen leefde om hem te beschermen en van voedsel te voorzien. Dat bedoelden Ava en mevrouw Fennel als ze er altijd weer de nadruk op legden dat ik niet aan mijzelf moest denken maar alleen aan mijn familie. Ze herinnerden me daaraan als ik medelijden had met mijzelf omdat ik niet mocht wat andere meisjes van mijn leeftijd deden.

Maar de compensatie voor deze eeuwigdurende trouw en opoffering was waarheid. Ik had het zojuist gezien. Ja, we zouden genieten van jeugd en schoonheid, decade-, zelfs eeuwenlang, langer dan enig normaal mens. Ja, we zouden alles hebben wat we wilden, konden reizen waarheen we wilden, en konden al onze zintuigen, onze verlangens, bevredigen. We zouden nooit gefrustreerd of teleurgesteld zijn, tenzij we hadden wat ik meende dat ik had, een verlangen om te beminnen en bemind te worden.

Welk vermogen tot liefhebben mijn zussen ook hadden, het moest gericht zijn op papa en voor hem gereserveerd. Hij eiste alles ervan op, want alleen dan kon hij erop vertrouwen dat ze hem nooit zouden verraden of in de steek laten of in gebreke blijven hem van voeding te voorzien. Er was geen meisje ter wereld dat er meer van overtuigd was dat ze papa's lieveling was dan wij waren, en dat we dat ook eeuwig zouden blijven.

'Nou?' vroeg Buddy.

'Papa en mevrouw Fennel wisten dat ik hierheen zou gaan. Ze hebben gebeld om ze te waarschuwen.'

'Echt waar? Maar hoe was het daarbinnen?'

'Het is een heel speciaal klein weeshuis. Papa doet blijkbaar veel om het te steunen, dus krijgt hij alles wat hij vraagt.'

'En wat heeft hij ze gevraagd?'

'Me geen medewerking te verlenen. Ze waren zelfs erg onheus tegen me,' zei ik, waarbij ik alleen aan Ava dacht.

'Maar waarom liep je weg en viel je flauw?'

'Ik drong te veel aan, misschien wel te veel, en een lid van hun personeel maakte me bang.'

'Bang? Na wat jij gewend bent te zien? Het moet wel iets heel bijzonders zijn geweest. Wat deed hij? Zat hij je achterna met een mes of een pistool of zo?'

'Ik was niet van plan te wachten om erachter te komen. Het was allemaal heel naar, Buddy. Ik ben blij dat jij niet ook naar binnen bent gegaan. Je zou driftig zijn geworden of zo, en dat zou het nog erger hebben gemaakt.'

'Ja, maar je viel wel flauw.'

'Ik ben gewoon moe, denk ik, moe en verzwakt. Ik had meer moeten eten. Het is allemaal een enorme stress geweest.'

Hij knikte, maar hij leek niet alles voetstoots aan te nemen. 'Vind je niet dat ik met je naar een dokter moet gaan?'

'O, nee. Het gaat nu weer prima.'

'En, wat ga je nu doen? Ga je naar de politie als we thuis zijn?'

'Misschien. Ik zal er onderweg over nadenken.'

'Goed,' zei hij. Hij pakte mijn hand. 'Ik sta achter je, Lorelei, wat er ook gebeurt.'

'Dat weet ik.'

'Het spijt me dat je helemaal hiernaartoe bent gegaan zonder te weten te komen wat je zo graag wilde weten. Misschien, als je het aan de politie hebt verteld en zij nemen contact op met het weeshuis, zullen ze wel dingen móéten vertellen.'

'Ik hoop het,' zei ik.

'Goed, het is al laat. Het eerste wat ik zal doen is jou eens behoorlijk laten eten. Daarna kunnen we zien welke vlucht we naar huis kunnen nemen, oké?'

'Ja, dat klinkt goed.'

'Je ziet er moe uit,' zei hij.

'Ik heb niet veel geslapen, en dit was nog een extra beproeving.'

Hij glimlachte. 'Een warme maaltijd zal je goed doen. Ik moet je eraan laten wennen iets anders te eten dan die rommel die mevrouw Fennel je voorschotelde.'

'Ja, ik wil alle dingen vermijden die zij me gaf,' mompelde ik.

We reden op een snelweg naar Portland.

'Hé, zie je dat wegrestaurant rechts van ons?' vroeg hij na een paar kilometer.

'Ja.'

'Moet je al die vrachtwagens zien op het parkeerterrein. Truckers kennen altijd de beste restaurants. Dat zei mijn vader altijd. Altijd als we een lange rit maakten, keek hij hoeveel trucks er op het parkeerterrein van een restaurant stonden, en het bleek altijd een goede keus te zijn.'

‘Lijkt me prima,’ zei ik.

We reden erheen en parkeerden naast een truck met oplegger.

‘Oké?’ vroeg hij.

‘Oké. Laten we gaan eten.’

Het restaurant leek op een ouderwetse diner met een lange toonbank en gescheiden zitjes met roodleren bankjes. Er stond zelfs een jukebox. Het was druk, maar rechts was een hoekje vrij. Een klein vrouwtje met een dikke bos wit haar en een grote bril begroette ons en bracht ons naar onze plaats. Ze overhandigde de menu’s.

‘Ik heb een razende honger,’ zei Buddy.

‘Van spanning krijg je eetlust,’ zei ik. ‘Mevrouw Fennel zei altijd...’ Ik hield mijn mond. ‘Bestel voor mij het gehaktbrood. Ik ga naar het toilet om me wat op te knappen.’

‘Wat wil je drinken?’ vroeg hij, toen ik opstond.

‘O, een van die citroenlimonades.’

‘Wordt besteld,’ zei hij, en ik liep naar het toilet. Ik spatte koud water op mijn gezicht en bekeek me in de kleine spiegel boven de wasbak. Wat Buddy eerder had gezegd, leek waar te zijn. Ik zag er inderdaad ouder uit. Het was alsof ik in korte tijd een paar jaar ouder was geworden. Alle onschuld die vroeger in mijn ogen kon hebben gelegen was verdwenen en vervangen door een kille, harde blik. Ik had het gezicht van iemand die een heel lange tijd niet meer zou lachen, misschien nooit meer.

Toen ik uit het toilet kwam, keek ik naar Buddy. Hij zat met zijn hoofd in zijn handen, zijn ellebogen op tafel. Ik wist zeker dat dit de ergste nachtmerrie was die hij ooit had gehad, een waaraan geen eind scheen te komen. Ik hield me voor dat ik te gemakkelijk had toegegeven toen hij erop stond om met me mee te gaan. Er waren nu veel redenen waarom hij gevaar liep, en het was allemaal met één ding begonnen. Ironisch genoeg, hadden Ava en mevrouw Fennel gelijk. Het was liefde die Buddy hierheen had gevoerd. Liefde kon vergif zijn als wij erbij betrokken waren.

Hij keek op en glimlachte toen ik terugkwam. ‘Gaat het een beetje?’ vroeg hij.

'Ja, ik voel me goed.'

'Ik heb voor je besteld,' zei hij. De serveerster had de glazen citroenlimonade al op tafel gezet. Ik nam een slokje. 'Beter dan de vorige, hè? Deze is echt zelfgemaakt.'

'Ja,' zei ik glimlachend.

'Ik zei het je toch? Truckers weten precies waar ze moeten zijn als ze onderweg willen eten. Ze hebben er een instinct voor.'

'Vast wel.'

'Ik ga me ook even opknappen,' zei hij. 'Ik ben zo terug.'

'Oké.'

Hij stond op en gaf me een zoen op mijn wang. 'Ik hou echt van je, Lorelei,' zei hij.

'Ik weet het, en ik hou van jou.'

Ik keek hem na toen hij naar het herentoilet ging en staarde toen door het raam naar onze huurauto. Ik zag dat de chauffeur van de truck ernaast aanstalten maakte om in zijn cabine te stappen. Meer in een opwelling dan bewust gedacht, stond ik op en liep snel het restaurant uit naar onze auto. Ik maakte het portier open, pakte mijn tas, klopte op de deur aan de passagierskant van de vrachtwagen en maakte die toen open.

'Is er iets?' vroeg hij. Hij was een Afro-Amerikaan van een jaar of vijftig, met grijzend zwart haar. Hij was lang en slank en had een witte snor.

'Wilt u me een lift geven?'

'Een lift? Waarheen?'

'Waar gaat u naartoe?'

Hij lachte. 'Overal liever dan hier, hè?'

'Ja.'

'Stap in.'

Ik deed het en sloot de deur. Hij schakelde en reed het parkeerterrein af. Ik keek achterom naar het restaurant. Buddy was nog niet terug uit het toilet.

'Vertel me niet dat je van huis bent weggelopen!' zei de chauffeur.

'Nee. Ik geloof dat ik ernaartoe ren.'

'Hoe bedoel je?'

'Daar waar ik ergens buiten thuishoor,' zei ik met een knikje naar de weg die voor ons lag.

Hij lachte. 'Die jonge mensen van tegenwoordig,' zei hij hoofdschuddend. 'Hoe heet je?'

'Lorelei.'

'Dat is een mooie naam. Mijn vader en moeder besloten me Mozes te noemen. Hé, misschien neem ik je wel mee naar het Beloofde Land.'

'Misschien. Ik denk dat ik er gauw genoeg achter zal komen.'

De weg leek zich oneindig voor ons uit te strekken. De koplampen van de auto doorboorden de duisternis en joegen die achteruit. Dat gaf me hoop. Misschien kon ik me net zo op mijn gemak voelen in de zon, of zelfs nog meer.

'Ik kan me niet voorstellen wat een meisje dat zo mooi is als jij op de weg doet,' zei Mozes.

'Nee, dat kun je je onmogelijk voorstellen.'

Mozes lachte. Zijn lach klonk melodieus en mooi.

Ik hoorde mezelf ook lachen.

Het was of ik iemand hoorde lachen die ik vroeger gekend had, iemand die echt naar huis ging.